KB137658

20세기 영미시인 순례

20세기 영미시인 순례

―죽은 영웅의 시대를 노래함―

신원철 지음

도서출판 동인

　　이제는 흘러가버린 20세기, 특히 그 초반부는 위대한 시의 시대였으며 시인이 거대한 존재감을 갖던 때였다. 그러나 소용돌이치는 세계정세와 사회 변화 속에서 사람은 더없이 위축되고 작아지던 때이기도 했다. 그 충격의 시기에 위대한 시들이 탄생했던 것이다. 이 책에서는 현대영미시의 선구자 3명의 시부터 실비아 플라스까지 훑어보기로 한다. 이 글들은 그야말로 쉽게 영미시를 소개하는 징검다리이다. 이 책이 계기가 되어 영문학과 학부생, 대학원생, 그리고 다른 문학 전공의 학생들, 일반 문학애호가들이 영시에 더 많은 관심을 갖게 되고, 영시연구의 초심자들이 용기를 얻기 바란다.

　　이 글들을 쓰는 데 가장 큰 도움이 되었던 것은 한국현대영미시학회의 매월 독회이다. 2005년부터 시작된 이 독회에서 필자는 수많은 시를 전문가들의 입을 통해 소개 받았다. 또한 그분들께 이 글을 쓰는 데도 많은 조언을 받았음을 밝혀둔다. 이 글들은 이미 문예지들에 실려 독자들의 호평을 받은 바 있으며 일부는 다시 논문으로 만들어져 발표되기도 했다. 마지막으로 이 책이 세상에 나올 수 있도록 도움을 주신 동인출판사 이성모 사장님과 지난 여름 필자를 초청하여 방학 내내 도서관에서 원고를 정리할 기회를 준 미국 칼 폴리 포모나 대학에 감사의 말씀을 드린다.

2015년 12월
신원철

| 차례 |

1

현대 영미시의 선구자들

1) 자유로운 영혼, 에밀리 디킨슨(Emily Dickinson, 1830-1886)

에밀리 디킨슨은 19세기 미국 동부 매사추세츠 지방의 청교도 교육자의 집
안에서 태어나 독신으로 55년 5개월 5일을 살다간 여성이다. 그녀의 삶은
같은 시기에 대서양 건너편 영국에서 살다간 엘리자베스 바레트 브라우닝
(Elizabeth Barette Browning)이나 크리스티나 로제티(Christina Rossetti)의
삶과 많이 비교된다. 실제 브라우닝이나 로제티는 생전에 천재 여류로 문명
을 떨쳤지만 디킨슨은 이러한 것을 철저히 거부했다. 시인 로버트 브라우닝
(Robert Browning)의 아내로 유명한 엘리자베스 브라우닝은 그 절절한 연시
로 유명하다. 또한 로제티도 그 뛰어난 감성과 감각미로서 오빠인 단테 가
브리엘 로제티와 함께 19세기말 영국의 탐미주의 사조를 이끌었던 시인이

다. 이 두 여류시인 중 엘리자베스는 로버트 브라우닝의 열화와 같은 구애에 사로잡혀 아버지의 권위적인 반대에도 불구하고 이태리로 도피해서 10여 년간 행복한 생활을 했었고 로제티는 수녀와 같은 종교생활을 했었다. 여기에 비하여 디킨슨은 결혼의 속박도 거부했었고 청교도적 엄격함과 폐쇄성에 대해서는 매우 냉소적이었다. 즉 영국의 두 여류시인이 19세기적 사고와 틀을 벗어나지 못한 데 비하여 디킨슨은 당시의 미적, 관습적 한계를 뛰어넘어, 거의 투쟁적으로 가문의 전통으로 내려오는 청교도적 엄격성, 거기서 요구하는 여성의 순종적 미덕을 거부하였고 결혼 없는 사랑도 마다하지 않았다. 지금으로부터 150여 년 전의 일이니 이것이 보수적인 미 동부지역에서 어떤 파장을 일으켰을지는 상상하고도 남음이 있다. 시는 시인의 표현이니만큼 그녀의 시는 당 시대의 미적 판단을 뛰어넘은 것으로 오늘날의 기준으로 보아도 파격적이다. 그것을 잘 알고 있는 그녀는 자신의 생전에 시를 발표하기를 거부했다. 그녀의 집안이 워낙 명문이어서 주변에 역량 있는 문인 비평가가 널려 있었고 그들은 계속 시 발표를 권했지만 단호하게 거부했다. 그녀의 고집을 잘 보여주는 시 한 편을 읽어보자.

나는 무명인! 당신은 어때?
당신도 무명인인가?
그렇다면 우리는 잘 맞는 한 쌍이지?
말하지 마! 그들이 우릴 추방할걸!

유명인이 된다는 건 정말 끔찍스러워!
마치 유월 염천 내내 감탄하는 늪을 향해
자신의 이름을 개골거리는 개구리처럼
얼마나 속물스러운가 말이야!

I'm Nobody! Who are you?
Are you Nobody too?
Then there's a pair of us?
Don't tell! they'd banish us know!

How dreary to be Somebody!
How public like a Frog
To tell one's name the livelong June
To an admiring Bog!

— No. 260 전문

이 시에는 이 여자의 고집스러운 면모가 드러나고 있다. 특히 문단에서 떠드는 자들을 개구리에 비유한 것은 절묘한 독설이다. 예나 지금이나 명성을 좇아 무리지어 다니는 인간들이 절대 다수가 아닌가. 사람 사는 세상이라는 것이 그러한데 에밀리의 눈에 그것은 참으로 같잖게 비쳤던 모양이다. 그 개구리들의 시끄러운 개골거림에 감탄하는 늪(우중)은 또 어떠한가. 기나긴 유월이라는 것은 그 깨이지 못한 멍청한 세월의 지루함을 말하는 것이다. 이 긴 암흑은 언제 끝날 것인가? 우리는 이 단순한 시에서 그녀의 재기발랄함을 느끼게 된다. 또한 이 시의 시적 가치는 장난스럽고 절묘한 비유가 주는 단단함에 있다. 만약 이 시에서 그냥 무식하고 속물적인 대중들에 대한 한탄과 혐오를 그냥 직설적으로 표현했다고 해보자. 시의 맛은 너무나 덤덤할 것이다. 바로 시끄러운 개구리와 질퍽대는 더러운 늪이 이 시인의 말하고자 하는 바를 너무나 단단하게 전달해주고 있는 것이다.

디킨슨은 소녀 시절에는 숲속에서 말달리기를 좋아할 정도로 분방한 성격의 소유자였으나 나중에는 의도적으로 칩거를 택했다. 이층에 위치한 그녀의 방에는 아무나 함부로 들어갈 수가 없었으며 허락을 받은 소수만이 방문할 수 있었다. 그리고 언제부터인가 흰옷만을 입어서 신비한 느낌을 줄 정도였다고 한다. 이런 기묘하고 고집스러운 삶이 있었기 때문에 처음에 디킨슨은 그 전기적인 면모가 주된 연구의 대상이 되었다. 그 좁은 공간에서 오로지 정원을 방문하는 벌새나 나비만이 벗이었고 어린 조카들만이 또한 친구였다. 그녀가 사랑했던 남자는 처음에는 오빠의 법률 사무소에서 같이 일하던 서기였고 나중에는 아버지의 친구였던 로드판사였다. 그런데 그 사랑하던 사람들이 하나씩 세상을 떠나고 결국 그녀는 절실한 외로움의 상태로 던져지게 된다.

1,800편 이상인 그녀의 시는 거의 단시이다. 당시 19세기의 시풍이 유장하고 아름다운 테니슨이나 롱펠로우 류의 장시라는 것을 생각하면 이 시인은 벌써 그러한 시의 한계를 직시하고 있었던 것이다. 그녀 시의 테마는 사랑, 결혼, 성, 죽음 등을 모두 포괄하고 있는데 혼자의 공간에 칩거하여 생각해내고 다듬어낸 단단한 시편들은 놀라울 정도이다. 그녀의 고독을 잘 대변하는 듯한 시를 읽어본다.

비스듬히 비치는 해가 있다,
겨울 오후—
그것은 압박한다, 마치 성당의
종소리의 중량처럼—

그것이 우리에게 천국의 상처를 준다—
우리는 아무런 상처를 발견하지 못하지만,
그러나 의미가 있는,
내적인 차별은 생겼다—

아무도 그것을 가르칠 수 없다―어느 누구도―
그것은 밀폐된 절망―
허공에서 우리에게 내려온
제국적인 고통―

그것이 내려오면, 풍경은 귀를 기울인다―
그림자는―숨을 죽인다―
그것이 가버리면, 그것은 마치
죽음의 표정에서 본 거리감과 같다―

There's a certain Slant of light,
Winter Afternoons―
That oppresses, like the Heft
Of Cathedral Tunes―

Heavenly Hurt, it gives us―
We can find no scar,
But internal difference,
Where the Meanings, are―

None may teach it―Any―
'Tis the Seal Despair―
An imperial affliction
Sent us of the Air―

When it comes, the Landscape listens―
Shadows ―hold their breath―
When it goes, 'tis like the Distance
On the look of Death―

― No. 320 전문

겨울날 오후에 햇살이 비스듬하게 비치고 있다. 아마 그녀가 칩거하던 2층 방의 창을 통해서 바라보았을 햇살과 그것이 만들어내는 긴 그림자는 그녀의 고독을 전달하는 훌륭한 매체이다. 그 그림자가 이 시인의 내면에 상처를 주고 변화를 일으킨다는 것이다. 그것을 그녀는 봉인된 절망이라고 말하며 허공에서 내려온 고통이라고 말한다. 겨울 빛이 주는 고적함과 그녀의 고독이 잘 어울리면서 그것이 절망이라는 것으로 귀결된다. 재미있는 것은 마지막이다. 겨울햇살이 들면 모든 풍광이 귀를 기울이고 그림자는 숨을 죽이는데 그것이 가버리면 죽음의 모습이 저 멀리서 드러난다는 것이다. 이 시는 고독과 겨울 햇살과 죽음에 이를 정도의 절망을 말하고 있다. 별다른 큰 사건이 없으면서 오로지 이층의 창밖으로 내다보는 겨울 햇살만 가지고 이야기를 만들어내는 솜씨는 놀랍다. 여기에 아! 어! 따위의 영탄은 보이지 않는다. 오로지 햇살과 그림자라는 두개의 상황만으로 시인의 감정을 툭 던지고 있을 뿐이다.

에밀리 디킨슨은 소녀시절부터 죽음과 가까이 있었다. 암허스트에 있는 그녀의 집 이층에서는(그녀는 평생 이 집의 이층에 기거했다), 교회당과 교회당의 묘지가 한 눈에 내려다 보였는데 그녀의 눈에 자주 보였던 장례식은 어린 소녀로 하여금 죽음의 모습에 친숙해지도록 하였을 것이다. 그녀는 집안이 엄격한 청교도였음에도 불구하고 교회 나가기를 싫어했고 그 가르침에는 매우 부정적이었다. 죽음에 대한 그녀의 조금 장난스러운 태도를 읽어보자.

내가 죽음을 보고 멈출 수 없으므로—
그가 친절하게 나를 위해 발을 멈췄다—
마차는 우리만 싣고 있었다—
그리고 불멸을.

우리는 천천히 달렸다—그는 서두를 줄 몰랐고
나는 나의 노동과
여유도 밀어놓았다,
그의 정중함에 대한 답례로—

우리는 아이들이—으슥한 곳에서—
원을 그리며—공부하는 학교를 지났다,
우리를 바라보는 곡식의 들판을 지났다—
우리는 떨어지는 태양도 지났다—

아니 차라리—그가 우리를 지났다—
이슬방울들이 떨며 차갑게 내려 앉았다—
내 얇은 방수가운에—
내 숄에—내 튈에—

Because I could not stop for Death—
He kindly stopped for me—
The Carriage held but just Ourselves—
And Immortality.

We slowly drove—He knew no haste
And I had put away
My labor and my leisure too,
For His Civility—

We passed the School, where Children strove
At Recess—in the Ring—
We passed the Fields of Gazing Grain—
We passed the Setting Sun—

Or rather—He passed Us—
The Dews drew quivering and chill—
For only Gossamer, my Gown—
My Tippet— only Tulle—

— No. 479 부분

이 시에서는 죽음이 조금도 두렵거나 추악한 모습이 아니라 친절하고 신사적인 안내자처럼 묘사되고 있다. 내가 죽음 앞에 서지 않으니 죽음이 내 앞에 서더라는 것이다. 말하자면 죽음을 의식하지 않으니 죽음의 신이 친절한 신사의 모습을 하고 다가오더라는 것이다. 이것은 매우 재미있는 발상이다. 그리고 그 죽음의 안내를 받으며 이승의 삶의 모습을 새롭게 바라본다는 것이다. 친구나 사랑하는 이의 죽음을 서러워하며 눈물부터 짓는 동시대의 다른 시들에 비하면 너무나 다른 충격이다. 그녀는 자신의 죽음에 대해서 많은 상상을 하고 있었다. 남편과 자식이 없으니 그 죽음이 얼마나 외로울 것인지 늘 상상하고는 했던 모양이다.

나는 장례식을, 머릿속에서 느꼈다
조문객들이 이리 저리
계속 밟고 밟으며 지나가는 것을
감각이 완전히 파괴되는 듯할 때까지

그리고 그들 모두가 앉았을 때,
장례미사가 북소리처럼 계속
둥둥대는 것을 느꼈다 내 정신이
마비되려는구나고 생각들 때까지

I felt a Funeral, in my Brain,
And Mourners to and fro
Kept treading treading till it seemed
That Sense was breaking through

And when they all were seated,
A Service, like a Drum
Kept beating beating till I thought
My Mind was going numb

— No. 340 부분

　　그녀는 자신의 죽음 후를 상상하고 있다. 같은 독신녀였던 영국의 크리스티나 로제티(Christina rossetti)에게서도 비슷한 모습을 발견할 수 있는데 그녀도 늘 죽어 있는 자신의 모습과 죽은 다음 그녀를 찾아와 애상에 잠길 사랑했던 사람을 상상하고는 했다. 그리고 죽은 그녀가 무덤에 묻혀 바깥의 소음이나 시끄러움에 격리되어 있는 모습을 상상하며 혼자 즐기고는 했다. 로제티의 그것에 비하면 디킨슨의 그것은 훨씬 더 비 낭만적이다. 로제티가 다소 소녀적인 몽상으로 죽음을 대했다면 디킨슨은 이것에 대해서도 매우 냉소적이고 객관적이다. 죽은 디킨슨은 조문객들의 발자국 소리를 감각이 피곤해질 때까지 듣고 있다. 이 사람들이 과연 나의 죽음을 슬퍼해서 모여드는 것일까 이렇게 질문하면서. 그리고 그들은 점잖게 앉아서 장례예배를 드리고 있지만 저들의 머릿속에는 이미 죽은 나 따위는 없을 것이다 고 생각하는 것이다. 그녀는 사람들의 속성을 빤히 들여다보고 있다. 그녀는 사람이 죽고 난 다음 그 시신에 가해지는 것과 영혼을 정화한답시고 행해지는 짓들을 매우 냉소적으로 바라보고 있는 것이다. 다음의 시도 그녀의 성격을 읽게 한다.

나는 파리 한 마리 붕붕대는 소리 들었다—
내가 죽었을 때—방안의 적막은
대기 중의 적막과 같았다—
폭풍우 몰아치는 천국 사이의—

주변을 둘러싼 눈들은—눈물을 짜서 말렸다—
그리고 숨소리들은 점점 엄숙해졌다
그 마지막의 시작을 기다리며—그 때 왕께서
모습을 나타냈다—방 안에—

나는 내 유품들의 분배를—유언했다
나의 어떤 소지품을 누구에게 양도할
것인지—그리고는
거기에 파리를 끼워 넣었다—

푸르고—불확실한 헤매는 붕붕 소리를 내는—
빛과 나의—사이에—
그리고는 창문이 사라졌다—그리고
나는 아무리 애써도 볼 수가 없었다—

I heard a Fly buzz—when I died—
The Stillness in the Room
Was like the Stillness in the Air—
Between the Heaven of Storm—

The Eyes around—had wrung them dry—
And Breaths were gathering firm
For that last Onset—when the King
Be witnessed—in the Room—

I willed my Keepsakes—Signed away
What portion of me be
Assignable—and then it was
There interposed a Fly—

With Blue—uncertain stumbling Buzz—
Between the light—and me—
And then the Windows failed—and then
I could not see to see—

— No. 591 전문

죽어가는 마당에 죽음의 냄새를 맡고 나타났을 파리 한 마리에 집중한다는 것은 그녀가 얼마나 생을 냉소적으로 보고 있는지 말하는 것이다. 도무지 그녀에겐 죽어서 천국으로 간다거나 내생으로 간다는 따위의 종교적 생각은 없었던 것이다. 죽어가는 그녀의 주변에 친지들이 모여든다. 그녀는 우선 임종 시의 적막을 두 번씩 강조하고 있다. 그녀가 죽는다는 것을 알고 친지들의 숨소리는 엄숙해지고 눈물도 꽉 짜서 말리고 있다. 이 부분은 뭔가 시니컬하다. 유언으로 남은 유품들을 하나씩 나눈다. 누구에게 어떤 것이 적당할 것인가 그것을 결정하는 것도 꽤 성가신 일이다. 그리고 마지막 그녀는 거기에 파리를 집어넣는다. 저 파리는 누가 물려받을 텐가. 그때 그녀의 시력이 없어지면서 아무리 보려 해도 아무것도 보이지 않는다. 냉소의 연속이다. 도무지 죽음에 대한 경건함이나 공포 따위는 보이지 않는다. 이 시의 파리는 절묘하게 죽음을 희화시키는 역할을 해내고 있다. 엄숙하기 짝이 없는 자리에서 방귀를 뀌는 것과 같은 효과 말이다.

디킨슨의 반역은 시 형식에서도 드러난다. 그녀가 살았던 19세기는 시의 정형율과 음악성에 목을 매던 시대였다. 영국의 테니슨은 전형적인 예이다. 그런데 디킨슨은 아주 구어적인 단어들을 구사하면서 시의 음악성을 의도적으로 파괴한 듯 보인다. 구두점조차 찍지 않았던 그녀에게 정형률 따위는 성미에 맞지 않았을 것이다. 그러나 오늘날 디킨슨은 시대를 앞선 현대시의 선구자로 불린다. 그리고 양파처럼 벗겨도 벗겨도 새로운 맛이 드러나는 시인이라는 평을 받고 있다. 죽음 앞에서도 감히 싸늘하게 웃을 수 있는 여자, 그녀는 그 칩거된 작은 공간에 살았으면서도 1,800여 편에 달하는 엄청난 시를 남겼다. 그리고 그녀의 시에 매료된 사람들은 그녀의 사후 100년이 넘은 오늘 세계 도처에 있다. 살아생전에 시집 한 권 내지 않았던 여자의……

2) 운명론자, 토마스 하디(Thomas Hardy, 1840-1928)

토마스 하디는 우리에게 주로 소설가로 알려져 있다. 우리에게 알려진 하디는 소설 『테스』(*Tess of D'Urberverville*)의 작가이며, 시인으로서의 그는 거의 알려져 있지 않다. 사실 그는 셰익스피어가 4대 비극을 썼던 것처럼 4개의 비극 소설을 썼고 그것이 당시 사회에 엄청난 파장을 몰고 왔었다. 즉 가련하고 아름다운 테스가 비극적 숙명을 맞이해야 했던 것에 대하여 당시의 독자들은 도저히 용납할 수가 없었다. 『비참한 자 주드』(*Jude the Obscure*)와 『캐스터브리지의 시장』(*The Mayor of Casterbridge*) 그리고 『귀향』(*Return of the Native*)의 주인공들이 어쩔 수 없이 빠져 들어가는 비극적 모드는 소설의 주인공을 통해 현실의 어려움을 견디며 대리만족을 추구하고 있던 당시의 독자들에게 용납되지 않았던 것이다. 그리하여 비난을 견디다 못한 하디는 마침내 소설을 절필하고 시로 돌아서게 되는데 여기서 서양문학의 비극에 대해서 잠깐 생각해보자.

원래 비극은 그리스 비극으로부터 출발한다. 소포클레스의 비극은 운명에 의해 농락당하는 인간들에 대한 이야기다. 대표적인 것이 『오이디푸스왕』(*King Oedipus*)이지만 그 외에도 그 주인공들은 하나같이 운명을 벗어나지 못하고 비극적 결말을 맞는다. 이것은 아마 고대 그리스인들의 운명론과 맞닿아 있을 것이다. 인간이 아무리 노력해도 결국은 신들의 장난에서 벗어날 수 없다는 고대적 생각이 이러한 비극 모드를 만들었을 것이기 때문이다. 거기에 비하여 셰익스피어의 비극은 성격비극이다. 그 비극들의 주된 테마는 인간들이 자신의 성격적 결함에 의해 비극에 빠지게 된다는 이야기로서 햄릿은 그 우유부단함, 맥베스는 욕심, 오셀로는 귀가 얇은 것, 리어왕은 자만심 등이 그의 시대 비극에서 비극의 원인이 되는데 이러한 것들은 르네상스의 인본주의적인 생각과 연결된다. 즉 모든 가능성과 희비극의 원인을 신의 주제가 아니라 인간 내면에서 찾자는 것이 그 흐름이다. 그리고 그런 생각의 흐름은 그 후 오랫동안 서구 사상을 지배해 왔다.

그런데 19세기 후반 자연주의 문학이 일어나면서 다시 그리스 비극이 재연되는 듯한 느낌을 준다. 이것은 아마 인간의 무한한 가능성을 믿고 낙관에 빠져 있던 사람들이 사실은 그 인간의 가능성이 또 무한히 위험할 수 있다는 사실을 깨닫게 된 때문일 것이다. 결정적인 계기는 <진화론>이었다. 원숭이가 진화되어 인간이 되었다는 사실의 발견은 기독교적 우주관에 결정타를 먹이며 그동안 사람들을 지배하던 가치관을 비틀거리게 하였다. 한 술 더 떠서 사람이 더욱 진화하면 신의 경지에 이를 수 있다는 슈퍼맨 사상도 이 시기에 싹트게 되었다. 이쯤 되니 사람들은 자신들의 능력과 불안한 미래에 대해서 겁을 집어먹게 된 것이다. 그리고 인생의 흐름에 대하여 자연과학자의 냉정한 눈으로 바라보는 문예사조가 생기면서 찰스 디킨즈

(Charles Dickens)의 따뜻한 권선징악적 사실주의는 더 이상 통하지 않게 된 것이다. 토마스 하디의 주인공들은 한결 같이 처참한 비극에 빠지게 되는데 주인공들을 이처럼 비극적으로 몰고 가는 데는 작가의 냉정한 자세가 필수적이다. 긴 소설을 이끌고 나가다 보면 작가도 사람인데 선하고 착하기만 한 주인공들에게 반전의 기회를 왜 주고 싶지 않겠는가? 그 철저한 냉정함에 대하여 당시의 독자들은 분개했고 그것은 개인의 분노로 그치지 않고 대중 전체의 비난으로 이어져 결국 하디는 소설을 포기하게 된다.

하디는 비록 소설가로 시작했지만 그의 인생 후반기를 투자했던 시에 있어서의 성취도 결코 적지 않다. 하디는 사실 홉킨스(G. M. Hopkins)와 함께 영국 현대시의 선구자라고 불린다. 그의 시가 어떤 면에서 현대적일까? 그는 분명히 19세기 후반을 살았고 현대시니 뭐니 하는 개념을 갖지 않았었다. 그가 살았던 당시에는 매슈 아놀드(Matthew Arnold)적 도덕주의와 오스카 와일드(Oscar Wilde)적 탐미주의가 판을 치고 있었다. 불란서 상징파들도 나른한 상상과 우울함에 빠져 있었다. 토마스 하디의 시는 그 사상에서 역시 소설의 연장이다. 몹시 비관적이고 시니컬한 어조가 그의 시를 가득 메우고 있다. 이것은 결국 세계대전으로 귀결되는 서구 문명의 몰락에 대한 불길한 예감인지도 모른다. 그의 시에서 엘리엇 시의 예고편을 보는 것 같음은 필자만의 생각일까? 그의 시 중에서 가장 많이 읽히는 한 편을 읽어보자.

우리는 그 겨울날 연못가에 서 있었는데
태양은 마치 하느님에게 야단이라도 맞은 듯 허옇고
굶주린 토양 위에 낙엽이 몇 잎 떨어져 있었다;
－물푸레나무에서 떨어진 것이었는데 잿빛이었다.

내 얼굴에 머무는 당신의 눈은 여러 해 전
지루하던 수수께끼를 더듬던 눈과 같고,
우리 사이에 몇 마디 말이 툭툭 왔다갔지만
　　　사랑을 함으로써 더 많이 잃어버렸다.

당신 입가의 희미한 미소는
죽을힘만 겨우 남긴 최악의 것,
그리고 거기 스치고 지나가는 쓴 웃음은
　　　나래질 하는 불길한 새와 같은 것......

그때 이래로 사랑은 속이길 잘하며
또 학대로 괴롭힌다는 예리한 교훈이 내게
각인시켜주었던 것이다, 당신의 얼굴, 야단맞은 태양, 나무,
　　　그리고 잿빛 낙엽으로 가장자리를 장식한 연못을.

We stood by a pond that winter day,
And the sun was white, as though chidden of God,
And a few leaves lay on the starving sod;
　　　　　─They had fallen from an ash, and were gray.

Your eyes on me were as eyes that rove
Over tedious riddles of years ago;
And some words played between us to and fro
　　　　　On which lost the more by our love.

The smile on your mouth was the deadest thing
Alive enough to have strength to die;
And a grin of bitterness swept thereby
　　　　　Like an ominous bird a-wing......

Since then, keen lessons that love deceives,
And wrings with wrong, have shaped to me
Your face, and the God-curst sun, and a tree,
      And a pond edged with grayish leaves.

                                 — 「중간색조」("Neutral Tone") 전문

    이 시의 내용은 남녀의 이별이다. 그런데 이 이별에는 낭만적인 무엇이 전혀 보이지 않는다. 이별의 애통함이나 슬픔, 재회의 기약 같은 것은 없다. 단지 매우 냉정한 정황묘사만이 있을 뿐이다. 첫 연을 주목해 보자. 이 두 사람이 이별을 하는 장소는 겨울철 어느 연못가인데 시기적으로 그러하긴 하지만 힘없는 태양을 두고 "하느님으로부터 야단이라도 맞은 듯" 허옇다고 묘사하고 있다. 또한 땅은 "굶주린" 것으로 묘사되고 있다. 이 두개의 이미지로 말미암아 이 시의 정황 묘사는 삭막하게 살아나고 있다. 2연에서는 두 사람이 그동안 보낸 세월에 대해서 말하고 있는데 이것을 몇 년 전의 지루한 수수께끼라고 말한다. 또한 나와 당신 두 사람 사이의 주고받는 말이 "게임을 하고 있다"로 묘사된다. 두 사람 사이에 진정은 없고 서로를 흠집 내려는 말만 툭툭 튀고 있는 것이다. 물론 두 사람이 사랑할 때는 열정적으로 사랑했겠지만 헤어지는 마당에서 그 냉정함이란 현실인지도 모른다. 당신의 눈은 나를 바라보는데 초점 없이 배회할 뿐이다. 3연에서는 당신의 미소를 역시 죽을힘만 겨우 남은 것이라고 말한다. 씁쓸한 미소만 입가를 지나가고 있는 것이다. 마지막 연에서 그의 말이 집약되고 있다. 당신의 얼굴, 저주받은 태양, 말라가는 나무, 잿빛 낙엽으로 둘러쳐진 연못 등은 화자에게 날카로운 교훈을 주는데 그것은 "사랑을 믿지 말라"는 것이다.

    우선 이 시의 테마는 19세기 전체를 지배하던 낭만적인 사조와는 거리가 있다. 바이런(Lord Byron)의 시 「우리가 헤어질 때」("When We are Parted")에서 품행이 좋지 못한 애인의 소문을 듣고 비통해 하는 시적 화자는 결코 이처럼 냉정하지 못하다. 테니슨의 장시 『인 메모리엄』(*In Memoriam A. H. H*)에서는 사랑하는 이를 잃은 시인의 비감이 가득하여 독자들을 감동시켰다. 그러나 하디의 시에서는 이처럼 냉정하고 신랄한 불신만 있다. 물론 하디가 살던 19세기 말에는 영국 사회 전체에 비관적 분위기가 흐르고 있었다. 어쩌면 빅토리아적인 위선과 가식보다는 더 솔직해진 것이지도 모른다. 헤어지는 마당에 무슨 미련이 남겠는가? 하디가 살던 시기에 쇼펜하우어의 <염세론>이 기승을 부리며 젊은이들의 마음을 사로잡았다는 것은 무엇을 의미하는가?

또 한 편 역시 잘 알려진 시를 읽어보자. 이 시도 시점은 겨울이다. 앞의 시에 비하여 그 배경묘사는 더 치밀하다.

　　나는 관목덤불의 문에 기대고 섰다
　　　　서리가 유령처럼 허옇던 그 날,
　　겨울의 찌꺼기가 하루의 약해지는 눈(태양)을
　　　　황량하게 만들었다.
　　뒤엉킨 덤불의 줄기가 부서진 리라의 현처럼
　　　　하늘에 죽죽 선을 긋고,
　　근처에 사는 모든 사람들은
　　　　각자 집의 난로를 찾아 가버렸다.

　　대지의 선명하던 얼굴은 한 시대의
　　　　뻐드러진 시체인 것처럼 보이고,
　　그의 납골소는 구름 낀 천개이며
　　　　바람은 그의 죽음을 슬퍼하는 만가,

새싹과 출생의 오랜 맥동은
　　딱딱하고 메마르게 쭈그러들고,
지구상의 모든 정신은
　　마치 나처럼 열정이 없어 보였다.

갑자기 한 목소리가 들려왔다
　　머리 위의 황량한 나뭇가지 사이로
한없는 환희의 가슴 벅찬
　　저녁노래를 터뜨리며,
허약하고 마르고 작은 늙은 티티새가
　　광풍에 날리는 깃털에 싸여
점점 짙어지는 황혼을 향해
　　그렇게 영혼을 던지고 있었다.

그토록 황홀한 목소리로
　　노래를 부를 이유는
주변의 땅 위에 있는 어떤 것에도
　　쓰여 있지 않았다,
그리하여 나는 거기 어딘가에
　　나는 모르고 그만 알고 있는 행복한
저녁인사의 기분이, 축복받은 희망이
　　떨리고 있다고 생각했었다

I leant upon a coppice gate
　　When Frost was spectre-gray,
And winter's dregs made desolate
　　The weakening eye of day.
The tangled bine-stems scored the sky
　　Like strings of broken lyres,

and all mankind that haunted nigh
    Had sought their household fires.

The land's sharp features seemed to be
    The Century's corpse outleant,
His crypt the cloudy canopy,
    The wind his death-lament.
The ancient pulse of germ and birth
    Was shrunken hard and dry,
And every spirit upon earth
    Seemed fervourless as I.

At once a voice arose among
    The bleak twigs overhead
In a full-heated evensong
    Of joy illimited;
An aged thrush, frail, gaunt, and small
    In blast-beruffled plume,
Had chosen thus to fling his soul
    Upon the growing gloom.

So little cause for carolings
    Of such ecstatic sound
Was written on terrestrial things
    After or nigh around,
That I could think there trembled through
    His happy good-night air
Some blessed Hope, whereof he knew
    And I was unaware.

                         — 「어둠속의 티티새」("Darkling Thrush") 전문

서리가 마치 유령처럼 허연 모습으로 내려앉아 있으며 겨울의 잔설이 희미한 태양을 더 황량하게 하고 있다. 또한 엉킨 덩굴식물의 줄기들이 하늘을 이리저리 가리고 있으며 사람들은 따뜻한 난로를 찾아 집으로 가버리고 인적이 없다. 매우 황량하고 스산한 광경인데 이런 배경은 앞으로 어떤 이야기가 나올지 은근히 기대하게 해주는 바가 있다. 그런데 이 구절에서 시적화자의 정서를 대변하는 서리와 희미한 태양과 엉킨 덤불 줄기들이 환기시키는 바가 상당하다. 2연에 가서 시인은 이 황량한 대지의 풍경이 죽어서 뻗은 한 세기의 시체와 같다고 말한다. 또한 그 메마른 대지의 생명력이 바짝 메마르고 건조해 더 이상 아무런 탄생도, 탄생의 씨도 보이지 않는다. 이것은 이 시인이 자기가 살던 그 시대에 대한 상황을 어떻게 인식하고 있는지 말해주는 것이다. 그가 보기에 당시는 그토록 암담했다. 이 시의 가장 핵심이 되는 3연에는 그 황량한 대지와 하늘 사이에서 목 놓아 우는 티티새 한 마리가 그려져 있다. 그런 배경에다 하필이면 늙고 바짝 말라빠진 새는 정말 낭만적인 정서와는 맞지 않다. 워즈워스(William Wordsworth)나 키츠(John Keats)의 시에서 나이팅게일은 길손들에게 청량감을 주다 못해 몽환의 지경에 이르게 할 정도로 황홀한 소리를 토하는 것으로 묘사되고 있다. 하지만 하디의 티티새는 저물어 가는 겨울 하늘을 배경으로 처량하고 처절하게 울고 있다. 그런데 마지막 4연의 대단원이 재미있다. 이 새가 이토록 처절하게 우는 데는 미처 시적 화자가 발견하지 못한 무슨 희망을 보고 있는 것이 아닌가 하는 의구심을 갖는 것이다.

이 두 편의 시만 보아도 하디의 시는 이전과 당대의 시들과는 다르다. 낭만주의, 빅토리아조의 시에서는 물론이려니와 20세기 초반 조지아 조의 시들은 억지 낙관에 머물러 있는 듯한 느낌을 준다. 어떤 의미에서 그들은 현실을 굳이 외면하고 있었는지도 모른다. 그런데 19세기의 말은 우리가 생각하는 이상으로 퇴폐적이고 암울한 분위기에 싸여 있었다. 그 이유는 미래에 대한 불안 때문이었다고 하는데 그것을 굳이 외면하며 애상에 빠져 들어 갔던 시인들과 맞서서 현실을 탄탄한 이미지로 그려내었던 시인의 사이에는 엄청난 차이가 있다. 하디의 두 편 시에서 우리는 나름대로의 현실인식을 보는 것이다.

또 하나의 예를 들어보자. 하디의 아내 엠마(Emma)에 대한 일화는 유명하다. 한때 무척 사랑했었던 두 사람의 관계는 아내의 정신병에 의해 깨졌다. 총명했었던 그녀는 정신이 좀 이상해진 이후 하디의 소설 대부분이 사실은 자기가 쓴 것이라고 세상에 말 할 정도였다. 그녀가 죽고 난 다음에 아내를 그리워하며 썼던 다음의 시에서도 낭만파나 빅토리아 시대의 시와는 뭔가 다른 점이 보인다.

그리운 여자, 당신이 나를 부르네, 부르네,
이제는 예전의 당신과 같다고
내 모두였던 사람에서 다른 사람으로 변모한 후가 아니라 우리의
나날이 화창했던 처음의 그 모습이라고 말하네.

내 귀에 들리는 게 당신인가? 그때 내가 마을로 들어설 때
나를 기다리곤 하던 그 모습으로 서서, 그래, 그때 내가 당신을
단번에 알아보던 것처럼, 당신을 보게 해 달라,
비록 당신이 하늘빛 가운을 입고 있다 하더라도!

아니면 그건 저 축축한 목초지를 건너
여기 나에게까지 불어오는 무심한 바람소리인가,
당신은 벌써 창백한 무의식으로 녹아버려서
멀리서도 가까이서도 들리지 않는가?

그리하여 앞으로 비틀거리며 나가는, 나의
주변에 낙엽이 떨어지고 있는데,
북에서부터 바람은 가시밭을 뚫고 우우 울고
여자는 계속 나를 부르고 있네.

Woman much missed, how you call to me, call to me,
Saying that now you are not as you were
When you had changed from the one who was all to me,
But as at first, when our day was fair.

Can it be you that I hear? Let me view you, then,
Standing as when I drew near to the town
Where you would wait from me: yes, as I knew you then,
Even to the original air blue gown!

Or is it only the breeze, in its listlessness
Travelling across the wet mead to me here,
You being ever dissolved to wan wistlessness,
Heard no more again far or near?

    Thus I; faltering forward,
    Leaves around me falling,
Wind oozing thin through the thorn from norward,
    And the woman calling.

— 「목소리」("Voice") 전문

시는 네 개의 연으로 구성되어 있는데 우선 첫 연에서 아내를 "몹시 그
리운 이"라고 말하고 있다. 그리고 그 아내가 처음의 아내와는 다른 사람으
로 변모했었고 그렇게 죽었음도 암시하고 있다. 옛날 처음의 당신은 나에게

모두였으며 그 때의 우리 관계는 "화창한 날씨"였다고 말한다. 그러면서 "당신이 나를 부르는구나, 부르는구나"라고 그 목소리를 그리워하는 것이다. 이 시의 화두는 목소리다. 죽은 아내를 추억하며 청각에 와 닿던 그녀의 흔적을 그리워하는 것이다. 2연에서는 더욱 애절하다. 이 소리가 당신인가? 그렇다면 모습을 보여 달라. 청각으로만 만족할 수 없으니 시각으로 확인해야겠다. 심지어 하늘빛 가운을 입고 있는 혼령의 모습으로라도 알아볼 수 있으니 보이라고 말하는 것이다. 3연에서는 자신의 환청을 한 번 재확인하고 있다. 이 소리가 그녀의 목소리가 아니라 바람소리인가? 별 의미 없이 목초지를 가로질러 나에게 와 닿고서는 사라져 다시는 들리지 않는 이 소리는 바람소리인가? 마지막 연은 시인의 반응을 묘사하고 있다. 비틀거리며 나아가는 그의 주변에는 낙엽만 떨어지고, 바람은 북에서부터 가시밭을 뚫고 흐느끼는 여자의 목소리처럼 자꾸 그를 부르는 것이다.

이 시에서는 죽은 이에 대한 그리움의 정서를 환청과 바람이라는 두 가지 상황으로서 선명히 환기시키고 있다. 막연하게 "그립다, 그리워 죽을 것 같다"라고 비탄하는 것이 아니라 죽은 이의 목소리가 들려오는 듯한 환청으로 그리움을 표현하는 것이다. 자꾸 들리는 그녀의 목소리가 바람소리와 섞이고 마침내는 떨어지는 낙엽까지 여기에 가세한다. 이런 것들이 시적 화자의 정서를 환기해 주는 데 적절한 역할을 하는 것이다. 더구나 마지막에 묘사된 바람은 가시밭을 뚫고 피를 흘리듯 신음을 토하는 바람이다. 시의 내용으로 보아 계절은 가을이다. 가을바람을 맞으며 죽은 아내의 목소리를 환청으로 듣는 시인을 상상해보면 어느 엘레지보다 이 슬픔이 절절하게 와 닿는 것이다.

결국 시인이나 소설가나 일가를 이룬 이들은 독자들을 이끌고 나가는 독특한 매력이 있기 마련이다. 이미 소설로 큰 봉우리를 이루었던 하디의 감성은 시에서도 결코 녹록하지 않다. 다음의 한 구절에서도 하디의 시적 표현력은 돋보인다.

> 물보라 속에서 움직이는 태양의 형상,
> 시냇물이 세차게 흐르면서 떨치는 섬광들,
> 핑크빛 얼굴, 사랑의 맹세, 달빛 비치는 5월,
> 이것들은 오래 지속되기를 바라는 것들이지만
> 　　그러나 사라져가는 것들이다.

> The moving sun-shapes on the spray,
> The sparkles where the brook was flowing,
> Pink faces, plightings, moonlit May,
> These were the things she wished would stay;
> 　　But they were going.
> 　　　　　　　　　 － 「가는 것과 머무는 것」("Going and staying") 부분

하디의 사상은 결코 영원할 수 없는 인간사에 대한 성찰이다. 사물 하나하나를 바라보며 그는 그것을 꿰뚫는 것이다. 물보라 속에서 이 시인은 순간적 아름다움을 포착한다. 물보라에서의 움직이는 해의 형상, 시냇물이 세차게 흐르며 빛이 섬광으로 번쩍이는 순간, 분홍색 건강한 얼굴, 사랑의 맹세, 달빛아래의 5월, 이러한 것들을 그는 순간의 아름다운 것들로 치고 있다. 이것들은 좀 머물러주었으면 하는 것들이지만 쉽게 사라져버린다. 하디는 늘 영구적인 것과 순간적인 것들에 깊은 관심을 가졌던 듯하다. 그 황홀하던 순간순간을 나타내는 데 있어 물보라에 반사되는 태양의 섬광만큼 좋은 객관 상관물이 있으랴. 그리고 하디의 시에서 끊임없이 이어지는 것은 세상 사람들의 헛된 욕심에 대한 비웃음이다. 그가 살았던 당시의 사람들에

게 끊임없이 인생의 허무함, 덧없음을 설파하고 있었던 것이다. 그래서 그가 가장 사랑했던 한 여자에 대해서도 살아생전의 감동보다는 죽은 다음의 감회를 더 절절하게 그리고 있는 것이다.

이런 측면에서 하디를 현대시의 선구자라고 말하는 것이다. 앞의 디킨슨에게서도 우리는 이러한 냉소를 보았다. 즉 인생이라는 것이 더 이상 낙관적이거나 진지한 것이 아니라 허무와 염세와 회의로 가득한 것, 바로 20세기 초반 현대시가 그러했다. 인간이란 더 이상 영웅적이고 한없이 진보 발전하는 그런 존재가 아니라 미약하고 초라한 존재로 전락하고 있었다. 그것은 인간이 도저히 쫓아갈 수 없을 정도로 세상이 빠르게 변하고 있다는 데서 기인한다. 과학 문명의 발전은 편리함을 가져다주었지만 다른 한편으로 인간 개개인을 한없이 약하고 외로운 존재로 전락시켰고, 바야흐로 개인이 할 수 있는 것은 거의 없는 무서운 시대가 도래하고 있었다. 하디는 그런 시대상을 가장 잘 파악하고 시화해낸 시인이었다.

3) 고뇌하는 사제, 홉킨스(G. M. Hopkins, 1844-1889)

홉킨스는 온전히 19세기를 살았던 시인이다. 19세기 중후반을 빅토리아시대라고 하는데 이 시기는 영국사에서 극성기에 해당하는 시기다. 여왕의 치세 하에 나라는 내외 모두에서 발전하고 영국의 해군은 세계의 바다를 누비고 있었다. 테니슨(Alfred Tennyson)과 브라우닝(Robert Browning)으로 대표되는 시인들은 영국과 여왕의 안녕을 축복하는 시를 썼으며 그 절정이 키플링(Rudyard Kipling)이었다. 홉킨스는 우리나라 일반 독자들에게는 잘 알려져 있지 않다. 그는 가톨릭의 사제였다. 영국의 역사에서 가톨릭과 영국 성공회의 갈등은 피로 점철되어 있다. 그가 살던 때는 그처럼 피가 튀는 살벌한 시기는 아니었으나 가톨릭을 이단시하는 사회 풍토 속에서 고독한 사제 생활을 하지 않을 수 없었다. 유난히 예민했던 이 시인은 옥스퍼드 재학시 가톨릭에 입문했으나(당시 옥스퍼드 운동이라는 종교운동이 이 대학을 중심으로 일고 있었다) 그것은 그의 평생을 끝없는 갈등으로 몰아가게 했다.

그의 종교시가 현대시의 원조가 될 만하다는 것은 우선 살아있는 시어의 구사와 그 시의 주제는 제한되어 있지만 제한된 주제를 묘사하는 데 있어서의 기발하면서 생생한 이미지 때문이다. 당시에는 19세기 전반을 횡행하던 낭만적인 시의 흐름이 극단으로 흐르면서, 시의 언어는 점차 그 생명력을 잃고 인위적인 언어가 되고 있었으며 시의 주제는 몽환적인 사랑과 도피적 꿈의 이야기에 머물고 있었다. 홉킨스의 시는 그러한 시대의 흐름에 반하여 파격적인 언어실험을 하였으며 당시로 보아서는 괴팍하기 그지없는 이미지를 도입하였고 따라서 생전에는 인정받지 못하다가 사후에 엘리엇(T. S. Eliot) 등의 시인들로부터 현대시의 모범으로 인정받게 되었던 것이다. 우선 그의 종교시에서 가장 중심이 되는 신의 모습이 어떻게 묘사되어 있는지 살펴보는 것은 중요하다.

> 나를 지배하시는 당신
> 신이시여! 숨과 양식을 주시는 이;
> 육지의 기슭, 바다의 요동을 지배하시는 이
> 생자와 사자의 주인이신;
> 당신은 뼈와 핏줄을 내 속에 묶으시고, 살을 붙이셨습니다,
> 그리고서 그것을 허무십니다, 당신의 작품을
> 그 무서운 손길로, 그런데 당신은 나를 다시 만지시나이까?
> 다시 한 번 나는 당신의 손길을 느끼고 당신의 모습을 봅니다.

Thou mastering me

God! giver of breath and bread;

World's strand, sway of the sea;

Lord of living and dead;

Thou hast bound bones and veins in me, fastened me flesh,

And after it almost unmade, what with dread,

Thy doing: and dost thou touch me afresh?

Over again I feel thy finger and find thee.

　　　　　　　— 「도이칠란트 호의 난파」("The Wreck of the Deutschland") 1연

　　주지하다시피 서양문화의 양대 뿌리 중 하나가 기독교이고 기독교의
유일신 야훼는 다른 신을 섬기는 것을 용납하지 않는 지독히 독재적인 신
인데 이 구절에서 그의 성격은 정말 구체적이다. 인간을 만들고 숨결을 불
어넣으시고 양식을 주시는 신은 사자와 생자의 주인이시다. 그 생명창조
의 과정을 내 몸의 뼈를 얽고 핏줄을 묶고 마지막으로 살을 붙이셨다는
구체적이면서 폭력적인 행위로 나타내고 있다. 그러다가 마음에 들지 않
으면 당신이 지으신 인간을 허무는데 그 과정이 혹독하고 무서운 것으로
되어 있다. 그러나 그러다가도 다시 절망하는 시인에게 따뜻한 손길을 뻗
치시는데, 그때 시인은 자애로운 신의 손길을 느끼면서 신의 존재를 확인
하는 것이다. 이 구절에서 정말 신은 인격화되어 있다. 그리고 원문을 잘
읽어보면 이 시의 언어는 생동감으로 가득하다. 말의 아름다움에 지나치
게 집착한 나머지 인위로까지 흘렀던 19세기말 시인들(테니슨이나 스윈번
은 지나치게 말의 아름다움에 몰두한 나머지 인위에 흘러 결국 시어의 자
연스러운 힘을 죽인 바가 있다)의 언어를 배제하고 자연스러운 말의 리듬
과 활력에 의존하였던 이 시인의 노력은 그의 시에 생동감과 힘을 부여하
였다.

같은 시의 3연에서 신의 모습은 더욱 험악하다. 그것은 찌푸린 얼굴로 형상화되어 나타난다.

그 분의 찌푸린 얼굴이
내 앞에 있고, 지옥의 굉음이
뒤를 따라오네, 어디, 어디에, 도대체 어디에 피신처가 있을까?

The frown of his face
Before me, the hurtle of hell
Behind, where, where was a, where was a place?

여기서 신은 흉포한 모습으로 인간을 위협하고 있으며 겁에 질린 인간은 어디로 피신해야 할지 모르는 화급한 모습을 하고 있다. 영문학을 전공하지 않은 이들에게는 좀 무리한 요구일지 모르나 원문의 1행에서 'f'음 2행에서 'h'음, 3행에서의 '어디에'(where)의 반복이 가져다주는 절박한 음악적 효과를 생각해보라. 가만히 입으로 되뇌면 심술궂게 찡그린 신의 모습과 지옥의 굉음과 어디로 피신할지 모르는 다급한 인간의 심정 등이 생생히 전달된다.

이러한 신의 모습은 범상한 것이 아니다. 존귀하기 짝이 없는 절대자 신의 모습을 이런 식으로 인격화시킬 생각을 지금으로부터 100년도 더 전에 감히 누가 했겠는가. 더욱이 신을 모시는 사제의 몸으로써 말이다. 그러나 이런 식으로 묘사함으로써 신의 존재는 한결 더 구체화되고 생생히 다가오는 것이다. 만일 신의 모습을 이렇게 묘사하지 않고 오로지 경건한 기도와 거기에 내리는 따뜻한 손길, 은총에 감격하고 무조건 신의 뜻에 순종하는 양과 같은 인간의 모습으로 그렸다고 가정해보자. 그 시의 맛은 죽어 버리고 말 것이다. 이 시인의 시에서 신은 참으로 여러 가지 모습으로 인격화되고 그것에 이 시인의 감정을 싣고 있다. 말하자면 자신의 신에 대한 원망과 이해할 수 없는 부조리의 감정을 그냥 아름다운 말로 표현하는 것이 아니라 이런 흉포한 신의 모습으로 이미지화하고 있는 것이다.

이 시인의 젊은 날은 세상의 부조리에 대한 개탄으로 가득했었다. 여성이라고 착각할 정도로 곱상한 외모와 유달리 예민한 성격을 지니고 있었던 그는 당대의 속악하고 편협한 사람들의 사고방식에 대하여 깊이 절망하고 있었다. 이것은 그가 수도원에서 수사생활을 할 때보다 실제 교구활동을 하는 과정에서 하류계층의 사람들을 접하고 그들의 비참한 생활을 눈으로 보면서 더욱 증폭되었다. 당시의 영국사회는 산업혁명의 여파로 빈부의 격차가 심했다. 대도시의 변두리에서 비참하게 살아가는 그들을 사랑의 길로 이끌면서 홉킨스는 그들의 생활에 대하여 깊은 연민을 느끼게 되었고 그것은 사회주의적인 생각으로까지 발전하게 된다. 왜 누구는 부유하고 누구는 가난하게만 살아야 하는가. 세상을 이토록 불공평하게 하는 신의 존재는 과연 믿을만한 것인가. 홉킨스 시의 매력은 신의 존재와 권능에 대해서 무조건적인 믿음과 찬양을 보내는 것이 아니라 정, 반, 합의 변증법적인 관계로 발전하는 그 갈등과 극복의 과정에 있다. 그리고 신의 사랑과 은총을 표현하는 데 있어서도 뛰어난 상상력과 기발한 이미지를 선보인다.

세상은 신의 장엄으로 가득 채워져 있느니
　　그것은 터져 나오리라, 마치 흔들리는 은박에서 빛이 반짝이듯;
　　그것은 흘러나와 크게 고인다, 바싹 으스러지면서 흘러나오는
기름처럼……

The world is charged with the grandeur of God.
　　It will flame out, like shining from shook foil;

It gathers to a greatness, like the ooze of oil

Crushed......

— 「신의 장엄」("God's Grandeur") 부분

이 시에서 신의 은총은 두 개의 뛰어난 이미지로 표현되고 있는데 첫째는 은박의 이미지이고 둘째는 으스러진 기름열매에서 흘러나와 고이는 기름이다. 흔들리는 은박지에 반사되는 빛을 생각해 보라. 그처럼 신의 사랑은 현란하게 터져 나온다. 그것은 일종의 황홀의 경지에서 느끼는 환희를 표현한 것이다. 뿐만 아니라 신의 사랑은 으스러진 열매에서 느릿하게 흘러나와 고이는 기름처럼 은근하고 끈질기다. 이 시 원문의 4행 '으스러져'(crush)에서의 'k'음은 뛰어난 음향효과를 보인다. 마치 주먹으로 피마자 열매를 으깨는 듯한 착각을 일으키게 하는 부분이다. 이처럼 이 시행은 신의 사랑의 두 면모를 두개 이미지를 통하여 손에 잡힐 듯 전달하고 있다. 홉킨스의 시인으로서의 천재성은 여기에 있다.

그러나 지금 읽어도 어려운 그 치열하고 독특한 언어실험과 이미지 사용 등으로 홉킨스는 생전에 인정을 받을 수도 없었고 자신도 그러한 사실에 대해 괴로워하고 있었다. 그의 생애 말기에 쓴 '테리블 소네트'(Terrible Sonnets)는 바로 그러한 상황과 아무리해도 이 타락한 세상에서 역할을 할 수 없는 자신에 대한 절망감을 표현한 것이며 그러면서 뛰어난 예술적 향기를 풍긴다. 그 중에서 가장 내밀하게 그의 고독과 절실한 피폐함을 표현한 것은 다음의 시이다.

나는 깨어서 어둠의 장막을 느끼네. 낮이 아니라.
몇 시간, 오 어떤 검은 시간을 우리는 보내었던가
이 밤에, 어떤 광경을 너 심장들은 보았는가; 어떤 길을 너는 갔는가!
빛은 오래 머뭇거리고 있는데 더 가야만 한다.

내 분명히 이를 말하느니. 내가 말하는 것에서
시간이란 해이며 인생을 의미하는 것이라. 그리고 나의 탄식은
끝없이 울려 퍼지느니, 저 멀리, 오! 멀리 계시는 그분께
보내진 읽히지 않은 편지와 같은 외침이란 말이지.

나는 쓰라리네, 가슴이 불에 덴 듯 아리네. 하느님의
가장 깊은 선고가 나를 쓴 맛나게 했던 것이네. 내 맛은 바로 나이니;
내 속에 세워진 뼈, 채워진 살, 피는 저주로 넘실거리네.
정신의 효모가 육체의 반죽을 시게 하네. 나는 보네
상실이 이와 같음을, 그들의 재앙은, 내가 나의 재앙이듯,
그들의 땀 흘리는 자아인 것이네; 더 나쁜 것이네.

I wake and feel the fell of dark, not day.
I wake and feel the fell of dark, not day.
What hours, O what black hours we have spent
This night! what sights you, hearts, saw; ways you went!
And more must, in yet longer light's delay.
With witness I speak this. But where I say
Hours I mean years, mean life. And my lament
Is cries countless, cries like dead letters sent
To dearest him that lives alas! away.

I am gall, I am heartburn. god's most deep decree
Bitter would have me taste. my taste was me;
Bones built in me, flesh filled, blood brimmed the curse.
Selfyeast of spirit a dull dough sours. I see
The lost are like this, and their scourge to be
As I am mine, their sweating selves; but worse.

─ 「나는 깨어서 어둠의 장막을 느끼네」
("I wake and Feel the fell of dark") 전반부

우선 이 처절한 고독의 시에서 홉킨스는 연속되는 뛰어난 이미지들을 선보이고 있다. 우선 당시의 고독한 상황을 짐승의 가죽과 같은 어둠에 휩싸여 있다고 말함으로써 효과를 배가하고 있다. 한밤중에 시적 화자는 잠이 깨어 고립무원의 처지를 절감하고 있는 것이다. 이 밤중에 얼마나 많은 것을 보거나 지나갔는가 하는 말은 아마 '악몽'이나 '불길한 상상' 같은 것을 의미하는 것이라고 생각된다. 그리고 시의 첫 두 연에서 가장 뛰어난 부분은 자신의 끝없는 한탄과 신께 보내는 호소가 먹혀들지 않음을 수취인 없는 편지에 비유한 부분이다. 또한 당시의 생활이 그에게 얼마나 지긋지긋한 것이었는지는 '일각이 여삼추'라는 말로 표현되고 있다. 보낸 편지가 읽혀지지 않고 쌓여만 있듯이 사제 홉킨스가 일생을 두고 의지하고 모셔온 신은 그의 고통에 아무런 응답도 보이지 않는다. 그리하여 그는 절실한 외로움에 싸이며 자신의 몸에 내린 저주를 실감하는데 그것을 "뼈와 살과 피에 가득하다"고 표현한다. 우리의 몸을 구성하고 있는 뼈, 살, 피에 저주가 가득하다는 말은 참으로 절실한 괴로움의 토로이다. 그리고 시인은 자신의 맛이 써졌다고 말한다. 정신이 맑고 쾌활하면 그것을 미각으로 표현할 때 상큼하고 시원한 맛일 것이다. 심한 고독과 자학에 의하여 입에 침이 마를 정도로 고통스러운 것이다. 또한 그는 자신의 정신적 피폐함을 이스트의 이미지로 표현하고 있다. 이스트를 지나치게 많이 넣어 밀가루 반죽이 시어져버리듯 뭔가 지나친 자성에 의하여 스스로 망가져 가고 있는 모습을 말하는 것이다. 마지막으로 이것을 상실이라고 말하며 그들의 재앙이 땀 흘리는 자아라고 말한다.

이 시에 사용된 이미지들은 매우 생생하고 뛰어나다. 그것들은 거의 손에 만져질 듯이 시적 화자의 고독과 고통을 느끼게 한다. 특히 이스트의 이미지는 물론 성서에서 따온 것이지만 이 시에서 아주 적절하게 쓰이고 있다.

그의 사후에 엘리엇을 위시한 모더니스트들은 바로 홉킨스의 시에서 그들의 시가 나아갈 방향을 찾았다. 더없이 생생하며 활기찬 시어구사와 이미지의 사용에서 홉킨스의 시는 현대시의 가장 좋은 모범이 되어주었던 것이다.

| 참고문헌 |

김형태. 『에밀리 디킨슨』. 한신문화사, 1995.

신원철. 『역동하는 시: 사제시인 G. M. 홉킨즈』. 국학자료원, 2009.

Boyle, Robert S. J. *Metaphor in Hopkins.* Chapel Hill: U of North Carolina P, 1961.

Downes, David A. *G. M. Hopkins: A Study of His Ignatian Spirit.* New York: Octagon Books. 1959.

Franklin R. W. Ed., *The Poems of Emily Dickinson.* Cambridge, Massachusetts, London, England: Belknap P, Harvard U P, 1998.

Judith Farr Ed. *Emily Dickinson: A Collection of Critical Essays.* N J: Prentice Hall, 1996.

Johnson, Trevor. *A Critical Introduction to the Poems of Thomas Hardy.* London: Macmillan Education, 1991.

Millgate, Michael. *Thomas Hardy: A Biography.* Oxford: O U P, 1985.

Norman Page Ed. *Oxford Reader's Companion to Hardy.* Oxford: O U P, 2000.

Wendy Martin Ed. *The Cambridge Companion to Emily Dickinson.* Cambridge: C U P, 2002.

Zietlow, Paul. *Moments of Vision: The Poetry of Thomas Hardy.* Cambridge: Harvard U P, 1974.

2

W. B. 예이츠
(William Butler Yeats, 1865-1939)

1) 감각과 사랑의 시

영시에서의 감각에 대한 취미는 우리시와 구별 짓는 큰 차이가 된다. 감각적이라는 것은 시가 얼마나 우리의 오감에 어필하느냐의 문제인데 앞에서 얘기한 홉킨스도 사실은 매우 감각적인 시인이고 그 이전에 키츠가 있었다. 키츠풍의 낭만적 감각시는 후에 세기말 시인들에게 전승되어 오스카 와일드(Oscar Wild), 어니스트 다우슨(Earnest Dowson) 등의 시인들이 양산된다. 앞의 두 시인처럼 감각에 모든 것을 맡긴 것은 아니었지만 예이츠의 초기시에서 우리는 그것의 많은 예를 접하게 되는데 그것은 젊은 예이츠가 기질상 몽환적이고 아름다움에 깊이 탐닉하는 청년이었음을 말해주는 것이다.

초기시 중의 한편을 보자.

가을이 우리를 사랑하는 긴 잎사귀 위에 있습니다,
그리고 보릿단 안의 생쥐 위에도 있습니다;
우리 머리위의 마가목 잎사귀는 노랗습니다,
젖은 들딸기의 잎사귀도 노랗습니다.

사랑이 이우는 시간이 우리를 에워쌉니다.
우리의 슬픈 영혼은 이제 지치고 피곤합니다;
정열의 계절이 우릴 잊기 전에 헤어집시다,
그대 수그린 이마에 키스를 하고 눈물을 흘리며.

Autumn is over the long leaves that love us,
And over the mice in the barley sheaves;
Yellow the leaves of the rowan above us,
And yellow the wet wild strawberry leaves.

The hour of the waning of love has beset us.
And weary and worn are our sad soul now;
Let us part, ere the season of passion forget us,
With a kiss and a tear on thy dropping brow.
― 「낙엽」("The Falling of the Leaves") 전문

이 시는 예이츠의 시 중에서 그다지 주목받지 못하는 것으로 알고 있
다. 그러나 짧고 단순해 보이는 이 시에서도 대시인으로서의 만만치 않은
가능성을 엿보게 되는데 그것은 그 구상과 이미지의 단단함과 절제에 있다.
1연의 경우 자세히 보면 눈을 들어 올려다보는 사물과 내려다보는 사물의

가을이 대비 언급되고 있다. 눈 들어 보면 나무의 긴 잎사귀, 마가목 잎사귀에 가을이 내려 앉아 있고 고개 숙여 내려다보면 이슬에 젖은 들딸기 넝쿨과 보릿단 속에서 부지런히 들락거리는 생쥐의 잔등에도 가을이 내려앉아 있다. 딸기 덤불과 잎사귀가 우리에게 주는 잔가시 송송한 시각적, 촉각적 감각과 가을 볕 아래 숨을 할딱이며 보릿단을 파헤치는 생쥐의 잔등이 주는 촉각적 감각은 손에 만져질 듯하다. 2연의 1, 2행에서 보이는 w음의 두운은 가을이 주는 쓸쓸함과 이울어가는 청춘, 같은 것들을 소리로 적절하게 암시하고 있다. 사랑이 시들어 가는 시간이 우리를 둘러싸고 우리의 슬픈 영혼은 지쳐있다. 그리고 결별의 선언인 마지막 두 행 중 마지막 행의 리듬과 소리가 좋다.

이 시를 비롯해 초기의 예이츠는 아일랜드의 전설적 영웅 이야기와 목가적인 이야기에 몰두하며 소년적인 취향에 젖어있었다. 어딘지 아련하고 슬프고 꿈꾸는 듯한 이 시들의 분위기는 흔히 예이츠의 약점으로 지목되고 있다. 그러나 우리에게 가장 널리 알려진 시를 한번 천착해서 읽어보자.

나 이제 일어나 가리, 이니스프리로 가리,
진흙과 나뭇가지로 만든 작은 오두막 짓고;
아홉 콩 이랑을 거기서 갈며, 꿀벌을 치기 위한 벌통도 하나 갖고,
혼자서 살으리 벌 소리 잉잉대는 공터에서.

그리고 거기서 나는 어떤 평화를 가지리, 평화란 천천히 떨어지는 것,
아침의 베일에서 귀뚜라미 우는 곳까지 떨어지는 것;
거기의 한 밤은 온통 희부연 빛, 그리고 정오는 자줏빛 불길,
그리고 저녁엔 홍방울새 날개 소리로 가득하리.

나 일어나 이제는 가리, 왜냐하면 밤낮없이
기슭에 나지막한 소리로 찰싹이는 호숫물 소리 귓전을 떠나지 않으니;
내가 길가에 서 있든, 잿빛 포도 위에 서 있든,
가슴속 깊이에서 듣고 있으니.

I will arise and go now, and go to Innisfree,
And a small cabin build there, of clay and wattle made:
Nine bean-rows will I have there, a hive for the honey bee,
And live alone in the bee-loud glade.

And I shall have some peace there, for peace comes dropping slow,
Dropping from the veils of the morning to where the cricket sings;
There midnight's all a glimmer, and noon a purple glow,
And evening full of the linnet's wing.

I will arise and go now, for always night and day
I hear lake water lapping with low sounds by the shore;
While I stand on the roadway, or on the pavements grey,
I hear it in the deep heart's core.

— 「이니스프리 호도」("The Lake Isle of Innisfree") 전문

　　총 3개의 4행연으로 이루어진 이 시는 그의 다른 시들을 다 젖히고 왜 그다지도 유명한가? 우선 시의 구조를 보면 1연과 3연이 좋은 댓구를 이루고 2연에서 절정에 이른 감각의 아름다움을 선보이고 있다. 1연은 모든 것을 떨치고 일어나서 이니스프리로 가서 생활을 꾸리겠다는 것이고 3연은 현실로 돌아와도 도저히 떨칠 수 없는 이니스프리의 매력을 말하고 있다.

　　1연에서 가장 눈에 띄는 부분은 "아홉 콩 이랑"(Nine bean-rows)이라는

구절과 "꿀벌 잉잉대는 작은 터"(live alone in the bee-loud glade)라는 구절의 음악성이다. 우리말로 번역해도 듣기 좋은 이 구절에서 주목해야 할 것은 "nine bean"에서 반복되는 n음과 "live alone in the bee loud glade"에서 반복되는 l음으로 이런 음들이 매우 부드럽고 평화로운 분위기를 암시하는 것이다. 감각미의 보고인 2연에서 가장 눈에 띄는 것은 '평화'에 대한 시인의 감각적 파악이다. 그는 평화가 아침안개에서 이슬이 떨어지듯 똑똑 떨어지는 것이라 말한다. 아침안개가 대지 위에 드리우듯 평화의 커텐은 드리워져 있다가 귀뚜라미 우는 풀뿌리까지 적시는 것이다. 그리고 이 섬의 밤중은 온통 뿌옇고 낮은 보랏빛으로 타오르는데 둘 다 'glimmer', 'glow'라는 단어를 사용함으로써 소리의 효과를 노리고 있다. 인적 없는 섬의 밤하늘은 별빛의 잔치가 되리라. 그리고 대낮의 자줏빛 불길이란 그 지역에 흔한 자줏빛 꽃(히드)이 하늘을 향해 무리지어 피어난 모습이나 물에 비치어 일렁대기도 하는 빛을 표현한 듯하다. 그리고 저녁이면 잠자리를 찾아 나뭇가지 사이를 부스럭대는 홍방울새의 날개 짓 소리가 숲에 가득하여 귀를 즐겁게 한다. 2연은 그처럼 뛰어난 감각의 표현들이 그득하다. 3연에서 눈에 띄는 표현은 "호숫물 할짝이는 소리"(lake water lapping with low sounds)라는 표현이다. 호수는 아무리 커도 바다와는 다르다. 호수의 물결은 결코 바다처럼 위협적이거나 역동적이지 않다. 잔잔하게 일렁거리고 기슭을 부드럽게 건드리는 것이 호수물의 특징이다. 그것을 예이츠는 '할는다'라는 표현을 씀으로써 그 느낌을 촉각적으로 살리고 있다. 실제 길호는 대단히 큰 호수이다.

이 시가 그토록 오랫동안 사람들 사이에 애송되고 있는 것은 이와 같은 감각적 이미지가 어필했기 때문일 것이다. 아일랜드인들은 근본적으로 몽환적이고 신비적인 기질을 가지고 있다. 그것이 예이츠를 통하여 이러한 시로 승화되었으며 거기에 감각적 포착력이 더해짐으로써 한결 탄탄해지는 것이다. 젊은 예이츠는 꿈장이 소년이었음을 말하는 연구자들은 많다. 그는 실제 이니스프리나 혹은 다른 섬 같은 곳에 도피하여 살고 싶어 했는지 모른다. 그러면서 그 섬에서의 생활을 환상적으로 동경했을 터인데 그것이 이런 감각적인 표현을 빌리지 않았더라면 정말 막연한 어떤 동경으로 그치고 말았을 것이다. 그것은 또 「버드나무 아래서」("Down by Salley Gardens")라는 시에서도 보인다. 버드나무 축축 늘어진 강변의 정원에서 아름다운 그녀는 청년에게 나뭇가지에서 잎사귀가 돋아나듯이 사랑을 자연스럽게 생각하라고 타이른다. 그러나 그는 젊고 어리석어 그 말을 듣지 않았고 그녀는 떠나 버렸다는 내용의 이 시는 노래로 작곡이 되어 있다. 이 시에서 젊은 그는 순진하고 여인의 자태는 귀엽고 앙증맞다. 가장 눈에 띄는 것은 그녀의 하얀 손과 발이다. 강변의 푸른 풀과 좋은 대조를 이루는 눈처럼 하얀 발("그녀 버드나무 정원을 눈처럼 하얀 발로 지나갔네"(She passed the salley gardens with little snow-white feet))과 청년의 어깨에 얹고 있는 하얀 손은("내 기울인 어깨에 그녀 눈처럼 흰 손을 얹고"(on my leaning shoulder she laid her snow-white hand)) 어느 정도 에로틱하기까지 하다.

그런데 이 시인의 이러한 몽환적이고 비현실적인 기질이 가장 잘 드러나는 사건은 모드 곤(Maud Gonne)에 대한 집요한 사랑이다. 모드 곤은 예이츠가 1889년 처음 만났는데 그녀 삶의 유일한 목적은 아일랜드의 독립을 이루는 데 있었다. 당시 영국의 지배하에 있던 아일랜드를 독립시키기 위한 운동이 한참 전개되고 있었는데 그녀는 그 가운데 서 있었던 것이다. 예이츠는 활발하고 생기에 찬 여전사인 그녀를 보고 사랑을 느꼈지만 그녀는 소심하고 나약한 예이츠에게서 아무런 남성을 느끼지 못했다. 예이츠의 그녀에 대한 구애는 거절당하고 1903년 모드 곤은 맥브라이드 소령과 결혼한다. 그러나 그 이후에도 그녀에 대한 예이츠의 사랑은 꺼지지 않아 1916년 부활

절 봉기에서 곤의 남편이 처형당하자 과부가 된 그녀에게 다시 청혼을 했다가 거절당하고 마침내 그녀의 딸에게까지 청혼했다가 거절당하는 사태까지 이어진다. 그런 일련의 처참한 마음의 아픔 끝에 마침내 1917년 심령술사인 조지 하이드 리즈(George Hyde Lees)와 결혼했다. 다행스럽게 그녀는 예이츠의 이러한 아픔을 잘 이해하는 현명하고 너그러운 여성이어서 이후 그는 자기 부인을 영매로 하여 '자동기술'이라는 독특한 시법을 창안하고 거기서 그의 후기 걸작들이 쏟아져 나온다.

이러한 과정에서 모드 곤은 끊임없이 그의 시에서 트로이의 헬렌, 아테네 여신 등으로 나타난다. 사실 그녀는 아름답기보다는 어깨가 벌어진 건강하고 활동적인 여성이었다. 하여간 그녀에 대한 염원, 원망 같은 것들이 그의 시를 만들었으니 그에게는 그녀가 연인인 동시에 끝없는 이상이었다. 예이츠의 시에서 모드 곤에 대한 최초의 직접적인 언급은 「그대 늙었을 때」("When You are Old")에서 볼 수 있다.

당신이 늙어 백발이 되고 졸리움으로 가득하여
난로 가에서 꾸벅거리게 되면, 이 책을 꺼내보시라
천천히 읽으며 당신의 눈이 한때 가졌었던
부드러운 표정과 깊고 그윽한 그림자를 돌이켜 보시라;

얼마나 많은 남자들이 당신의 그 기쁜 우아함의 순간들을 사랑했고,
당신의 아름다움을 거짓되거나 진실된 마음으로 사랑했던가,
그러나 단 한 사람만이 당신의 내면에 있는 순례자적인 영혼을 사랑했고,
당신의 변해가는 얼굴의 슬픔조차도 사랑했거니;

그 달아오르는 난로창살 곁에서 허리 수그리고
중얼거리시라, 조금 슬프게, 사랑이란 얼마나 쉽게 달아나서

저 머리위의 산을 밟고 올라가
별들의 무리 사이로 얼굴을 감추어 버리는지.

When you are old and grey and full of sleep,
And nodding by the fire, take down this book,
And slowly read, and dream of the soft look
Your eyes had once, and of their shadows deep;

How many loved your moments of glad grace,
And loved your beauty with love false or true,
But one man loved the pilgrim soul in you,
And loved the sorrows of your changing face;

And bending down beside the glowing bars,
Murmur, a little sadly, how Love fled
And paced upon the mountains overhead
And hid his face amid a crowd of stars.

─ 「그대 늙었을 때」 전문

17세기의 형이상학파 시인 앤드루 마블(Andrew Marvel)은 「수줍은 애
인에게」("To His Coy Mistress")라는 시에서 "시간의 마차는 날개를 달고
뒤에서 달려오고 앞에는 광대한 죽음의 사막이 펼쳐져 있다"고 말했다. 사
랑하는데도 때가 있기 마련이다. 어느 누가 영원히 젊음을 유지할 수 있겠
는가. 이 시에서 젊은 예이츠가 상상하는 늙은 모드 곤은 재미있다. 지금 젊
고 아름다운 그녀도 늙으면 머리는 백발이 되고 졸음에 겨워 난로 곁에서
꾸벅거리게 될 것이다. 실제 모드 곤이 늙어서 이빨이 다 빠지고 호호 할머
니가 된 모습은 인터넷에서도 얼마든지 찾아볼 수 있다. 그때 그녀가 예이

츠의 시집을 꺼내어 다시 읽어보면, 한때 그녀의 눈이 가졌던 부드러운 빛 그리고 깊은 그림자 등 옛 모습이 얼마나 아름다운 시어로 기록되어 있는지 절감하게 될 것이다. 그녀의 젊음 앞에서 수많은 남자들이 사랑을 애원했지만 그녀의 영혼 속에 있는 순례자적인 영혼과 변모해가는 얼굴의 슬픔마저도 사랑한 이가 누구인지 그때 판단해 보시라. 사랑이라는 것이 얼마나 덧없이 왔다가 사라지는가. 사실 이 시에서는 약간의 심술마저 느끼게 된다. 아무리 청해도 들어주지 않으니 어디 한번 두고 보자는 심통 말이다.

모드 곤에 대한 추억은 곳곳에 등장하여 그의 후기의 걸작 중 하나인 「학동들 사이에서」("Among School children")에서도 볼 수 있다. 그 때 이미 아일랜드의 정계에 진입한 예이츠는 장학관이 되어 초등학교를 순시하는데 그 학교의 아이들 사이에서 어린 모드 곤을 보는 것이다.

> 그녀 역시 저 나이에 저렇게 서 있었을까 의아롭다—
> 왜냐하면 백조의 딸이라 해도 다른 모든 평범한
> 물새의 유산을 똑같이 가질 수 있으니—
> 그리하여 **뺨**이나 머리칼에 저런 색깔을 가질 수 있으니,
> 하여 내 가슴이 터질 것 같다:
> 그녀가 내 앞에 살아있는 아이로 서 있으니.

> ...wonder if she stood so at that age —
> For even daughters of the swan can share
> Something of every paddler's heritage —
> And had that colour upon cheek or hair,
> And thereupon my heart is driven wild:
> She stands before me as a living child.

— 「학동들 사이에서」 3연

귀여운 어린아이들의 모습을 하나하나 둘러보는 예이츠의 눈앞에 갑자기 어린 모드 곤의 모습이 선연히 떠오르며 가슴이 터질 것 같은 회환이 밀려오는 것이다. 여기서도 예이츠는 모드 곤을 귀족적인 혈통으로 바라보고 있다. 아마 그녀도 어릴 적에는 저 아이들과 똑같은 머리칼과 뺨의 색을 하고 있었을 것이다. 그것을 예이츠는 백조와 물새의 성격을 들어 말하고 있다. 고귀한 백조도 보통 물새들과 같은 일면을 가지고 있을 터, 모드 곤도 이 아이들과 똑같은 어린 모습을 하고 있었을 것이다. 예이츠는 젊어서 보통사람들에 대한 동류의식을 느끼고 있었으나 만년에 귀족적인 질서를 동경하고 교양 있는 상류계층의 여성들 사이에서 편안해했다. 여기서의 고귀한 혈통이라는 것도 그러한 귀족 취미에서 발생하는 것이다. 그와 관련하여 모드 곤에 대한 결정적인 감정은 「제2의 트로이는 없다」("No Second Troy")에서 "고결함이 불처럼 단순하게 만든 정신과,/ 팽팽히 당진 활과 같은 아름다움을 지닌 그녀"(That nobleness made simple as a fire,/ With beauty like a tightened bow)라고 이상화되어 있으며 그녀의 기질은 또 "높고 외롭고 가장 단호하여/ 이런 시대에 흔치 않은 그런 사람"(That is not natural in an age like this,/ Being high and solitary and most stern)이라고 표현하고 있다. 예이츠의 젊은 시절을 고통으로 가득 채웠던 모드 곤의 품성은 이러한 시대에 어울리지 않는 고상하고 고독하고 단정한 면을 지니고 있다. 이것은 일반인들이 범접하기 어려운 지고한 무엇이다. 일반 여인들과는 확연히 다른 그녀에게 절세의 미인만이 할 수 있는 '불태울 트로이'가 남아있단 말인가? 예이츠는 모드 곤에게 헬렌과 같은 비극적 아름다움을 선사하고 있다.

모드 곤에 대한 사랑은 결국 실패로 끝났는데 그 사랑은 그래도 식지 않아 그녀의 딸 이졸트(Iseult)에게로 옮아간다. 이것은 그의 시집 『책임』(*Responsibility*)에 실린 시 「바람 부는 해변의 춤추는 아이에게」("To a Child

Dancing in the Wind")에서 보이는데 ("아직 젊어서, 너는 잘 모르지/ 바보가 승리한 것도, 또/ 사랑이 얻어짐과 동시에 잃어지는 것도……"(Being young you have not known/ The fool's triumph, nor yet/ Love lost as soon as won,)), 여기서의 아이, 이졸트는 매우 발랄한 소녀인 것으로 보인다. 바닷물에 머리가 젖는 것에는 아랑곳하지 않고 노르망디의 해변에서 춤을 추는 소녀를 보면서 아일랜드 인들의 우매함과 아이의 어머니 모드 곤의 어리석은 선택까지 생각하고 있는 것이다. 마음씨 좋은 이웃 아저씨 예이츠는 춤추는 아이를 보고 제 어머니와 같은 길을 걷지 않을까 염려했을 수도 있다. 실제 나중에 이졸트는 예이츠의 청혼을 거절하고 어느 소설가에게 시집갔다가 파경을 맞게 된다. 이에 대한 예이츠의 심경은 「2년 후」("Two Years Later")라는 시에서 또 토로되고 있다("저 담대하면서도 다정한 눈이 사실은 / 더 지혜로워야 함을 누구도 말해준 적 없지?/ 혹은 불나방이 불에 타들어 갈 때/ 얼마나 절망적인지 경고한 바가 없지?"(Has no one said those daring/ Kind eyes should be more learn'd?/ Or warned you how despairing/ The moths are when they are burned?)). 이것은 이졸트에게 하는 말인 동시에 모드 곤에게 하는 말이기도 하다. 세상사란 담대한 열정만 가지고 되는 게 아니다. 그런 순수한 열정을 가진 사람일수록 자기의 덫에 치이기 쉬운 법이다. 그는 여기서 두 모녀의 기질을 불나방에 비유하고 있다. '너에게 경고를 했어야 했는데 너는 젊고 나는 늙어 의사소통이 되지 않았다'라는 말은 얼마나 애절한 탄식인가.

하여 이 모든 사랑에 실패한 시인 예이츠의 쓸쓸한 심경은 「쿨호의 백조」("The wild Swans at Coole")에 너무나 잘 나타나 있다. 젊어서 가벼운 걸음으로 걸었던 호반의 길을 이제 그 젊음을 다 잃어버리고 쓰라린 마음을 안은 채 터덜터덜 걷고 있는 것이다("지금 내 마음은 쓰라리다/ 모든 것이

변해버렸다, 처음 내가/ 황혼 아래 이 기슭에서/ 머리위로 종을 치듯 탁탁 치는 저들의 날개소리를 들으며/ 훨씬 가벼운 발걸음으로 걸었던 이래로"(And now my heart is sore./ All's changed since I, hearing at twilight,/ The first time on this shore,/ The bell-beat of their wings above my head,/ Trod with a lighter tread.)). 호수 위를 매끄럽게 헤엄치고 날아오르는 백조들은 옛날과 같은 숫자 같은 모양인데, 어느 덧 자신은 인생의 젊음을 다 잃어버리고 초로의 나이에 접어들어 있는 것이다. 평생을 두고 추구한 모드 곤에 대한 사랑은 그렇게 쓸쓸하게 끝난다. 그러나 모드 곤이 없었더라면 혹은 모드 곤이 그의 사랑을 쉽게 받아들였더라면 예이츠의 시가 있었겠는가? 미묘한 문제이다.

예이츠에 의해서 슬라이고는 시의 고향이 되었다. 아일랜드 서북부에 있는 이 작은 항구도시는 실제 가 보면 보잘 것 없지만 예이츠의 시로 인하여 얼마나 많은 상상이 부여되었는가. 소년 때부터 벌써 노인의 목소리를 내고 있었던 이 시인의 시 「늙은 어부의 명상」("The Meditation of the Old Fisherman")도 역시 감각시의 좋은 예다.

> 물결들이여, 비록 너희들 내 발밑에서 아이들처럼 춤추지만
> 비록 너희들 번쩍이며 햇빛을 반사하지만, 비록 으르렁거리며 내닫지만
> 지금보다 더 따뜻했던 그 유월에는, 물결들이 더 쾌활했었느라,
> 내가 마음에 금간 데 없는 소년이었을 적에는.
>
> 바다의 조수 속엔 옛날처럼 청어들이 많지가 않아;
> 슬플진저! 왜냐하면 그때는 잡은 물고기를 슬라이고로 팔러가는
> 달구지의 대나무 광주리들은 무수히 삐걱삐걱 댔었거든,
> 내가 마음에 금간 데 없는 소년이었을 적에는.

그리고 오 그대 도도한 아가씨, 당신은 그의 노 젓는 소리 바다에서
들려올 때도, 조약돌 깔린 해변의 펼쳐 말리는 그물 곁을 저녁답에 걷던
도도하고 독특하던 그 옛날의 아가씨들만큼 아름답지는 못해,
내가 마음에 금간 데 없는 소년이었을 적에는.

You waves, though you dance by my feet like children at play,
Though you glow and you glance, though you purr and you dart;
In the Junes that were warmer than these are, the waves were more gay,
When I was a boy with never a crack in my heart.

The herring are not in the tides as they were of old;
My sorrow! for many a creak gave the creel in the cart
That carried the take to Sligo town to be sold,
When I was a boy with never a crack in my heart.

And ah, you proud maiden, you are not so fair when his oar
Is heard on the water, as they were, the proud and apart,
Who paced in the eve by the nets on the pebbly shore,
When I was a boy with never a crack in my heart.

– 「늙은 어부의 명상」 전문

세 개의 4행연으로 이루어진 이 시도 각 연이 감각의 향연을 보이고 있
다. 1연에서 중심 되는 표현은 파도의 모습을 묘사한 네 단어인데 'glow'와
'glance'는 밝은 햇살 아래서 무수하게 번쩍이며 흔들리는 물결이며 'purr'와
'dart'는 가르릉 거리다가 쥐를 발견하면 순식간에 내닫는 고양이처럼 포말
을 일으키다가 순식간에 밀려가는 파도의 움직임인 것이다. 이 네 동사로
인해 파도는 더욱 생명력을 가지며 마치 그 움직임과 요동이 손에 잡힐 듯

느껴지게 된다.

2연에서는 소리의 기묘한 효과를 볼 수 있는데 2, 3행의 'k' 음이다. 'creak', 'creel', 'cart' 세 단어를 이어주는 'k'음 두운은 달구지와 그 달구지에 실려 삐걱거리는 대바구니의 소음을 느끼게 한다. 전날 잡은 물고기를 내다 팔기 위해 아침 일찍 길을 가는 달구지에서는 대광주리 삐걱대는 소리가 요란했을 것이다. 그러나 지금은 옛날과 같이 풍요롭지 않다는 것이다. 그러나 이 시에서의 감각의 절정은 3연의 처녀들에 대한 묘사에 있다. 지금의 처녀와 옛날의 처녀는 두 개의 상황으로 대비되고 있다. 좋아하는 남자의 노 젓는 소리에 반색하는 지금의 처녀도 아름답지만 자갈밭을 살금살금 걷던 옛날의 처녀들만큼 아름답지는 않다. 이 구절에서는 저녁에 자갈밭을 지나 몰래 애인을 만나러가는 옛날 처녀들의 발이 선명히 상상된다. 물론 여기서 발뒤꿈치를 직접 언급하지는 않았으나 동글동글한 조약돌 깔린 해변과 샌들을 신거나 맨발로 그 위를 걷는 처녀들의 동글동글한 하얀 발뒤꿈치가 상상되면서 독자의 감각을 자극하는 것이다. 이 시의 전반적인 어조는 지금도 아름다운 이 모든 것들이 도저히 옛날의 그것과는 비할 수 없다는 노인의 영탄이지만 아름다웠던 것에 대한 추억은 역시 이 시인의 감각에 의해서 뛰어나게 전달되고 있다.

2) 예이츠의 후기 시와 가이어-영원한 지혜와 예술의 세계를 찾아서

한 시인의 시 세계가 달라지는 것은 그 정신의 성숙과 비례한다. 나이가 들면서 쇠락하는 육신에 대한 노래는 시인들의 좋은 주제가 되어왔지만, 특히 예이츠의 경우에는 그 육신의 쇠락을 터닝포인트로 하여 아주 이상적인 발전 궤도를 그리고 있다. 초기의 예이츠 시가 몽환적이고 아름답기만 한 세기말적 특성을 보여준다면 중기이후의 예이츠 시는 대단히 명상적이고 철학적인 모습을 띠고 있다. 이것은 그의 시에 무게와 깊이를 더해주어 그야말로 20세기를 대표하는 영어권시인으로 성장하게 한다. 모드 곤이라는 한 여성에 집착하던 몽환적이고 어리숙하던 청년은 어느덧 명상하고 사색하는 철인이 되어 있었다. 그의 중요한 철학은 무엇일까? 그리고 그것은 그의 시에 어떻게 녹아 있을까? 다음의 시를 한번 읽어보자.

영혼을 기쁘게 하기 위해 육체가 상하지 않는 곳
거기서 노동은 꽃피거나 춤추는 것,
아름다움 또한 절망으로부터, 혹은 한밤중 등잔불아래
침침해진 눈의 지혜로부터 오는 것이 아니다.
오 밤나무여, 뿌리 깊은 꽃나무여,
너는 잎이냐, 꽃송이냐, 줄기냐?
오호라 음악에 맞춰 흔들리는 육체여, 빛나는 눈길이여,
춤과 춤꾼을 어찌 떼어서 볼 수 있단 말이냐?

Labour is blossoming or dancing where
The body is not bruised to pleasure soul,
Nor beauty born out of its own despair,
Nor blear eyed wisdom out of midnight oil.
O chestnut tree, great rooted blossomer,
Are you the leaf, the blossom or the bole?
O body swayed to music, O brightening glance,
How can we know the dancer from the dance?

― 「학동들 사이에서」 마지막 연

여기서 우리는 예이츠의 중요한 사상 하나를 접하게 되는데 그것은 어느 한 쪽에 치우치지 않은 '조화와 상생'이라는 철학이다. 젊어서의 예이츠가 모드 곤에게 지나치게 집착했던 것도 또 그 이루어지지 않은 사랑 때문에 끝없이 괴로워했던 것도 심지어 그 딸에게까지 구혼했던 일도 그가 얼마나 편향된 인간이었던가를 말해주는 것이다. 시인이라는 사람들은 그렇게 편벽되고 지나치게 예민하고 감성적이어서 거기서 시가 창조되어 나오는 일면이 있기는 하다. 그러나 그것이 그 본인에게는 말할 수 없이 피곤한 일이다. 이제 나이 들어 젊어서의 정념이나 증오 같은 것들이 사그라지면서 이 시인은 동양적인 중도나 조화와 같은 삶의 철리를 깨달아가게 되는 것이다. "너는 잎이냐, 꽃송이냐, 줄기냐?/ 오호라 음악에 맞춰 흔들리는 육체여, 빛나는 눈길이여,/ 춤과 춤꾼을 어찌 떼어서 볼 수 있단 말이냐"라는 구절에서 바로 그것을 느낄 수 있다. 잎도 꽃송이도 줄기도 모두 조화를 이루어야 하나의 꽃나무를 형성하는 것이다. 춤동작과 그 춤추는 사람을 떼어내고 어떻게 춤이 이루어질 수 있는가? 이러한 시구는 범상한 생각에서 나올 수 있는 것이 아니다. 모든 것은 조화고 전체이다. 어느 것도 따로 떼서 생각할 수는 없는 것이다. 그러나 역시 이러한 깊이와 성숙도 젊어서의 방황과 갈등이 있었기 때문이다. 그 모든 시행착오를 다 겪고 난 후의 예이츠는 더 깊이 있고 너그러운 인간이 되어 있었을 것이다. 완벽을 추구한다는 것이 얼마나 어리석은 일인가. 어느 한 곳에만 집착한다는 것 또한 얼마나 어리석은 일인가.

1923년 예이츠는 노벨문학상을 수상하는 등 외적으로 영예의 극을 달리고 있었으나 서서히 쇠퇴하는 육체적 건강 등으로 해서 정신의 세계에 눈을 돌리고 있었다. 더 이상 젊지 않다는 의식은 그 당시 내전 상황에서 난동을 부리는 젊은이들을 보면서 느끼는 위축감 등으로도 나타난다. 이것은 또 그의 현명한 부인 조지 하이드 리즈(George Hyde Lees)의 영향에 의한 것이기도 하다.[1] 이때 그의 독특한 우주관 내지 역사관이 태동한다. 그에 의하면 한 문화의 변천 주기는 대략 2000년인데 기원전 2000년쯤에 있었던 트로이 전쟁 무렵부터 그리스도 탄생까지가 그리스 로마 문명의 시대이고 그리스도 탄생 이후 2000년까지가 기독교 문명의 시대이며 20세기를 맞아 새로운 문명이 태동한다는 것이다.

그러므로 트로이 전쟁의 주원인이었던 헬렌이 수태되는 과정은 하나의 문명을 여는 중대한 사건이며 그것은 1924년에 쓰인 「레다와 백조」("Leda and the Swan")라는 시에 재미있게 묘사되어 있다. 바람둥이 제우스는 강에서 목욕하는 아름다운 처녀 레다에게 반해서 백조의 모습으로 변신한 다음 그녀를 겁탈하고 그 결과 트로이 전쟁의 원인이 되었던 헬렌이 태어난다. 만일 이 사실을 감안하지 않고 이 시를 읽으면 시는 매우 단조롭고 별 감흥도 주지 못할 것이다. 우선 보아서 흉악한 백조가 약한 처녀 하나를 겁탈하는 모습만 단순하게 묘사된 이 시에서 사실 우리가 주목해 보아야 할 것은 그 폭력과 피폭력의 대비이다. 이 시에서 백조가 목욕하는 처녀를 덮치는 과정은 대단히 폭력적으로 묘사되어 있다("비틀대는 소녀의 위에서/ 거대한 날개를 고요히 퍼덕이며, 시커먼 물갈퀴에/ 그녀의 허벅지는 애무당하고, 그녀의 목덜미를 부리에 문 채로,/ 그는 그녀의 무력한 가슴을 자신의 가슴에 바짝 붙인다"(......the great wings beating still/ Above the staggering girl, her thighs caressed/ By the dark webs, her nape caught in his bill,/ He holds her helpless breast upon his breast.)). 확실한 균형을 잡고 고요히 퍼덕이는 백조의 거대한 날개와 불안하게 비틀거리는 소녀, 넓적한 부리와 가

---

1) 예이츠는 그의 부인에 대하여 "내 아내는 친절하고 현명하고 이기심이 없는 완벽한 아내다"라고 평하고 있다.

늘고 하얀 그녀의 목덜미, 검은 물갈퀴와 그녀의 힘 빠진 하얀 허벅지, 백조의 튼튼한 가슴과 무기력한 그녀의 가슴은 단연 대조된다. 바로 강력한 신의 힘과 약한 인간의 대비이다. 여기서 이 시인의 사상이 엿보이는 것이다. 즉 강력한 어떤 힘만 가지고는 무엇을 만들 수 없다. 거기에 대비되는 부드럽고 약한 힘과의 섞임에 의해서 새로운 무언가가 탄생하는 것이다. 기독교 문명의 태동도 무섭고 절대적인 신 야훼와 순결한 처녀 마리아의 관계에서 시작되는 것이다. 그 신과 인간의 교합은 다음과 같은 결과를 낳는다.

> 허리짬의 한 떨림이 거기서 부서진 성벽,
> 불탄 지붕과 탑 그리고 암살당한 아가멤논을
> 포태했다.
>   그렇게 붙잡혔거니,
>
> 하늘을 나는 짐승스런 피에 그토록 정복당했거든,
> 그녀가 그의 힘과 함께 지혜도 받았던가,
> 흥미를 잃어버린 부리가 그녀를 놓아주기 전에?
>
> A shudder in the loins engenders there
> The broken wall, the burning roof and tower
> And Agamemnon dead.
>   Being so caught up,
>
> So mastered by the brute blood of the air,
> Did she put on his knowledge with his power
> Before the indifferent beak could let her drop?

                                        - 「레다와 백조」 부분

허리짬의 떨림이란 그 행위를 암시하는 구절이다. 무너진 성벽, 불타버린 지붕, 탑 그리고 암살당하는 아가멤논 등은 모두 이 행위에 의하여 파생된 결과다. 이것에 의해 트로이문명은 종말을 고하고 새로운 미케네 문명이 열렸던 것이다. 그러나 시의 결말 부분에 해당하는 4연에서는 이 교접의 결과에 대해서 개탄하고 있다. 레다의 딸들이 제우스의 짐승스러운 욕망만을 닮을 것이 아니라 주신으로서의 위엄과 지혜마저 닮았던들 얼마나 좋았을까? 전설에 의하면 레다는 그 후 두개의 알을 낳았는데 하나에서는 후에 희랍군 총사령관 아가멤논의 처가 되는 클리템네스트라가 깨어나고 또 하나에서는 뒤에 트로이 전쟁의 원인 제공자가 되는 헬렌이 깨어난다. 만일 헬렌이 그 미모에 걸맞은 지혜를 함께 타고 났더라면 과연 수 십 만이 도륙을 당하고 희랍과 트로이 양쪽의 뛰어난 인물들이 서로 죽고 죽이는 처참한 전쟁이 일어났을 것인가? 미모는 있으되 머리는 없는 어리석은 여인, 그리고 남편이 없는 사이 시동생과 통정을 하며 나중에 간부와 함께 남편을 암살하는 악독한 여인도 제우스의 우연한 불장난에 의하여 태어나는 것이다.

그러나 그 제우스와 레다의 결합에 의하여 한 문명은 종말을 고하고 본격적인 희랍문명이 시작되는 것이다. 그리고 널리 알려져 있듯이 그 불길한 여성 헬렌을 예이츠는 그의 시에서 끊임없이 말하며 자신의 연인 모드 곤과 비유하고 있다. 「내 딸을 위한 기도」("A Prayer for My Daughter")에서도 헬렌에 대하여 "택함을 당했으나 인생이 단조롭고 무미하다고 생각했고/ 후에 바보에게 시집가서 많은 고초를 겪은 여인"(Helen being chosen found life flat and dull/ And later had much trouble from a fool)이라고 말했듯이 그녀는 아름다우나 현명하지 못한, 바로 모드 곤과 딱 들어맞는 여성이었던 것이다. 이 시는 첫 눈에 보아서 시의 미학이 뛰어나다거나 심오한 사상이 숨어있는 것처럼 보이지는 않는다. 그러나 백조가 무력한 처녀 하나를 덮치는 사건 하나 속에 얼마나 많은 이야기가 숨어 있는가. 아무리 거대한 역사적 사건도 결국은 아주 사소한 인연의 얽힘에서 파생되는 것이다. 그리고 우리는 여기서 동양적인 사유의 한 흔적을 발견하게 된다. 다음의 시는 묘한 분위기를 가지고 있다.

점점 넓어지는 가이어 속에서 빙빙 돌며
매는 주인의 소리를 듣지 못한다;
모든 것은 풀어져 흩어지고, 중앙은 이를 붙들지 못한다,
그야말로 혼돈이 온 세상에 풀려,
피로 물든 조수가 퍼지고, 곳곳에서
순수의 의식은 익사한다;
선한 이들은 자신을 잃어버리고, 반면에 악인들은
정열적인 확신에 차 있다.

Turning and turning in the widening gyre
The falcon cannot hear the falconer;
Things fall apart; the center cannot hold;
Mere anarchy is loosed upon the world,
The blood dimmed tide is loosed, and everywhere
The ceremony of innocence is drowned;
The best lack all conviction, while the worst
Are full of passionate intensity.

― 「재림」("The Second Coming") 전반부

이 시의 매력은 그 상징에 있다. 여기에 등장하는 가이어라는 개념은 소용돌이를 의미하며 이것은 역사의 순환도 되고 에너지의 순환도 된다. 예이츠는 역사문명의 순환이 이렇게 빙빙 돌면서 소멸해가거나 성장해가는

것이라 하였다. 하나의 문명이 선회하면서 소멸해 가는 동안 또 다른 하나의 문명은 역시 선회하면서 성장하여 결국 성장과 소멸이 만나게 되는 것이다. 요즘 우리 주변에서 넘치는 말 중의 하나가 기(氣)라는 말인데 그 기의 움직임이 바로 소용돌이 나선형이라는 것을 아는 사람은 많지 않다. 물맴이의 모양이나 아메리카 대륙에서 보이는 회오리바람의 모습이 나선형인 것은 지구의 에너지 즉 기와 관계되는 것이다.

빙빙 도는 솔개는 하나의 도입에 불과하다. 솔개라는 새가 물론 피를 밝히는 사나운 맹금이지만 새 자체가 의미를 갖는 것은 아니고 그 빙빙 도는 선회의 모양에 의미가 있다고 생각된다. 솔개가 빙빙 도는 것은 어느 의미에서 지구의 에너지 파장에 가장 순응하는 운동으로 볼 수도 있는 것이다. 그리고 이어지는 것은 세상에 퍼져가는 무정부상태의 혼돈이다. 피로 물든 조수는 번져가고 거기에 순수는 익사한다. 선한 이들은 자신을 잃고 악한 이들은 더욱 강렬한 확신을 갖게 된다. 여기서 악한 이들은 누구이고 선한 이들은 누구인가? 이 시를 쓴 때는 1919년 봄이었다. 당시는 그의 시 「내 전기의 명상」("Meditations in Time of Civil Wars")에도 나타나 있지만 아일랜드 내전으로 몹시 어수선했었고 러시아 혁명이 피를 뿌리고 있었다. 패전 후 배상금에 신음하던 독일에서도 Spartakist 봉기가 역시 엄청난 유혈이 있은 후에 진압되었다. 그리고 더 시간이 지난 후에는 무솔리니와 히틀러의 전체주의가 대중들을 광기의 도가니로 몰고 가게 된다. 이 시를 쓸 당시 특히 예이츠에게 충격을 준 것은 아일랜드 내전이었던 것으로 추측된다.[2] 인간의 광기가 마침내 어느 정도까지 진전될 것인가에 대하여 깊은 우려의 시

---

2) 1922년 봄, 영국으로부터 아일랜드의 완전한 독립을 주장하는 아일랜드 공화군은 영국에 대해 타협적인 아일랜드 자치국 정부에 대해서 격렬한 테러를 가하면서 내전을 일으킨다. 내전 중 특히 공화군은 특히 영국계 아일랜드인의 시골저택을 습격하여 약탈하거나 강제로 점거하기도 한다. 그해 6월 그레고리 여사의 쿨 장원도 습격을 당하게 된다.

선으로 보고 있었을 예이츠에게 있어서 당대는 바로 구세주 재림의 적기, 성서에서 누차 예언해온 종말과 새 세계 재편의 그날인 것이다. 그리고 이 것을 묘사하는 데 있어서 가이어의 이미지는 뛰어나다. 시 전반에 광풍처럼 휘몰아치는 가이어, 회오리바람처럼 휘몰아치는 그 변화의 힘 앞에서 어느 누구도 대적할 수 없어 보인다. 그리고 이것은 질서의 힘이라기보다는 흉포 한 무질서와 혼돈이다.

이 시에서 핵심은 정령(spiritus mundi)이라는 개념이다. 우주에 가득한 생명의 근원, 거기서 새로운 탄생을 위하여 어떤 생명체를 내려 보내는데 아이러니컬하게도 그것은 괴수 스핑크스의 형상이다.

> 사자의 몸통과 인간의 머리를 한 형상이
> 태양처럼 공허하고 무자비한 눈매를 하고
> 그 느릿한 허벅지를 움직이고 있네
> 그 흉악한 괴수가, 그것의 시기가 마침내 도래하여
> 그 탄생을 위하여 베들레헴으로 어기적거리며 걷는가?"

> A shape with lion body and the head of a man,
> A gaze blank and pitiless as the sun,
> Is moving its slow thighs, while all about it
> Reels shadows of the indignant desert birds.
> The darkness drops again; but now I know
> The twenty centuries of stony sleep
> Were vexed to nightmare by a rocking cradle,
> And what rough beast, its hour come round at last,
> Slouches towards Bethelehem to be born?

> — 같은 시 후반부

공허하고 잔인한 눈매를 하고 괴수는 느릿하게 움직이는데 그 주변에는 예의 피에 굶주린 사막의 새들이 빙빙 돌고 있는 것이다. 그리하여 시의 화자는 돌과 같이 깊은 잠에 빠진 20세기가 악몽으로 바뀌고 있음을, 그 흉물이 재탄생을 위하여 2000년 전 예수처럼 베들레헴으로 향하고 있는 모습으로 표현하고 있다. 여기서의 미래에 대한 시인의 생각은 매우 절망적이다. 그리고 그것은 현재의 기독교 중심 문명이 끝나고 새로운 폭력과 광기의 시대가 오고 있음을 말하는데 여기서 가이어의 이미지는 절대적 역할을 하는 것처럼 보인다. 시의 처음을 열던 매의 회전동작은 질서가 깨어지고 혼탁한 무질서가 판을 치는 문명의 회전 운동적 변천으로 이어지는데 새로운 괴수가 탄생을 위해 베들레헴으로 가는 동안에도 사막의 새들이 그 위를 빙빙 돌고 있는 것이다.

이러한 회전동작에 대한 예이츠의 선호는 후기시에 와서 절대적으로 강하다. 앞에서 보았던 「레다와 백조」에서 백조의 날갯짓은 당황하여 비틀거리는 소녀의 걸음걸이와 대비되는 고요하고 안정된(still) 것이었다. 이 시에서 빙빙 돌고 있는 매와 사막새들은 모두 무언가 불길한 문명의 전환을 암시하는 데 적절한 기여를 하고 있다. 여기서 예이츠의 다른 시 한 편도 눈여겨 볼만 하다. 그가 모드 곤에게 최후로 거절당하고 또한 그 딸에게까지 거절당한 후 비참한 심경으로 읊은 「쿨호의 백조」("The Wild Swans at Coole")에서도 좋은 예를 찾아볼 수 있다. 많이 읽히는 시 중의 하나인 이 시에서 시인의 심경을 암시하는 정경묘사는 곳곳에 있다. 우선 시의 1연에서의 시적 배경은 숲의 나무들이 가을의 단풍에 물들어 있고 숲길은 가을이어서 바싹 말라 있으며 시월의 황혼아래 물은 고요한 하늘을 투명하게 비추고 있는 것으로 되어 있다. 이것들이 우연한 묘사라고 생각하는 독자는 없으리라. 때는 가을이고 예이츠도 인생의 황혼기에 접어들었다. 시월의 석양

아래 고요한 하늘을 비추는 물은 예이츠의 심경을 암시하는 것이다. 이제 다 정리하고 포기하고 고요한 상태로 되돌아간 초로신사의 마음이 잡힐 듯이 느껴지는 것이다. 숲길이 바싹 마른 것도 그의 허전하면서도 다 털어낸 정념을 말하는 것이다. 그런데 그 처연하고 고즈넉한 분위기를 일시에 쇄신하는 것이 백조들의 날갯짓이고 그것도 회전동작으로 묘사되고 있다는 것이다("모두 갑자기 날아올라/ 거대한 부서진 원의 모양으로 빙빙 돌면서 탁탁치는 것이다/ 그들의 요란스러운 날개를 (All suddenly mount/ And scatter wheeling in great broken rings/ Upon their clamorous wings")). 여기서 빙빙 도는 백조의 날갯짓은 완전히 분위기를 반전시키는 역할을 한다. 이 소리로 인해 시인은 자기 내면의 깊은 침잠으로부터 벗어나 영원한 자연(백조)의 아름다움을 보게 된다. 20년 전 그가 젊은 발걸음으로 이 호숫가를 걸었던 때와 똑같은 모습, 똑같은 숫자로 백조들은 그를 맞이하고 있는 것이다. 이것은 좀 더 확장하자면 자연의 영원한 모습과 삭아가는 자신의 모습과의 대비로 볼 수 있다. 자연의 영원함에 비하면 사람의 생이란 얼마나 짧은가. 그러한 분위기의 전환이 백조의 날개소리와 빙빙 도는 회전 운동을 계기로 자연스럽게 이루어지고 있다.

앞에서 말했듯이 이때의 예이츠는 육신의 쇠락을 실감하고 있었다. 자신의 늙음에 대해서 이 시인만큼 예민하게 생각하며 그것을 시로 그려냈던 시인도 별로 없다. 1926년에 쓰인 그의 「탑」("The Tower")은 가장 좋은 예가 될 것이다.

> 이 어색함으로 무엇을 하랴—
> 오 가슴이여, 오 상처 입은 가슴이여—이 꼬락서니,
> 마치 개꼬리에처럼 내게 들어붙은

노쇠한 나이를?

　　　　　나는 이보다 더

흥분되고, 정열적이고 환상적인 상상력이나

이보다 더 불가능한 것들을 기대하는

귀나 눈을 가져본 적이 없었다ー

....

뮤즈신에게는 보따리를 싸라고 하고

플라톤과 플로티너스를 친구로 택해야겠다

상상력과 귀와 눈이

추상에 대한 논의와 거래에

만족할 때까지; 아니면 발뒤꿈치에 밟히는

일종의 찌그러진 냄비에게도 비웃음 당하게 되리라.

What shall I do with this absurdity ー

O heart, O troubled heart ー this caricature,

Decrepit age that has been tied to me

As to a dog's tail?

　　　　　　　　Never had I more

Excited, passionate, fantastical

Imagination, nor an ear and eye

That more expected the impossible ー

....

It seems that I must bid the Muse go pack,

Choose Plato and Plotinus for a friend

Until imagination, ear and eye,

Can be content with argument and deal

In abstract things; or be derided by

A sort of battered kettle at the heel.

ー 「탑」 부분

이 구절은 예이츠의 시에서 늙음의 서글픔을 가장 절실하게 한탄한 것으로 생각된다. 이 어색함(absurdity)을 어찌할 것인가? 젊어서의 그 탄력 있던 육체는 어느덧 사라지고 자기는 비틀대는 주름투성이의 늙은이로 변해있다. 그것을 그는 "가슴이여, 상처 입은 가슴이여!"라고 영탄하고 있는 것이다. 그리고 자신에게 붙어있는 그 늙음을 개꼬리에 붙은 무엇과 같다고 말하고 있다. 꼬리에 무엇을 달고 그걸 떨어내기 위해 빙빙 도는 개의 모습과 백발과 주름을 지고 비실거리는 인간의 늙음을 생각하면 예이츠의 이 이미지는 절묘하다. 인용구절의 마지막에서 "발뒤꿈치에 밟히는 찌그러진 냄비"라는 말로 또한 지적인 활동을 묘사하고 있다. 이젠 음악의 신을 떠나보내고 플라톤이나 플로티너스와 같은 철학자들이나 가까이해야 한다. 그런데 재미있는 것은 몸은 늙어가지만 반대로 더욱 왕성해가는 상상력이다. 거의 주책일 정도로 왕성해가는 상상력을 통제하기 위해서는 무언가 새로운 수단이 필요하다. 어찌되었든 그에게서 젊은이의 생명력과 따뜻함은 사라져가고 있었다. 그는 그것에 대신해서 논리와 추상을 말하고 있다. 시의 상상력과 눈과 귀가 이러한 것들에 익숙해질 때까지 철학공부에 매진하겠다는 것이다. 그렇지 않고 날뛰는 문학적 상상력에만 매달리다간 웃음거리가 될 뿐이다.

정신세계와 예술의 세계에 대한 심취 내지는 경도는 두 편의 비잔티움 시편에서 절정을 이루고 있다. 비잔티움, 콘스탄티노플은 동로마제국의 천년 수도였다. 그 후 오스만 제국의 수도, 이스탄불로 개명되어 동서의 문화가 만나는 접경으로서 찬란한 문화유산이 도처에 널려 있는 도시이다. 예이츠가 이상으로 생각했던 비잔틴 시대는 6세기 유스티니아누스 황제 때의 비잔티움이다. 이때는 동로마제국이 제국 분열이후 다시 한 번 전성기를 맞아 국력이 신장되고 문화가 꽃피던 때였다. 이 문화가 꽃피던 시기, 예술이

빛을 발하던 시기가 예이츠의 눈에는 최고의 시기로 보였던 것이다.[3] 이세 순 교수는 이에 대하여 "실생활과 예술과 철학과 종교가 하나가 된 완벽한 세계로서, 사람들이 완전한 비개성적인 삶에 이르고 예술가들은 마치 하나 의 거대한 계획하에 한 형상을 만들 듯 몰개성적인 예술작품을 창조하는 곳"이라고 말한다.

1927년에 쓰인 「비잔티움으로의 항해」("Sailing to Byzantium")의 시작 은 생명의 찬가처럼 보인다. 1연에 묘사된 팔짱을 낀 젊은이들, 나뭇가지 위 에서 노래하는 새, 연어가 뛰어오르는 폭포, 고등어가 버글대는 바다 등은 예외 없이 생명의 환희에 차 있는 것이다. 그러나 예이츠는 이 모든 것을 '죽어가는 세대'라고 말한다. 이들은 지금 현재 생명을 기쁨을 노래하고 있 지만 결국은 죽음을 피할 수 없는 것들이다. 그런데 그것들은 지금 당장의 쾌락에 사로잡혀 영원한 지성의 기념비를 보지 못하고 있는 것이다. 그리고 앞에서 언급했듯이 당시 건강이 쇠락하고 있었던 시인은 육신이 쇠락하는 대신 정신은 더욱 성숙하는 늙음의 의미를 말하고 있다. 늙는다는 것은 생 명력의 소진을 말하는 것, 영혼의 성장이 없다면 노년은 비참한 것이다("늙 은이란 하찮은 것/ 막대기에 걸친 넝마, 만일/ 영혼이 박수치며 노래하지 않는다면..."(An aged man is but a paltry thing,/ A tattered coat upon a stick, unless/ Soul clap its hands and sing)). 이 막대기에 넝마를 걸친 허수아비의 이미지는 그의 시에서 노년을 말하는 중요한 이미지이다. 예이츠는 당시 늙 어가는 자신의 육신에 대하여 그토록 절실하게 생각하고 있었던 것이다. 그 리고 그는 영원한 정신의 세계, 비잔티움에 입성한다.

---

3) 예이츠는 그의 산문집 『비전』(A Vision)에서 유스티니아누스 황제 치하의 비잔티움, 특히 소피 아성당을 열기 전 그리고 플라톤의 학사를 폐쇄하기 전의 그곳에서 어느 술집에라도 들어가 그의 모든 질문에 답할 수 있는 철학적인 종업원들과 대화를 하고 싶다고 했다.

오 신의 성화 속에 선 성자들이여,
벽의 황금빛 모자이크 속에서처럼,
성화로부터 가이어의 모양으로 회전하며 나와서
내 영혼의 노래스승이 되어 달라.
욕망에 병들고 죽어가는 동물성에 묶인
내 가슴을 소진시키라
그것은 그 본성을 모른다, 그리고 나를
영원의 건축물에 붙여 달라.

일단 자연계를 벗어나면 나는 결코 어느
자연물의 육체도 취하지 않으리라
차라리 그리스의 황금세공장이 황금을 두드려 만들거나
황금 에나멜을 입혀 만든 새의 형상이 되어
졸고 있는 황제를 깨우거나,
황금 나뭇가지에 앉혀져 비잔티움의 귀족이나
귀부인에게 노래 부르리라,
과거, 현재 그리고 미래의 일을.

O sages standing in god's holy fire
As in the gold mosaic of a wall,
Come from the holy fire, perne in a gyre,
And be the singing masters of my soul.
Consume my heart away; sick with desire
And fastened to a dying animal
It knows not what it is; and gather me
Into the artifice of eternity.

Once out of nature I shall never take
My bodily form from any natural thing,

But such a form as Grecian goldsmiths make
Of hammered gold and gold enameling
To keep a drowsy Emperor awake;
Or set upon a golden bough to sing
To lords and ladies of Byzantium
Of what is past, or passing, or to come.

—「비잔티움으로의 항해」 3, 4연

3연에서는 드디어 속세를 떨치고 비잔티움에 입성한 시인을 말하고 있다. 거기 가서 제일 먼저 찾은 것은 성화 속에 서 있는 성자, 바로 육신의 세계를 초월한 영적 화신들이다. 여기서도 성자는 시인의 영혼을 가르치기 위하여 소용돌이 모양으로 맴을 돌며 나오는 것으로 되어 있다. 영혼에게 노래를 가르치는 선생이 되기 위해서 말이다. 그리고 욕망에 찌든 내 가슴을 소진시키고 영원의 예술로 나를 데려가라는 말이다. 이것이 바로 이 시의 절정이다. 그리고 4연에서 시인은 내생에 다시 태어날 자신의 모습을 말하고 있다. 다시 태어난다면 금으로 만들어진 새의 형상이 되어 그 노래로 잠에 취한 황제를 깨우거나, 귀부인들의 귀를 즐겁게 하리라. 노래하는 황금새란 바로 시를 말하는 것이다. 이 시의 주제는 예술의 세계에 대한 시인의 집착이다. 예술은 영원하다. 황금새가 노래하는 내용도 과거, 현재, 미래의 인간사이다. 결국 예술은 불변의 진리를 말하는 유일한 가치이다.

그리고 5년이 지난 1932년에 쓰인 「비잔티움」("Byzantium")에서는 이것이 더욱 심화되어 완전히 영적인 세계가 묘사되고 있다. 비잔티움에 밤이 내리고 황제의 술 취한 병사들도 잠이 들었다. 밤의 웅성거림도 잦아들고 밤거리를 걷던 취객들의 노래 소리도 사원의 큰 종이 울린 다음 잦아든다. 별빛과 달빛에 물든 사원의 돔(성 소피아 성당)은 인간의 모든 것을 경멸하듯 내려다보고 있다. 인간의 혈액 속을 흐르는 그 모든 오욕을 말이다. 이것은 지상의 도시를 표현한 것 같지 않다. 마치 영계의 어느 도시를 묘사한 듯하다. 그때 그 앞을 무언가가 떠다니는 것이 있다("내 앞에 형상인 듯 사람인 듯 그림자인 듯한 것이 떠다닌다/ 사람이라기엔 그림자, 그림자라기 보단 형상이"(Before me floats an image, man or shade,/ shade more than man, more image than a shade;)). 이 구절은 특히 환상적인데 여기서 호흡 없는 입들, 즉 정화된 사자의 입들이 무언가를 부르는 것으로 묘사되어 있고 화자가 초인을 외쳐 부르는 것으로 되어 있다("나는 초인을 환호하며 부른다/ 나는 그것을 생중사 사중생이라 부른다."(I hail the superhuman;/ I call it death in life and life in death.)). 말하자면 비잔티움은 생과 사의 세계의 일종의 접경이다. 그리고 3연에서 금세공장의 손에 의해 만들어진 정교한 새가 한 번 더 등장한다. 시인은 이것을 기적이라고 부르고 있다. 그것은 완벽한 예술품을 지칭하는 것이다. 여기서 그가 보통의 생명 있는 새, 오욕의 복합체인 생명체들을 경멸하며 그런 유한한 생명보다는 영원한 예술에 높은 가치를 두는 것은 어쩌면 그가 더 이상 육체적 능력에 자신이 없어졌기 때문인지도 모른다. 4연에 묘사된 귀화들의 춤도 이채롭다.

> 한밤에 황제의 포도 위를 불꽃들이 휙휙 지나간다,
> 장작으로 지핀 것도 아니요, 부싯돌로 붙인 것도 아닌,
> 폭풍이 꺼뜨릴 수도 없는 불꽃, 불에서 태어난 불꽃이.
> 거기 피에서 포태된 정령들이 오고
> 그 모든 오욕과 분노는 떠난다,
> 춤 속에 사그러지면서,
> 황홀의 격통,
> 소매마저 태울 수 없는 불꽃의 격통 속에서.

오욕과 피로 이루어진 돌고래의 등에 걸터앉아,
정령, 또 정령이 온다! 세공장들이
황제의 황금세공장들이 바다를 부순다.

At midnight on the emperor's pavement flit
Flames that no faggot feeds, nor steel has lit,
Nor storm disturbs, flames begotten flame,
Where blood-begotten spirits come
And all complexities of fury leave,
Dying into a dance,
An agony of trance,
An agony of flame that cannot singe a sleeve.

Astraddle on the dolphin's mire and blood,
Spirit after spirit! The smithies break the flood,
The golden smithies of the emperor!

─「비잔티움」 부분

이 혼불들은 무엇을 상징하는가? 이것은 보통의 불이 아니라 타지도 않
고 꺼지지도 않는 혼불이다. 그 모든 분노의 복합체들이 춤으로 돌면서 사
라져 간다. 비잔티움의 성자들이 소용돌이 모양으로 돌면서 벽으로부터 하
강했듯이 이 혼불들도 춤을 추는 회전 동작 속에서 소멸되고 있다. 시의 대
단원에서는 영들이 돌고래를 타고 바다를 건너 비잔티움으로 속속 도착하
는 것으로 되어 있다. 황제의 금세공장이들이 바다를 깨뜨리고 있다. 예술을
상징하는 금세공장들이 육체적 생명을 상징하는 바다를 깨뜨리는 것이다.
이 시는 특히 상징적이며 환상적이다. 마치 유스티니아누스 황제 치하 철학
의 도시, 비잔티움 전체가 영적인 한 공간이 되어 예이츠의 이상을 노래하

는 것처럼 보인다. 시의 전반에서 느껴지는 것은 황홀한 춤이다. 마치 도시 전체가 영의 노래에 맞추어 흐느적거리고 있는 듯한 느낌을 받는다.

비잔티움 시편 둘은 비슷해 보이지만 미묘한 차이가 있다. 「비잔티움의 항해」도 아일랜드의 육욕의 음악으로부터의 탈출이고 정신의 세계를 회복하기 위해 쓰였지만 「비잔티움」 역시 그의 나이에 맞는 테마를 찾아 절망의 심연에서 솟구치며 쓴 시이다. 「비잔티움의 항해」는 멀리서부터 신비의 도시 비잔티움으로 접근하고 있고 여기에 비하여 「비잔티움」은 안에서 비잔티움을 바라보고 있다. 전자는 모자이크로 새겨진 성인들에 대한 기도이지만 후자는 신비로운 불길에 의한 정화이다. 5년의 세월 동안 예이츠가 더 이쪽으로 기울어지고 있었음을 말해주는 것이다.

시인 예이츠의 생애의 끝은 불타는 예술혼이다. 여기서 우리가 생각해볼 것은 젊어서 좋은 시를 쓰던 시인들이 늙은 다음 그 예지를 잃어가는 경우가 대부분이라는 것이다. 가장 좋은 예가 워즈워스, 테니슨과 같은 시인들이다. 이들은 나이든 다음에 새로운 표현법을 찾지 못하고 젊어서의 타성에 그대로 집착하다가 시적으로는 죽어갔다. 거기에 비하면 엘리엇과 같은 시인은 젊어서의 그 예리하고 쇼킹한 표현법에 안주하지 않고 노후에는 명상에 몰두했다. 그 결과 「네 사중주」("Four Quartets")와 같은 걸작이 탄생했다. 예이츠의 경우도 그의 예술적 영감이 말라가는 것으로 인식하던 이 시기가 중대한 기로의 시기였던 것이다. 만일 그가 새로운 표현법을 찾아 모색하지 않고 그 때까지 계속 되풀이 하던 아일랜드의 전설이나 편협한 민족주의, 모드 곤에 대한 집착 등의 생각과 표현법에 안주했던들, 우리가 오늘날 사랑하는 위대한 예이츠는 없었을 것이다. 그는 자신의 육체가 쇠락해가고 정신적 힘이 메말라 감을 깊이 인식하면서 그 위기를 오히려 훌륭한 기회로 만들어 연어가 폭포를 뛰어오르듯 한 단계 더 높은 시의 세계로 상승했던 것이다. 제파레스(Jeffares)는 그를 "끝없이 자신을 재발견하고 있으며 그것이 그의 모든 후기시가 우리의 관심을 끌게 하는 비밀"이라고 말하며 그의 개성은 "여러 해 동안의 긴장을 거친 후 이제 정말 표현할 만하게 된 것"이라고 평했다. 결국 그의 육체적 쇠락은 쇠락이 아니라 그를 극복하여 영원한 영의 세계, 비잔티움으로 당당히 입성하는 계기가 되어 주었던 것이다. 돌고래의 등을 타고 비잔티움에 입성하는 혼령들은 바로 예이츠의 화신들이다. 죽는 날까지 예술적 장인정신을 불태웠던 한 뛰어난 혼은 시 「벤 불벤 산 아래에서」("Under Ben Bulben")의 끝을 장식하는 스스로 만든 비문에서 잘 말해주고 있다. 생과 사란 아무것도 아니다. 단지 육신의 거죽을 벗어던지는 것일 뿐……하여 그는 이렇게 말하고 있는 것이다.

삶과 죽음에
차가운 눈길을 던지라,
말 탄 자여, 그냥 지나가라!

Cast a cold eye
On life, on death,
Horseman, pass by!

| 참고문헌 |

이경수. 『예이츠와 탑』. 서울: 동인출판사, 2005.
이세순. 『W. B. 예이츠의 시 연구』 I. 서울: 국학자료원, 2008.
Brown, Terence. *The Life of W. B. Yeats*. Oxford UK: Blackwell Publishers Ltd, 1999.

Henn, T. R. *The Lonely tower: Studies in the Poetry of W. B. Yeats.* New York: Mathuen & Co, 1950.

Jeffares A. Norman. *A New Commentary on the Poems of W. B. Yeats.* London: The Macmillan P Ltd, 1984.

_____. *W. B. Yeats: Man and Poet.* New York: St. Martin's P, 1996.

Malins, Edward. *A Preface to Yeats.* Harlow Essex: Longman Group Ltd, 1974.

Unterecker John. *A reader's Guide to William Butler Yeats.* New York: The Noonday P, 1959.

_____ Ed. *Yeats: A Collection of Critical Essays.* Englewood Cliffs, N J: Prentice-Hall Inc., 1963.

3

로버트 프로스트
(Robert Frost, 1874-1963)

— 노동과 사색의 전원시

나는 이제 가서 목장의 샘을 치려고 해요;
잠깐 가서 갈퀴로 낙엽만 긁어내면 되는데
(그리고 물이 맑아질 때까지만 기다릴 거예요):
그리 오래 걸리진 않을 겁니다. - 함께 가지 않을래요.

가서 어린 송아지를 데리고 오려고 해요
어미소 곁에 서 있는데 아직 너무 어려서
어미가 혀로 핥으면 비틀거린답니다.
그리 오래 걸리진 않을 겁니다. - 함께 가지 않을래요.

I'm going out to clean the pasture spring;
I'll only stop to rake the leaves away
(And wait to watch the water clear, I may):
I shan't be gone long. —You come too.

I'm going out to fetch the little calf
That's standing by the mother. It's so young,
It totters when she licks it with her tongue.
I shan't be gone long. —You come too.

— 「목장」("The Pasture") 전문

　　로버트 프로스트는 우리나라 독자들에게 이미 매우 친숙한 시인이다. 그것은 이 시인의 자연취미와 전원생활에 근거한 시작이 우리나라 독자들의 구미에 맞았기 때문이다. 우리 시의 근본은 자연에 있었고 우리 조상들은 무엇보다 자연을 노래하기를 즐겼었다. 하여 우리가 고등학교 다닐 때 국어 교과서에서 읽은 외국 시 중에서 가장 우리의 심금을 울린 시 중의 하나가 로버트 프로스트의 시였다면 과히 과장은 아닐 것이다. 위에서 인용한 시에서도 우리는 평화롭고 아늑한 전원생활의 전형을 상상할 수 있다.

　　사실 자연을 시화한다는 것이 말처럼 쉬운 것은 아니다. 오늘날에도 자연시인들은 많지만 그들 거의 대부분이 막연한 영탄이나 감상에 흘러들고 있음은 이것이 얼마나 시화하기 어려운 소재인가를 알게 해준다. 자연에 대한 경도라면 영국의 낭만시인 워즈워스를 생각하게 되는 것이 영문학을 공부한 이에게는 상식에 해당한다. 잉글랜드 서북부 호수지방에 은거하면서 아름다운 숲과 호수와 꽃들을 노래한 그는 루소의 "자연으로 돌아가라"라는 주장을 가장 잘 실천한 시인이었던 것이다. 워즈워스를 비롯한 영국 낭만시인들이 왕성하게 활동하던 때가 19세기 초엽이었으니 프로스트와는 근 백년의 차이가 나는 셈이다. 그 백 년간에 어떤 변화가 있었을까? 대충 낭만시인이라는 사람들은 머리가 하늘에 닿고 발은 둥둥 떠 있는 사람들이다. 그들은 구름처럼 떠다니며 현실생활이나 세상의 욕심을 비웃으며 세상을 바로 잡아야 한다는 선구자적 의식에 사로잡혀 있었다. 프랑스혁명이 그들에게 큰 영감을 불러일으켰다는 것은 낭만주의 사상이 무엇에 근거를 두고 있는지 말해주는 것이다. 하여 가장 전형적인 낭만주의자는 바로 시인 바이런이었으며 그는 우수에 차있고 강한 힘을 가진 영웅적 인물, 바이러닉 히어로(Byronic Hero)를 만들어내었다. 현실에 대해서는 초연하고 초인적 힘과 의지로 가득한 인물이 낭만주의자들이 추구한 이상적 인간상이었고 그것은 지금도 서구 문학 곳곳에 맥이 닿고 있다. 프로스트는 자연을 사랑하고 자연 속에서 전원생활을 하며 그것을 시화했지만 그들과는 철저하게 다르다. 그는 바로 현실에 바탕을 둔 시인이었던 것이다. 이것은 시대적 흐름이 19세기의 영웅숭배적 흐름에서 20세기의 개개인의 작은 생활과 생각을 소중히 생각하게 되는 흐름과 무관하지 않다. 즉 20세기에 들어와서는 더 이상 영웅이 필요하지도 않고 영웅이 태어나지도 않을 상황이 되어버린 것이다. 프로스트는 이러한 흐름과 사상에 순응하는 시인이었던 것이다.

그렇다면 프로스트가 생활하고 시를 썼던 뉴잉글랜드라는 곳은 어떤 곳인가? 미국의 동부에서 최북단의 매사추세츠, 뉴햄프셔, 메인, 이 세 주를 일컬어 뉴잉글랜드라고 하는데 이곳은 영국 청교도들이 맨 처음 발을 딛은 곳이었던 것이다. 이 지역은 수목이 울창하고 기후가 적당히 따뜻하여 처음 이민자들이 살기에 알맞은 곳이었다. 특히 매사추세츠의 보스턴을 중심으로 당대의 대시인 에머슨(Emerson), 소설가 너새니얼 호손(Nathaniel Hawthorn) 등이 활약을 했다. 우리에게 잘 알려진 큰 바위 얼굴도 뉴햄프셔의 마운틴 화이트에 실재하는 바위얼굴이다. 이 지역을 중심으로 초기의 미국문학이

꽃 피었던 것이다. 그리고 그 초창기 미국 초절문학의 중심에 헨리 데이비드 소로(Henry David Thoreau)라는 인물이 있었다. 에머슨의 절친한 친구이기도 했던 소로는 보스턴 서쪽에 위치한 월든이라는 호수 곁에 오두막을 짓고 2년간 명상생활을 했다. 그 결정판이 지금도 널리 읽히고 있는 『월든』(*Walden*)이다.

그러저러한 전통의 자락을 잡고 시인 프로스트가 탄생했던 것이다. 뉴햄프셔에 '데리'라는 농장을 경영하면서 한편으로는 교편을 잡았던 그는 그 농장생활을 근거로 하여 생활시를 썼는데 이것이 그 당시로는 시단의 반역이었다. 당시 서구 시단을 풍미하던 것이 엘리엇과 파운드 류의 문명비판 시였었고 그것은 동서의 고전에 대한 엄청난 지식을 요구하는 것이었다. 지금도 그러하지만 당시 시인들은 『황무지』(*The Waste Land*)에 인용된 그 수많은 인용과 해박함에 감탄했었다. 파운드나 엘리엇은 시인이면서 또 엄청난 독서가요 학자였다. 프로스트는 도저히 그들의 흉내를 낼 수 없었고 또 그쪽으로 승부를 낼 수 없음을 진작 알았다. 그리하여 그는 일찍부터 자신의 농장에 숨어들어 거기서 느껴지는 생활인으로서의 작은 기쁨들을 시화했던 것이다. 그러나 처음 프로스트가 시인으로 인정받기까지의 과정은 힘들었다. 고향에서 도저히 인정을 받지 못하자 그는 살림을 모두 정리하여 영국으로 건너갔었다. 거기서 첫 시집을 내고 약간의 인정을 받자 귀국하여 서서히 이름을 얻으며 마침내 네 번의 퓰리처상을 수상하기에 이른다. 오늘날 프로스트의 시에 대해서 아무도 토를 다는 이는 없지만 처음 그가 시인으로 데뷔하는 데는 지난한 과정이 있었던 것이다. 프로스트의 엘리엇에 대한 질투에 가까운 경쟁의식은 재미있다. 자신이 도저히 엘리엇 류의 시를 쓸 수 없음을 알고 있었던 프로스트는 엘리엇이 거시적, 우주적으로 나아가는 데 반발하여 자신의 작은 농장과 주변의 작은 일들에 신경질적으로 몰입하였던 것이다. 우리에게 역시 잘 알려져 있으면서 생활의 냄새가 물씬 나는 시 한 편을 읽어 보자.

이게 누구의 숲인지 알 것도 같다.
그러나 그의 집은 마을 안에 있어;
내가 여기 멈추어 눈으로 덮여가는
숲을 바라보고 있음을 알지 못하리.

내 작은 망아지는 틀림없이 이상하게 생각했으리
일 년 중 가장 캄캄한 저녁에
숲과 얼어붙은 호수 사이의 주변에
농가도 없는데 멈추어 있는 것을.

그는 말방울을 한번 흔든다
뭐 잘못된 것이라도 있느냐는 듯.
유일하게 들리는 다른 소리는 부드럽게
바람 스치는 소리 눈송이 날리는 소리.

숲은 아름답고, 검고, 깊다.
하지만 내겐 지켜야 할 약속이 있지,
그리고 잠들기 전 수 마일을 가야만 한다,
잠들기 전 수 마일을 가야만 한다.

Whose woods these are I think I know.
His house is in the village, though;
He will not see me stopping here
To watch his woods fill up with snow.

My little horse must think it queer
To stop without a farmhouse near
Between the woods and frozen lake
The darkest evening of the year.

He gives his harness bells a shake
To ask if there is some mistake.
The only other sound's the sweep
Of easy wind and downy flake.

The woods are lovely, dark and deep,
But I have promises to keep,
And miles to go before I sleep,
And miles to go before I sleep.

　　　　　　　　　　　　　－「눈 내리는 저녁 숲가에 서서」
　　　　　　　　　　　　("Stopping by Woods on a Snowy Evening") 전문

　　이 시는 거의 프로스트의 대표 시 정도로 알려져 있다. 그러나 이 시에
숨어 있는 정취를 정확히 알고 있는 이는 또 얼마나 될까. 우선 시의 배경이
몹시 뉴잉글랜드적이다. 눈 내리는 벌판과 깊은 숲과 호수의 황막한 배경은
바로 뉴잉글랜드의 전형적 겨울 풍경이다. 특히 3연의 캄캄하고 적요한 벌
판의 바람에 눈 쓸리는 소리와 말방울 소리는 절묘한 조화를 이룬다. 이 풍
경 앞에서 시적 화자는 언뜻 보기에 도취되어 있는 듯하지만 사실은 그 아
름답고 깊은 광경 앞에서도 생활을 놓지 않고 있다. 비록 숲의 주인보다는
더 숲의 가치를 이해하고 거기에서 황홀감을 느끼고 있지만, 그도 결국 앞
으로 해야 할 일이 얼마나 있고 얼마를 더 가야 하는지 잊지 않고 있는 생
활인인 것이다. 그리고 시의 형식과 소리에 있어서의 아름다움(특히 마지막

연)은 과연 이 시를 프로스트의 대표시라고 할만하다.

노동의 기쁨이란 심한 노동을 하고 난 뒤의 휴식과 근육의 떨림에서 만 끽하게 된다. 역시 우리나라에 많이 소개된 시 「사과 따기가 끝난 후」 ("After Apple Picking")에서 우리는 농부 프로스트의 노동과 그 후의 휴식 이 어떠한 것인지 알게 된다.

내 긴 사닥다리의 끝은 나뭇가지를 뚫고
고요한 하늘을 향해 놓여 있네.
그 곁에는 아직 채우지 못한 사과 통
몇몇 가지에는 내가 아직 따지 못한 사과가
두어 개 남아 있네.
그러나 이제 나는 사과 따기를 거의 마쳤다네.
겨울잠의 정수, 즉 사과의 향이
밤하늘에 퍼져 있고; 나는 졸리운 것이네.

My long two-pointed ladder's sticking through a tree
Toward heaven still.
And there's a barrel that I didn't fill
Beside it, and there may be two or three
Apples I didn't pick upon some bough.
But I am done with apple-picking now.
Essence of winter sleep is on the night,
The scent of apples; I am drowsing off.

― 「사과 따기가 끝난 후」 부분

이 시에서 우리가 처음 받게 되는 인상은 수확기에 농부가 갖게 되는 피곤함과 기쁨이다. 수확이란 물론 기쁨이지만 주어진 시간 안에 일을 해치워야 하는 강박관념은 농부로 하여금 끝없는 노동으로 몰고 가는 것이다. 사닥다리는 나뭇가지를 뚫고 하늘까지 뻗쳐 있고 나뭇가지의 일렁임에 따라 사닥다리도 일렁이고 농부의 몸도 피곤하게 일렁이는 것이다. 어찌나 피곤한지 사과가 커다랗게 확대되어 눈앞에 환영처럼 비치는 것이다("확대된 사과가 나타났다가 사라지고 또 나타나네,/ 꼭지의 끝과 꽃의 끝이/ 갈색 점 하나하나가 선명히 보이네."(Magnified apples appear and reappear,/ Stem end and blossom end,/ And every fleck of russet showing clear.)). 피곤한 그의 눈에는 그동안 몇날며칠을 쳐다보며 땄을 사과의 모습이 확장되어서 나타나는 것이다. 사과껍질에 박힌 수많은 갈색 점까지 선명히 보이는 것이다. 그에게는 잠이 아쉬울 뿐이다. 그때 시인의 감각이 살아난다. 사닥다리를 밟고 있는 발바닥의 오목한 부위가 압력에 의해 아파오고 지하실로 굴러들어가는 사과의 소리가 아련히 들려오는 것이다("내 발바닥의 오목한 부분이 아픔을 받을 뿐 아니라/ 그것은 또 사닥다리 발받이의 압박도 받네/ 나는 가지가 휘어지면서 사다리가 흔들리는 것을 느끼네" (My instep arch not only keeps the ache,/ It keeps the pressure of a ladder-round./ I feel the ladder sway as the bough bend.)). 자 이제 그에게 가장 절실한 것은 깊은 휴식이다. 완전히 골아 떨어져 세상 모두를 잊는 동면 같은 것 말이다("마아못은 알리라 그것의 덮쳐옴이 내가 표현하듯, 그의/ 긴 잠과 같은 것인지,/ 아니면 그냥 인간의 잠인지"(The woodchuck could say whether it's like his/ Long sleep, as I describe its coming on,/ Or just some human sleep.)). 이 시에서 농부 프로스트는 일 년 동안 잘 자란 사과들을 수확하면서 한편으로는 풍성한 기쁨을 또 다른 한편으로는 눈도 뜰 수 없을 정도의 피곤함을 말하고 있다. 그리고 그 노동과 수확을 무척 섬세하게 말하고 있다. "천국까지 뚫고 가는 사닥다리"는 노동으로 인해 피곤해진 시인의 눈에 아득히 멀어보이는 사다리의 꼭대기를 짐작하게 해준다. 가을철 수확이 끝나가는 농장의 하늘에는 사과향기가 가득하고 그것을 시인은 '겨울잠의 정수'라고 표현하고 있다. 수확을 한다는 것은 겨울이 상징하는 시련기를 견디기 위함이다. 그러므로 수확기의 향기라는 것은 참으로 그윽한 것이다.

　이 시에서 전반적으로 묘사된 것은 수확의 기쁨과 노동의 피곤함과 그것을 소중히 여기는 시인의 마음이다. 수확은 좋으나 그를 위한 노동은 너무 피곤하다. 동물들이 겨울을 준비하기 위해서는 엄청나게 준비를 한다. 마찬가지로 그도 겨울을 대비해서 수확을 저장하는 것인데 이 시에 묘사된 사과 한 알 한 알을 따는 행위는 정성스럽기 그지없다. 소중히 두 손으로 감싸서 상처 나지 않게 따는 것이다. 만일 조금이라도 상처가 생기면 그것은 애플 주스를 만들기 위한 분쇄기로 들어가게 된다. 이 시는 일견 너무나 쉽게 읽힌다. 예이츠나 엘리엇의 시에 비한다면 비유도 상징도 기발함도 보이지 않는다. 그냥 있는 그대로 생활의 한 단상과 작은 기쁨과 피곤함을 노래하고 있을 뿐이다. 그 피곤함 뒤에 오는 달콤한 잠을 마아못의 긴 겨울잠에 비유하고 있는 것이 조금 이채로울 뿐이다. 이런 시가 우리에게 주는 감동은 무엇일까? 이것은 결코 거창한 문명비판이나 철학적 사유가 담긴 시가 아니다. 어떤 의미에서 그런 거창한 문제들을 배제한 것이 이 시의 매력일 수 있다.

　프로스트가 은거했던 뉴햄프셔의 데리 농장에서 조금 남으로 내려가면 보스턴과 역사도시 콩코드가 나온다. 콩코드에서 1.5마일만 가면 소로가 은거했던 월든 호수가 있다. 원래 샌프란시스코 출신인 프로스트가 도시를 버리고 뉴잉글랜드의 전원 데리 농장으로 은거하기를 결정했을 때 그의 머릿속에는 선배 소로의 체험이 자리하고 있었는지 모른다. 직접 농사를 짓지는 않았지만 농사짓는 이들의 곁에 자리하고 그것을 소재로 시를 쓰고자 한 것은 결국 땅으로의 회귀이다. 프로스트의 시에서는 땅의 냄새가 강하게 나고 특히 뉴잉글랜드 지역의 흙냄새가 배어있는 것이다. 이 지역에 많이 자생하는 자작나무를 노래한 시는 읽는 이들의 마음에 따뜻한 공감을 불러일으킨다.

좌우로 척척 굽은 하얀 자작나무가 검은 몸통의
다른 곧은 나무들의 열을 가로질러 누워 있는 걸 보면,
나는 또 어떤 녀석이 저기서 나무타기를 했구나 라고 생각하고 싶다.
그러나 나무타기가 자작나무를 굽혀서 땅에 그대로 두어두지는 못한다.
얼음폭풍이 그러하다. 종종 우리는 햇살 따뜻한 겨울날 아침
비가 내린 다음 그것들이 얼음을 싣고 있는 것을
보곤 했다. 산들바람이 불 때마다 그들은 스스로
자기들끼리 짤각이는데, 그 요동이 그들의 에나멜을 갈라지거나
잔금가게 하면서 무수한 색깔로 바꿔놓는 것이다.
곧 태양의 온기가 그것들로 하여금 수정 알갱이로 흩어지게 하는데
얼어붙은 눈 더미 위에 사태처럼 부서져 내림으로서
그냥 깨어진 유리의 더미로 쓸려가게 하는데
천국의 돔이 부서져 내린 것이라고 생각하기 쉬운 것이다.

When I see birches bend to left and right
Across the lines of straighter darker trees,
I like to think some boy's been swinging them.
But swinging doesn't bend them down to stay.
Ice-storms do that. Often you must have seen them
Loaded with ice a sunny winter morning
After a rain. They click upon themselves
As the breeze rises, and turn many-coloured
As the stir cracks and crazes their enamel.
Soon the sun's warmth makes them shed crystal shells
Shattering and avalanching on the snow-crust

Such heaps of broken glass to sweep away
You'd think the inner dome of heaven had fallen.

― 「자작나무」("Birches") 부분

앞의 시에서도 그러했지만 나무 한 그루를 관찰하는 데 있어서도 프로스트의 관찰력은 뛰어나다. 낭창낭창한 가지를 늘어뜨리고 있는 자작나무 가지를 보고 또 누군가 장난꾸러기 소년이 휘어놓았을 거라고 생각하지만 사실은 가지의 끝에 얼음이 맺혀 얼어붙은 것이다. 얼음이 맺혀 있다가 해가 나면 조금 녹으면서 와스스 부서져 내리는 이 광경은 뉴잉글랜드 지역의 독특한 풍경이리라. 시인은 이것을 부서져 내린 천국의 돔이라고 말하고 있다. 이런 섬세한 관찰이 프로스트의 시를 지탱해주는 힘이다. 이런 묘사를 보고 독자들은 순식간에 뉴잉글랜드 특유의 토속적인 아름다움에 매료당하게 된다. 특히 얼음덩이가 수정 구슬처럼 서로 마주쳐 짤각이는 모습을 상상하면 거의 황홀해진다. 그리고 이것은 다시 머리를 감고 헤쳐 말리는 소녀의 모습에 비유되고 있다.

> 몇 년이 지나면, 숲 속의 그것들이 잎사귀를 땅바닥에
> 늘어뜨리면서 줄기를 굽히고 있는 것을 보게 될지 모른다,
> 마치 손과 무릎을 바닥에 대고 머리칼을 앞으로 펼쳐서
> 햇살 아래 말리는 계집아이처럼.

> You may see their trunks arching in the woods
> Years afterwards, trailing their leaves on the ground,
> Like girls on hands and knees that throw their hair
> Before them over their heads to dry in the sun.

― 같은 시 부분

이것은 프로스트가 만들어낸 이미지 중에서 특히 아름다운 것에 속한다. 머리를 감은 소녀가 긴 머리채를 펼쳐 햇볕에 말리는 모습과 나무가 굽어져 잎사귀 그득한 가지를 땅에 늘어뜨리고 있는 모습을 비교 상상해 보자. 자작나무는 그처럼 여성성을 가진 나무인 것이다. 또 하나 프로스트가 이 시에서 우리를 매료시키는 것은 소년이 자작나무를 타고 솟구쳤다가 다시 땅에 내려앉았다가 또 다시 솟구치는 것을 범상치 않은 눈으로 바라보는 것이다. 즉 그는 그것을 세상에 대한 일탈로 보고 있다. 여기서도 우리는 재미있는 사실을 알 수 있는데 즉 그는 낭만주의자들처럼 영원히 세상을 떠나는 것이 아니라 반드시 땅으로 되돌아온다는 것이다.

.................................그는 항상 균형을 잡는다
가지의 끝까지 조심스레 기어오르며,
컵의 가장자리, 심지어 그 위까지 물을 따르면서
느끼는 것과 똑같은 팽팽한 고통을 느끼며.
그리고 그는 바깥으로 쉭 소리와 함께 몸을 날리고
발부터 먼저 뛰쳐나가 공기를 가르며 땅에 닿지.
똑같이 나도 한때 자작나무 타는 아이였다.
그리고 돌아오는 것을 꿈꾸었지.
그것은 내가 생각하는 데에 지치고,
삶이 길 없는 숲 속처럼 지나치게 얽혀 있을 때
하여 그 속에서 거미줄에라도 걸려 얼굴이 화끈거리고
지근거릴 때, 잔가지가 얼굴에 스침으로써
뚫고 가느라 상처도 나고 한 쪽 눈에 눈물마저 흐를 때,
나는 지상에서 잠시 벗어나고 싶은 것이다
그러다가 다시 돌아와 새로 시작하고 싶은 것이다.

He always kept his poise

To the top branches, climbing carefully

With the same pains you use to fill a cup

Up to the brim, and even above the brim.

Then he flung outward, feet first, with a swish,

Kicking his way down through the air to the ground.

So was I once myself a swinger of birches.

And so I dream of going back to be.

It's when I'm weary of considerations,

And life is too much like a pathless wood

Where your face burns and tickles with the cobwebs

Broken across it, and one eye is weeping

From a twig's having lashed across it open.

I'd like to get away from earth awhile

And then come back to it and begin over.

- 같은 시 부분

아이가 나뭇가지를 타고 노는 모습 하나를 가지고 어쩌면 이토록 아름
답고 철학적인 사유를 이끌어낼 수 있는가. 아이가 나뭇가지 꼭대기로 올라
가서 균형을 잡는 과정을 물컵에 물이 찰랑하도록 담는 것에 비유하고 있
다. 생각하면 물컵에 물이 찰랑인다는 것이 얼마나 아슬아슬한 모습인가. 소
년이 나뭇가지를 양 다리로 꽉 끼고 몸의 균형을 잡는 일이 바로 이러하다.
왼쪽으로도 오른쪽으로도 몸은 미끄러질 수 있는 것이다. 그것을 시인은 이
런 식으로 표현해 내고 있다. 그리고 아이가 나뭇가지를 타고 휙휙 상승하
강을 하면서 다른 나뭇가지에 스치기도 하고 거미줄을 찢기도 하고 눈가에
눈물이 맺히는 것은 우리 삶의 여정과 흡사하지 않은가. 프로스트는 이렇듯
작은 장난 하나를 가지고서도 삶의 철리를 꿰뚫어 보는 재주를 가지고 있었

던 것이다.

근본적으로 프로스트가 농촌 생활에서 감탄하고 있었던 것은 노동의 기쁨이라고 생각된다. 대지에 양 발을 단단히 딛고 도끼질 하는 농부 혹은 노동자의 모습은 미국의 자연과 더불어 건강한 삶을 말해주는 것이다. 그리고 그런 세계를 그려냈기에 나중에 프로스트는 퓰리처상을 네 번씩이나 수상하며 국민시인으로 추앙을 받게 되는 것이다. 노동의 즐거움과 그 댓가를 말하고 있는 「진흙 계절의 두 뜨내기」("Two Tramps in Mud time")에서 프로스트는 나무를 도끼질하여 쪼개는 즐거움을 말하고 있다.

> 내가 쪼갠 것은 튼실한 참나무 둥치였지,
> 보탕 나무와 거의 똑같은 크기의 나무;
> 내가 균등하게 내리 찍은 조각들은
> 채석장의 돌처럼 부스러기 하나 없이 떨어져 내렸다.
> 잘 조정된 인생의 타격은
> 누가 보아도 좋은 재목을 쪼개기 위해 아껴두고
> 그날은, 내 영혼을 좀 느슨히 한 채
> 그다지 중요치 않은 나무에 힘을 쏟고 있었다.
>
> 해는 따뜻했으나 바람은 차가왔다.
> 4월의 날씨가 어떤지 아시겠지만
> 해가 나고 바람이 잔잔하면,
> 그대로 한 달 앞서 5월 중순에 있게 된다.
> 그러나 사람들이 방정맞게 촐싹댄다면
> 졸지에 햇살 비치는 아취를 넘어 구름이 몰려오고,
> 눈 얼어붙은 산꼭대기서 바람 불어와,
> 두 달은 후퇴해 3월 중순이 되는 것이다.

Good blocks of oak it was I split,
As large around as the chopping block;
And every piece I squarely hit
Fell splinterless as a cloven rock.
The blows that a life of self-control
Spares to strike for the common good,
That day, giving a loose my soul,
I spent on the unimportant wood.

The sun was warm but the wind was chill.
You know how it is with an April day
When the sun is out and the wind is still,
You're one month on in the middle of May.
But if you so much as dare to speak,
A cloud comes over the sunlit arch,
A wind comes off a frozen peak,
And you're two months back in the middle of March.

─ 「진흙 계절의 두 뜨내기」 2, 3연

이 구절에 나타나 있는 도끼질의 즐거움은 상당해 보인다. 단단한 참나무 덩이를 쪼개고 있는 그는 단번에 쪼개지는 도끼질의 재미에 흠뻑 빠져 있는 것처럼 보인다. 그러나 이 단순한 도끼질에서 조차 프로스트는 의미를 부여하고 있다. 추운 겨울 지나고 봄이 되면서 흙은 질척질척해지는데 이 날은 그의 영혼을 좀 느슨하게 놓아주는 날이다. 그리고 날씨는 해가 나면 따뜻하지만 아직 바람은 차가운 4월이다. 해가 나면 바람도 좀 잠잠해지지만 그렇다고 방정맞게 까불면 다시 구름이 끼어들어 3월 중간으로 돌아가 버리는 것이다. 이런 구절에서 우리는 날씨와 절기에 예민할 수밖에 없는 농부 프로스트의 섬세한 감각을 느끼게 된다. 그 때 어디선가 두 사나이가 나타나 도끼질에 훈수를 두듯 관여하는 것이다. 그러나 시인은 역시 이 노동의 재미를 나름대로 지키고 싶다. 그는 반문하는 것이다("당신은 생각하지 내가 한 번도 느껴 본 적이 없으리라고/ 높이 균형 잡은 도끼의 무게를/ 벌린 두 발이 땅을 꽉 잡는 힘을,/ 부드럽게 떨리는 근육의 생명을/ 더운 공기의 습기와 매끈함을."(You'd think I never had felt before/ The weight of an ax-head poised aloft,/ The grip of earth on outspread feet,/ The life of muscles rocking soft/ And smooth and moist in vernal heat.)). 이것은 그가 이 도끼질의 하나하나를 얼마나 음미하고 있는지를 말해주는 것이다. 도끼질을 하면서 느끼는 도끼 대가리의 무게, 다리를 딱 받쳐주는 대지의 힘, 부드럽게 떨리는 근육의 긴장, 공기 중의 습기……이 모든 것들이 노동하는 인간의 즐거움을 말하는 것이 아닌가. 이 시에서 우리는 무엇보다 노동이 주는 기쁨을 볼 수 있다. 그것은 앞의 시 「사과 따기가 끝난 후」와 유사한 측면이 있으나 여기서의 그것이 훨씬 섬세하다. 그리고 이 시에서는 그것이 단순한 유희적 측면으로 끝나지 않고 재미있는 이미지로 맺어진다("내 삶의 목표는 합치는 것/ 생업과 취미를/ 두 개의 눈으로 하나의 시력을 이루듯"(My object in living is to unite/ My avocation and my vocation/ As my two eyes make one in sight.)). 그렇다. 기쁨 없이 일만 있어서도 아니 될 것이고 즐거움만 추구하여 일을 소홀히 해서도 안 될 것이다. 이 둘이 조화를 이룰 때 두 눈이 합쳐져 원만한 시야를 이루듯 원만한 노동이 될 것이다.

로버트 프로스트가 시인으로 길이 살아남은 이유는 작은 것들 하나하나를 섬세하고 사랑스러운 눈길로 어루만지는 노력에 있을 것이다. 그리고 그것들에서 살아가는 철리를 깨우치고 독자들과 나누는 데 있을 것이다. 앞에서 말한 바 있듯이 당대 세계의 시단은 엘리엇 류의 문명 비판의 시에 지배당하고 있었다. 철학적이고 사변적인 시들이 워낙 지배적이어서 그처럼 많은 독서와 많은 사유를 하지 못한 시인들은 명함도 내밀지 못할 처지였던 것이다. 거기에 프로스트는 정면으로 도전장을 내민 셈이다. 그리 거창하지 않더라도 그리고 독서를 통하여 그리 해박하지 않더라도 생활주변의 작은 것에서 얼마든지 의미를 찾을 수 있고 기쁨을 찾을 수 있다는 것을 그는 잘 알려진 다음의 시에서 웅변적으로 말하고 있다.

노란 숲 속에 두개의 길이 갈라져 있었지,
두 길을 다 갈 수 없어 유감이었고
나는 혼자였기에, 오래 그 자리에 서서
가능한 한 멀리까지 한 쪽 길을 바라보았지
그것이 잡목 숲 아래 구부러지는 데까지;

그리고 다른 길을 택했어, 똑같이 아름다우며,
아마도 더 나를 부르는 듯해서, 왜냐하면
더 풀이 우거지고 발길을 필요로 하는 것 같았으니까,
비록 그렇게 그 길을 지나감으로써
똑같이 밟혀 닳게 되겠지마는,

그런데 그날 아침 두 길은 똑같이 놓여 있었네
아무도 검게 밟지 않은 낙엽에 덮여서.
오, 나는 첫 번째 길을 다른 날을 위해 남겨 두었는데!
길이 어떻게 길로 이어지는지 알기 때문에
내가 다시 돌아올 수 있을까 의심하긴 했지만.

지금으로부터 여러 해 지난 뒤 어딘가에서
이 일을 한숨 쉬며 말하게 되리라:

두 개의 길이 숲 속에 갈라져 있었노라고, 그리고 나는,
사람들이 덜 다닌 길을 택했노라고,
하여 그것이 모든 것을 달라지게 만들었노라고

Two roads diverged in a yellow wood,
And sorry I could not travel both
And be one traveler, long I stood
And looked down one as far as I could
To where it bent in the undergrowth;

Then took the other, just as fair,
And having perhaps the better claim
Because it was grassy and wanted wear,
Though as for that the passing there
Had worn them really about the same,

And both that morning equally lay
In leaves no step had trodden black.
Oh, I marked the first for another day!
Yet knowing how way leads on to way
I doubted if I should ever come back.

I shall be telling this with a sigh
Somewhere ages and ages hence:
Two roads diverged in a wood, and I,
I took the one less traveled by,
And that has made all the difference.

　　　　　　　　　　　　　― 「가지 않은 길」("The Road Not Taken") 전문

도끼로 나무를 쪼개면서, 자작나무를 타고 놀면서, 나름대로 세계와 인생을 바라보는 시야를 키워오던 시인의 혜안이 여기서 열리는 듯하다. 너새니얼 호손의 「큰 바위 얼굴」에서 마지막으로 가장 현명한 이는 말 잘하는 정치가도, 돈 많은 상인도, 시 쓰는 시인도 아니고 노동하고 사색하는 어니스트였듯이 작은 것에서 기쁨을 느끼고 의미를 발견하던 농부시인 프로스트의 사색이 이 시에서 만개하는 듯하다. 이 시가 얼마나 많은 사람들에게 따뜻한 위안을 주었는지는 말할 필요가 없어 보인다. 시인 프로스트의 가치는 여기에 있는 것이다.

| 참고문헌 |

Brower, Reuben. *The Poetry of Robert Frost: Constellations of Intention.* New York: O U P, 1964.

Doyle, John Robert, Jr. *The Poetry of Robert Frost: An Analysis.* New York: Hafner P, 1962.

Oster, Judith. *Toward Robert Frost: the Reader and the Poet.* Athens and London: U of Georgia P, 1991.

Sohn, David A. and Tyre, Richard H. *Frost: The Poet and His Poetry.* New York: Bantam Books, 1969.

4

T. S. 엘리엇
(Thomas Stearns Eliot, 1888-1965)

1) 어느 중년 남자의 연애 —「프루프록의 연가」("The Love Song of J. Alfred Prufrock")

엘리엇이라는 시인은 너무나 많이 알려져 있지만 정작 그 시는 전공자 외에 그리 많이 읽고 있는 것 같지는 않다. 그것은 아마 그의 시가 현대 난해시의 대명사처럼 알려져 있어서 아예 접근조차 하지 않으려고 하는 사람들의 회피 때문인지도 모른다. 그러나 이젠 현대성과 난해성이라는 개념조차 고전이 되어버린 마당에 그의 시를 새로운 시각으로 조명해보는 작업이 필요하리라고 생각한다. 그의 시를 말하면서 가장 많이 떠올리는 시는 아마 "4월은 잔인한 달"로 시작되는 『황무지』가 될 것이다. 그리고 이 시야말로 그 난해시의 대명사 격으로 회자되는 시이다. 그리고 또 하나 제목은 잘 떠올리지 못하지만 지금 50대를 넘긴 독자들의 뇌리 속에 아련하게 남아 있는 시가 바로 「프루프록의 연가」("The Love Song of J. Alfred Prufrock")이다. 이것은 제목 그대로 연애시인데 기존의 연애시와는 성격이 다르다. 보통의 연애시가 젊고 생기 넘치는 청춘의 연애시라면 엘리엇의 이 연애시는 중년을 훨씬 넘긴 어느 남자의 연애다. 그것도 제대로 하는 연애가 아니라 혼자 해볼까 말까 망설이다가 그대로 끝나는 너무나 허무한 연애이다.

그렇다면 이 싱겁기 짝이 없는 연애가 왜 문학적으로 의미가 있을까? 우리나라 시인들의 연애시들은 가슴 아픈 사연이나 이별로 특히 여성독자들을 울리는 경우가 많다. 거기에 비하면 프루프록의 연애는 너무나 하잘것 없는 사건이지만 그 하잘 것 없음이 이 시의 매력인 것이다. 20세기 들어서 세상의 많은 것들이 너무나 하잘 것 없어졌다. 서구 문화사에서 19세기는 영웅주의에 들떠 있던 때였다. 세기 초반 프랑스혁명과 뒤이은 나폴레옹의 출현은 우리가 상상하는 이상으로 당시의 식자들에게 충격과 환희를 주었다. 오죽했으면 당대의 베토벤이 나폴레옹에게 바치는 「영웅교향곡」을 작곡했을까. 그리고 그 나폴레옹이 권력을 탐하는 속물로 전락하고 마침내 세인트헬레나의 고혼으로 생을 마치고 난 뒤에도 그 여진은 남는다. 영국에서도 토머스 칼라일(Thomas Carlyle)이라는 문화비평가가 『영웅과 영웅숭배』(Hero and Hero Worship)라는 글을 쓸 정도였다. 당시 사람들은 한편으로 혁명이 가져다 준 절대세습왕권의 몰락이라는 꿈을 즐기면서 또 다른 한편으로는 민중들을 이끌어 줄 영웅의 출현을 기대하고 있었다. 물론 그 영웅은 옛날과 같은 횡포한 절대 권력자가 아니라 모두를 지복의 상태로 이끄는 현명한 지도자다. 말하자면 본질적으로 민중은 우매한 존재이기 때문에 이것을 현자가 나타나서 잘 이끌어야 한다는 것이다. 이것은 낭만주의라는 문예사조와도 통한다. 현시의 자질구레한 것들은 아예 거들떠보지도 않고 원대한 무엇을 바라보는 것, 특히 지식계층은 그러했다. 그리고 그러한 과정에서 악마적 영웅(Satanic Hero)라는 용어가 탄생했다. 선악의 경계가 없으며 보통 사람보다 열 배의 힘으로 충만하며 세상으로부터 뚝 떨어진 우수에 찬 고독한 인물이 바로 그것이다. 어떤 의미에서 당시의 문인들은 이러한 인물을 속으로 추구하고 있었을지 모른다. 에밀리 브론테(Emily Bronte)가 만들어낸 히스클리프, 허먼 멜빌(Herman Melville) 작 『모비딕』(*Moby Dick*)의 에이허브 선장은 바로 그런 낭만적 영웅의 대표적인 인물들이다. 특히 『폭풍의 언덕』(*Wuthering Heights*)에서의 연애야말로 격렬하기 짝이 없는 목숨을 건 낭만적 사랑이다. 그런데 그 영웅숭배적 사고가 19세기 말의 불안한 시기를 지나고 20세기로 바뀌면서 완전히 바뀌었다. 그런 힘의 개인적 영웅이 있을 수 없고 있어서도 안 된다는 것을 깨닫게 된 것이다. 대신에 거대한 사회 속에서 너무나 약하게 존재하는 소시민이 등장하게 된다. 제임스 조이스(James Joyce)가 고대의 영웅 <율리시즈>의 이름을 현대의 한 초라한 소시민에게 붙인 것은 그런 이유에서이다.

엘리엇이 만들어낸 인물들도 그런 맥락에서 이해되어야 한다. 마치 한 편의 교향악과 같은 『황무지』에 등장하는 무수한 인물들은 모두 그런 평범하고 아무것도 아닌 인물들이다. 그리고 「프루프록의 연가」에 등장하는 인물은 아주 전형적인 소시민이고 그 소심함이 당시의 독자들에게 깊은 울림과 공감을 불러일으켰다. 시는 이 소심한 사나이의 한심하기 짝이 없는 독백으로 시작된다.

그럼 가보자, 너와 나,
수술대 위에 에테르로 마취된 환자처럼

저녁이 하늘에 퍼질 무렵.
밤내 잠 못 이루는 헐찍한 일박여관과
굴 껍데기를 내놓은 톱밥 깔린 식당에서
중얼거림이 새나오는 골목,
거의 인기척도 없는 거리를 빠져 우리 가보자.
음흉한 의도에서 우러나오는
지루한 시비처럼 이어지는 거리는
압도적인 문제로 자넬 데려갈 거야……
아 "무엇이냐"고 묻지 마라.
우리 가서 방문이나 하자.4)

LET us go then, you and I,
When the evening is spread out against the sky
Like a patient etherised upon a table;
Let us go, through certain half-deserted streets,
The muttering retreats
Of restless nights in one-night cheap hotels
And sawdust restaurants with oyster-shells:
Streets that follow like a tedious argument
Of insidious intent
To lead you to an overwhelming question...
Oh, do not ask, "What is it?"
Let us go and make our visit.

— 「프루프록의 연가」 1-12

　　시의 첫 부분인 여기서 우리는 이 시적 화자의 두 개의 자아를 보게 된
다. 그대와 나라고 분리된 두 자아는 끊임없이 할까 말까로 갈등을 일으킨

---

4) 이 작품과 『황무지』의 번역은 김종길 선생의 번역을 말투만 요즘 것으로 고쳤음.

다. 그런데 그러한 화자의 마음을 대변해주기라도 하는 듯 저녁하늘의 석양이 늘어져 있는데 이것은 결코 아름다운 황혼이 아니다. 첫 부분에 등장하는 "수술대 위에 마취된 환자처럼 퍼진 석양"이라는 표현은 뛰어난 직유로서 이미 많이 기억되고 있다. 자 그렇게 대도시 런던의 붉게 늘어진 저녁 하늘 아래 지금 프루프록이라는 중년 남자가 서성대고 있는 것이다. 그가 지금 서 있는 곳은 런던의 거리다. 그리고 그 대로에서 빠져 들어가는 골목길, 거기에는 하룻밤 쉬어가는 싸구려 호텔이 있고 톱밥을 깐 바닥에 굴 껍데기가 흩어진 역시 싸구려 식당이 있으며 그 길은 마치 지루한 논쟁처럼 끝없이 이어지는데 그것은 실제 그 골목길이 길어서 그런 것이 아니라 시적화자 프루프록의 심리에 투영된 길이 그러하다는 말이다. 이것도 역시 뛰어난 직유이다. 그런데 길고 지루한 논쟁을 단번에 끝내는 압도적인 무엇처럼 이 골목길이 이어지는 곳에는 심약한 남자 프루프록의 압도적인 문제가 도사리고 있다는 것이다. 그리고 인용구의 마지막에 암시되는 것은 누군가를 방문하고자 한다는 것이다.

> 방안에는 오가는 여인네들이
> 미켈란젤로를 이야기 하고
>
> In the room the women come and go
> Talking of Michelangelo.
>
> — 같은 시 13-14, 35-36

방에는 여자들이 서성이며 미켈란젤로를 이야기하고 있다. 이 여자들의 대화 소재가 미켈란젤로라면 상당히 교양이 있는 여성들일 것으로 추정된다. 그러나 미켈란젤로의 대표작이 미끈한 남자의 몸을 조각한 <다비드>

이고 주로 벗은 몸을 작품 소재로 삼았던 것이 르네상스기의 유행이었다면
이 여자들의 교양 뒤에 숨은 취미를 어느 정도 짐작하게 해준다. 물론 여기
두 행에 묘사된 여자들은 실제 프루프록의 눈에 보이는 것이 아니라 그럴
것이라고 상상하고 있는 것이다(그는 이 여자들의 일상을 거의 꿰뚫고 있
다). 늘어진 석양 아래, 그 지루한 골목길 가운데에서 중년의 신사 프루프록
은 끝없이 망설이며 시간을 끌 핑계를 찾고 있는데 그 핑계 중의 하나로 안
개가 등장한다. 안개는 매우 세밀하게 묘사되고 있다. 그것은 도시의 매연에
오염된 노란 안개이며 마치 생명을 가진 것(고양이)처럼 살금살금 기어 다
니며, (남의 집)창문을 엿보고 유리창에 주둥이를 문지르기도 하며 저녁의
구석구석을 혀로 핥다가 수채에 고인 더러운 물에 잠시 머무르기도 한다.
그 안개의 행적은 굴뚝에서 떨어지는 검정을 받고 놀라 펄쩍 뛰고서는 집을
한번 휙 감돌아보고서 잠드는 것으로 되어 있다. 고양이처럼 소리도 내지
않고 옮겨 다니는 안개는 그렇게 하고 싶은 소시민 프루프록의 내면적 충동
을 말하는 것이라 할 수도 있다. 하여간 이 부분의 묘사는 망설이는 프루프
록의 심리묘사에서 잠깐 한숨 돌리게 해주는 효과를 낸다. 그리고 다시 이
야기는 그의 본격적인 망설임으로 돌아간다.

시간이야 있을 거다,
만나는 얼굴을 만나기 위해 얼굴을 꾸미는 데도.
죽이고 만들어내는 데도 시간이야 있을 거다.
접시 위에 한 덩이 질문을 집어서 놓는
나날의 하고 많은 솜씨와 동작에도 시간은 있을 거다,
차와 토스트를 들기 전
한 백 번 망설이고
한 백 번 살펴보고 다시 살피는 데도 아직 시간은 있을 거다.

There will be time, there will be time
To prepare a face to meet the faces that you meet;
There will be time to murder and create,
And time for all the works and days of hands
That lift and drop a question on your plate;
Time for you and time for me,
And time yet for a hundred indecisions,
And for a hundred visions and revisions,
Before the taking of a toast and tea.

- 같은 시 26-34

우리가 하기 싫은 일을 해야 할 때의 버릇, "내일 하지……다음에 하지"가 여기에 전형적으로 드러나 있다. 만나고자 하는 이를 만나기 위해 얼굴을 다듬을 시간, 살인을 하고 창조를 할 시간, 이 모든 일을 마치고 문제를 들어서 당신의 접시에 담아 올릴 시간, 수백 번의 미결정의 시간 수백 번 보고 또 볼 시간, 이런 시간들이 있을 것이란 말이다. 이것은 만나기 싫은 것이 아니라 자신이 없는 것이다. 그리고 그 사건을 거창하게도 해석하고 있다. "살인을 저지르고 창조를 하는" 행위와 자신의 연애를 동일한 수준으로 평가하는 것이다. 물론 이것은 터무니없지만 본인에게는 너무나 무게 있고 중대한 사건이라는 것이다. 그러면서도 그것은 끝없는 망설임으로 이어진다. 그리고 그것은 여자의 집에 도달해서 계단을 올라가는 과정에서도 마찬가지이다.

그리고 정말 시간이야 있을 거다,
"감히 내가", "감히 내가" 하고 의심하는 데도.
내 머리 한 복판의 벗어진 데를 알찐거리면서

돌아서서 층층대를 내리는 데도-
(모두들 말하겠지. "그의 머리는 어쩌면 저렇게도 빠진담!")
내 모닝코트, 뻣뻣하게 턱을 치받는 내 칼러,
짙으면서도 수수하지만 산뜻한 핀으로 한결 드러나는 내 넥타이-
(모두들 말하겠지. "그러나 그의 팔다리는 어쩌면 저렇게 가늘담!"
내가 감히
우주를 건드릴 수 있을까?
일 분 동안에도 결정하고 수정할 시간은 있지,
다시 그것을 1분 동안에 뒤집어 버릴지라도.

And indeed there will be time
To wonder, "Do I dare?" and, "Do I dare?"
Time to turn back and descend the stair,
With a bald spot in the middle of my hair—
[They will say: "How his hair is growing thin!"]
My morning coat, my collar mounting firmly to the chin,
My necktie rich and modest, but asserted by a simple pin—
[They will say: "But how his arms and legs are thin!"]
Do I dare
Disturb the universe?
In a minute there is time
For decisions and revisions which a minute will reverse.

— 같은 시 38-48

    "감히 내가, 감히 내가"라는 것은 이제 결전이 임박했음을 말한다. 이제 여자의 집 문을 밀고 들어가기만 하면 된다. 그리고 토스트와 차를 마시면서 이야기나 좀 하다가 자연스럽게 연애감정으로 발전하면 되는 것이다. 그런데 문제는 그런 자신감이 없다는 것이다. 이유는 자신의 나이와 삭아가는 육신 때문이다. 2층에 사는 여자는 계단을 올라오는 남자를 보면서 약간 대머리 진 모습에 주의하게 될 것이다. 그리고 가늘어져 가는 팔 다리를 보게 될 것이다. 그의 모닝코트가 턱밑까지 바짝 추어올린 것임을 토로하며 스스로 생각하기에도 답답한 자신의 성격을 자인하고 있다. 넥타이는 그런대로 화려하지만 넥타이핀은 심플하다. 이런 것들에게까지 그는 신경 쓰고 있다. 그러면서 자신의 연애를 이제는 더 큰 것에 비유하고 있다. 이 연애를 시도한다면 우주의 순환이 단번에 멈춰질 것 같다는 것이다.

> 그들을 모두 알고 있으니, 다 알고 있으니 —
> 저녁도, 아침도, 오후도 알고 있으니,
> 나는 내 인생을 커피 스푼으로 되질했다,
> 저 방에서 들려오는 음악 가운데
> 들릴 듯 사라질 듯 깔리는 목소리도 알고 있지
>> 그러니 내가 어찌 감히 그럴 수 있겠어?
>
> 그리고 나는 그러한 눈도 알고 있다, 다 알고 있다. —
> 상투적인 투로 빤히 노려보는 눈,
> 그리고 핀에 꽂혀 꿈틀거리며 내가 규정당할 때
> 핀에 꽂혀 벽에 꾸물거릴 때
> 내가 어떻게 내 나날들과 처세의 토막토막을
> 모조리 뱉기 시작하겠는가?
>> 내가 어찌 그럴 수 있겠는가?
>
> 그리고 나는 그런 팔도 이미 알고 있다, 알고 있다 —
> 흰 살결에 팔찌를 낀 팔,
> (그러나 램프 아래선 누런 털로 덮인!)
> 내가 자꾸 헷갈리는 것은

옷에서 풍기는 향수 때문인가?
테이블에 놓아두거나 숄을 감은 팔
  그렇다면 마음을 먹어볼까?
  하지만 어떻게 시작할까?

For I have known them all already, known them all: —
Have known the evenings, mornings, afternoons,
I have measured out my life with coffee spoons;
I know the voices dying with a dying fall
Beneath the music from a farther room.
 So how should I presume?

And I have known the eyes already, known them all —
The eyes that fix you in a formulated phrase,
And when I am formulated, sprawling on a pin,
When I am pinned and wriggling on the wall,
Then how should I begin
To spit out all the butt-ends of my days and ways?
And how should I presume?

And I have known the arms already, known them all —
Arms that are braceleted and white and bare
[But in the lamplight, downed with light brown hair!]
It is perfume from a dress
That makes me so digress?
Arms that lie along a table, or wrap about a shawl.
 And should I then presume?
 And how should I begin?

— 같은 시 49-69

그는 이 여자들을 잘 알고 있다. 그것도 그녀들의 저녁, 아침 낮의 상황을 환히 알 정도라는 것이다. 이것은 거의 스토커 수준으로 그녀들을 늘 관찰하고 있었다는 말이다. 그리고 유명한 구절 "나는 내 인생을 커피 스푼으로 되질했다"가 나온다. 이것은 너무나 소시민적인 인생, 즉 커피 스푼으로 설탕을 뜨듯이 작게 작게 살아온 자신의 인생을 말하는 것이다. 그리고 마침내 그녀들의 목소리, 옆방의 축음기에서 흘러나오는 음악아래 나직하게 깔리는 목소리까지 알고 있다고 말한다. 이렇게 그는 그녀들의 하루하루 생활습관까지 꿰뚫고 있다.

그녀들의 모습은 그걸로 끝나지 않는다. 그녀들의 눈길, 매력적이지만 차가운 눈길을 말하고 있다. 그리고 그 눈길을 맞은 자신을 침에 찔려 버둥대는 곤충(표본)에 비유하고 있다. 그는 지금 벽에 찔려 버둥대고 있는 것이다. 자 그런데 어떻게 매일 매일의 사소한 꽁다리들을 뱉어버릴 수 있을까. 어떻게 이 모든 것들을 무릅쓰고 해볼 수 있을까. 그리고 마지막으로 가장 중요한 것은 그녀들의 살결이다. 그는 물론 그녀들의 매혹적인 팔뚝, 팔찌를 하고 하얗고 맨살 드러난 팔뚝이 램프 불빛아래 자세히 보면 갈색 솜털로 덮여 있음을 잘 알고 있다(이것은 그녀들의 내재된 짐승적 본능을 상징한다). 나를 이토록 매혹시키는 것은 옷에서 풍기는 향수 때문인가? 그 팔은 테이블 위에 놓여 있거나 숄을 감싸고 있는데, 내가 과연 어떻게 해볼 수 있을까.

나는 차라리 고요한 해저를 어기적거리는
엉성한 게의 앞발이나 되었을 것을.

I should have been a pair of ragged claws
Scuttling across the floors of silent seas.

— 같은 시 73-74

다시 상상은 멀리 심해 안으로 파고든다. 이렇게 망설이느니 차라리 저 깊은 바다 안에서 두 집게를 쳐들고 옆으로 어기적거리는 게나 되었으면 좋겠다는 것이다. 이것은 거의 자조적이지만 참으로 기발한 발상이다. 시적 화자는 망설이면서도 자신에 대한 깊은 혐오감이 있는 것이다. 왜 이렇게 망설이기만 할까. 왜 이렇게 자신이 없을까. 인간형에는 돈키호테형이 있고 햄릿형이 있다. 말할 나위 없이 이 시의 화자는 햄릿형이다. 단지 햄릿은 거창한 문제를 두고 고민하다가 비극적 결말에 이르는 귀족적 주인공이지만, 이 남자는 지금 사소하기 짝이 없는 문제로 망설이고 있는 희극적인 인물인 것이다. 깊은 바다 속에서 두 집게 발을 쳐들고 어기적거리는 모습은 그 희극성을 매우 돋보이게 해 준다. 그리고 그의 소심함은 그 여자를 만나고 난 다음에는 또 어떤 일이 벌어질까에 대한 염려로 이어진다.

> 차와 케이크와 얼음까지 먹은 다음
> 나는 그 순간을 위기로 몰아붙일 힘을 가졌을까?
> 허나 나는 울며 단식하고 울며 기도했건만
> (약간 벗겨진)나의 머리가 쟁반에 놓여 들어오는 걸 보았건만
> 나는 예언자도 아니요, 여기서 또 아닌들 어떤가.
> 나는 내 갸륵한 순간이 까물대는 것을 보았고,
> 영원한 하인이 내 코트를 들고 낄낄대는 것을 보았으나,
> 결국 나는 두려웠던 것이다.
>
> 그리고 그랬던들 무슨 보람이 있겠는가,
> 몇 잔과 마멀레이드와 차를 마신 다음
> 자기 그릇 사이, 너와 내가 조금 이야기를 주고받는 사이에
> 설사 그랬던들 무슨 보람이 있었겠는가,
> 문제는 웃음으로 물어뜯어버리고

우주를 뭉쳐서 공을 만들어
어떤 압도적인 문제로 굴려간들,
"나는 라자로, 죽음에서 왔노라,
너희들에게 죄다 일러주러 왔노라, 죄다 일러주리라" 한들
여자가 머리맡에 베개를 놓으며
    "천만에 그건 제가 의미한 것이 아니에요.
      절대 그것은 아니에요"라고 말을 한다면
그랬던들 무슨 보람이 있겠는가.

Should I, after tea and cakes and ices,

Have the strength to force the moment to its crisis?

But though I have wept and fasted, wept and prayed,

Though I have seen my head [grown slightly bald] brought in upon a platter,

I am no prophet—and here's no great matter;

I have seen the moment of my greatness flicker,

And I have seen the eternal Footman hold my coat, and snicker,

And in short, I was afraid.

And would it have been worth it, after all,

After the cups, the marmalade, the tea,

Among the porcelain, among some talk of you and me,

Would it have been worth while,

To have bitten off the matter with a smile,

To have squeezed the universe into a ball

To roll it toward some overwhelming question,

To say: "I am Lazarus, come from the dead,

Come back to tell you all, I shall tell you all"—

If one, settling a pillow by her head,

 Should say: "That is not what I meant at all.

That is not it, at all."

- 같은 시 79-98

이 여자들을 만나 차를 마시고 케이크를 먹고 후식까지 다 마친 다음,
"그 순간을 절정으로 몰고 갈 힘이 남아 있을까?" 여기서 그 정점이란 충분
히 상상 가능하다. 여자와 만나서 식사를 하고 차를 마시고 그것을 그대로
잘 성사시키면 성공적인 연애가 되는 것이다. 그리고 그것을 다시 거창한
종교적인 사건에 비유하고 있다. 흐느껴 울고 기도하고 금식하는 것은 사실
겟세마네에서 예수의 마지막을 연상하게 하며, 자신의 머리가 쟁반에 받쳐
져 들려오는 순간을 상상하는 것은 세례 요한의 순교라는 거대한 사건을 연
상하게 하는 것이다. 즉 그에게는 이 두 사건만큼이나 큰 결단인 것이다. 그
러나 그는 자신의 연애를 이처럼 거대하게 확대시키면서 또 다른 한편으로
자신의 짓이 결코 위대한 사건은 아님을 자각하고 있다. 그는 결코 순교자
가 될 수는 없다. 그 순간 자신의 위대한 순간이 촛불이 가물대듯 가물가물
해지는 것을 느낀다. 그리고 자신의 영원한 하인이 자신의 코트를 들고 낄
낄대면서 비웃는다는 것이다.

그러면서 솔직한 토로가 이어진다. 지금 내가 하려고 하는 짓이 과연
가치가 있을까. "미소로 문제를 베어 삼키는 일"이란 여자의 환심을 얻기
위해서 미소를 띠며 이야기를 들어주고 예의 바르게 대화를 이어가는 것이
다. 과연 그럴 가치가 있을까. 우주를 작은 공 하나로 뭉쳐서 그것을 압도적
인 문제로 굴리는 일, 즉 세상의 온갖 것을 모아 뭉쳐서 연애를 성사시키기
위한 방향으로 몰입하는 것, 그게 과연 가치가 있을까. 심지어 "나는 무덤에
서 걸어 나온 나자로다"라고 영웅적으로 선언한다 한들 여자가 소파에서 등
받이베개를 고쳐 고이며 "그건 내 의도가 아니에요, 전혀 그게 아니에요"라

고 말해버린다면 그 모든 노력이 무슨 소용이 있겠는가. 이 남자 프루프록이 온갖 궁리를 다하고 망설이고 하지만 결국 여자의 일순간의 반응에 의하여 그 모든 시도가 완전히 무화되는 것이다.

프루프록의 연애는 이렇게 이어지다가 결국 그 계단을 오르지 못하고 끝난다. 그리고 끝내 심한 자조에 빠진다. 자신은 연극으로 치면 햄릿의 역과 같은 주역은 결코 되지 못하며 기껏해야 행렬을 늘리고 마음대로 쓰다 버리는 엑스트라에 불과함을 말하고 있다. 결코 주역은 되지 못하면서 살아 남으려다 보니 "예의 바르고 조심스럽고 소심하며/ 장광설에 능하고 약간 투미하며/......광대 같은"(Polite, cautious, and meticulous;/ Full of high sentence, but a bit obtuse;/......the fool), 그런 존재가 되어버린 것이다. 그의 탄식은 다음과 같이 이어진다.

나는 늙어간다......늙어 간다......
바짓단이나 접어 올려볼까.

I grow old......I grow old......
I shall wear the bottoms of my trousers rolled.

― 같은 시 120-21

시의 마지막에서 화자는 자신의 늙음을 슬프게 탄식하고 있다. 그러면서 "바지를 접어 올려 볼까"라고 마지막 발악을 하고 있다. 늙어가는 속에서 마지막 정열을 불태워보려던 그의 시도는 이토록 슬프게 끝난다. 결국은 자신의 늙음을 확인하는 것으로 끝나버린 이 연애사건에서 마지막의 탄식은 마치 리어왕의 탄식을 연상시키는 장엄함마저 보인다. 하지만 이것은 사소하기 짝이 없는 사건일 뿐이다. 그리고 이 사소한 사건을 말함에 있어서 바로 셰익스피어적인 독백을 차용하고 있다.

　이 시의 시적 기교를 생각해보자. 중간 중간에 얘기한 바가 있지만 이 시는 극적이다. 시가 만일 서사적으로 흐른다면 도저히 이런 긴박감을 끌어낼 수가 없을 것이다(테니슨의 서사시와 비교하면 뚜렷하다). 시의 극적 효과라는 것은 사실 17세기의 존 던에서 시작되었지만 19세기의 로버트 브라우닝(Robert Browning)에 의해서 완성되었다. 그들이 노린 것이 바로 이런 시적 긴장감이며 그 수법은 바로 극에서 차용한 것이고 셰익스피어가 그 모범이다. 이 시의 처음부터 이어지는 중년신사의 길고 긴 독백은 자신의 심적 상태, 주변의 상황들을 아무 설명 없이 독자들에게 상상하게 해준다. 「프루프록의 연가」는 이것을 통하여 시적 긴장감을 최대한 끌어올리고 있다. 그리고 이 중년신사의 마지막 연애시도가 어설프게 끝나도 독자들은 오래 부풀렸던 기대가 깨지는 실망감을 느끼기보다는 강렬한 공감을 느끼게 된다. 만약 이 시를 서사적으로 썼다면 어떻게 되었을까. "프루프록이란 신사가 인생 최후의 연애를 시도하기 위하여 골목길을 방황하고 있었네/ 그의 눈에 밟히는 것은 싸구려 여관과 톱밥 깔린 싸구려 식당뿐,/ 하늘은 붉게 늘어져 있었네⋯⋯" 정도로 시가 전개되었다고 치자. 아마 시는 저급한 감상을 자극하는 삼류시로 전락하고 말 것이다. 그리고 이 시를 쓸 때 엘리엇은 이십 대 청년이었다. 그 청년이 이런 시를 썼다는 사실도 아이러니하다. 참고로 예이츠(W. B. Yeats)는 20년 이상 한 여자를 쫓아다니다가 결국 실패하고 그 딸에게까지 구혼했다가 실패한 다음 「쿨호의 백조」에서 그야말로 허무하게 늙어버린 홀아비 신사의 참담한 심경을 그려내고 있으며 그것은 자신의 체험에 근거한 것이어서 절절한 울림을 준다. 거기에 비하자면 프루프록은 시인의 체험과는 거리가 멀다. 오로지 머리로만 상상해서 만들어내었을 이 시는 그런 절절함을 주지는 않지만 이 시인이 정말 천재구나 하는 탄복을 끊임없이 자아내게 한다.

2) 죽음과 재생―『황무지』(*The Waste Land*)

1922년 서구 사회는 두 편의 문학작품을 놓고 충격에 휩싸였다. 하나는 제임스 조이스의 소설 『율리시즈』(*Ulysses*)였고 또 하나는 T. S. 엘리엇의 시 『황무지』였다. 그해 발표된 이 두 편의 문학작품은 그야말로 시와 소설에서의 새로운 지평을 여는 것이었고 당시의 시대상황과 꼭 맞아떨어지는 것이었다. 당시 세계는 제1차 세계대전이라는 미증유의 사건을 겪고 난 뒤였고 그러고도 무언가 그것만으로는 끝나지 않을 것 같은 불안감이 휩싸고 있던 때였다. 이때 『황무지』의 등장은 경악스러움 자체였다. 도무지 이런 종류의 시가 가능하리라고는 아무도 예상치 못하고 있었다. 당시 영국시단은 조지아 풍의 나른한 전원시에 젖어 있었다. 그것은 낭만시를 억지로 연장해 놓은 것이나 같았다. 거기에 엘리엇이라는 귀티를 풍기는 시인이 등장한 것이다.

영시는 전통적으로 낭만주의적 흐름과 고전주의적 흐름이 번갈아가며 발전하고 있다. 우리가 잘 아는 셰익스피어는 낭만적 흐름에 속한다. 그 분방한 상상력과 풍부한 감성은 바로 낭만적인 것이기 때문이다. 거기에 비하여 17세기와 18세기에 영국시단을 지배했던 문예사조는 위트와 세련된 스타일로 대변되는 고전주의였다. 고전주의의 역할은 낭만적 상상력으로 풍부해진 어휘와 상상력을 세련된 스타일로 닦고 조이는 것이었다. 실제 약 150년간 이어지는 이 사조로 말미암아 고전 번역이 문학의 중요한 한 부분으로 인정받게 되고(『일리어드』가 이때 처음으로 영역되어 소개됨) 영어사전이 처음으로 만들어져 영어가 체계적으로 정리되고 있었다. 이 모든 것들이 영어로 표현된 시를 더욱 단단하고 세련되게 만들어 주었음은 당연한 일이다. 그러나 19세기 초반 프랑스혁명이 터지고 나폴레옹이 등장하고 서구세계의 문화는 다시 새로운 흐름을 타게 된다. 귀족의 시대에서 대중의 시대로 변천하게 된 것이다. 고전주의문학이란 귀족적인 문학이었다. 귀족 상류 계층 사이의 세련된 화법이 바로 그들이 선호하는 바이었고 당연히 그들의 문학은 세련되고 경쾌한 표현법을 선호하는 것이었다. 낭만주의는 정반대로 감정의 터뜨림과 날개를 타고 끝없이 날아오르는 상상력을 선호했고 귀족이 아닌 보통 사람들의 세련되지 못한 말투를 시어로 삼으려 했다. 엘리엇이 처음 영국시단에 얼굴을 들이밀었을 때는 시단 전체가 그 낭만주의 문학의 끄트머리에서 방향을 정하지 못하고 있었다. 조지아 시풍이라는 것이 바로 황혼의 아련한 벌판이나 까닭 모를 슬픔이나 애상 같은 것들이 주조였던 것이다.

엘리엇은 이 식상하고 힘 빠진 시풍의 타결책을 고전주의의 한 흐름이라 할 수 있는 형이상학파 시에서 찾았다. 기발한 발상과 아이디어로 가득한 그들의 시에서 바로 현대시의 한 모범을 찾았던 것이다. 17세기에 잠깐 유행했으나 그 후 300년이 지나도록 어느 누구도 진가를 발견하지 못했던 형이상학파 시인들이 발굴되는 순간이었다. 그 형이상학적 새로운 발상의 시가(지금은 너무나 당연해져 버렸지만) 그의 초기시들이었다. 그것들 중에서도 젊은 엘리엇의 고뇌가 가득한 『황무지』의 유명한 서두는 다음과 같이 시작된다.

사월은 가장 끔찍한 달,
죽은 땅에서도 라일락은 자라고,
추억과 정욕이 뒤섞이고,
잠든 뿌리가 봄비로 깨우쳐지고.

APRIL is the cruellest month, breeding
Lilacs out of the dead land, mixing
Memory and desire, stirring
Dull roots with spring rain.

- 『황무지』 1-4

이 구절은 지금은 너무 유명해져버려서 오히려 식상한 면이 있지만 분명코 쇼킹한 선언이었다. 4월이 잔인하다니? 겨울이 오히려 편안하고 생명이 움트는 4월이 잔인하다는 것은 무슨 소리인가. 엘리엇보다 500년 전에 살았던 초서(Geoffrey Chaucer)는 그의 대작 『캔터베리 이야기』(Canterbury Tales)에서 그때의 이 시기를 4월의 봄비가 부드럽고 풍부하게 대지를 적시는 때라고 표현했다. 그것이 이렇게 달라져버린 것이다. 그리고 그는 이런 선언에서 분명코 형이상학적인 아이디어를 차용하고 있다. 보통과는 다른 기발한 발상이어야 한다는 마인드가 그를 사로잡고 있었다.

그렇다면 시적 분위기는 또 왜 이토록 달라졌을까? 20세기 초반은 사람들의 불안이 극에 달해 있었다. 인간의 과학기술의 발전이라는 것이 자신에게 얼마나 큰 위협이 될 수 있는지, 그 앞에서 인간 개개인이 얼마나 무력해지는지, 또 그 인간이 얼마나 악해질 수 있는지를 처음으로 절감한 때였기 때문이다. 그것은 다시 아무것도 믿을 수 없다는 극도의 혼란을 야기하였다. 이 시는 바로 그러한 시대상의 뛰어난 반영이다. 아무것도 확신할 수 없던 불안과 방황의 시기, 그것이 바로 4월이 와도 봄 같지가 않다는 말에 드러나 있다(이것은 사실 이 시인의 불행했던 결혼생활과도 관련되어 있다). 그리고 이 시의 제1곡은 「사자의 매장」("The Burial of the Dead")이라는 제목을 달고 있다. 황무지에는 죽음만이 만연하다. 그것은 타는 갈증과 뜨거운 햇살로 표현되고 있다.

이 얽힌 뿌리는 무엇이며, 이 자갈더미에서
무슨 가지가 자라난단 말이냐? 사람의 아들,
그대는 알기는커녕 짐작도 못하리라, 그대 아는 건
오직 부서진 형상의 퇴적, 거기엔 해가 쬐어대고
죽은 나무에는 그늘도 없고, 귀뚜리의 위안도,
메마른 돌 틈엔 물소리도 없다.

What are the roots that clutch, what branches grow
Out of this stony rubbish? Son of man,
You cannot say, or guess, for you know only
A heap of broken images, where the sun beats,
And the dead tree gives no shelter, the cricket no relief,
And the dry stone no sound of water.

— 같은 시 19-24

여기 묘사된 장소는 아무런 생명이 없는 사막 같은 곳이다. 그래도 나무의 뿌리는 악착같이 메마른 돌을 움켜쥐고 있으나 그것은 생명력을 말하기보다 처절함을 더해줄 뿐이다. 죽은 나무는 더 이상 그늘을 지우지 못하며 벌레조차 울지 않고 메마른 자갈밭에서는 물소리조차 들리지 않는 것이다. 이것이 황무지의 상황이다. 그리고 황무지의 주민들이 등장하는데 첫 번째 인물이 카드점을 치는 천리안 소소스트리스 부인이다. 그런데 천리안의 그녀가 지금 독한 감기를 앓고 있다는 것이다. 이것은 황무지의 건강하지 못한 상황을 단적으로 암시하고 있다. 그리고 그녀가 보는 여러 가지 패가 나온다. 패라는 것은 운명을 말한다. 묘사되고 있는 패들의 모습은 죽음을 암시하는 것들이 많다. 익사한 페니키아의 수부, 외눈박이 상인들 등...특히 익사한 페니키아 수부의 눈에 진주가 박혀있다는 묘사는 섬뜩하다. 죽음과 같은 상황을 나타내고자 하는 의도는 시체나 해골에 대한 직접적인 묘사도 서슴지 않게 한다. 또한 이 부분에서 사람들이 열을 지어서 흘러가는 모습도 묘사되고 있는데 이것은 대중적인 흐름에 휩쓸려 개성을 잃어가는 개인의 모습도 될 수 있다. 가장 대표적인 것은 사람들이 열을 지어 빙빙 도는 동작이다("나는 사람들의 무리가 원을 이루며 걷고 있는 것을 본다"(I see crowds of people, walking round in a ring)). 원을 그리며 돈다는 것은 아무리 걸어도 제자리라는 의미이다. 아무런 결실 없고 목적도 없는 동작의 반복일 뿐이다. 현대의 삶이 바로 그러하다. 아무런 모험도 성취도 없는 그저 앞만 보고 따라서 돌뿐인 그러한 상황, 그것이 엘리엇이 바라본 당시의 세계였다. 그리고 1곡의 마지막에는 마치 단테의 『신곡』을 연상하게 하는 유명한 대목이 보인다.

허무한 도시,
겨울 새벽의 누런 안개 속을
수많은 군중들이 런던교 위로 흘러갔다,
나는 죽음이 그렇게 많은 사람들을 망쳤다고는 생각지 않았었다.
이따금 짧은 한숨을 내쉬면서
사람마다 발치만 보면서 갔다.
언덕길을 올라서 킹윌리엄 가로 내려서면
성 메리 울노스 사원의 때를 알리는 종소리가
아홉 점 마지막 자지러지는 소리를 쳤다.

Unreal City,
Under the brown fog of a winter dawn,
A crowd flowed over London Bridge, so many,
I had not thought death had undone so many.

Sighs, short and infrequent, were exhaled,
And each man fixed his eyes before his feet.
Flowed up the hill and down King William Street,
To where Saint Mary Woolnoth kept the hours
With a dead sound on the final stroke of nine.

— 같은 시 60-68

이 구절은 바로 안개로 유명한 런던의 아침 출근 모습이다. 때는 겨울 새벽이다. 런던 브리지 위로 수많은 군중들이 걸어서 출근하는 것이다. 그것을 시인은 "죽음이 이렇게 많은 이들을 망쳐 놓은 줄"이라고 표현한다. 이 구절의 시민들은 살아있으되 살아 있는 것이 아니요 그렇다고 죽은 것도 아닌 상태에 있다. 그들의 소진된 생명력은 "짧고 간헐적인 호흡"이라는 말에 드러나 있다. 그렇게 가쁜 숨을 쉬며 사람들은 안개가 잔뜩 내린 런던 브리지 위를 흘러가는 것이다. 이것은 단테의 『신곡』에서 묘사하고 있는 지옥도를 걸어가는 망령들의 모습에서 힌트를 얻은 것이다. 사람들의 시선은 각자의 발 앞에 고정되어 있다. 그리고 그 맥없는 걸음은 킹 윌리엄 가를 따라 오르내리며 마침내 세인트 메리 교회가 9시 종을 치고 있는 곳까지 이른다. 이런 풍경들에서 우리는 전혀 평화로운 런던 거리는 볼 수 없다. 마치 그들은 죽을힘만 겨우 남은 사람들처럼 흐느적거리는 것이다. 그래서 아홉 번 타종의 마지막이 자지러진다(dead sound)라고 표현되고 있다. 거기서 시적 화자는 한 사람을 만나는데 재미있는 것은 그들이 밀라에 전투에서 함께 했었다는 것이다. 밀라에 전투란 로마와 카르타고간의 100년에 걸친 포에니 전쟁 중의 한 전투이다. 무려 2000년 전의 사건에서 만났던 사람이란 말은 동양의 전생이란 개념을 떠올리게 한다. 그리고 더욱 재미있는 것은 그 친구가 하는 말 중에서 시체에 대한 언급이다. 작년에 화단에 묻었던 시체에서 싹이 돋았는가 하는 물음이다. 이것은 일종의 풍요제 의식이다. 죽음이 있어야 생이 있다. 이 시체는 역겨운 대상이 아니라 바로 새 생명을 약속하는 거름인 것이다.

그리고 제2곡 「체스 게임」("A Game of Chess")에서는 여자들의 이야기가 전개된다. 상류계층 여성의 나태한 생과 하류계층 여성의 또 다른 타락한 생활이 보인다. 상류 여성의 생활은 사치와 나태의 그것이다. 시에서 나열하고 있는 그 집에 대한 엘리엇의 묘사는 화려하고 섬세하다. 그 화려하고 예술적인 거실의 벽에 걸려있는 그림은 다름 아닌 나이팅게일의 이야기다. 나이팅게일은 그 전설에 따르면 아름다운 필로멜라가 형부의 손에 겁탈 당하고 혀를 잘리는 비극을 당한 끝에 새로 화했다. 하필이면 왜 이 비극적인 이야기가 이 부유층 여성의 집 벽의 벽걸이에 수놓아져 있는 것일까?

그리고 이 여성은 매우 신경질적인 모습을 보여준다. 그것은 그녀가 머리를 빗을 때 머리털마다 정전기가 이는 모습으로 나타나고 있는데 그것은 이 여자의 심리상태를 말해주는 훌륭한 매체이다(이것은 사실 엘리엇의 부인 비비안이 모델일 것이라는 말이 있다). 그리고 그녀는 초조하게 무엇인가를 기다리고 있다.

> "오늘밤엔 내 신경이 이상해요. 정말이에요. 가지 마세요.
> 나에게 이야기를 하세요. 왜 도무지 이야길 하지 않으세요. 하시라니깐.
> 당신은 무엇을 생각하고 계셔요? 무엇을 생각해요? 무엇을?
> 난 도무지 당신이 생각하는 것을 알 수가 없군요. 생각해보세요."

> 'My nerves are bad to-night. Yes, bad. Stay with me.
> 'Speak to me. Why do you never speak? Speak.
> 'What are you thinking of? What thinking? What?

’I never know what you are thinking. Think.’

— 같은 시 111-14

이것은 다시 "나는 생각하느니, 우리는 죽은 자들이 뼈를 잃은/ 쥐구멍에 있나 보오."(I think we are in rats’ alley/ Where the dead men lost their bones.)라고 이어지며 "지금 저 소리는 무엇이에요?"/ 도어의 바람 소리./ 지금 저 소리는 무엇이에요? 바람이 무엇을 한단 말이에요?"/ 아무것도 아무것도 아니야."(What is that noise?'/ The wind under the door./ ’What is that noise now? What is the wind doing?'/ Nothing again nothing.)라고 이어진다. 쥐의 굴에 뼈를 잃어버린 죽은 이는 무엇을 말하는가. 그리고 방문 아래에 이는 바람 소리에조차 왜 이리 민감한가. 그녀는 외견상 화려한 삶을 살고 있지만 무언가에 쫓기고 있다. 그녀 자신의 심리가 그렇게 만들고 있는 것이다. 그녀의 장광설은 한참 이어진다. 셰익스피어의 대사를 읊어대지만 그녀는 안절부절 못한다. 무슨 소용이 있는가, 무엇을 할 것인가 아무런 해답이 없다. 이 부분의 끝은 "그리고 한 판 체스를 두고 나면,/ 눈꺼풀 없는 눈을 누르면서 도어의 노크 소리를 기다릴 테요."(And we shall play a game of chess,/ Pressing lidless eyes and waiting for a knock upon the door.)라고 끝난다. 체스를 두는 것은 좋다. 그런데 이 여자는 불면증 환자이다. 눈꺼풀 없는 눈이라는 것은 극도로 피곤한 그녀의 눈을 말하는 것이다. 눈꺼풀 없는 눈을 부비며 누군가가 노크해주기를 한없이 기다리고 있다. 그녀를 비롯한 황무지의 주민들은 전반적으로 생과 사의 중간지점에 그래서 죽을 수도 휴식을 취할 수도 없는 상태에 있다.

이에 대비되는 하류 계층의 여성들의 비참함도 못지않다. 대표적인 여성으로 낙태를 많이 해서 이가 다 망가진 한 여성을 등장시키고 있다. 남편은 군에 가 있는 상태인데 아내의 얼굴이 변해서 알아보지도 못할 정도라는 것이다("어쩔 수 없어……그녀는 긴 얼굴을 더 길게 늘이면서 말했다/ 그건 애를 지우려고 먹은 알약들 때문이야"(I can't help it, she said, pulling a long face, / It's them pills I took, to bring it off, she said)). 그리고 "시간이 됐습니다 서둘러 주십시오"(Hurry up please, it's time)라는 말이 후렴처럼 계속 반복되고 있다. 무언가 무척 초조하고 불안한 분위기의 끝은 슬프게 이어진다.

> 잘 자요, 빌. 잘 자요, 루. 잘 자렴, 메이. 좋은 꿈꾸어.
> 타 타 안녕. 잘 가요. 조심들 해.
> 주무세요 부인네들. 안녕히 주무세요 아가씨들, 안녕히, 안녕히들 주무세요.
>
> Goonight Bill. Goonight Lou. Goonight May. Goonight.
> Ta ta. Goonight. Goonight.
> Good night, ladies, good night, sweet ladies, good night, good night.
> — 같은 시 170-72

여기서 굿 나잇이라고 말하는 화자나 그 말을 듣는 대상자나 모두 초조한 심리를 비치고 있다. 무엇을 향해 굿 나잇이라고 하는 것일까. 왜 이렇게 굿 나잇을 강조하는 것일까. 무언가 불안하다. 하룻밤을 지나고 나면 혹시 무슨 일이라도 일어나는 것은 아닌가. 극도의 불안정과 신경과민이 느껴지는 것이다. 그리고 중간에 범어가 나온다. '타 타'라는 것은 '탄다'라는 뜻이다. 황무지의 주민들은 그렇게 살고 있다.

이렇게 구체적인 황무지의 주민들이 등장하면서 이어지는 3부 「불의 설교」("The Fire Sermon")에서는 가장 구체적인 타락상이 전개된다. 그리고 이것은 붓다의 가르침을 연상하게 한다. 세상의 탐욕의 불길로 타오르고 있다. 그리스도보다 500년 전에 인도의 깨달은 자, 붓다는 세상이 탐욕의 불길로 타오르고 있음을 가르쳤고 그 탐 진 치의 불길을 어떻게든 끊을 것을 제자들에게 요구했다. 그 시작은 다음과 같이 열린다.

강을 덮었던 천막은 걷히고 마지막 간당거리던 잎사귀가
습한 강둑으로 가라앉는다. 바람은
소리 없이 황토벌판을 분다. 요정들은 떠나버렸다.
고이 흘러라 정든 템스여, 나의 노래가 끝날 때까지.
강물엔 빈 병도 샌드위치 껍데기도
비단 손수건도 마분지 상자도 담배 토막도
또 무슨 여름밤의 증거품은 떠 있지 않다.

The river's tent is broken: the last fingers of leaf
Clutch and sink into the wet bank. The wind
Crosses the brown land, unheard. The nymphs are departed.
Sweet Thames, run softly, till I end my song.
The river bears no empty bottles, sandwich papers,
Silk handkerchiefs, cardboard boxes, cigarette ends
Or other testimony of summer nights.

― 같은 시 173-79

여기에 묘사된 템스 강은 처참하다. 사람들이 쓰다버린 강의 텐트는 부서져 있고 나뭇잎은 둑을 붙잡으려고 애를 쓰지만 축축한 밑바닥으로 빠져들고 있다. 바람은 갈색 죽음의 땅에서 불어오나 요정들은 다 떠나버렸다. 꿈의 템스는 사라지고 썩은 템스만이 남았다는 자조의 말이다. 연속되는

"아름다운 템스여 고이 흘러라"는 15세기 에드먼드 스펜서가 불렀던 노래에서 따온 것이다. 그때의 아름답게 흘렀던 아름다웠던 템스가 이제는 쓰레기 더미에 묻혔다. 빈 병과 샌드위치 껍데기와 담배꽁초와 같은 것들, 지저분한 문명의 쓰레기들이 강변에 흩어져 있다. 그리고 강의 요정들은 다 떠나가 버렸다. 더 이상 기대할 것이 없기 때문이다. 그리하여 시인은 마치 머나먼 이국 바빌론 땅에서 노예 생활을 하던 히브리 민족들이 티그리스 강변에 앉아 고향 가나안을 그리워했던 것처럼 "레만호반에 앉아 나는 울었더니라"(By the waters of Leman I sat down and wept.)라고 한탄한다. 이 한탄과 "고이 흘러라 정든 템스여"라는 말은 묘한 여운을 준다. 떠돌아다니는 외로운 영혼, 더러워진 강, 그러나 옛날의 아름다웠던 강을 끊임없이 그리워하는 시인의 상황 등이 묘하게 어우러져 있다.

그리고 이쯤에서 퇴락한 문명의 최고 수혜자라 할 수 있는 쥐가 등장한다. 또한 죽음을 상징하는 뼈들의 합창이 시작된다. 강을 바라보고 있는 시인의 등 뒤에서 들려오는 바람소리는 뼈의 덜걱임을 섞고 있다("그러나 내 등 뒤엔 차가운 바람에/ 뼈가 덜걱이고 낄낄대는 소리가 귀에서 귀로 번져갔다"(But at my back in a cold blast I hear/ The rattle of the bones, and chuckle spread from ear to ear.)). 그리고 죽어가는 더러운 쥐가 느릿하게 등장한다. 잔뜩 젖어서 배를 끌며 기어가는 쥐는 더러운 문명을 최고도로 드러내고 있다. 그런데 재미있는 것은 시적화자의 행위다. 그는 흐름을 멈춘 운하, 즉 템스 강에서 낚시를 하고 있는 것이다.

쥐가 한 마리 강둑 풀밭을
눅진한 배때기를 끌고 슬며시 지나갔다.
때마침 겨울철 어느 석양, 나는 주유소 뒤를 빙 돌아

탁한 운하에 낚시를 드리우고
난파한 형왕과
그보다 앞선 부왕의 죽음을 슬퍼했다.

A rat crept softly through the vegetation
Dragging its slimy belly on the bank
While I was fishing in the dull canal
On a winter evening round behind the gashouse
Musing upon the king my brother's wreck
And on the king my father's death before him.

— 같은 시 187-92

강변의 잡초 사이로 눅진한 배를 끌면서 기어가는 쥐는 가장 추악한 상태의 생명이 될 것이다. 여기서 시적화자인 티레시아스는 낚시를 하는 것으로 묘사되고 있다. 낚시란 정적이고 생각을 하게 만든다. 하필 형 왕의 난파와 그 선왕인 아버지 왕의 죽음에 대해서 생각에 잠겨 있는지는 200년 이상 기구하게 살았다는 그의 일생과 관계있는 듯하나 명확하지 않다. 죽음의 이미지는 이어진다. 그것은 쥐의 발에 채여 덜걱이는 **뼈**다.

낮은 습지에는 흰 알몸뚱이 시체가 뒹굴고
나직한 좁고 메마른 다락방에 버려진 백골은
해마다 쥐의 발길에만 뒤채여 덜걱거린다.

White bodies naked on the low damp ground
And bones cast in a little low dry garret,
Rattled by the rat's foot only, year to year.

— 같은 시 193-95

3곡은 전반적으로 성적인 타락을 말하고 있다. 여기 등장하는 쥐와 뼈는 바로 그런 상황을 말하기에 아주 좋은 이미지이다. 그리고 구체적인 사건이 등장한다. 시적 화자 티레시아스는 그 오랜 경험을 통해 현명해진 눈으로 이 도시의 면면을 조용히 살피고 있는 것이다. 그의 눈에 띈 것이 유명한 타이피스트의 정사이다.

역시 런던은 비실재의 도시로 묘사되고 있다. 이 부분의 묘사는 뛰어나다. 우선 시간을 말하면서 사람들의 눈과 등이 책상에서 하늘로 향하고 인간의 엔진이 마치 털털대는 택시의 엔진처럼 기다리는 자줏빛 시간("보랏빛 시각, 책상에서/ 눈과 등이 일어나 뒤돌아보고, 인간의 엔진이/ 털털거리며 기다리는 택시처럼 기다릴 때"(At the violet hour, when the eyes and back/ Turn upward from the desk, when the human engine waits/ Like a taxi throbbing waiting))라고 묘사하고 있다. 그 시간, 뭔가 아직 덜 끝나고 무언가를 기다리는 엉거주춤한 저녁 시간대에 한 타이피스트가 퇴근한다. 그녀의 생활은 남루하지도 부유하지도 않다. 시에 따르면 일단 아침 먹은 것들을 치우고 스토브에 불을 켜고 캔 음식들을 펼쳐놓는다. 창밖에는 그녀의 속옷들이 위태롭게 마르고 있고 소파 위에는 스타킹과 캐미솔 등의 흩어져 있는 것이다. 그리고 그 집에 그녀의 남자친구가 도둑고양이처럼 가만히 방문한다. 그들의 섹스는 기계적이고 건조하다. 상대방에 대한 아무런 배려 없이 마치 패스트푸드를 먹듯이 해치운다. 그녀는 저녁을 먹었고 적당히 나른하고 그의 애무에 대해서 아무런 반응을 보이지 않으나 그는 그것을 더 반긴다. 그 기계적인 배설행위를 마치고 그는 더듬더듬 계단을 내려가 사라진다. 시적화자의 해설은 계속 이어진다. 테베의 성벽 아래에서 온갖 참혹한 것을 보았던 나 티레시아스가 이 집의 침대와 소파에서 벌어지는 추잡한 짓들을 다 보았노라고……

여자의 반응도 기계적이다. 떠나가는 애인을 바라보지도 않으며 그녀는 속으로 끝나서 다행이라고 말하는 듯하다. 그리고 기계적으로 머리를 빗질하는 모습은 얼마나 그녀가 생명력을 상실하고 있는지를 말해주고 있다. 로렌스가 그의 소설에서 말하고 있는 성의 환희는 결코 찾아볼 수 없다. 그리고 템스 강은 흐른다. 런던은 템스 강을 끼고 성장한 도시다. 이 도시에서 벌어지는 모든 일들은 강은 알고 있을 것이다. 그것은 다음과 같이 묘사되고 있다.

강은 기름과 타르의
땀을 흘리고
배는 썰물과 더불어
떠서 흐른다
넓고
붉은 돛은
바람받이에서 육중한 돛대를 돈다.
배는
떠가는 통나무를 철벅이며
그리니치 해구로
개의 섬을 지나 내려간다.
　　웨이얼 랄라 레이아
　　웨이얼 랄라 레이아

엘리자베스와 레스터
노는 것는데
뱃머리는
붉은 빛 금빛을 씌운
조개 모양
날뛰는 물결은 양안에 출렁이고

서남풍은
하류로 종소리를 불어내렸다.
하얀 탑들
　　웨이얼 랄라 레이아
　　웨이얼 랄라 레이아

The river sweats
Oil and tar
The barges drift
With the turning tide
Red sails
Wide
To leeward, swing on the heavy spar.
The barges wash
Drifting logs
Down Greenwich reach
Past the Isle of Dogs.
　　　　　　　　Weialala leia
　　　　　　　　Wallala leialala

Elizabeth and Leicester
Beating oars
The stern was formed
A gilded shell
Red and gold
The brisk swell
Rippled both shores
Southwest wind
Carried down stream

The peal of bells

White towers

           Weialala leia

           Wallala leialala

— 같은 시 266-91

    다시 한번 강은 옛날과 대비되고 있다. 강에는 기름과 타르가 흐르고 있다. 엘리엇 당시의 강은 꽤나 더러웠던 모양이다. 산업의 찌꺼기가 흐르고 있고 바지선이 물결을 따라 흔들리며 내려오는 이 강은 더 이상 낭만의 강이 아니다. 옛날 엘리자베스 여왕과 애인 레스터 공이 노닐던 강은 아니라는 것이다. 더러운 바지선과 여왕이 놀던 화려한 배는 대조적이다. 금색 붉은 색으로 조개를 장식해 붙인 여왕의 배는 물결을 사방으로 퍼뜨리고 잔물결들은 강의 양 기슭에 철썩이며 하얀 교회종탑에서 울려 퍼지는 종소리를 남서풍이 실어 나르고 있었을 것이다. 상상하면 참으로 아름다운 광경이다. 현재의 강은 정반대라는 것이다. 여왕의 로맨스가 피어나던 강과 기름과 타르가 진득이며 흐르고 쥐가 비실비실 기어가는 현재의 템스 강은 분명코 생명의 유무와 관계된다. 옛날의 강이 사랑과 생명과 희망이 꽃피던 강이라면 엘리엇의 강은 썩어 죽어가는 강이다.

    여기서 또 하나의 타락한 성을 보여주고 있다. 하이버리와 리치먼드와 큐는 모두 템스 강 주변의 지명이다. 이런 곳들에서 태어나고 몸을 망치고 작은 카누에서 섹스를 하는 한 여성이 묘사되고 있다.

    하이버리가 날 낳았다. 리치먼드와 큐가
    나를 망쳤다. 리치먼드에서 나는
    좁은 커누 바닥에 등을 붙이고

두 무릎을 세우고 누웠었다."
"나의 두 발은 무어게이트에 있고, 나의 가슴은
내 발아래 눌렸다.

Highbury bore me. Richmond and Kew
Undid me. By Richmond I raised my knees
Supine on the floor of a narrow canoe.'
'My feet are at Moorgate, and my heart
Under my feet.

ㅡ 같은 시 293-97

이것 역시 즐거움과 사랑에 찬 성행위는 아니다. 행위를 하는 동안에
내 발은 무어게이트를 향하고 심장은 발의 압박을 받아 뛰지 못한다. 물론
옛날 엘리자베스 시절에도 하류 계층의 민중들은 가난하고 비참했을 것이
다. 여왕이 화려한 배에서 연애하는 동안에도 그들은 굶주리고 더러운 주거
지에서 살았을 것이다. 그러나 왠지 그들의 가난함은 그 가운데서도 인정과
순박함, 풋풋함이 있었을 것 같은데 현대의 그것은 건조하고 더럽기만 하다.
그리하여 3곡의 마지막은 이러한 타락을 경계하는 선언으로 맺어진다.

카르타고에 나는 왔노라

탄다 탄다 탄다 탄다
오 주여 그대 나를 건지시다
오 주여 그대 건지시다

탄다

To Carthage then I came

Burning burning burning burning
O Lord Thou pluckest me out
O Lord Thou pluckest

burning

— 같은 시 307-11

처음의 말은 카르타고에 입성한 예언자 아우구스티누스의 말이다. 카르타고는 당시 향락과 퇴폐에 젖어 있었다. 그것을 씻어내기 위해 이 사람이 온 것이다. 그리고 이어지는 것은 기독교적인 염원이다 이 타락한 세상에서 나를 구원하시라, 이것을 달리 말하자면 이 욕념의 불구덩이에서 나를 구원하시라 가 된다. 세상은 욕망의 불로 타오르고 있다. '탄다'라는 말이 그래서 자꾸 나오는 것이다.

그러나 이 무수한 타락과 무생명의 상황에서도 시는 대단원을 향해 달린다. 시의 끝은 이렇게 메마르고 건조하고 타오르는 세상에 푸근한 정화수를 공급해 줄 천둥, 번개와 소나기로 장식되고 있다. 이 시의 제5곡 「천둥의 말」("What the Thunder Said")은 바로 이 황무지에 대한 구원의 메시지다. 서두는 의미심장하다. 마치 예수의 고난을 암시하는 듯한 상황들이 죽 이어지다가 저 산 너머 천둥소리가 들려오는 것으로 되어 있다. 그리고 마치 선언하듯이 "살아 있는 그는 죽은 것이요, 살아 있는 우리도 죽어가고 있는 것"(He who was living is now dead/ We who were living are now dying/ With a little patience)이라고 말하는 것이다. 다시 이 시의 제1곡에서 보였던 메마른 돌밭에 대한 묘사가 이어진다. 물만 있다면, 물만 있다면, 이 황무지도 견디고 살만한 곳인데 물은 어디 있는가?

여기는 물이 없고 오직 바위뿐
바위는 있고 물은 없는 모래밭 길
산 속을 굽이굽이 돌아 오르는
물 없는 바위산을 돌아 오르는
물이 있다면 발을 멈춰 목을 축이련만
그 바위 사이에선 멈추지도 생각지도 못한다.
땀은 마르고 발은 모래 속에 박힌 채
오직 그 바위틈에 물만 있다면야
침도 못 뱉는 이빨이 썩은 입과도 같은 죽은 산
여기서는 서도 눕도 앉도 못한다.
산 속에는 고요조차도 없어
비도 안 오는 메마른 헛된 우뢰 소리가 나고
산 속에는 고독조차도 없어
갈라진 흙담 문간에
비웃고 으르렁대는 시뻘건 무딘 얼굴들

Here is no water but only rock
Rock and no water and the sandy road
The road winding above among the mountains
Which are mountains of rock without water
If there were water we should stop and drink
Amongst the rock one cannot stop or think
Sweat is dry and feet are in the sand
If there were only water amongst the rock
Dead mountain mouth of carious teeth that cannot spit
Here one can neither stand nor lie nor sit
There is not even silence in the mountains

But dry sterile thunder without rain
There is not even solitude in the mountains
But red sullen faces sneer and snarl
From doors of mudcracked houses

— 같은 시 331-45

목마름의 상황은 계속 이어지고 있다. 저 멀리서 메마른 천둥소리는 들리나 비는 소식이 없다. 땀은 마르고 발은 모래에 빠지고 있다. 이 메마른 상황은 입을 쩍 벌리고 침도 뱉지 못하는 상황으로 묘사되고 있다. 산 속에는 심지어 침묵조차 없고 메마른 천둥소리만 들릴 뿐이다. 고독조차 없고 붉게 화낸 얼굴이 아귀처럼 서로를 비웃고 으르렁거리는데 그것도 진흙이 쩍쩍 갈라진 집의 문에서 그러하다는 것이다. 이 구절에서 말하고 있는 것은 끝없이 메마른 상황이다. 앞에서 말한 모든 것들이 이 메마름으로 모아지는 듯하다. 이 곡의 첫 부분은 이렇게 목마름에 대한 간절함으로 이어진다. 그러다가 그것이 다음과 같은 다소 불분명한 상황으로 이어진다. 당신의 곁에 걷고 있는 이는 누구인가? 너와 내가 앞에 놓은 하얀 길을 걷고 있으면 누군가가 동행하는 듯한 착각을 하게 된다는 것이다. 항상 누군가가 보라색 망토를 쓰고 동행하고 있다는 것이다. 이 사람은 누구일까. 성서적인 사건(예수의 부활)을 떠올리게 만든다.

항상 그대 곁을 걸어가는 제3의 인물은 누구냐?
헤어 보면 오직 그대와 나뿐인데
흰 길을 바라볼라치면
언제나 그대 곁을 걸어가는 또 하나의 사람이 있다.
갈색 망토를 두르고, 후드를 쓰고 미끄러지듯 걸어가는

Who is the third who walks always beside you?
When I count, there are only you and I together
But when I look ahead up the white road
There is always another one walking beside you
Gliding wrapt in a brown mantle, hooded

— 같은 시 360-64

질문은 이어진다. 허공에서 울려 퍼지는 어머니의 탄식과도 같은 소리
는 무엇인가. 지평선 너머 가마득히 몰려오는 저 두건 쓴 인간들의 무리는
또 무엇인가. 그리고 마지막에 도시들이 언급되고 있다. 저 산꼭대기의 도시
들, 부서지고 재건되고 보랏빛 대기 속에서 터지는 이 도시들은 무엇인가.
예루살렘, 아테네, 알렉산드리아, 비엔나, 런던의 높은 탑들이 무너진다. 무
너진다. 인간들이 만들어 놓은 이 모든 허상들은 하루아침에 무너질 수 있
다.

하늘 높이 울리는 저 소리는 무엇이냐
어머니의 탄식 같은 중얼거리는 소리
오직 나직한 지평선에 둘리어
갈라진 땅바닥에 쓰러지면서 끝없는 벌판을
몰려오는 저 후드를 쓴 무리는 누구냐
산 너머 무슨 도시가 있어
보랏빛 저녁 하늘에 발포하고 개혁하고 폭발하는 게냐
무너지는 탑들
예루살렘 아테네 알렉산드리아
비엔나 런던
허무하구나

What is that sound high in the air
Murmur of maternal lamentation
Who are those hooded hordes swarming
Over endless plains, stumbling in cracked earth
Ringed by the flat horizon only
What is the city over the mountains
Cracks and reforms and bursts in the violet air
Falling towers
Jerusalem Athens Alexandria
Vienna London
Unreal

— 같은 시 367-77

모두 비실재이다. 허상이다. 이 모든 것들이 재생되자면 비가 내려야 한
다. 그런데 그 징조가 마지막 곡에서는 보인다. 산의 허물어진 굴에서 허물
어진 무덤 위에서 풀이 습기 찬 바람을 맞아 소리를 낸다. 바람의 집으로 전
락하여 창문도 없고 단지 문만 덜컹댈 뿐인 텅 빈 교회당이 있는데 거기서
닭의 울음소리가 마치 여명 속에서처럼 들려온다.

오직 다락에서 수탉이 한 마리
꼬꼬 리꼬 꼬꼬 리꼬
번들이는 번갯불 속에서 울 뿐, 습한 바람이
비를 묻혀 온다.

갠지스 강은 바닥을 드러내고, 맥없는 나뭇잎이
비를 기다리는데 이제 먼 히말라야 산 너머로
먹장 구름이 모여들고

밀림은 말 없이 쭈그리며 도사리고 있었다.
그때 우뢰가 말했다.
다
다타(주어라), 그러나 우리는 무엇을 주었는가?

Only a cock stood on the rooftree
Co co rico co co rico
In a flash of lightning. Then a damp gust
Bringing rain

Ganga was sunken, and the limp leaves
Waited for rain, while the black clouds
Gathered far distant, over Himavant.
The jungle crouched, humped in silence.
Then spoke the thunder
DA
Datta: what have we given?

— 같은 시 391-402

교회당 지붕 꼭대기의 수탉은 풍향계를 연상하게 만든다. 어찌 되었든
새벽의 전령인 수탉의 울음소리가 천지를 울리고 번개가 번쩍이며 축축한
바람이 습기를 몰고 오는 것이다. 그리고 갑자기 런던의 템스 강에서 갠지
스 강으로 배경이 바뀐다. 갠지스 강은 건기를 지나와서 강물이 줄고 잎사
귀들은 쳐져 있다. 비를 기다리고 있는 것이다. 그런데 저 멀리 높은 히말라
야 산의 너머에서 검은 구름이 모여들더니 몸을 잔뜩 수그리고 조용히 경청
하고 있는 정글에게 천둥소리로 일갈한다. 주어라, 보시하라, 너희는 무엇을
남에게 주었는가? 천둥은 이 모든 황무지적 상황에 대한 답을 일갈하고 있

다. 런던의 템스 강은 아직 비를 맞이할 준비가 되어 있지 않다. 그러나 갠지스 강의 정글들은 몸을 수그리고 천둥의 가르침을 겸허히 받아들인다.

다
다야드밤(동정하라), 열쇠소리를 나는 들었노라
도어에 한 번 단 한 번 돌아가는 열쇠소리를
....
다
담야타(절제하라), 배는 즐거이
따른다, 돛과 노에 익숙한 손을
바다는 잔잔하여, 내 마음도 청했다면
다스리는 손에 맞춰 뛰면서
즐겁게 따랐을 것을

DA
Dayadhvam: I have heard the key
Turn in the door once and turn once only
....
DA
Damyata: The boat responded
Gaily, to the hand expert with sail and oar
The sea was calm, your heart would have responded
Gaily, when invited, beating obedient
To controlling hands

— 같은 시 411-23

"주어라, 남을 가엾이 여겨라, 절제하라" 이 말이 들리면서 갑자기 문의 열쇠가 돌아가는 소리를 듣는다. 또한 강물 위의 보트가 즐겁게 반응한다.

이 둘은 황무지적 상황에서의 탈출구를 말하는 상징이다. 바로 주어라, 보시하라가 그렇다는 것이다. 모든 황무지적 상황은 인간들의 탐욕에서 비롯된 것이다. 불길처럼 타오르는 탐욕을 자제하고 남에게 베푸는 정신을 회복하면 길이 훤하게 열리게 될 것이다. 보트가 즐겁게 반응한다는 말이 재미있다. 배가 자신을 능숙하게 몰고 갈 임자, 키잡이를 반긴다는 것이다. 그 메마르고 답답한 황무지적인 상황이 끝낼 어떤 전문 키잡이가 노를 잡으려 한다. 보트는 당연히 반응하는 것이다.

마지막으로 시적화자가 다시 등장한다. 티레시아스는 런던 템스 강에서 지금 낚싯대를 드리우고 있다.

> 나는 기슭에 앉아
> 그 메마른 들판을 등지고 낚시를 드리웠다
> 하다못해 내 땅이라도 바로잡아 볼거나?
> 런던교는 무너진다 무너진다 무너진다

> I sat upon the shore
> Fishing, with the arid plain behind me
> Shall I at least set my lands in order?
> London Bridge is falling down falling down falling down
>
> — 같은 시 424-28

등 뒤에는 삭막한 갈색 벌판만 펼쳐져 있는데, 거기서 낚시질만 하고 있는데, 내가 이것들에 다시 질서를 부여할 수 있을까. 이때의 시적화자는 티레시아스에서 시인 엘리엇으로 바뀐 듯한 착각을 하게 한다. 그때 그의 눈에 런던 브리지가 무너지는 것처럼 보인다. 무너져 내리는 런던 브리지가 상징하는 것은 무엇인가. 서구의 문명인가. 인류 전체의 탐욕인가. 히메로니모는 다시 미쳤다. 이 파편들을 나는 다시 이으려 한다. 다시 시는 경구처럼 인도의 가르침으로 끝을 맺는다.

다타 다야드 밤 담야타
　　　　샨티 샨티 샨티(평화)

Datta. Dayadhvam. Damyata.
　　　　Shantih shantih shantih
　　　　　　　　　　　　　　　— 같은 시 433-34

주어라, 절제하라, 동정하라, 그러면 마음의 평화가 올 것이니......우리에게 친숙한 이 말이 『황무지』에 쓰였다는 것이 이채롭다. 엘리엇은 이 기나긴 시를 통해 서구 물질문명의 해법을 동양에서 찾고 있는 것이다. 그는 이 시에서 런던을 중심으로 한 도회지 문명의 비생명성과 타락을 참으로 낯설게 시화했다. 또 누가 이토록 거대한 시를 쓸 수 있겠는가.

이 시는 원래 길이가 두 배는 되었다. 그것을 엘리엇이 선배 에즈라 파운드에게 검토를 의뢰했는데 파운드가 그것을 가위질하여 오늘의 황무지로 만들어 놓은 것이다. 원래 엘리엇이 의도했던 긴 시로 발표되었다면 우리로서는 아마 훨씬 이해하기 쉬울 것이다. 바로 잘려나간 부분들이 설명일 터이기 때문이다. 그러나 누구보다 예리한 심미안으로 지니고 있었던 파운드는 그 설명들의 불필요함을 한눈에 간파했고 모두 잘라냈다. 그리함으로써 지금의 긴박감 넘치는 시로 재탄생했다. 『황무지』의 전체를 보면 수많은 일화를 모자이크해 놓은 것 같다. 그것들을 징검다리처럼 건너뛰면서 독자들은 상황을 짐작하고 읽어나가야 하는 것이다. 그러므로 이 시는 처음 읽으면 당연히 어렵다. 시적화자가 티레시아스이고 시인이 티레시아스의 목소리를 빌려 말하고 있는 듯하지만, 단정 짓기에는 역시 너무 복잡하다. 이 작품에는 무수한 인물들이 등장한다. 마치 한 편의 영화를 보는 듯 번갈아 등장하는 여러 인물들이 황무지의 주민들이다. 이들은 런던으로 설정된 이 황폐한 땅에 괴롭게 살고 있다. 설명이 극도로 배제되어서 무어라고 잘라 말할 수 있는 것은 소수에 불과하나 그들이 공통적으로 갈구하는 것은 물이다. 그리고 그것의 해결은 소나기와 천둥소리로 주어지고 있다. 시의 마지막에서 천둥소리는 마치 히말라야의 성자가 이 땅의 사람들에게 가르침을 내리는 것처럼 장엄하다. 모든 것을 보고난 뒤 마침내 결단의 한 마디를 내리는 것과 같다.

글의 서두에서 말했던 형이상학적 기상은 이 시를 가득 수놓고 있다. 시 전체를 장식하고 있는 뼈와 쥐를 비롯한 죽음의 이미지들, 무너지는 런던 브리지, 독감에 든 소소스트리스 부인, 나이팅게일, 템스 강과 갠지스 강 등은 바로 그런 기법에서가 아니면 동원되기 힘든 것들이다. 또한 이 시가 탄생하는 데 엘리엇의 부인 비비안이 큰 역할을 했음도 재미있는 사실이다. 비비안은 사교적인 미인이었고 엘리엇은 내성적인 철학자 시인이었다. 엘리엇은 비비안을 위하여 원래 미국 동부의 명문이었던 집안에서 물려받을 수 있는 모든 것을 포기하고 영국으로 귀화했다. 그러나 비비안은 그런 엘리엇의 정성과 사랑에도 불구하고 오히려 남편을 무시하고 괴롭혔다. 그녀는 신경질적이었고 성급했으며 그들의 결혼 생활은 지옥이었다고 한다. 엘리엇은 어느 자리에서 『황무지』가 그런 사적인 괴로움의 토로라고 말한 적이 있었다고 한다.

3) 영국식 정원에서 인도식 명상을 ─ 『네 사중주』(*Four Quartets*)

한 시인의 시적 발전과정이란 보통 젊은 시절의 첨예하던 현실비판정신이
나이가 들수록 관용과 이해로 바뀌고 젊어서 몰두했던 독서를 통한 지식은
노년의 지혜로 바뀐다. 엘리엇 후기시의 절정이 『네 사중주』(*Four Quartets*)
임은 익히 알려져 있다. 이 시편들은 노년에 든 엘리엇의 지혜가 집대성 된
것이며 가히 그의 시력의 최고 결정판이라고 할 만하다. 이 네 개의 사중주
는 모두 영국과 미국의 실재하는 장소를 배경으로 하고 있다. 영국에 있는
세 곳, 미국의 한 곳에서 머무르며 떠오르는 단상을 시화한 이 시들은 말년
에 이르러 거의 명상가의 수준에 이른 엘리엇을 느끼게 해준다.

　『황무지』에 엘리엇의 동양적인 사상이 담겨 있음은 확실하다. 특히 4부
의 「불의 설교」("The Fire Sermon")는 바로 부처의 가르침을 인용하고 있는
데 여기에 대해서는 재론의 여지가 없어 보인다. 그러나 이 작품 『네 사중
주』에 관해서는 말년에 종교에 깊이 몰입한 그의 이력을 들어 그의 기독교
사상이 집대성 되어 있다고 말하는 연구자들이 다수인 것 같다. 하지만 이
시에 나타난 시간관은 동양적이다. 엘리엇의 동양사상에 대해서 인상적인
연구를 남긴 스리(P. S. Sri)의 말을 들어보자.

> 사실 인도 철학에 대한 그의 관심은 깊었다. 그는 불경의 가르침에 많은 감명
> 을 받았으며 "나는 불교도는 아니지만 초기 불경의 어떤 부분은 구약성서만
> 큼이나 나에게 영향을 끼쳤다"고 말했다. 그는 부처의 불의 가르침이 "산상수
> 훈의 가르침만큼이나 중요하다"고 생각했다. 또한 "우리가 단테나 『바가바드
> 기타』 혹은 다른 종교시에서 배우는 것은 마치 그 종교를 믿는 것 같은 느낌
> 을 준다는 것"이라고 선언했으며 또한 『바가바드 기타』를 "나의 경험 안에서
> 는 『신곡』 다음으로 위대한 종교시"라고 기술했다. 또한 그는 『우파니샤드』

28장의 복사본을 참고할 요량으로 늘 그의 개인 서재에 비치해 두고 있었다.

엘리엇은 젊어서 철학을 전공했던 사람이다. 그의 주된 관심은 브래들리(F. H. Bradley)의 철학에 있었다. 브래들리는 동양에 관심이 많았던 철학자로서 엘리엇이 그에게 관심을 가졌던 것은 당시 서양의 동양정신에 대한 관심에 비추어보면 별로 신기할 것도 없다. 19세기 이래 서구에서는 낯선 동양사상에 대한 관심이 부쩍 높아졌다. 미국의 초절문학도 그러하지만 구대륙의 낭만주의 운동도 사실 동양사상의 영향이 없었다고 하기는 어렵다. 엘리엇의 시가 세기를 나눌 정도의 경지에 이르게 된 것은 그 동양의 사상에서 서구의 합리주의가 처한 한계상황을 극복할 해답을 찾았고 그것을 뛰어난 시로 승화시켰기 때문이다. 그러나 이 시가 원래부터 엘리엇의 야심적인 기획에 의해 쓰인 것은 아니었다고 한다. 피니언(Pinion)에 의하면 1935년에 쓰인 「번트 노튼」('Burnt Norton')은 당시 이 시인이 온 정력을 쏟고 있던 시극 『대성당의 살인』(*Murder in the cathedral*)의 부수수확물이었다. 즉 당시 엘리엇이 가장 심혈을 기울이고 있었던 쪽은 시극이었으며 그 여가 시간에 쓴 시가 지금 우리의 관심을 끌고 있는 것이다. 그러나 그렇다고 해서 그 시가 질이 떨어지는 것은 결코 아니다. 오히려 힘을 뺀 상황에서 편안하게 만들어낸 것이 의외의 대작이 되는 경우는 우리가 세상사에서 흔히 보게 된다.

사중주의 처음을 장식하는 「번트 노튼」은 시간에 대한 명상이다. 아마 동양과 서양의 사상적 큰 차이 중의 하나가 바로 시간에 대한 생각일 것이다. 서양의 문화는 합리적이고 직선적이며 딱딱 끊어진다. 거기에 비하자면 동양의 문화는 감성적이며 곡선적이고 시작도 끝도 없는 원을 좋아한다. 엘리엇은 특히 동양의 원의 시간관에 크게 감명을 받은 듯하다.

현재의 시간과 과거의 시간은
둘 다 미래에서는 현재가 될 것이며
미래의 시간은 과거의 시간을 함유하는 것이라.
만일 모든 시간이 영구히 현재라면
그 모든 시간은 되찾을 수 없는 것

Time present and time past
Are both perhaps present in time future,
And time future contained in time past.
If all time is eternally present
All time is unredeemable.

— 「번트 노튼」("Burnt Norton") 1부

　　이것은 사실 동양사상에 대한 문외한의 눈으로 보기엔 너무 현학적이
고 어려울 수가 있다. 뛰어난 비평가였던 리비스(F. R. Leavis)도 이 시에 대
하여 "나에게는 그것이 시에 있어서의 철학적인 작업, 즉 엄격한 시적 표현
법으로 형이상학적 혹은 인식론적인 탐구 작업을 하는 것으로 보인다"고 말
했다. 그의 눈에는 어쩌면 이것이 철학 이상의 것으로 보이지 않았을지 모
른다. 즉 엘리엇이 철학적인 탐색을 하다가 그것을 그냥 시화한 것으로 평
가할 수도 있는 것이다. 일단 철학으로 보자면 이것은 엘리엇의 정점의 이
론과 연계된다. 과거도 미래도 사실은 허상이고 오로지 현재만이 중요한 순
간이다. 이것은 어떤 의미에서 서양에서 오랜 전통을 가지고 있는 쾌락주의
자들의 현재를 향유하자라는 생각과 상통할 수도 있으나 그 뿌리는 불교철
학에 있다. 서양의 정신적 지주인 기독교는 미래를 위한 종교일 수 있다. 미
래의 천국을 위해서 현재의 모든 고통을 인내하며 살아가는 것, 그리고 그
러한 비전을 제시함으로써 현실의 고통받는 이들에게 크나큰 위안과 용기

를 주는 것이 이 종교의 가르침이었다. 그러나 생각해 보자. 과거는 이미 지나가 버린 것이고 미래는 올지 안 올지 알 수 없는 불확실한 것이다. 그리고 현재의 이 순간은 끊임없이 과거로 바뀌어 가고 있다. 서구의 지식인들은 바로 이런 점에서 인도철학에 깊이 매료당했다. 월리스 스티븐스(Wallace Stevens)는 물론이고 19세기의 초절주의자들도 사실은 그 사상의 뿌리를 인도사상에 두고 있음은 주지의 사실이다. 그들은 서구 정신문명의 근간이었던 기독교의 정신에서는 찾을 수 없는 불교와 힌두사상의 논리성과 자유로움에 깊이 매료되었던 것이다. 철학을 전공했던 엘리엇도 이러한 사상에 경도되었다. 현재 이 순간이 가장 중요한 것, 누가 뭐래도 지금 현재의 이 순간이 살아 있는 시간이며 현재의 이 순간도 과거로 바뀌어 가고 있는 것이다. 이 시에서는 시간의 움직임 가운데 잠시 시간을 초월할 수 있는 정지의 영원한 순간이 보인다.

> 메마른 웅덩이, 갈색의 콘크리트로 둘러진,
> 그 웅덩이가 햇빛의 물로 가득 차 있었다,
> 그리고 고요히, 고요히 연꽃이 피어올랐고,
> 물의 표면은 빛의 심장부로부터 반짝였는데,
> 그것들은 내 뒤에서 웅덩이에 반사되고 있었다.
> 그때 구름 한 조각이 지나가며 웅덩이는 텅 비워졌다.
> 가라, 새가 말했다, 잎사귀에는 흥분해서 웃음을 터뜨리는
> 아이들이 가득 달려 있으니.
> 가라, 가라, 가라 새가 말했다: 인간이란
> 많은 실재를 간직하지 못하지.
> 지나간 시간 미래의 시간
> 앞으로 있을 수 있고 또 이미 경험한 시간들은
> 한 점으로 모아지니, 그것은 항상 현재이니라.

Dry the pool, dry concrete, brown edged,
And the pool was filled with water out of sunlight,
And the lotos rose, quietly, quietly,
The surface glittered out of heart of light,
And they were behind us, reflected in the pool.
Then a cloud passed, and the pool was empty.
Go, said the bird, for the leaves were full of children,
Hidden excitedly, containing laughter.
Go, go, go, said the bird: human kind
Cannot bear very much reality.
Time past and time future
What might have been and what has been
Point to one end, which is always present.

— 같은 시 1부

이 시의 배경은 영국 글로스터 주에 있는 번트 노튼 정원인데 이것이
에덴동산과 연결된다고 비평가들은 말하고 있다. 영국의 정원은 그 독특하
고 정갈한 아름다움으로 유명하다. 잘 정리된 잔디와 장미로 대표되는 화초
들은 그들의 정원을 몹시 아름답게 꾸며준다. 바로 번트 노튼 정원이 장미
정원이다. 여기서의 정원은 물이 빠진 웅덩이, 즉 물이 빠진 보잘 것 없는
콘크리트 웅덩이에 햇살이 가득 담기는 것으로 묘사되고 있다. 거기에 순간
적으로 연꽃이 솟아올라 아름다운 연못, 즉 낙원으로 바뀌는 환상을 보게
된다. 햇살은 물결처럼 반짝이고 그 광경은 황홀하다. 빛의 세계와 연꽃이
피어오른다는 것은 불교에서 깨달음을 상징하는 것이다. 즉 이것은 햇살과
연꽃으로 깨달음의 환희를 나타내고 있는 것이다. 그런데 그것도 순간 구름
이 한번 지나가면서 그 웅덩이는 다시 메마른 웅덩이로 바뀐다. 모든 것은
순간이다. 여기서 새가 한 마리 등장하는데 모든 것에 달관한 듯한 새는

"가라!"하고 외치는 것이다. 이것은 마치 수도자가 미궁에 빠져 있을 때 한 마디의 깨우침을 주는 영적 스승과 같은 모습을 하고 있다. "가라"라는 말은 현상에 집착하지 말고 떠나라는 말로 들린다. 그리고 여기에 등장하는 잎사귀에 아이들이 가득하다는 말도 깨달음의 순간에 느끼는 지극한 환희의 경지를 말하는 것이다. 이런 것들에 익숙지 못한 서양 비평가들의 눈에는 이것이 황당한 것으로 비치는 것이다. 그리고 여기서 가장 중요한 것은 구체적으로 이야기되고 있는 엘리엇의 시간관이라고 생각된다. 그리고 태초의 에덴동산에는 시간이라는 개념이 없었을 것이다. 그리고 지나간 시간에 대한 언급이 나온다. 과거도 미래도 모두 현재의 한 순간에 모아지는 것이다. 현재야말로 실재다. 이것은 시간을 초월한 영원한 실재이다. 생각하면 현재라는 것은 끊임없이 과거로 바뀌고 있다. 또한 미래라는 것도 와야 오는 것인지 올지 안 올지 확실치 않다. 가장 어리석은 것은 과거에 집착하는 것이며 또한 미래에만 매달리는 것도 현명하지 못하다. 그러나 인간이란 현재의 중요함을 간과하는 어리석음을 끊임없이 범하는 것이다. 이것이 불교의 시간관이다. 세상의 모든 것들이 인연이라는 원인에 의해 발생하는 것이다. 모든 것은 인연에 따라 흘러가고 생멸하는 것이니 조용히 지켜보라는 것이다.

> 빙빙 돌아가는 세상의 정점에서. 육(肉)도 아니요 비육(非肉)도 아니며
> 그로부터도 아니고 그를 향해서도 아니며, 그 정점(靜點)에, 춤이 있느니,
> 그것은 속박도 아니요 움직임도 아니라. 그러니 그것을 고착이라 부르지 말라,
> 거기 과거와 미래가 모이나니. 오는 것도 아니고 가는 것도 아니며,
> 상승도 아니고 하강도 아니라. 그 점을 제외하면, 그 정점을 제외하면,
> 춤은 없을 것이니, 거기엔 오로지 춤만 있느니.

At the still point of the turning world. Neither flesh nor fleshless;
Neither from nor towards; at the still point, there the dance is,
But neither arrest nor movement. And do not call it fixity,
Where past and future are gathered. Neither movement from nor towards,
Neither ascent nor decline. Except for the point, the still point,
There would be no dance, and there is only the dance.

- 같은 시 2부

사실 이 구절은 좀 혼돈스럽다. 육도 비육도 아니요 속박도 자유도 아니며 과거와 미래가 함께 하며 가고 옴도 없으며 상승도 하강도 아닌 이 경지란 무엇인가? 이것도 아니고 저것도 아니라는 것은 바로 매임이 없다는 것이요 고착됨이 없다는 것이며 모든 것이 끊임없이 변한다는 제행무상의 경지이다. 그리고 그 고착됨 없는 곳에 정지점이 있다. 그 정지점에는 춤도 없으며 또 춤만이 있기도 하다. 이 알기 어려운 이야기가 바로 불교의 경전에 흔히 나오는 역설이다. 그리고 깨달음의 정화가 춤으로 터져 나온다는 것은 수련의 경지를 아는 사람에게는 상식이다. 사실 이 춤의 상태는 예이츠의 시에서도 등장한다. 「비잔티움으로의 항해」에서 춤을 추며 하강하는 성자들이 그러하고 그의 가이어 이론도 어떤 의미에서 일종의 기(氣)적인 동작인 것이다. 그리고 이 끊임없이 변하는 시간을 인식하는 문제에 대해서 다음과 같이 말하고 있다.

과거의 시간과 미래의 시간은
작은 인식만을 허용할 뿐.
인식한다는 것은 시간 속에 있다는 것이 아니라
단지 시간 속에서 장미원에서의 순간이나,
비가 떨어지는 정자에서의 순간이나

연기가 퍼질 때의 외풍 센 교회당에서의 순간으로
기억될 수 있다는 것이다, 과거와 미래를 포함하여.

                    Time past and time future
Allow but a little consciousness.
To be conscious is not to be in time
But only in time can the moment in the rose-garden,
The moment in the arbour where the rain beat,
The moment in the draughty church at smokefall
Be remembered; involved with past and future.

- 같은 시 2부 끝

    지나간 시간이나 앞으로의 시간은 우리에게 작은 인식만을 남길 뿐이다.
말하자면 미처 인식하지 못하는 사이에 시간은 지나가고 또 새로운 시간이
다가온다는 것이다. 그러니 순간순간을 음미한다는 것은 참으로 소중한 일이
다. 인식한다는 것은 장미원에서의 한 순간일 뿐, 비가 떨어지는 순간, 그 한
순간에 과거와 미래가 모두 녹아 있는 것이다. 이런 생각은 불교의 경전에
무수히 강조되고 있으며 동양의 사상가들에게는 익숙한 것이었다. 그러나 엘
리엇을 비롯한 서구의 식자들에게는 그것이 무척 신기하게 비쳤던 모양이다.
시간이란 무수한 순간의 연결이다. 지금 현재도 끊임없이 과거로 옮겨가고
있다. 생각하면 무서운 일이 아닐 수 없다. 그러므로 지금 엘리엇이 서 있는
여기 번트 노튼 정원은 정이 끊어진 장소이다("여기는 비정의 세계/ 예전의
시간 이후의 시간이/ 희미한 빛 속에 있다"(Here is a place of disaffection/
Time before and time after/ In a dim light)). 과거도 미래도 모두 냉정의 연
속이다. 이것은 바로 불가에서 말하는 오욕칠정을 끊어버리는 경지라고 생각
된다. 모든 것을 떨치고 고독의 세계로 내려오라는 선언이 이어진다("더 낮

게 내려오라, 영원한 고독의/ 세계로 내려오기만 하라"(Descend lower, de-scend only/ Into the world of perpetual solitude)). 여기서 "영원한 고독의 세계"라는 말이 의미심장하다. 본래 진리를 찾는 자들은 외로운 법이다. 군중 속에 있어서는 진리를 보기 힘들다. 역설은 계속된다. 세상이 아닌 세상, 세상이 아니라고 하는 세상, 내적인 어둠, 모든 부를 다 빼앗긴 상태, 감각의 세계, 환상의 세계, 영혼의 세계가 작동되지 않는 곳, 이런 것들이 기다리고 있는 세계로 내려오라는 것이다. 이것은 우리가 생각하는 속세의 모든 기준이 적용되지 않는 곳이다. 그런 외로움의 세계란 다름 아닌 수행자의 세계이다.『법구경』에서는 끊임없이 "무소의 뿔처럼 외롭게 가라"고 말하고 있다. 남들과 같은 세계에 있다 보면 자연스럽게 그들의 기준을 생각하게 되고 그러다보면 본래 추구하고자 하던 외로운 길을 잊기 마련이다. 동서양의 정신 수행자들이 일부러 외로움을 택했던 것은 그런 이유 때문이다. 재미있는 것은 올라오라는 것이 아니라 내려오라는 것이다. 오르고 내리는 것이 큰 의미가 있는 것 같지는 않지만 보통 서구의 기독교가 천국으로 '오르는' 것을 이상으로 생각한다는 점을 생각해 보자. '내린다'는 것이 의미 없어 보이지는 않는다. 낮은 데로 임하라는 말이 있기는 하지만 그것이 이 깨달음의 경지와는 다르다. 물 대신 햇살이 가득한 연못으로 내려오라는 말처럼 들리지만 그것은 확실하지 않다. 다시 '내린다'라는 말은 연결되고 있다.

주목나무의
차가운 손가락들이 우리를 향해 내리
말려 있는가? 물총새의 날개가 빛에 빛으로
답한 뒤, 고요해지면, 빛도 정지하는 것이다
돌아가는 세상의 정지점에서.

Chill

Fingers of yew be curled

Down on us? After the kingfisher's wing

Has answered light to light, and is silent, the light is still

At the still point of the turning world.

— 같은 시 4부 끝

주목나무의 손가락은 그 잎사귀를 말하며 그것이 우리를 향해 뻗어 있는 것처럼 보인다는 것이다. 그 잎사귀를 "차가운"이라고 표현하여 무언가 다른 것으로 말하고 있다. 그 차가운 손가락은 인간을 향해 무언가 가르침을 내리는 듯한 모습을 하고 있는 것이다. 즉 그것이 부처의 삼법인의 손가락, 예수의 산상수훈의 손가락과 닮아 있다는 것이다. 그리고 또 하나 등장하는 물상이 물총새의 날개다. 물총새의 날개는 몹시 윤기가 있어 반들거리며 빛을 잘 반사한다. 이전 시대의 홉킨스도 이것을 간파했다. 그는 시 「물총새가 불길을 잡듯」("As kingfishers catch fire")에서 빛이 반사되는 이런 순간을 신의 은총이 파악되는 순간으로 표현되고 있는데 똑같이 새의 날개가 햇살을 반사하는 그 순간을 엘리엇은 달리 해석하고 있다. 즉 햇살이 한 번 강렬하게 반사되는 순간을 강렬한 환희의 순간 혹은 법열의 순간으로 보는 것이다. 그리고 그 순간이 지난 뒤 고요가 뒤따른다. 물총새의 날개가 정통으로 빛을 반사하는 것은 정면으로 비치는 햇살에 날개가 직각을 이룰 때 한 순간이다. 한 번 강하게 햇살이 반사된 뒤 오랜 고요가 뒤따른다는 것이다. 이것은 강렬한 깨달음의 순간이 지난 다음 그것을 음미하는 오랜 평화인지 모른다. 섬광처럼 깨달음이 온 다음 마음에 찾아드는 잔잔한 평화를 말하는 것이다. 이것을 엘리엇은 "돌아가는 세상의 정지점"이라고 표현하고 있다. 그리고 이것은 다음과 같은 깨달음의 토로로 이어진다.

패턴의 세부는 움직임이다,
열개 계단의 형상이 그러하듯이.
그다지 바람직하지는 않지만,
욕망 자체도 움직임이다
사랑이란 움직이지 않는 것,
단지 움직임의 원인이자 결말일 뿐,
무시간, 그리고 무욕은
시간의 단면 속을 제외하고서는
한계의 형상으로 잡힌다
비존재와 존재의 사이에서.
빛의 기둥에서 갑자기
심지어 먼지가 일어나는 동안에도
잎사귀에 숨은 아이들의
웃음소리가 들린다
지금 빠르게, 지금 여기에, 항상―

The detail of the pattern is movement,
As in the figure of the ten stairs.
Desire itself is movement
Not in itself desirable;
Love is itself unmoving,
Only the cause and end of movement,
Timeless, and undesiring
Except in the aspect of time
Caught in the form of limitation
Between un-being and being.
Sudden in a shaft of sunlight
Even while the dust moves
There rises the hidden laughter

Of children in the foliage

Quick now, here, now, always —

— 같은 시 5부 끝

모든 것은 움직임이다. 모든 패턴의 하나하나는 움직임이다. 이것을 시인은 계단의 모습으로 표현하고 있다. 긴 계단은 하나하나 10개 층계들의 모임으로 이루어진 것이다. 욕망이라는 것도 모두 움직임이다. 그런데 사랑은 그렇지 않다. 그것은 모든 움직임의 이유이자 목표라는 것이다. 아마 이것은 기독교에서 이상으로 추구하는 아가페적 사랑을 말하는 것일 것이다. 무시간과 무욕이 한계의 형상으로 잡히며 그것은 무존재와 존재의 사이에서 그러하다는 것이다. 이것은 몹시 어려운 말이다. 모든 것은 끊임없이 변한다. 하나하나의 존재는 계단 하나하나처럼 부동의 모습으로 존재하는 것 같지만 알고 보면 죽 이어져 끊임없이 움직인다는 것이다. 무시간이란 무욕이며 또한 부동이다. 욕망이 있으면 끊임없이 움직이게 되어 있다. 그러면서 한계의 상황은 늘 인식하고 있다.

마지막은 앞에서 한번 말한 적이 있는 잎사귀에 매달린 아이들의 웃음소리다. 빛의 기둥이란 마치 기독교적인 어느 한 순간을 연상하게 만든다. 시나이 산에서 빛의 기둥으로 화했던 신의 모습이나 기타 등등 성서에는 이런 모습이 여러 번 보인다. 그런데 그 아이들의 웃음소리는 심상치가 않다. 빛이 기둥처럼 내리 쏘이고 먼지가 약간 일면서 아이들의 웃음소리가 터지는데 "빨리", "여기", "항상" 그러하다는 것이다. 그리고 그 소모적이고 슬픈 시간이 이전(과거)과 이후(미래) 사이에 뻗어 있다는 것이다. 이것은 아이들의 영혼에서 지복의 상태, 법열의 어느 순간을 보았다는 것이나 같다.

엘리엇은 제1차 세계대전을 겪은 후 『황무지』를 썼고 제2차 세계대전의 발발 직전 혹은 와중에 이 시를 썼다. 그 혼란기에 엘리엇이 집중한 것은 바로 이러한 공의 사상이었던 것이다. 물론 엘리엇은 정통 성공회 신자로 생애 말년을 몰두했다. 하지만 이 시는 그러한 전기적 사실을 넘어서게 만든다. 「리틀 기딩」("Little Gidding")의 배경지는 영국 케임브리지에서 한참 들어가는 헌팅턴 셔의 작은 마을이다. 이곳은 1625년 니콜라스 페라라는 사람에 의해 최초로 세워진 성공회 신앙촌이었으며 17세기 청교도혁명 당시 혁명군에 쫓기던 찰스 1세가 피신하던 곳이기도 하다(1646년). 엘리엇이 이곳을 찾은 때는 1936년이었는데 그는 이 작은 마을에서 순간적인 법열 같은 것을 느꼈던 것으로 보인다. 엘리엇은 미국에서 영국으로 국적을 옮기면서 정치적으로는 왕당파요, 종교적으로는 영국교회, 즉 성공회라고 선언한 바가 있다. 미국이 바로 성공회에 반대하는 혁명에서 실패한 청교도들이 세운 나라라는 것을 생각하면 이 장소가 그에게는 무척 의미가 있었을 것이다. 때는 한 겨울, 아직 봄의 입김이 찾아들지 않은 시간이지만 엘리엇이 방문했던 이 작은 마을은 따뜻했던 모양이다.

> 해질 때쯤 눅눅해지긴 하지만 영원한
> 극지와 적도 사이의, 시간상으로 애매한
> 한 겨울의 봄이 여기의 진짜 계절이다.
> 그 때 짧은 낮이 가장 밝다, 서리와 불길로
> 짧은 해가 웅덩이나 도랑의 얼음을 비춘다
> 가슴 속의 열기인 바람 없는 추위 속에,
> 물의 거울 위로 이른 오후의
> 눈을 잠시 멀게 하는 번쩍임을 반사한다.
> 그리고 나뭇가지나 놋쇠화로에의 번쩍임보다 더 강렬한 번들거림이
> 둔중한 정신을 자극한다: 바람도 없으나 오순절의 불길이

일 년 중 가장 컴컴한 때 피어오른다. 해빙과 결빙사이
영혼의 수액이 전율한다. 여기에는 흙의 냄새도
살아있는 것의 냄새도 없다. 지금은 봄철
그러나 계약된 시간은 아니다. 지금 저 산울타리는
일시적인 눈꽃으로 표백되었다, 여름철의 꽃보다
더 갑작스러운 꽃으로,
피어나는 것도 아니요 시드는 것도 아닌,
생식의 계획에 의해서 피어난 것도 아닌 꽃.
여름은 어디에 있나, (인간이)상상할 수 없는
제로 썸머는?

Midwinter spring is its own season
Sempiternal though sodden towards sundown,
Suspended in time, between pole and tropic.
When the short day is brightest, with frost and fire
The brief sun flames the ice, on pond and ditches,
In windless cold that is the heart's heat,
Reflecting in a watery mirror
A glare that is blindness in the early afternoon.
And glow more intense than blaze of branch, or brazier,
Stirs the dumb spirit: no wind, but pentecostal fire
In the dark time of the year. Between melting and freezing
The soul's sap quivers. There is no earth smell
Or smell of living thing. This is the spring time
But not in time's covenant. Now the hedgerow
Is blanched for an hour with transitory blossom
Of snow, a bloom more sudden
Than that of summer, neither budding nor fading,
Not in the scheme of generation.

Where is the summer, the unimaginable

Zero summer?

— 「리틀 기딩」('Little Gidding') 1부 첫 부분

엘리엇이 그동안 말해 오던 모든 것이 이 작은 촌락의 겨울 풍경 속에 녹아 있는 듯하다. 시간은 멈추어 있고, 겨울이면서 춥지도 않고 혹한도 아니요 혹서도 아니며 서리와 불길이 공존하고 관목의 끝에는 눈꽃이 피어 있는데 이는 어느 꽃보다도 순식간에 피었다 지는 꽃이다. 이것이 바로 그가 말하던 정점(still point)의 시간일 것이다. 이 구절에서 흙냄새가 풍기지 않는다고 말한 것은 엘리엇이 이곳을 지상의 어느 한 장소로 생각지 않고 있음을 말하는 것이다. 즉 엘리엇은 이 작은 마을에 와서 일 년 중 어느 한 때가 만들어낼 수 있는 가장 기묘한 시기를 만나서 그것을 기뻐하고 있는 것이다.

실제 리틀 기딩을 가보면 교회당은 정말 작지만 안은 정갈하게 정리되어 있고 나름대로 화려하다. 영국의 시골 마을이 다 그러하지만 이 작은 마을은 정말 평화롭다. 엘리엇은 이 교회당 앞에서 그 법열의 경지를 느꼈던 것이다.

죽은 이들이 말하지 못하는 것, 살아 있으면
그들은 당신에게 말할 수 있겠지만, 죽어 있으니: 죽은 이의
의사소통은 여기 살아 있는 자들의 언어를 넘어서
불로 말해지는 것, 무시간의 순간이 만나는 여기는
잉글랜드이자 아무 곳도 아니다. 한 번도 그런 적 없으면서 항상 그렇기도 하다.

And what the dead had no speech for, when living,

They can tell you, being dead: the communication

Of the dead is tongued with fire beyond the language of the living.

Here, the intersection of the timeless moment
Is England and nowhere. Never and always.

— 같은 시 1부 마지막

엘리엇은 이 마을에서 무한한 명상의 세계에 빠져 들었음이 틀림없다. 아마 그때 몹시 햇살이 좋았던 것 같다. 그래서 시인은 죽은 이의 말은 "불로 말해지는 것"이라고 말한다. 그것은 그가 그 밝은 햇살에서 죽은 이들, 즉 이 지역을 거쳐 간 수많은 죽은 이들의 환영을 보고 있다는 생각을 하게 만든다. 그는 거기서 고요히 찰스 1세를 비롯한 수많은 인물들의 말을 되새기고 있는 것이다. 시간을 뛰어넘으면 그 모든 사람들을 다시 만날 수 있다. 시간을 무수한 순간들로 나누어 버리면 그것은 어쩌면 가능한 것인지 모른다. 시인은 아마 여기서 순간과 끝없이 이어지는 시간, 역사 같은 것들을 골똘히 생각하고 있는 듯하다. 그리하여 그는 이곳을 그는 "여기, 무시간의 순간들이 만나는 곳/ 잉글랜드이자 아무 곳도 아니며. 아무 때도 아니면서 항상이기도 하다"라고 말한다. 거의 시공을 뛰어넘는 경지의 발언이다. 여기서는 모든 것이 명확하지 않다. 그것은 본래부터 명확한 것이란 없기 때문이다.

시의 결론은 시간에 대한 명상을 반복하며 시작된다("우리가 시작이라고 부르는 것이 종종 끝이며/ 끝을 낸다는 것은 바로 시작을 하는 것./ 끝은 우리가 시작하는 지점에 있느니"(What we call the beginning is often the end/ And to make an end is to make a beginning./ The end is where we start from)). 시작과 끝은 하나이다. 이것이야말로 동양적인 시간관이다. 시계가 원을 그리며 만들어지는 것은 끝없는 시작이 있기 때문이다. 또한 죽음에 대한 생각도 이것과 연계되고 있다("우리는 죽어가는 자들과 함께 죽는다:/ 보라, 그들이 떠나간다, 그리고 우리도 꿈결처럼 간다. 우리는 죽은 자들과 함께 태어난다:/ 보라 그들이 돌아온다, 그들과 함께 우리를 데려간다'(We die with the dying:/ See, they depart, and we go with dream./ We are born with the dead:/ See, they return, and bring us with them.)). 그리고 이것은 역사에 대한 큰 생각으로 이어진다("역사가 없는 사람들은/ 시간에서 다시 돌아오지 못한다, 왜냐하면 역사란/ 무시간적 순간의 유형이니까"(A people without history/ Is not redeemed from time, for history is a pattern/ Of timeless moments)). 엘리엇은 순간에서 역사를 보고 있다. 지금 이 순간 이 평화로운 장소의 한 순간도 곧 역사 속에 파묻히게 될 것이다. 역사란 결국 순간이 모여서 이루어지는 것이다. 역사의식이 없는 사람이란 결국 새롭게 태어나지 못한다. 특히 엘리엇과 같이 역사를 만들어 가는 사람은 그의 한 발걸음이 역사인 것이다. 그의 이 작은 마을의 방문은 그의 시를 통하여 역사로 전환된다("하여, 겨울날 오후/ 해가 설핏 기울 때, 이 후미진 교회당에서/ 역사는 바로 지금이면서 잉글랜드이니"(So, while the light fails/ On a winter's afternoon, in a secluded chapel/ History is now and England)).

엘리엇이 말하고 있듯이 역사란 무수한 순간의 패턴이다. 그러므로 지금 이 후미진 작은 교회당 앞에서 겨울 오후에 햇볕이 소멸해 가는 동안 서 있는 엘리엇에게 역사란 지금이자 잉글랜드인 것이었다. 즉 지금 현재 이 순간도 끊임없이 역사의 한 순간으로 흘러가며 쌓이고 있는 것이다. 시의 마지막은 마치 끝없는 구법의 길을 가는 수행승과 같은 모습의 엘리엇을 보게 해준다.

우리는 탐험을 멈추지 않을 것이고
우리의 탐험의 끝은

우리가 출발한 곳으로 돌아가는 것이며

....

기나긴 강의 발원에
기나긴 강의 목소리와
숨은 폭포의 목소리와
사과나무에 매달린 아이들의 웃음소리가
볼 수 없어 알지는 못하나
들려온다, 어렴풋이 들려온다,
바다의 두 파도 사이의 고요 가운데.

We shall not cease from exploration
And the end of all our exploring
Will be to arrive where we started

....

At the source of the longest river
The voice of the longest river
The voice of the hidden waterfall
And the children in the apple-tree
Not known, because not looked for
But heard, half heard, in the stillness
Between two waves of the sea.

― 같은 시 5부

인생이란 탐색의 연속이다. 그리고 그 탐색의 끝은 결국 출발점이 될 것이다. 그리고 그 끝의 대문(알지 못하나 기억은 나는)을 통해 출발점을 발견하게 되는 것이다. 그리고 이 기나긴 강의 발원지에서는 숨은 폭포의 시원스런 물소리가 들리고 사과나무 잎사귀에서는 아이들의 웃음소리가 들리는 것이다. 이 부분에 대해서 하딩은 "명상으로부터 행동적인 삶의 자기 영역 쪽으로 잔잔하면서 재활되게 회귀"하는 것을 암시한다고 말한다. 또한 피니언은 이것을 "회복된 순수를 상징하는 것"이라고 말한다. 그리고 이 구절에서 타고르의 시를 연상케 되는 것은 역시 그런 명상적 분위기 때문일 것이다. "파도와 파도 사이의 정점처럼"이란 뛰어난 상상이다. 그리고 아이들의 웃음소리는 아이가 없었던 엘리엇에게 있어서는 신비스러운 행복을 상징하는 것이다. 기나긴 여정을 지난 다음 깨달음의 순간은 의외로 단순할 수가 있다. 너무도 단순하고 자명한 진리를 깨닫지 못한 채 미몽 속을 헤매는 것이 인간의 통상적인 삶이다. 엘리엇 역시 그토록 기나긴 지저인 편력을 끝내고 지극히 평범하고 단순한 진리 속에서, 즉 처음 출발한 지점에서 자신의 마지막을 준비하려는 것이다.

엘리엇은 시를 쓰는 작업을 통해 일종의 카타르시스를 느끼고 있었으며 그것은 요즘 널리 인식되고 있는 시 치료, 즉 창작을 통한 정신적 고통의 해소를 하고 있는 것 같다. 또한 이 시에서 그토록 강변하고 있는 공(空)의 상태로 몸소 돌아가는 듯하다. 『황무지』는 일부 학자의 의견에 따르면 첫 부인 비비안과의 고통스러운 결혼생활에서 쌓인 스트레스를 풀어낸 것이었다. 그렇다면 이 작품 『네 사중주』는 역시 그 당시 불안이 증폭되어가던 세계사적인 거대한 사건, 잔혹한 제2차 세계대전에 대한 우려와 불안을 씻어내고 있었던 것은 아닐까. 특히 「리틀 기딩」은 1942년 독일이 한창 기세를 올리며 런던을 폭격하던 때 쓰인 것이다. 어찌 될지 모르는 그 불안하고 무서운 상황에서 이 시인은 바로 인도 철학을 통해서 자기를 스스로 가라앉히고 있었던 것이다.

그래서인지 「리틀 기딩」은 네 개의 사중주 중에서 유일하게 현실적 사건을 묘사하고 있기다. 이 시에 등장하는 폭격으로 파괴된 런던 거리는 꿈속인 듯 추상적인 말만을 늘어놓고 있는 이 노래들에서 유일하게 현실적인 광경이다.

아침이 되기 전 불명확한 시간에
끝없는 밤의 끝 무렵쯤에
잿빛 비둘기가 혓바닥을 날름이며
귀소의 지평선 아래로 사라져버린 다음
빈번한 끝없는 끝에서
연기가 피어오르는 세 구역 사이
아무런 소리도 들리지 않는 아스팔트 바닥위에
낙엽이 양철처럼 계속 바스락거리는 동안

In the uncertain hour before the morning
Near the ending of interminable night
At the recurrent end of the unending
After the dark dove with the flickering tongue
Had passed below the horizon of his homing
while the dead leaves still rattled on like tin
Over the asphalt where no other sound was
Between three districts whence the smoke arose......

– 같은 시 2부

이것은 당시의 파괴된 런던 거리에 대한 묘사이다. 그는 어떻게 생각하면 팔자 좋은 명상여행을 계속하고 있었지만 사실 당시의 영국은 죽음과 생의 경계를 넘나드는 말이 아닌 상황에 처해 있었다. 거기서 그는 누군가를 만난다. 독일 공군기(잿빛 비둘기)의 폭격을 받고 있던 이차대전 당시의 런던에서 연기가 피어오르는 거리를 낙엽처럼 배회하는 사람을 만나는 것이다. 재미있는 것은 혼란의 거리에서 넋을 잃고 있었을 그의 말이 마치 도인과 같다는 것이다("작년의 말은 작년의 언어에 속하는 것/ 내년의 말은 또 다른 목소리를 기다리는 것"(last year's words belong to last year's language/ and next year's words await another voice)). 또는 달관한 수행자처럼 말하기도 한다("머나먼 해안에서 내 몸을 벗었을 때/ 다시 여기를 방문하리라고는 생각도 못했지"(I never thought I should revisit/ When I left my body on a distant shore)). 그리고 그 만남은 해가 떠오르면서 홀연히 끝나는 것으로 되어 있다.

만일 엘리엇의 시에서 이 『네 사중주』가 없다면 그의 시 세계는 결국 최고의 경지에 오르지는 못했으리라 생각된다. 그의 초기시에서 보이던 그 치열한 고뇌와 죽음의 세계가 그것으로 그쳤다면(물론 그것만으로도 훌륭하지만) 그의 시는 반짝이는 천재성으로 그치고 말았을 것이다. 시의 절정은 그 시적 영혼의 내면 깊숙한 곳에서 우러나온다. 엘리엇의 초기시를 읽었을 때 강렬하게 와 닿는 쇼킹한 놀라움은 후기로 갈수록 명상적 무게를 더한다. 반짝이는 재능의 초기시가 후기로 갈수록 명상과 철학이 가미되면서 최고의 경지로 시화되는 것이다. 젊어서 뛰어난 재능을 보이던 시인들이 늙어서는 시를 쓰지 못하는 경우가 많다. 하지만 엘리엇은 예외적이다 싶을 정도로 늙어 갈수록 시가 깊어지고 성숙하고 무르익어 무게를 더하는데 이는 이 시인이 자기대로 치열한 시인 정신을 포기하지 않고 새로운 모색을 하고 있었기 때문이다. 엘리엇 식의 명상이 거기에 큰 몫을 하는데 공교롭게도 이 거장의 시적인 성장 뒤에는 동양사상에 대한 탐구가 있었다. 그것은 서구 합리주의 사상의 한계를 동양사상으로 극복했다는 말도 된다.

처음에 영국의 한 정원에서 시작 되었던 이 명상은 아메리카를 거치고 난 다음 다시 영국 케임브리지 곁의 한 작은 마을과 런던에서 그 끝을 맺는다. 엘리엇은 미국 명문태생이면서 영국으로 귀화했다. 전통을 찾아서 그리했던 것이지만 그러면서도 그에게는 아메리카의 조상들에게 미안한 감정이 있었을 것이다. 그것은 이 네 개의 노래에서 두개를 조상이 살던 곳과 자신이 어린 시절을 보냈던 곳으로 할애함으로써 조금 마음의 미안함이 씻어졌는지 모른다. 시작도 끝도 없는 이 사유를 통하여 모든 것이 인연의 한 순간임을, 몸이 미국의 동부에 있든 영국 헌팅턴셔의 한 작은 마을에 있든 결국한 순간에 불과함을 조상들에게 말하고 싶었는지 모른다. 이 네 노래의 테마는 제1곡 「번트 노튼」에서 다 말해졌다. 그것을 장소를 바꿔가며 반복하고 있으며 마지막 핵심이 「리틀 기딩」에서 정리되고 있다. 전자에서 동양의 시간관을 몹시 추상적으로 나열하고 있다면 후자에서는 한 장소, 한 시기를 잡아서 구체화시키고 있는 것이다. 영국 정원은 아름답기로 유명하다. 이것이 영국 헌팅턴셔의 한 작고 아름다운 마을의 정원 같은 교회당 앞에서 끝맺어지고 있는 것이다. 이 노래들은 가장 영국적이고자 했던 엘리엇의 오랜 정신적 편력의 끝을 말해주는 듯하다. 이 철학자 시인의 고통스러운 모든 갈등이 이 노래들을 거침으로써 치유되고 있는 것이다.

| 참고문헌 |

김종길 역. 『이십세기 영시선』. 서울: 일지사, 1975.
Brooks, Cleanth. *Modern Poetry and the Tradition*. New York: O U P, 1965.
Freed, Lewis. *T. S. Eliot: The Critic as Philosopher*. West Lafayette, Indiana: Purdue U P, 1979.
Harold Bloom Ed. *T. S. Eliot's The Waste Land*. New York, New Haven, Philadelphia:

Chelsea House P, 1986.

Kenner, Hugh. *The Invisible Poet: T. S. Eliot.* London: Methuen and Co. Ltd., 1959.

Leonard Unger Ed. *T. S. Eliot: A Selected Critique.* New York, Toronto: Inehart & Company Inc., 1948.

Sri, P. S. *T. S Eliot, Vedanta and Buddhism.* Vancouver: U of British Columbia P, 1985.

5

윌리엄 칼로스 윌리엄스
(William Carlos Williams, 1883-1963)

1) 객관성과 대중성

로버트 프로스트(Robert Frost)가 뉴햄프셔의 전원생활에 천착하여 시를 썼
다면 뉴저지의 정서를 객관적으로 그리며 대공황 당시 어렵던 중하류 계층
의 도시 사람들의 애환을 있는 그대로 그려낸 시인이 윌리엄 칼로스 윌리엄
스이다. 그는 이른바 객관성의 시를 고집한 시인으로 그 시의 출발은 이미지
즘(Imagism)의 시에 있다. 힐다 둘리틀(H. D.), 메리앤 무어(Marianne Moore)
그리고 에즈라 파운드(Ezra Pound)가 주창한 이미지즘의 시학이란 이른바
사물의 있는 그대로 순간적인 인상을 제시하는 시법이었다. 이것은 동양시,
즉 한시와 일본 하이쿠의 단상에 영향을 받은 것이었다. 선명한 이미지를 제

시하는 순간적인 인상의 이 시법은 특히 동양시에 열광하였던 파운드의 시에서 많이 발견되는데 정작 파운드보다는 후대의 다른 시인들의 시에서 그 영향은 더 큰 파장을 일으키는 것 같다. 즉 파운드의 시에서 그것은 그냥 소개되는 정도에 그치고 있으나 후대의 시인들에게 있어서는 그것이 더 깊어지고 다른 차원의 것으로 발전하고 있다는 것이다.

파운드의 시에서 흔히 이미지즘의 대표시 정도로 읽히는 것이 「파리의 지하철역에서」("In a Station of the Metro")라는 시이다.

> 무리 속의 이 유령과 같은 얼굴들; 비에 젖어 검은
> 나뭇가지에 달린 꽃잎들.

> The apparition of these faces in the crowd;
> Petals on a wet, black bough.
>
> — 「파리의 지하철역에서」 전문

이 시는 지하철 전동차에서 쏟아져 나오는 도시 사람들의 무표정하고 생기 없는 얼굴들을 젖은 나뭇가지의 창백한 꽃잎에 비유한 것이다. 대도시의 복잡한 생활에 지친 사람들의 얼굴을 창백한 꽃잎에 비유한 것으로도 부족해서 검은 나뭇가지를 대입하고 있다. 창백한 꽃잎과 검게 젖은 나뭇가지의 색상의 대비는 충격적이다.[5] 이 시를 읽는 순간 독자들은 그 도발적인 비유에 무릎을 치게 된다. 지금도 그렇지만 당시 20세기 초반의 대도시 생활은 그 이전의 전원적 생활에서의 급격한 비인간적 전환이었다. 물론 19세기 산업혁명 이래로 도시화는 각 나라에서 급격히 이루어지고 있었으나 20

---

[5] 참고로 파운드는 파리의 콩코드 역에서 사람들의 아름다운 얼굴들을 보았다고 말하고 있다. 그러나 필자의 눈에는 창백하고 지친 사람들의 얼굴로 읽힌다.

세기 초의 도시화는 차원이 다른 것이었다. 자본주의의 팽창으로 사람들이 모여들던 대도시는 급기야 지상의 도로로 부족해서 땅 속에까지 길을 내게 된다. 생각해보라. 지금으로부터 90년 전에 시인 파운드가 땅 속을 지렁이처럼 달리는 전동차와 거기서 쏟아져 나오는 사람들을 보면서 느꼈을 그 비인간성의 충격을……그리고 이 시는 당시 서구의 시단에 큰 충격을 주었다. 영시는 전통적으로 길고 유장한 흐름을 갖는다. 그러나 이 시는 긴 설명을 사절한다. 마치 일본의 하이쿠와 같이 촌철살인(寸鐵殺人)의 한 마디로 강렬한 인상을 남기는 이 시는 당대의 시인, 독자들에게 큰 충격을 주었다.

　20세기 들어서 영미의 시인들은 맥 빠진 조지아 조의 시에 대한 대안을 모색했고 거기에 걸려든 것이 17세기 형이상학파 시인들, 그리고 불란서 상징파 시인들이었고 이들을 통해서 시의 언어와 비유에 활력과 생명력을 불어 넣음으로써 현대시의 독특한 모습을 만들어 내었다. 여기에 한 다리를 거드는 것이 동양시의 영향이었다. 특히 미국시단의 경우 동양사상과 동양시의 영향이 뚜렷하다는 것은 이미 앞에서 언급한 바이다. 어떤 의미에서 우리가 본받아야할 그들의 왕성한 호기심은 한시와 일본시의 (그들에게) 낯선 모습을 그냥 두지 않았다. 그리하여 생겨난 이미지스트 운동이 역시 모더니즘의 한 흐름을 형성한 것이다. 파운드의 한시를 이해하기 위한 노력과 탐색은 대단했다. 워낙 동서고전에 대한 해박한 지식이 그의 시에서 배경을 이루긴 하지만 특히 동양에 대한 호기심은 그의 시에서 중요한 특색을 이룬다. 그리고 거기서 태동한 것이 이미지스트 시운동이고 그것이 영시의 군살을 빼는 데는 중요한 역할을 했다고 하지 않을 수 없다. 그러나 동양의 시가 서양의 시에 준 영향에 대해서 그것 보라는 듯 자만해서는 곤란하다. 오히려 동양의 시를 도입해서 독특한 자기네의 시법을 만들어 버린 그 용광로적인 수용성에 대해서 겸허해야 하고 그런 자세를 배워야만 하는 것이다. 시어의 아름다움과 활력을 위한 실험과 수용은 한 나라의 언어의 발달에 얼마나 중요한 것인가?

윌리엄스는 젊어서 펜실베이니아 대학의 교정에서 파운드와 힐다 둘리틀 등과 교유했었다. 그들이 오로지 문학에 전념했었던 데 반하여 윌리엄스는 1912년 뉴저지의 러더퍼드에서 소아과 병원을 개원하고 55년을 의사로서 성실하게 일했었다. 프로스트가 그러했듯이 윌리엄스도 엘리엇의 시에 대해서 반감을 가지고 있었는데, 프로스트가 엘리엇 식의 세계관에 도저히 필적할 수가 없어 뉴햄프셔의 농장생활에 숨어들어가 전원에 천착했듯이 윌리엄스도 의사생활을 하면서 틈틈이 쓰는 시로서는 도저히 엘리엇과 같은 광대한 시 세계를 이룰 수 없음을 알고 있었다. 그리하여 국경과 시대를 초월한 엘리엇, 예이츠 류의 시에 정면으로 반대되는 자기가 살고 있는 작은 지역에 철저히 천착하는 시를 쓰게 된 것이었다. 이미지스트로서의 윌리엄스의 시를 한 편 보자.

빗줄기와 불빛
사이로
나는 보았네
금빛 숫자 5가
빨간색 소방차에
쓰인 것을
꽹꽹거리는 경적소리와
왱왱거리는 사이렌 소리와
굴러가는 바퀴 소리에도 아랑곳없이
검은 시가지를 뚫고
정신없이
달려가는

Among the rain

And lights

I saw the figure 5

in gold

on a red

firetruck

moving

tense

unheeded

to gong clangs

siren howls

and wheels rumbling

through the dark city.

― 「큰 숫자」("The Great Figure") 전문

　이 시는 시점을 비 오는 날로 택하고 있다. 하필 비 오는 날로 택한 것은 햇살 쨍쨍한 날보다 색상이 선명할 수 있기 때문이리라. 번들거리는 물기와 불빛과 빨간 바탕 위에 노란색으로 선명히 빛나는 숫자, 그리고 그 습한 물기 속에서 더 선명히 들릴 사이렌 소리, 소방차 바퀴 굴러가는 소리, 이런 색상과 음향이 시각적 청각적 감각으로 잡히는 것이다. 어두운 시가지 속으로 빨려 들어가는 빨간 소방차, 노랗게 빛나는 숫자, 이런 것들이 독자들에게 순간적으로 전달해주는 정서는 위급함일 것이다. 황급히 달려가는 소방차의 모습을 고속 카메라로 잡아내듯이 포착함으로써 그 위급함을 소리와 색상으로 강렬히 전달하는 것이다. 이것은 전통의 영시에서는 볼 수 없는 모습이다. 그리고 이미지스트의 시 중에서도 뛰어나 보인다. 또 하나 예를 들어 보자.

너무나 많이 실려
있네

하얀색 닭들
곁의

빗물에 젖어
번들대는

빨간 외바퀴 손수레
위에.

so much depends
upon

a red wheel
barrow

glazed with rain
water

beside the white
chickens.

　　　　　　　　　　　— 「붉은 손수레」("The Red wheelbarrow") 전문

　이 시도 비슷한 상황, 비 오는 날, 젖은 외바퀴 수레(가벼운 짐을 싣는 바퀴 하나에 손잡이 둘 달린 손수레)와 하얀색 닭들이 주는 순간적 인상이다. 비는 내리는데 닭들은 먹이를 찾고 있는지 아니면 비를 피하고 있는지 상황이 선명치 않다. 단지 자신의 몸체에 비해 너무나 짐을 많이 싣고 비를

맞는 소형 외바퀴 수레와 역시 비를 맞으며 돌아다니는 닭들의 처지가 왠지 처연하다. 앞의 시에서 붉은 색과 노란색이 대조를 이루었다면 이 시에서는 붉은 색(외바퀴수레, 닭의 볏)과 흰색(닭의 깃털)이 선명한 대조를 이루고 있다. 역시 동양의 시를 느끼게 하는 짧은 호흡과 긴장된 대치가 보인다. 이 시에서 우리가 느끼게 되는 인상은 무엇인가? 시인은 독자들에게 그냥 던져 주는 것이다. 거기서 무엇을 느끼든 나머지는 독자의 몫이다.

　이러한 시들은 분명히 당시 유행하던 이미지스트 시풍의 시들이다. 이 시들은 물론 그 생명이 길지는 않았다. 왜냐하면 순간적으로 강렬한 인상을 주기는 하지만 그 이상이 없기 때문이다. 검의 달인이 단 칼에 적을 두 쪽 내 듯 강렬한 인상을 던져주긴 하지만 그 이상의 여운은 없다는 것이다. 그리하여 이미지스트들의 생명은 길지 못했으나 그들의 시운동이 영미시에 끼친 영향은 지대했다. 왜냐하면 본질적으로 강물이 흐르듯 유장한 흐름을 갖는 영시가 이 운동을 거침으로써 시어의 경제성과 간결미라는 것에 관심을 갖게 되었기 때문이다. 게리 스나이더(Gary Snyder)의 초기시에서도 이러한 모습을 볼 수 있지만 이러한 운동이 영시가 한 단계 높아지는 데 분명한 역할을 했음이 틀림없다. 하여간 윌리엄스도 곧 이미지스트의 한계를 벗어나 새로운 경지를 개척하게 되는데 그것이 바로 객관성의 시이다. 즉 시인의 주관과 판단을 완전히 배제한 채 오로지 묘사만을 제시하는 것이다. 그렇게 함으로써 독자들의 온갖 상상과 판단을 가능하게 하는 것이다. 이는 이미지즘의 시에서 출발한 것이긴 하나 약간 다른 윌리엄스의 시법이라고 할 수 있다. 즉 사물을 묘사하되 어떤 사람과 사물을 어떻게 묘사하느냐의 문제인 것이다. 다음의 시를 보자.

앞치마를 두른 큰 몸집의
맨머리 젊은 여자

머리칼은 짝 붙여 넘기고 길 위에
서 있네

양말만 신은 한 쪽 발로
보도에 까치발 딛고

손에 구두를 들고 있네. 열심히
그 속을 들여다보며

그녀 구두의 안창을 들어내고
못을 찾고 있네

발바닥을 찔러대는

A big young bareheaded woman
in an apron

Her hair slicked back standing
on the street

One stockinged foot toeing
the sidewalk

Her shoe in her hand. Looking
intently into it

she pulls out the paper insole
to find the nail

That has been hurting her
　　　　　　　　　　　　－「무산자의 초상」("Proletarian Portrait") 전문

　이 시는 앞의 두 시와 비슷한 수법을 보이긴 하나 분명히 다르다. 앞의
두 시가 순간적인 단상을 포착한 것이라면 이 시는 그 단상 뒤에 무언가가
있다. 단상이 단상으로 그치는 것이 아니라 무언가 시인의 의도를 숨기고 있
는 것이다. 이 시의 소재인 여인은 가난한 계층이다. 스카프도 하지 않았으
나 나름대로 멋을 부리느라 머리를 기름으로 발라 붙인 비만한 여인의 모습
은 우선 인상에서 추악한 하류계층의 빈자라는 느낌을 강하게 준다. 그것은
결코 아름다움이라고 할 수 없는데 게다가 그녀는 구두를 벗어들고 냄새나
는 종이 안창을 들어내어 바닥을 뚫고 나온 못을 열심히 찾고 있다. 만일 그
녀가 사회 상류계층의 세련된 여인이라면 대로변에서 결코 이런 짓을 하지
는 않을 것이나 그녀는 남의 눈을 그다지 인식하지 않는 여성이다. 이 시에
서의 시인의 의도는 가난한 어느 여인의 구차한 어느 한 일상에 대한 순간적
인 포착이라고 생각된다. 이 시가 앞의 두 시와 다른 것은 시인의 사회를 바
라보는 시각, 특히 사회 저층의 빈자를 바라보는 시각이 숨어 있다는 것이다.
그 시각이 따뜻한 것인지 냉소적인 것인지는 드러나 있지 않다. 오로지 독자
의 판단에 맡길 뿐이다. 이것이 윌리엄스의 객관적 시법이다. 사물을 보되
그냥 보지 않고 어느 한 순간, 어느 한 단면을 포착하여 독자들의 눈앞에 들
이대는 것이다. 결단코 아름답다고 할 수도 없고 사색적이라고 할 수도 없는
구차한 삶과 그 삶의 터전인 사회의 한 단면을 있는 그대로 드러내는 수법은
소설이 로망스에서 사실주의 소설로 발전해나가는 모습과도 비슷하다.

윌리엄스의 시에서 여인의 모습에 관한 유명한 시가 이외에도 두 편이 더 있는데 그 여인들도 아름답고 매력적인 모습은 결코 아니다. 「여인의 초상」("Portrait of a Lady")이라는 시에서 그는 "당신의 허벅지는 사과나무/ 그 꽃이 하늘에 닿는."(Your thighs are appletrees/ whose blossoms touch the sky)라고 말하며, "당신의 무릎은/ 남에서 불어오는 산들바람—혹은/ 눈보라"(Your knees/ are a southern breeze—or/ a gust of snow)라고 말하고 있다. 한술 더 떠서 「젊은 아낙」("The Young Housewife")이라는 시의 2연에서는 "다시 그녀는 보도로 나가/ 얼음장수나, 생선장수를 소리쳐 부르고는 수줍은 모습으로 서 있다,/ 코르셋도 하지 않고, 흐트러진 머리칼을 말아 넣으며, ……" (then again she comes to the curb/ to call the ice-man, fish-man, and stands/ shy, uncorseted, tucking in/ stray ends of hair……)라고 말하고 있다. 그의 시에서는 여인들도 이처럼 물상화 되어 있다. 그녀들은 결코 아름답고 매력적인 모습이라고 할 수 없다. 이 여인들의 모습에서 독자들은 연민을 느낄 수도 있고 분노를 느낄 수도 있으리라. 그러나 그것은 오로지 독자들의 몫이다.

> 북동쪽—차가운 바람—에서 몰려오는
> 점점의 구름들 외에는 온통 가득한
> 푸른색의 쇄도 아래 전염병동으로
> 가는 길가. 그 뒤로
> 일어서 있거나 쓰러진 메마른 잡초들로
> 갈색인 진흙탕 넓은 황무지.
>
> 흐름을 멈춘 조각 웅덩이들
> 여기 저기 흩어진 큰 나무들

그 길을 죽 따라
갈색 낙엽들을 발밑에 수북이 깐
불그레하거나, 자주색의, 큰 가지 갈라져, 곧추서고, 잔가지 소복한
관목과 작은 나무들의 무더기
그리고 잎사귀 다 떨어져나간 덩굴들ー

겉보기에 무기력해 보이는, 느릿하고
멍한 봄이 다가오고 있다ー

그들은 이 헐벗고, 차갑고, 자신들의
등장 외는 모든 게 불확실한
신세계로 들어선다. 그들의
주변엔 차갑고 익숙한 바람ー

지금은 풀밭이지만, 내일은
야생 당근 잎사귀의 뻣뻣한 곱슬
하나하나 물상들이 뚜렷해진다ー
속도가 더해진다: 선명도와 잎의 윤곽에

그러나 이제 입장(入場)의 뻣뻣한 품위가
ー여전히 심오한 변화가
그들에게 오고 있다: 뿌리를 깊이 박은 채,
그것들이 땅을 움켜쥐고 깨어나기 시작한다.

By the road to the contagious hospital
under the surge of the blue
mottled clouds driven from the
northeastーa cold wind. Beyond, the

waste of broad, muddy fields
brown with dried weeds, standing and fallen

patches of standing water
the scattering of tall trees

All along the road the reddish
purplish, forked, upstanding, twiggy
stuff of bushes and small trees
with dead, brown leaves under them
leafless vines —

lifeless in appearance, sluggish
dazed spring approaches —

They enter the new world naked,
cold, uncertain of all
save that they enter. All about them
the cold, familiar wind —

Now the grass, tomorrow
the stiff curl of wildcarrot leaf
One by one objects are defined —
It quickens: clarity, outline of leaf

But now the stark dignity of
entrance — Still, the profound change
has come upon them: rooted, they
grip down and begin to awaken.

— 「봄과 모든 것」("Spring and All") 전문

이 시의 대부분을 차지하는 것은 어느 전염병원의 입구와 부근의 풍경이다. 마치 엘리엇이 『황무지』에서 4월은 잔인한 달이라고 했듯이 이 시에서의 봄도 황량하기 그지없다. 생각해 보자. 전염병동이란 일단 위험한 곳이므로 사람들의 거주지에서 멀찍이 떨어져 있을 것이다. 역사적으로 흑사병을 비롯한 전염병이 많았고 거기에 대해 민감한 백인들에게 전염병동이란 얼마나 접근하기 싫은 곳일까. 이 무생명의 지역에 북동쪽으로부터 아직 차가운 바람이 몰아치고 거기에 따라 구름이 점점이 떠 있을 뿐 온통 허공을 덮은 맑은 하늘을 푸른색의 쇄도라고 표현하고 있다. 이 맑은 하늘은 결코 반가운 하늘처럼 뵈지 않는다. 그것은 생명의 상징인 물기가 전혀 없기 때문이다. 이 압도적인 푸른색 아래 땅의 색은 대조적인 갈색이다. 조각난 물웅덩이는 전혀 생명에는 기여하지 못하며 큰 나무들도 띄엄띄엄 서 있어 시원한 그늘을 제공하거나 안식처가 되지는 못한다. 길가의 관목과 작은 나무들, 그 아래의 덤불들에도 죽음의 흔적인 갈색 마른 잎사귀들만 달려 있을 뿐이다.

처음 3개 연에 걸친 지루하고 집요한 묘사는 이 전염병동 앞의 황량한 죽음의 세계를 풍경으로 말하고 있다. 엘리엇이 현대의 런던을 황무지로 그렸다면 윌리엄스는 전염병동 앞의 황량한 풍경에서 또 다른 황무지를 본 것이다. 단지 엘리엇처럼 거창한 비유나 인용이나 이야기를 따오는 것이 아니라, 있는 그대로를 풍경화처럼 세밀하게 그리고 있을 뿐이다. 그런데 이 죽음의 세계에 변화가 감지된다. 야생당근 잎사귀의 또르르 말린 마른 모습이 점차 선명해지는 것이다. 그리고 그 선명함이 하나씩 빨라지며 잎사귀의 윤곽이 하나하나 툭툭 불거지면서 엄밀하고 숭고한 봄의 입장이 시작되고 대지의 깊고 내밀한 변화가 시작되는 것이다. 이것을 시인은 멍한(dazed) 봄이라고 표현하고 있다. 뭔가 자신이 없어 눈부셔하는 느릿한 봄, 그것을 시인은 이 들판에서 본 봄이다. 다시 한번 엘리엇과 비교하자면 황무지에서의 생명도 비와 함께 찾아왔고 거기에는 수많은 요소가 개입되었었다. 그러나 윌리엄스는 아무것도 개입시키지 않는다. 이 한편의 풍경화에서 독자들은 무엇을 느낄 수 있을까? 이 시에서 시인이 뭐라고 한 마디 거드는 것도 없고 영탄하는 모습도 없다. 그저 버려진 전염병동 앞에서 봄이 오는 모습을, 즉 언뜻 보아서 황량하기 그지없으나 그러나 분명히 봄이 오고 있는 상황을 냉정하게 그리고 있다. 그러나 과연 시인은 냉정할까? 시인은 그 황량한 들판에서 분명히 희망을 보고 있으며 그것도 따뜻한 시각으로 바라보고 있는 것이다.

이런 윌리엄스의 시법이 가장 승화되고 그의 시 중에서 일품으로 칠 수 있는 것으로 아마 「요트」("The Yacht")라는 시를 들 수 있을 것이다. 여기서도 역시 윌리엄스 특유의 상세한 소묘가 먼저 눈에 띈다.

> 육지가 부분적으로 싸안고 있는 바다에서, 통제할 수 없는
> 대양의 큰 파도, 일단 작정하기만 하면
> 가장 큰 배들조차 괴롭혀 무참히 침몰시켜버리는,
>
> 가장 뛰어난 사람만 거기 대항할 수 있는 대양의 큰 파도로부터
> 안전한 바다에서, 경쟁한다.
> 안개 속을 헤매는 나방처럼 말이다, 쾌청한 날
>
> 작은 빛 속에서조차 반짝이는, 넓게 부풀어 오르는 돛을 세우고
> 그들은 바람 설레는 녹색의 바다로 미끄러져 간다
> 그 날카로운 뱃머리 위에서 선원이 엎드려

개미처럼, 열심히 돌보며, 풀어주며, 기는 동안
회전할 때마다 가속하며, 깊숙이 몸체를 기울여
다시 바람을 받으며, 나란히 목표를 향해 머리를 틀며

잘 통제된 넓은 물의 경기장에서 작거나 큰 배들,
촐싹이거나 느릿느릿 움직이거나 따라 날렵하게 미끄러지는
배들에 둘러싸여, 요트들은 젊고 설익어 보인다

행복한 눈빛처럼, 마음속에 있는 그 모든 멋으로
사는 것은 흠 없고, 자유롭고 당연히
바람직한 것이다. 이제 그들을 안고 있는 바다는

변덕스러워, 마치 작은 결함이라도 더듬어 찾으려는 듯
그들의 매끈한 옆구리를 핥는데, 완전히 실패다. 오늘은
경주가 없다. 그런데 다시 바람이 불어온다. 요트들이

움찔거리며, 출발하려고 나대고 있는데, 신호가 올라가고 그들은
출발한다. 이제 파도가 그들을 두들기지만 그들은 너무 잘
만들어져서 죽죽 미끄러져 빠져나간다, 비록 돛에 덮여 있지만.

손을 쳐든 팔들이 뱃머리를 잡으려고 애쓰는 것처럼 보인다.
뱃길 앞에 놓인 몸통들이 무자비하게 갈라진다.
그것은 고뇌에 차고, 절망에 빠진 얼굴들의 바다

마침내 마음을 비틀대게 하는 경주의 공포가 시작된다,
바다는 온통 물의 몸뚱이들이 얼크러져
그들이 잡을 수 없는 것을 품고 있는 세상에 빠졌다. 부서졌다,

얼어맞았다, 절망에 빠졌다, 죽음의 세계로부터 탈출하려고 팔을 뻗으며
그들은 울부짖는다, 실패다, 실패다! 파도 가운데
매끈한 요트들이 지나갈 때까지 솟아오르는 그것들의 울부짖음.

contend in a sea which the land partly encloses
shielding them from the too-heavy blows
of an ungoverned ocean which when it chooses

tortures the biggest hulls, the best man knows
to pit against its beatings, and sinks them pitilessly.
Mothlike in mists, scintillant in the minute

brilliance of cloudless days, with broad bellying sails
they glide to the wind tossing green water
from their sharp prows while over them the crew crawls

ant-like, solicitously grooming them, releasing,
making fast as they turn, lean far over and having
caught the wind again, side by side, head for the mark

In a well guarded arena of open water surrounded by
lesser and greater craft which, sycophant, lumbering
and flittering follow them, they appear youthful, rare

as the light of a happy eye, live with the grace
of all that in the mind is fleckless, free and
naturally to be desired. Now the sea which holds them

is moody, lapping their glossy sides, as if feeling
for some slightest flaw but fails completely.
Today no race. Then the wind comes again. The yachts

move, jockeying for a start, the signal is set and they
are off. Now the waves strike at them but they are too
well made, they slip through, though they take in canvas.

Arms with hands grasping seek to clutch at the prows.
Bodies thrown recklessly in the way are cut aside.
It is a sea of faces about them in agony, in despair

until the horror of the race dawns staggering the mind,
the whole sea become and entanglement of watery bodies
lost to the world bearing what they cannot hold. Broken,

beaten, desolate, reaching from the dead to be taken up
they cry out, failing, failing! their cries rising
in waves still as the skillful yachts pass over.

— 「요트」 전문

이 시에서 요트의 경주와 바다의 물결과 배와 물의 관계는 매우 치밀하
고 리얼하게 묘사되어 있다. 시의 5연까지 치밀하게 묘사된 요트와 그것을
조정하는 선원의 동작은 지루할 정도이다. 마치 세밀하게 그려진 풍경화를
보는 듯한 이 부분에서 독자들은 무언가를 느끼게 되는데 바다가 말하는 파
도와 그것을 헤치고 나가는 요트가 은연중 말하는 삶이 그것이다. 이미 풍
경은 풍경 이상을 말하고 있는 것이다. 거친 격랑 사이를 헤치고 나가는 요
트는 인생살이를 말하기에는 알맞은 이미지로 보인다. 그러나 이 시에서 대

해의 격랑은 사실 방파제가 막아주고 있다. 그리고 그 안의 안전한 바다에서 움직이고 있는 요트란 부유계층들이 전유물이 아닌가. 안전한 바다 가운데서 서로 경쟁하고 있는 요트들, 그 위에서 선원들은 애를 쓰고 있지만 대부분의 삶을 차지하는 일반 대중들의 삶과는 거리가 있어 보인다. 외려 이 시에서 중심이 되고 있는 부분은 시의 후반부에서 요트의 날카로운 뱃머리에 의해서 갈라지고 찢겨지는 물결을 고통 받는 사람들의 얼굴들로 묘사한 부분이다. 그것들은 매끈한 요트의 옆구리를 더듬으며 기어오르려고 하나 철저히 실패한다. 물결을 손을 쳐들고 기어오르려는 팔들로 비유한 후반부의 구절들은 뛰어나 보인다. 잘 통제된 바다에 둘러싸여 젊고 날렵한 모습으로 언제든지 출발할 준비를 하고 있는 요트의 모습은 잘 생기고 날렵한 부유층의 젊은이들을 연상하게 한다. 거기에 비해 팔을 뻗으며 울부짖는 물결은 다수를 차지하는 고통 받는 대중의 모습이 아니겠는가.

그러나 이 시를 그러한 계급투쟁적인 사회고발의 시로 보아서는 곤란하다. 그렇게 목적이 뚜렷한 시는 윌리엄스적이 아니다. 요트가 떠 있는 아름다운 해변을 풍경화처럼 그리다 보니 이런 모습이 된 것이 아닐까? 그것은 이 시의 전체에서 볼 수 있는 치밀하고 상세한 묘사에서 볼 수 있다. 아마 세밀하게 그리다 보니 물결과 요트의 관계가 그렇게 비쳐졌으리라. 만일 어떤 목적의식을 가지고 이 시를 시작했더라면 결코 이런 모습으로 완성되지는 않았으리라 생각된다. 오히려 요트와 물결과 파도의 모습에 천착하여 그려내다가 자연스럽게 이런 식으로 시가 결론지어지지 않았을까. 우리도 주변에서 너무 구호와 목적을 의식하다가 시를 망쳐버리는 경우를 많이 보고 있다.

윌리엄스는 평생 성실한 소아과 의사로 살았다. 그것도 당시 가난했던 뉴저지 지역에서였으니 인간에 대한 연민과 따뜻함이 없이 그렇게 살 수 있었겠는가. 그가 만났던 사람들은 그 지역의 고통 받는 사람들이었을 것이다. 이미지즘으로 시작했던 그의 시안은 이런 사람들의 생활과 아픔을 성실하게 그려내는 데 좋은 역할을 했으리라. 프로스트가 뉴햄프셔의 전원에서 자연과 인간의 조화를 아름답게 그렸다면 윌리엄스는 당시 한창 이루어지고 있던 도회화와 세계적인 경제공황 속에서 고통 받는 대중들의 모습을 누구보다 성실하게 그렸던 것이다. 오늘날 시간이 갈수록 윌리엄스의 주가가 높아지고 있는 것은 이러한 대중성과 성실함에 그 원인이 있는 것이다.

2) 『패터슨』(*Paterson*)

시인으로서 윌리엄스의 일생은 엘리엇, 파운드 류의 유럽세계 중심의 문학에 대한 항의로 이어지는 것이었다. 그는 그들이 유럽의 전통적 문학유산에 몰두하는 것을 반대했으며 그들의 문학이 지나치게 과거에 몰두하고 있으며 현학적이라고 비판했다. 그의 주장은 시란 거창한 세계성이 아니라 지역성에 뿌리를 두어야 한다는 것이었다. 그는 뉴저지의 러더포드에서 소아과 병원을 개원하고 병원을 찾아오는 주민들의 아픔과 애환을 같이 하였다. 그가 의사였다는 것은 그 지역 주민들과 직접적인 접촉을 하게 됨을 뜻하고 그것이 결과적으로 그의 문학에 새로운 지평을 열어 주었던 것이다. 그의 환자들은 대부분 패터슨의 패세익 강변에 살던 가난한 공장 노동자들이었다. 그는 거칠면서도 생명력에 가득한 그들과 일체감을 느꼈으며 그들과의 교감에서 자신의 정체성을 찾았다.

윌리엄스는 당시 한창 이민들이 몰려들고 공업화되면서 황폐해지는 지역을 때로는 분노하며 또 때로는 연민의 눈으로 바라보았다. 그는 의사로서 환자를 대하듯 그 지역의 사물을 바라보았다. 그의 장시 『패터슨』(*Paterson*)은 이 도시 패터슨을 배경으로 쓰인 것이다. 윌리엄스가 거주하고 있는 러더포드와 조금 떨어진 거리에 있었던 그 도시는 산업화로 인해 타락하고 병들어 있었다. 도시 패터슨의 역사는 식민지 건설, 인디언과의 갈등, 천연자원의 착취, 산업화, 점차적인 환경파괴 등이었다. 초대 미국 재무장관이었던 알렉산더 해밀튼은 이 도시의 천연자원을 이용하여 지역산업을 활성화시키고자 했으며 신생 미국을 유럽시장에 연결되는 제조업 국가로 발전시키고자 했다. 그리하여 18세기에 작은 촌락에 불과했던 이 도시는 19세기에 공장지대가 형성되기 시작하고 20세기 들어서서는 하나의 산업도시로 발전하게 되었다. 공장들이 생겨남에 따라 외래인구가 유입되고 그 출신국적도 다양해진다.

세계 각처에서 모여든 이민들은 흔히 그러하듯 지역에 뿌리 내리지 못하고 상당 기간 방황한다. 그들은 정체성이 부족했고 그 상실감으로 인해 폭력적이었으며 조화롭지 못했다. 이 시에서 그들은 이 지역에 있던 세계 최대의 진주를 파괴하고 거대한 철갑상어를 때려잡았으며 호수 바닥에 가득한 물고기들을 사흘 밤낮을 두고 씨를 말리기도 한다. 윌리엄스도 그러한 이민자의 자손이었다. 5살의 어린 나이로 이민 온 영국계 아버지와 푸에르토리코 계 어머니 사이에서 태어난 윌리엄스는 자신의 정체성에 대해 방황했고 그러한 이유 때문에 자신이 태어난 지역에 더 애착을 가지고 있었는지 모른다. 잠자는 거인의 모습으로 묘사되는 도시는 여성 거인인 개럿 산을 마주보며, 폭포 쪽에 머리를 두고 강(패세익 강)의 방죽 위에 오른쪽으로 누워있다. 이들 남녀 거인들은 모두 잠들어 있고 오직 도시 패터슨의 꿈들만이 살아 움직이며 도시 부근을 방황하고 있는 것으로 되어 있다. 막연한 꿈을 찾아 신천지에 발을 딛으려는 이민자들의 방황과 고통이 그것이다.

패세익 폭포아래의 계곡에 누워 있는 패터슨은
그 흘러내리는 물로 등줄기의 윤곽을 이루고 있다. 그는
그의 꿈들을 떨어뜨리는 천둥 같은 폭포 소리 곁에
머리를 두고 오른쪽 옆구리를 깔고 누워 있다! 영원히 잠들어,
그의 꿈들이 그가 익명을 고집하는 도시 주변을
걷는다. 나비떼들이 그의 돌 귀에 앉는다.
불멸의 그는 움직이지도 잠에서 깨지도 거의 눈에 띄지도
않지만 숨을 쉬며, 그의 기묘한 책략으로
쏟아지는 강물의 소리에서 그 진수를 뽑아내어
천개의 로봇에 생기를 불어넣는다.
근원도 모르고 절망의 문턱도 몰라 그들은
목적도 없이 자기 몸 밖에서 걷는다, 대부분
욕망에 갇히고 망각한 채로─깨이지 못한 채

Paterson lies in the valley under the Passaic Falls
its spent waters forming the outline of his back. He
lies on his right side, head near the thunder
of the waters falling his dreams! Eternally asleep,
his dreams walk about the city where he persists
incognito. Butterflies settle on his stone ear.
Immortal he neither moves nor rouses and is seldom
seen, though he breathes and the subtleties of his machinations
drawing their substance from the noise of the pouring river
animate a thousand automatons. Who because they
neither know their sources nor the sill of their
disappointments walk outside their bodies aimlessly for the most part,
locked and forgot in their desires ─unroused.

─ 『패터슨』 6

패터슨 시는 패세익 폭포 아래 위치한 계곡에 자리하고 있다. 그것은 오른쪽 옆구리를 대고 비스듬히 누워있는 거인의 모습처럼 묘사되어 있다. 그 곁에 패세익 폭포가 요란스러운 소리와 거품을 일으키며 떨어지고 있는 것이다. 이 구절에서도 윌리엄스의 뛰어난 소묘가 눈에 띈다. 폭포소리를 느긋이 들으며 누워있는 도시 패터슨은 세상의 모든 미물들이 자신의 품에서 놀기를 바라는 듯하다. 그러나 태초 이래 그 모습 그대로 있는 도시의 대지를 사람들은 멋대로 짓밟고 파헤치고 있다. 도시 패터슨은 그러한 사람들을 미워하거나 나무라지 않는다. 시인은 그러한 패터슨을 불멸이라고 말하고 있다. 나비들이 돌귀에 내려앉지만 그는 움직이지도 눈을 뜨지도 않는다는 말은 몹시 상징적이다. 이 도시 주변을 사람들이 멍하니 배회하고 있는데 이들은 바로 아직 정체성을 확립하지 못해 로봇처럼 의지 없이 움직이는 이민자들이다. 그러한 사람들에게 생명력을 불어넣어 주는 것이 패세익 강이어서 그 소리와 습기로 끊임없이 사람들에게 생명을 주는 것이다. 그러나 안타깝게도 사람들은 그 고마운 강을 더럽히고 오염시킨다. 의사 윌리엄스는 누구보다도 이것을 염려하고 안타까워했을 것이다. 그 맞은편에 펼쳐져 있는 개럿 산은 잠들어 있는 여성으로, 패터슨이 그녀를 감싸고 누워 있다.

> 그리고 거기, 그의 맞은편에, 나지막한 야산이 펼쳐져 있다.
> 폭포 위에, 조용한 강물 위에 새겨진 공원은
> 그녀의 머리다; 색색의 수정들이 그 바위들의 비밀;
> 농장과 호수들, 월계수와 단정한 야생 선인장들은,
> 노랗게 꽃을 피우고 .   .   그는 얼굴을 마주한, 그녀를
> 팔에 안고, 바위의 계곡 곁에서, 잠들어 있다.
> 발목에 진주를 감고, 그녀의 거대한 머리칼은
> 사과꽃 더미로 번쩍이며 흩어져 있다……

And there, against him, stretches the low mountain.
The Park's her head, carved, above the Falls, by the quiet
river; Colored crystals the secret of those rocks;
farms and ponds, laurel and the temperate wild cactus,
yellow flowered .   .   facing him, his
arm supporting her, by the Valley of the Rocks, asleep.
Pearls at her ankles, her monstrous hair
spangled with apple-blossoms is scattered about......

— 같은 책 8-9

그 산은 머리맡에 공원을 이고 발목에는 진주알을 차고 있는 여신의 모습으로 묘사되고 있다. 거기에는 농장, 작은 호수, 월계수, 선인장 등이 있어서 사람들을 푸근하게 안식케 한다. 또한 색색의 수정을 품고 있는 바위란 이 지역에 묻혀 있는 풍부한 보석을 암시하는 것이다. 이 부분의 의인화 중에서 특히 발목에 진주걸이를 차고 사과꽃빛 긴 머리칼을 늘어뜨리고 잠들어 있는 야산에 대한 묘사는 뛰어나다. 허나 이 여신의 발목 진주를 사람들은 탐욕스럽게 채취하다가 결국 파괴하게 되는 것이다.

도시와 산과 강은 이렇게 사람들에게 안식과 휴식을 제공해 준다. 그러나 이 도시의 주민들은 무엇을 해야 할지 또 자신들의 좌절이 어디에서 비롯되는 것인지도 모르는 채 정처 없이 헤매고 있다. 그래서 시인은 여기 사는 사람들을 무생명의 로봇으로 비유하고 있다. 그들은 고향을 떠나 이 신천지에서 낯선 사람들 사이에서 부대끼면서 멍한 상태가 되어 있는 것이다. 아무것도 정겹고 아늑한 것이 없다. 그들의 목적은 오로지 이 지역에서 돈을 버는 것이다. 그들에게 시원한 폭포소리와 힘차게 흐르는 강물은 좋은 위로가 되리라. 그들이 결국 그 강물마저 오염시켜 검은 물이 흐르게 되지

만 그 흐름은 그들의 생활을 상징하는 좋은 매체가 되는 것이다. 이 시의 곳
곳에서 시인은 강물의 흐름을 부각시키고 있다. 강물처럼 삶도 흘러가는 것
이고 특히 그처럼 뒤섞여 흘러가는 것이다. 그는 이 강의 생생한 모습을 "강
물은 도시 위에 물을 퍼붓고/ 그리고는 골짜기의 가장자리에 부닥친 다음/
분무하듯 튀어 오르고 무지개 빛 안개가 피어오른다"(the river comes pour-
ing in above the city/ and clashes from the edge of the gorge/ in a recoil
of spray and rainbow mists −)라고 묘사하고 있다. 강물이 있고 폭포가 있고
거기 도시는 널찍하게 자리 잡고 사람들은 거기서 터전을 잡고 살고 있다.
유구한 세월토록 변함없이 흐르는 강은 사실 사람들의 삶을 상징하기에는
알맞은 물상이다. 마치 『허클베리 핀』에서 미시시피가 상징하는 것처럼 말
이다. 이 강물의 흐름을 조금 더 인용하자면 다음과 같다.

물이 기슭에 다가듦에 따라
떠밀리며, 그의 생각도
엉키고, 밀치고 아래에서 잘린다,
바위에 부딪쳐 솟구치며 옆으로 떠밀리기도 한다
그러나 영원히 앞으로 밀고 나아가며−혹은
소용돌이를 만나기도 하고,
나뭇잎이나 뻑뻑한 거품으로 티를 내기도 하면서
모든 것 잊은 듯하다.

Jostled as are the waters approaching
the brink, his thoughts
interlace, repel and cut under,
rise rock-thwarted and turn aside
but forever strain forward −or strike

an eddy and whirl, marked by a
leaf or curdy spume, seeming
to forget.

— 같은 책 7-8

　강물의 흐름은 매우 세밀하게 묘사되어 있다. 그것은 거울처럼 매끈하게 흐르다가도 소용돌이를 이루며 거품을 일으키고 또 벼랑에서 떨어지며 천둥 같은 소리를 내기도 한다. 이것은 도시를 염려스러운 눈길로 바라보고 있는 주인공의 사유가 흐르는 모습도 되고 사람들의 생의 과정이 될 수도 있다. 우리네 생도 이처럼 온갖 난관을 거치면서 흘러가는 것 아닌가. 시인은 패터슨이라는 도시를 거대한 생명체로 보고 있다. 이 속에 수많은 사람과 미물들이 살아 움직이는 것이다. 이 시는 총체적으로 강과 폭포를 연결 고리로 이어지는데 이 인용구에서는 폭포 위의 모습을 말하고 있다. 폭포가 절벽 아래로 떨어지기 전 얼마나 뒤채고 빨라지는가.

　산의 머리 부분에 위치한 개럿 마운틴 파크는 이 시에서 중요한 장소이다. 여기에서 패터슨 사람들의 온갖 행사와 휴식이 이루어지는데 급성장한 도시의 사람들은 안정감이 없고 그러다 보니 타락에 빠진다. 한 복음주의 설교사는 사람들을 대상으로 일장의 설교를 퍼붓는데 그것은 마치 쏟아지는 폭포처럼 장광설의 연속이다. 그러나 그것은 청중들에게 호소력을 갖지 못하고 스쳐 지나갈 뿐이다. 그리고 패터슨의 온갖 일들이 운문과 산문으로 뒤섞여 나열되고 있다. 사람들이 갑자기 늘어나면서 점차 폭력적인 양상을 띠는데 예를 들자면 자기 집 뜰을 밟고 지나가는 군중들에게 화가 난 집주인이 그 중 한 명에게 총을 쏘자 격분한 일행이 폭도로 변하여 마구간을 불 지르고 그를 죽이려 한다. 또한 경관들이 할 일없이 밍크 한 마리를 쫓아 온 읍내를 뒤지며 총을 쏘는 소동을 일으키고 추격전을 벌인다. 이러한 예들은 살아 있는 자연을 파괴하려는 사람들의 버릇을 말하며 특히 경관들의 불필요한 충격에 쫓기는 밍크는 산의 진주와 함께 이 지역의 파괴되어가는 아름다움인 것이다. 그것이 바로 당시 이 지역에서 사람이 거칠게 살아가던 이야기다. 그리고 마침내 타락한 이 도시에는 거대한 재앙이 닥치기도 한다. 토네이도가 덮치기도 하고("그것이 쏟아진다/ 패터슨의 지붕들 위로, 잡아 찢고,/ 휘감고 비틀며:// 참나무 가지 속으로 반쯤 처박힌/ 지붕 널판......"(It pours/ over the roofs of Paterson, ripping, / twisting, tortuous// a wooden shingle driven half its length /into an oak......)), 거센 불길이 도시 전체를 집어 삼키기도 한다.

> ......역풍에
> 찢어지게 소리치는 불길이 그 공간을 휘감으면서 -
> 양철지붕 하나가 통째로 불길에 휩싸여
> 반 블록의 거리를 치마처럼 날아오르는
> 무시무시한 광경을 보여주며(1880) - 거의 한숨과 함께
> 떠올라, 감미로운 미풍을 타듯
> 불길 위를 떠다니다가, 장대하게 표류하고,
> 대기 위에 미끄러지는 대기를 타고, 슬슬 그리고 멀리
> 그 아래 허리를 굽힌 듯 그슬린 느릅나무 위를 훌쩍 지나,
> 기차선로를 휩쓸고는 그 너머 지붕들 위에 떨어진다.

> ......a shriek of fire with
> the upwind, whirling the room away - to reveal
> the awesome sight of a tin roof(1880)
> entire, half a block long, lifted like a
> skirt, held up by the fire - to rise at last,
> almost with a sigh, rise and float, float

upon the flame as upon a sweet breeze,
and majestically drift off, riding the air sliding
upon the air, easily and away over
the frizzled elms that seem to bend under
it, clearing the railroad tracks to fall
upon the roofs beyond, ...

— 같은 책 122

묘사된 재앙은 섬세할 정도로 치밀하다. 불길은 악귀처럼 부르짖으며 바람을 타고 번져나가는데 그 아비규환의 장면 중 특히 불에 싸여 떠다니는 양철 지붕 한 조각에 집중하고 있다. 거세고 무서운 불길과는 반대로 그 양철지붕은 불에 휩싸여서도 너울너울 너무나 우아하게 날아가는 것이다. 이 것은 이 시인 특유의 섬세한 소묘이다. 의사가 환자의 환부를 살피듯이 패터슨 시에 덮친 거대한 재앙을 비롯한 이 모든 것을 세밀한 눈길로 살피고 있는 것이다.

그리고 이 시에서 그는 소리에 대한 특이한 집착을 보여준다. 그것은 패터슨만의 목소리를 찾기 위한 시인으로서의 노력이다. 앞에서 인용한 폭 포소리, 강물 흐르는 소리는 모두 패터슨의 목소리이다. 그리고 거기 사는 사람들의 소란스러운 목소리, 싸우는 소리, 밍크를 쫓는 소리도 마찬가지이 다. 예를 들어 산의 공원에 소풍 나온 사람들의 움직임을 묘사하면서 그는 다음과 같이 말하고 있다.

그리고 여전히 소풍객들은 들어온다, 지금은
이른 오후, 그리고 울타리 둘러친 넓은 땅 위의
흩어진 나무들 사이로 흩어져 간다   .

목소리들!
온갖 종류의 불확실한   .   태양으로
구름으로 크게 부닥치는 목소리. 목소리들이!
사방에서 대기를 즐겁게 습격한다.

—그것들 사이에 귀는 쫑긋하니 긴장해서 잡으려 한다
한 목소리가 다른 목소리 사이에서 움직이는 것을
—갈대와 같은 목소리
            특이한 악센트의

....

이것은 모두
즐거움을 위한 것   .   그들의 발이   .   무목적하게
        헤매는 것은

And still the picnickers come on, now
early afternoon, and scatter through the
trees over the fenced-in acres   .

                        Voices!
multiple and inarticulate   .   voices
clattering loudly to the sun, to
the clouds. Voices!
assaulting the air gaily from all sides.

—among which the ear strains to catch
the movement of one voice among the rest
—a reed-like voice
            of peculiar accent

....

It is all for

pleasure   .   their feet   .   aimlessly
            wandering

─ 같은 책 54

여기서 시인이 집중하고 있는 것은 소풍 나온 사람들이 내는 소리의 불분명함이다. 마치 강물이 흘러가는 것처럼 온갖 소리들이 범벅이 되어 혼탁하게 웅성거리는 것이다. 그리고 그 소리들을 잡기 위해서 귀는 온 신경을 곤두세운다. 그 소리들은 바람에 바삭거리는 갈대와 같은 소리라고 말하고 있다. 세상은 소리의 집합체인지도 모른다. 저 높은 곳에서 보았을 경우 세상은 웅성대는 하나의 마당일지도 모르는 것이다. 소풍 나온 이들의 발걸음은 모두 어떤 즐거움을 찾아서 떠나는 것이다. 타락하고 더러운 패터슨근교에서 사람들은 나름대로의 즐거움을 찾는다. 이 시에서는 타락한 사람들의 욕망을 말하고 있는 구절이 많다. 그들이 어떤 지고한 이상과 목적의식이 없는 만큼 더욱 더 그들은 눈앞의 즐거움과 쾌락에 탐닉하는 것이다. 그리고 거기서는 오락이 있고 악기의 소리가 있다. 패터슨 사람들의 일상의 한 단면이다.

> 동쪽으로는
> 벼랑에 막혀 있으며; 서쪽으로는 구 도로에 접해있는,
> 일요일의 공원에는: 볼만한
> 레크리에이션이 펼쳐진다! 덩굴식물이
> 동쪽 벼랑을 따라 박혀 있는 간막이의 말뚝에 감겨 있고─
>   그 너머로, 매가
>   솟구친다!
> ─트럼펫 소리가 발작적으로 울려 퍼진다.

Sunday in the park,
limited by the escarpment, eastward; to
the west abutting on the old road: recreation
with a view! the vinoculars chained
to anchored stanchions along the east wall —
            beyond which, a hawk

                        soars!
— a trumpet sounds fitfully.

— 같은 책 55

공원의 일요일 레크리에이션이 벌어지고 매가 솟아오르고 트럼펫 소리
도 하늘에 울려 퍼진다. 모든 것이 상승하는 기분에 들떠 있다. 어찌되었거
나 사람들의 삶에는 희로애락이 골고루 섞여있게 마련이다. 그들이 비록 이
민자의 몸으로 새로운 도시에 묻혀 살지만 그런 와중에도 나름대로의 즐거
움은 있게 마련이다. 이것은 같은 지역에 살면서 오랫동안 관찰해온 의사의
따스한 눈이 아니면 잡기 힘든 것일지도 모른다. 그것은 또 이렇게 이어진
다.

산이 전율한다:
시간을! 헤아려라! 자르고 표해라 시간을!
그리하여 이른 오후시간, 이곳에서
저곳으로 그는 옮겨간다,
그의 목소리는 다른 목소리와 섞인다
—그의 목소리 중의 목소리는
그의 늙은 목을 열고, 입술을 터뜨리면서,
그의 영혼을 점화하는 것이다……

The mountain quivers:
Time! count! Sever and mark time!
So during the early afternoon, from place
to place he moves,
his voice mingling with other voices
—the voice in his voice
opening his old throat, blowing out his lips,
kindling his mind......

— 같은 책 55-56

개럿 산이 전율하고 있다. 산은 말이 없으나 그 자락아래서 살아가는 사람들의 일상을 낱낱이 지켜보고 있을 것이다. 산은 사람들에게 "시간을 아껴라, 아껴라" 말하고 있다. 산의 입장에서 보기에 인간의 삶이란 얼마나 짧고 하찮은 것일까. 이 사람들이 소모적으로 살고 있으니 산은 말을 하고 싶을 것이다. 그리고 이어지는 구절에서의 그는 누구인지는 명확치 않으나 이른 오후 이곳저곳을 다니면서 타인들과 목소리를 섞고 있다. 이곳저곳을 다닌다는 것은 이 사람 저 사람과 목소리를 섞는 것을 의미한다. 그리고 목소리가 만들어지는 것을 "목구멍을 열고 입술을 터뜨리며 마음에 불을 지피는 것"이라고 표현한 것은 의사답다. 윌리엄스가 이 시에서 특히 소리에 몰두하는 것은 시인으로서 패터슨의 목소리를 찾기 위해서일 수도 있지만 진정한 영혼의 소통을 강조하기 위해서일 수도 있다. 패터슨이라는 도시의 사람들이 마음을 열고 진정한 목소리로 서로를 위로하고 마음을 주고받으며 살아가기를 원했을지도 모른다. 그리고 어차피 사람의 삶이라는 것이 소리에서 시작하여 소리로 끝나는 것 아닌가.

시인 윌리엄스의 매력은 어디에 있다고 해야 할까? 이 혼돈스러운 장시에서 윌리엄스가 결국 말하고 있는 것은 사람 사는 이야기이다. 즉 이 장시는 몹시 산만하다. 윌리엄스는 이 시에서 무슨 뚜렷한 맥을 잡고 있는 것 같지는 않다. 오로지 패터슨 시를 중심으로 일어나는 온갖 잡다한 이야기를 넣어서 잡탕을 만든 것 같은 이 시에서 우리는 윌리엄스 시 정신의 단면을 보는 것이다. 사실 윌리엄스의 시를 특별히 전공하지도 않았고 집중적으로 공부하지도 않았으면서 거칠게 영미시를 소개하려는 목적으로 이 글을 쓰고 있는 필자의 입장에서 윌리엄스 시의 매력이 뭐라고 말하기는 곤혹스럽다. 그러나 분명한 것은 윌리엄스가 끝없이 항변했듯이 엘리엇, 파운드적인 과거로부터 현재에 이르는 인류문명사적인 거창한 문제가 아니라 그가 살고 있는 주변의 사소한 것들에서 이처럼 긴 시를 써내었다는 것이다. 엘리엇이 미국적 천박함이 싫어 유럽을 택했고 유럽의 그 장구한 역사와 문화에 깊이 탐닉했다면 윌리엄스는 자기가 살고 있는 지역에 둥지를 틀고 자기를 찾아오는 수많은 환자들의 이야기를 들어주었고, 아예 그 지역 자체를 하나의 환자로 보고 치료하려는 눈으로 시를 써내려갔던 것이다.

『패터슨』은 한 가지 측면에서 독특해 보인다. 그 주제가 거창하거나 심각하지 않으면서 그 하잘 것 없는 주제들로 엮어낸 방대한 분량의 시라는 점이다. 에즈라 파운드의 『휴 셀윈 모벌리』(*Hugh Selwin Mauberley*)가 희랍의 서사시 『일리아드』의 형식을 차용해서 자신의 정신 편력을 말한 것이었다면, 엘리엇이 끊임없이 과거의 이야기를 캐내어 현실의 문제를 표현하려 했다면, 윌리엄스는 자기가 살고 있는 지역에서 조용히 사람들의 삶을 관찰하며 그들의 거칠음과 소박함과 약간의 위선과 탐욕을 약간 장난스러우면서 사랑스러운 눈길로 어루만졌을 것이다. 그러다 보니 그것을 하나의 흐름으로 묶기는 힘들었을 것이다. 패세익 강물이 사람들의 삶을 상징하는 좋은 매체가 되기는 하지만 그 수많은 사람들의 삶과 흐름을 어찌 하나로 묶을 수 있겠는가. 결국 이 시는 장터바닥과 같은 소란스러운 이야기의 집합이 되지 않을 수 없는 것이다. 그리고 그 수많은 사람들의 삶과 에피소드에서 들려오는 그 명확치 않게 전체적으로 웅웅대는 소리에 윌리엄스는 환자의 가슴에 청진기를 대듯이 귀를 기울이고 있었던 것이다.

* 이 글을 쓰는 데는 정옥희 교수(김포대)와 홍은택 교수(대진대)의 도움이 있었으며 특히 후반부
   는 홍 교수의 저서에서 다소 차용한 바가 있음.

| 참고문헌 |

홍은택. 『윌리엄 칼로스 윌리엄즈의 시세계』. 서울: 동인출판사, 1998.

Christopher MacGowan Ed. *Paterson: William Carlos williams*. New York: New Direction
   Publishing Co, 1992.

Driscoll, Kerry. *William Carlos Williams and the Maternal Muse*. Ann Arbor: UMI
   Research P, 1987.

Kutzinski, Vera M. *Against the American Grain: Myth and History in William Carlos
   Williams*. Baltimore: Johns Hopkins U P, 1987.

J. Hillis Miller Ed. *William Carlos Williams: A Collection of Critical Essays*. Englewood
   Cliffs. NJ: Prentice-Hall, 1966.

Mariani, Paul. *William Carlos Williams: A New World Naked*. New York: McGraw Hill,
   1981.

Marzán, Julio. *The Spanish American Roots of William Carlos Williams*. Austin: U of
   Texas P, 1994.

6

월리스 스티븐스
(Wallace Stevens, 1879-1955)

1) 상상과 실재의 화두

나는 항아리 하나를 테네시에 놓았다,
그리고 어느 언덕위에서 그것은 둥근 모습이었다,
그것은 지저분한 황무지로 하여금
그 언덕을 둘러싸게 만들었다.

황무지는 항아리까지 올라왔다가
퍼졌으나, 더 이상 황폐하지는 않았다.
항아리는 땅 위에서 둥글둥글했고
키가 컸고 대기의 한 항구였다.

그것은 곳곳을 지배했다.
항아리는 회색이고 밋밋했다.
새나 숲의 문양도 없고,
테네시의 어느 것과도 닮지 않았다.

I placed a jar in Tennessee,
And round it was, upon a hill.
It made the slovenly wilderness
surround that hill.

The wildness rose up to it,
And sprawled around, no longer wild.
The jar was round upon the ground
And tall and of a port in air.

It took dominion everywhere.
The jar was gray and bare.
It did not give of bird or bush,
Like nothing else in Tennessee.

              — 「항아리의 일화」("Anecdote of a Jar") 전문

    이 시의 제목은 「항아리의 일화」이다. 그리고 이 시는 우리가 이제까지 읽어왔던 시들과는 판이하게 다르다. 예이츠와 엘리엇의 명상도, 프로스트의 평화도, 윌리엄스의 위트도 아니다. 독자들은 이 시를 읽으면서 머리를 갸웃거리게 된다. 이게 도대체 무슨 소리인가? 즉 이 시는 독자들의 상상력의 최대치를 시험하고 있는 것이다. 이 시의 저자 월리스 스티븐스는 이것을 읽고서 독자들이 어디까지 상상할 수 있는가를 빙긋이 웃으며 바라보고 있을지 모르겠다. 내용은 간단하다. 시인은 항아리 하나를 테네시의 황무지

에 놓아두는 것이다. 그것도 평범하기 짝이 없는 항아리로서 잿빛의 맨몸일 뿐이다. 그러나 그 둥근 항아리를 중심으로 기묘하게 테네시 황무지의 질서가 재편되는 것이다. 우선 언덕 위에 놓아둔 항아리를 향해 황야가 에워싸다가 급기야는 솟아올라 주변에 엎드린다. 모든 황야가 자신을 에워싸고 엎드림으로써 볼품없는 항아리는 제왕처럼 당당해지는 것이다. 급기야 그것은 대기를 타고 이동하는 모든 것들의 항구처럼 거대한 형체로 변모한다. 마지막으로 항아리는 무늬도 없는 맨몸뚱이이지만 테네시의 다른 어느 것과도 같지 않다고 강변한다. 이 아무런 꾸밈없는 항아리 하나, 그것이 어찌 그리 독특할까? 그것은 아무런 무늬도 없고 회색빛 맨 몸뚱이일 뿐인데 왜 그다지도 중요한 역할을 할까? 이것에 뭐라고 설명을 붙이기는 몹시 힘들어 보인다. "마음의 세계가 인간의 위대한 영토이지만 그 영토는 허망하고 실망을 줄 뿐이라는 주제를 다루고 있다"는 풀이도 있지만 왠지 와 닿지 않는다. 이것이 스티븐스의 시론을 말하는 것이 아닐까? 아무런 무늬도 없고 무덤덤한 시, 그러나 테네시의 황무지를 지배하듯, 당대 시단의 기존 질서를 순식간에 무너뜨리고 새로운 무엇을 제시하려는 시인의 야심에 찬 시도……이런 것은 아닐까?

이것이 스티븐스의 시다. 그는 펜실베이니아 주의 리딩에서 태어났으며 하버드를 졸업한 후 법조계에 투신했다. 1916년 코네티컷의 하트퍼드에 있는 한 보험회사에 들어간 후 시 쓰기와 회사 일을 병행했다. 1934년 이 회사의 부사장이 되었고, 1949년 시 부문 볼링겐상과 1955년 퓰리처상을 탄 것으로 보아 그는 두 가지 일에서 다 성공한 것으로 보인다. 흔히 시를 쓰면서 사회적으로 실패자가 되는 경우가 많은데 그는 그 반대이니 얼마나 절륜한 정력의 소유자인지 알 수 있다. 그의 시는 현대 난해시의 대명사가 되어 버렸는데 이는 엘리엇 시의 난해성과는 또 종류가 다르다. 엘리엇이 온갖 고전을 다 차용하고 있다면 그는 기존의 모든 것들을 거부하고 있다. 앞의 인용 시에서도 그것을 느낄 수 있지만 그에게는 당시의 모든 지배적 질서를 파괴하고 새로운 질서를 재편하고 싶은 욕구에 차 있는 것처럼 보인다. 좀 더 구체적으로 말하자면 서구 정신을 오랫동안 지배하고 있던 천국적 질서가 아니라 지상 현재적 질서를 추구함이며 그조차도 일시적이어서 영원한 것은 없다는 것이 그의 생각이었다. 그에게 가장 큰 영감을 불어넣어준 선배는 불란서 상징주의 시인들이었고 그들의 영향으로 말을 쓸 때 문자 그대로의 의미보다는 소리와 암시적 기능을 더 중시하게 되었다. 심지어 의미가 기교의 일부가 되어버리기도 한다. 하여 그의 어떤 시들은 추상적, 인상주의적, 심지어 초현실주의적 그림을 대하듯 하는 것이 더 자연스러워지는 것이다.

그의 시에서 가장 중요한 기능은 상상력이지만 낭만주의자들의 창조적 상상력과는 다르다. 낭만시인들의 상상력이 감상적 상상이어서 그 압도적인 상상력으로 현실을 지배했던 것이라면 스티븐스에게는 상상이 중요하긴 하나 실체를 지배하지는 않는다. 즉 그의 상상력은 좀 더 과격한, 옛 신들이 모두 죽었고 낡은 정설들은 모두 거짓이라는 생각에 바탕을 두고 있다. 공허하고 빈 현상세계에는 어떠한 질서나 정형도 없으며 상상력으로 일시적 질서나 정형을 만들어낼 수 있을 뿐이다. 예술이 그 기능을 수행하는 매개가 된다. 예술가의 상상력으로 잠정적 질서가 부여된 현실 또는 세계를 우리는 그의 시에서 보게 되는 것이다. 그러므로 그의 시에서 가장 중요한 화두는 상상과 실재(reality)다. 우리 눈에 보이는 것은 사실 실재가 아니라 하나의 모습일 뿐이다. 눈에 보이는 것은 참된 진실이 아니라 기존의 고정관념에 덧입혀진 왜곡된 실재이다. 그의 시가 불교적인 색채가 짙은 것은 바로 이런 생각에 근거하고 있기 때문이다. 다시 20세기 초 미국 현대시를 뒤

덮었던 동양사상의 영향을 기억하게 만든다. 그의 시 또 한 편을 읽어 보자.

사람은 겨울의 마음을 가져야 한다,
눈이 꽁꽁 얼어붙은 소나무의
가지나 서리를 제대로 보기 위해서는.

그리고 지금까지 오랫동안 추워왔음이 틀림없다
얼음이 서걱서걱 얼어붙은 노간주나무를 보거나,
1월 태양의 아스라한 광채 속의

앙상한 가문비나무를 보기 위해서; 그리고
바람소리나 몇 안 남은 나무 잎사귀 소리에서도
비참을 생각지 않기 위해서,

그것은 똑같은 황량한 장소에서 불고 있는
똑같은 바람으로 가득한
땅의 소리인 것이다, 들을 수 있는 자에겐

즉 눈 속에서 귀를 기울이며
스스로 無가 되어, 거기에 있지 않은 無와
거기에 존재하는 無를 보고 있는 그에겐.

One must have a mind of winter
To regard the frost and the boughs
Of the pine-trees crusted with snow;

And have been cold a long time
To behold the junipers shagged with ice,

The spruces rough in the distant glitter
Of the January sun; and not to think
Of any misery in the sound of the wind,
In the sound of a few leaves,

Which is the sound of the land
Full of the same wind
That is blowing in the same bare place

For the listener, who listens in the snow,
And, nothing himself, beholds
Nothing that is not there and the nothing that is.

— 「눈사람」("The Snowman") 전문

　　이 시의 화두는 실재를 이해하고 그것을 즐기기 위해서는 스스로 그것과 일체가 될 필요가 있다는 것이다. 눈을 쓰고 떨고 있는 소나무가지를 제대로 보기 위해서는 겨울의 마음을 가져야 하는 것이다. 얼음 맺힌 노간주나무 가지, 정월 태양 아래 떨고 있는 가문비나무를 제대로 바라보고, 몇 안 남은 잎사귀를 스치는 겨울바람에서 비참을 느끼지 않기 위해선 역시 겨울 속에서 스스로 오랫동안 추워보아야 하는 것이다. 통상적으로 이러한 것들은 겨울의 신산을 말하며 삶의 고난을 말하기에 알맞은 물상들이다. 그러나 이러한 것들을 제대로 바라보고 단순한 비참이나 어려움이 아닌 진실을 보기 위해서는 스스로 겨울이 되어야 하는 것이다. 말하자면 그 신산 자체에 몰입해버려야 한다는 것이다. 그 바람도 얼음덩이도 잎사귀도 결국은 땅의 목소리인데, 원래 땅은 변함이 없는 것이지만 사람들이 마음대로 판단해 굳혀버린 것이다. 無로 돌아갈 때 진실이 보인다. 왜냐하면 거기에 있는 것들도 無이고 거기에 없는 것들도 無이며 궁극적으로 그것을 바라보는 자신도 無이기 때문이다. 즉 고정관념이나 편견을 버리고 無라는 정화된 상태에서 보면 진실을 발견하게 되고 그렇지 않은 경우는 볼 수 없는 것이다. 플라톤은 이 세상에 존재하는 모든 것들은 이데아의 그림자라고 했다. 그리고 시인이란 거짓말쟁이이므로 그의 이상향에서 추방해야 한다고 했다. 우리가 바라보는 모든 것들이 과연 실재하는 것인가? 헛것이 아닌가? 시를 쓴다는 행위도 결국 헛것을 양산해내는 행위가 아닌가. 눈사람은 아주 알맞은 소재이다. 신바람 나서 만들어 놓지만 해가 나면 덧없이 녹아내리는 눈덩이, 이거야말로 스티븐스의 시론을 압축적으로 말하기에 아주 좋은 이미지이다. 눈사람은 실재의 대명사다. 모든 세상의 물상은 그처럼 덧없이 생겨났다가 사라져가는 것이다. 또한 시인의 눈도 눈사람처럼 어떤 편견 없이 정화된 눈으로 물상을 바라보아야 하며 보고나서 지워 없애야 하는 것이다.

큰 여송연 마는 사람을 불러라,
근육질의 사내를, 그리고 그로 하여금
부엌의 컵에 응유를 넣어 휘젓게 하라.
계집아이들이 보통 때 입는 그렇고 그런 옷을 입고
빈둥거리게 하라, 그리고 머슴애들에겐
달 지난 신문지에 꽃을 싸서 바치게 하라.
실제 모습(be)을 보이는 것(seem)의 궁극이 되게 하라,
유일한 황제는 아이스크림 황제이다.

유리 손잡이가 세 개나 떨어져나간
값싼 장롱에서, 그녀가 한때
공작비둘기를 수놓았던 시트를 꺼내서

그녀의 얼굴이 잘 덮이도록 펼쳐라.
만일 그녀의 굳어버린 발이 삐져나온다면, 그것은
그녀의 싸늘해졌음을, 말없음을 보여주기 위해서이다.
램프로 하여금 빛을 비추게 하라,
유일한 황제는 아이스크림 황제이다.

Call the roller of big cigars,
The muscular one, and bid him whip
In kitchen cups concupiscent curds.
Let the wenches dawdle in such dress
As they are used to wear, and let the boys
Bring flowers in last month's newspapers.
Let be be finale of seem.
The only emperor is the emperor of ice-cream.

Take from the dresser of deal,
Lacking the three glass knobs, that sheet
On which she embroidered fantails once
And spread it so as to cover her face.
If her horny feet protrude, they come
To show how cold she is, and dumb.
Let the lamp affix its beam.
The only emperor is the emperor of ice-cream.
　　　　　　　 ─ 「아이스크림 황제」("The Emperor of Ice-Cream") 전문

　이 시에 대해서는 스티븐스 자기가 가장 좋아하는 시라고 말한 바 있다.
앞의 시에서 눈사람을 매개로 했듯이 여기서는 아이스크림을 매개로 하고
있다. 아이스크림만이 유일하게 믿을 수 있다는 얘기다. 가장 일상적인 것,

아이스크림처럼 사람들에게 즐거움을 주다가 녹아 없어지는 것들이 곧 실재이며 시인 것이다. 이 시에서는 상가에서 밤샘하는 사람들의 움직임이 열거되어 있는데 그것이 전혀 슬픔이나 애도 따위와는 거리가 있다. 근육질의 사내가 탐욕적인 응유를 젓는 것은 아이스크림을 만드는 과정이다. 계집아이들이 빈둥거리고 청년들이 오래된 신문에 싸서 꽃을 가져오는 등의 행위는 전혀 상갓집의 분위기가 아니다. 여기서 중대한 스티븐스의 생각을 읽을 수 있다. 그에게 있어 죽음도 삶의 한 변화일 뿐인 것이다. 거기에 의미를 부여할 하등의 이유가 없다. 아이스크림이 사람들의 혀를 즐겁게 하다가 녹아 없어지듯이 세상의 모든 이치는 변화에 있다. 스티븐스의 눈으로 보기에 기독교는 그 모든 변화를 수용하지 않는 걸림돌이었고 천국이 아니라 변화 생성하는 지상의 세계가 파라다이스처럼 보였던 것이다. 그들에게 하던 짓을 계속하게 하되 존재가 드러남의 종착지가 되게 하라. 이 모든 것이 일시적 상태인 동시에 하나의 존재인 것이다. 사라져가는 존재를 직시하라. 현상과 실재는 혼재되는 것이니. 그리고 2연에서는 좀 더 구체적으로 사람의 삶과 죽음을 희화하고 있다. 죽은 그녀가 아껴 보관해 두었던 공작 비둘기를 수놓은 침대보는 결국 시신의 얼굴을 가리는 데 사용되고 있다. 얼굴을 가리는 데 치중하다가 발이라도 삐져나오게 되면 싸늘하게 굳어서 말도 못하고 있는 그녀를 잘 대변하는 것이 된다. 여기서 "가린다"는 행위와 "삐져나온다"는 행위는 보이는 것과 실재의 차이를 암시하는 말이기도 하다. 아름다운 침대보로 가리고 있지만 실재는 싸늘한 시신일 수밖에 없지 않은가. 역시 죽음에 대한 슬픔은 보이지 않는다. 램프에 불을 붙이라는 말은 실재를 바라보기 위한 방편이다. 진실이란 아이스크림처럼 사람들에게 즐거움을 주며 변화해가는 것이다. 그것을 시인은 한 번 더 강변하여 "황제"라고 부르고 있다.

이 모든 시들은 1923년에 발표된 것들이다. 엘리엇이 『황무지』를 발표하여 세상을 놀라게 한 것이 1922년이었으니 이 시기는 문학사에서 참으로 중요한 해이다. 두 시인 모두 난해시로 명성을 떨치고 있지만 특히 스티븐스의 「블랙버드를 바라보는 13가지 방법」("Thirteen ways of looking at a Blackbird")이라는 작품은 매우 혼돈스럽다.

스무 개 눈 오는 산 속에서,
유일하게 움직이는 것
블랙버드의 눈이었다.

나는 세 개의 마음이었다,
세 마리 블랙버드가 앉아 있는
나무 한 그루처럼.

블랙버드는 가을바람 속을 선회하였다.
그것은 팬터마임의 작은 일부였다.

남자와 여자는
하나다.
남자와 여자와 블랙버드는
하나다.

Among twenty snowy mountains,
The only moving thing
Was the eye of the blackbird.

I was of three minds.
Like a tree
In which there are three blackbirds.

The blackbird whirled in the autumn winds.
It was a small part of the pantomime.

A man and a woman
Are one.
A man and a woman and a blackbird
Are one.

―「블랙버드를 바라보는 13가지 방법」 1-4연

얼른 보아서 이 시는 전혀 이해되지 않는 헛소리 같다. 일단 눈이 하얗게 내리는 여러 산봉우리 속에서 유일하게 움직이는 블랙버드의 눈이라는 상황이 먼저 제시된다. 아마 이 새는 이 추운 겨울을 살아남기 위해 먹이를 찾아 눈동자를 부지런히 굴리고 있을 것이다. 새의 검은 색과 눈의 하얀 색은 아주 대조적이다. 비벌리 매더(Beverly Maeder)는 이 유일한 움직임은 거기에 영향 받은 보는 자의 감정을 가리킨다고 말한다. 그런데 시적 화자는 세 개의 마음으로 이 상황을 지켜보고 있다. 그리고 그것을 "세 마리 블랙버드를 품고 있는 나무처럼"이라고 표현하고 있다. 새가 한번 허공을 선회하지만 그것은 작은 속임수에 불과하다. 그때 남자와 여자가 이 시에 등장한다. 그러나 남자와 여자와 블랙버드는 각각 별개가 아니라 하나이다. 이 부분이 바로 마음에 대한 불가의 강조를 연상하게 만든다. 처음에 시는 블랙버드에 집중하고 있지만 차츰 주변으로 시야를 넓히고 마침내 남과 여가 등장한다. 그러나 곧 그 구분은 모두가 하나라는 말로 귀결된다. 눈이 하얗게 덮인 이 넓은 천지에서 모든 구분은 사라진다.

나는 어느 쪽을 택할지 모르겠다,
억양의 아름다움인가

아니면 암시의 아름다움인가,
지저귀는 블랙버드의 울음소리인가
그 후의 여운인가

고드름이 야만스러운 유리로
긴 창문을 가득 채웠다.
블랙버드의 그림자는
그것을 이리 저리, 가로지른다.
분위기는
그림자 속에서
하나의 불가해한 이유를 찾았다.

오 하담의 여윈 사람들이여,
왜 당신들은 금빛 새들을 상상하는가?
블랙버드가 당신 주변의 여인들의
발치 주변을 걷고 있는 것을
보지 않는가?

I do not know which to prefer,
The beauty of inflections,
Or the beauty of innuendoes,
The blackbird whistling
Or just after.

Icicles filled the long window
With barbaric glass.
The shadow of the blackbird
Crossed it, to and fro.
The mood

Traced in the shadow
An indecipherable cause.

O thin men of Haddam,
Why do you imagine golden birds
Do you not see how the blackbird
Walks around the feet
Of the women about you?

— 같은 시 5-7연

그 다음은 또 세 개 중의 선택이 나온다. 블랙버드는 세 개의 모습을 보인다. 블랙버드는 지저귀고 그 속에서 화자는 망연하게 서있다. 날씨가 얼마나 추운지 고드름이 창을 가득 덮고 있다. 블랙버드의 그림자가 휙휙 날아다니고 그 그림자 속에서 무엇인지 알 수 없는 불가해한 이유를 찾아내는 것은 바로 분위기다. 즉 확실하게 무얼 잡아내는 것이 아니라 분위기로 짐작게 하는 것이다. 이런 경우 무엇은 무엇이라고 구체적으로 말할 수 없다. 말할 수 없으므로 분위기로 제시만 하는 것이다. 그리고 그것을 정확한 말로 표현해 버리면 그 순간 사라져 버린다. 이 시에서 우리는 바로 그것을 본다. 그러나 하담의 비쩍 마른 남자들은 황금빛 새만 상상한다. 그것은 드러난 표상에만 집착하는 보통 사람들이다. 사실은 블랙버드가 자신의 발치 주변을 걸어 다니고 있는데도 말이다. 진리는 멀리 있는 것이 아니다. 바로 가까이에 있다. 시는 다시 이렇게 이어진다.

나도 고상한 어조나
선명하고 확실한 리듬을 알고 있다;
그러나 나는, 또한 이것도 안다,

내가 알고 있는 범주에
블랙버드가 포함되어 있다는 것을.

블랙버드가 날아가 시야에서 사라져 버렸을 때
그것은 많은 원들 중의 한 원의
가장자리를 표했다.

푸른 빛 속을 날아가는
블랙버드를 보면,
목소리 좋은 갈보조차
날카롭게 외치리.

그는 유리마차를 타고 코네티컷을
건너갔다.
한번은 공포가 그를 엄습했다,
그 때 그는 착각했던 것이다
마차의 그림자를
블랙버드로.

강이 흐르고 있다.
블랙버드가 날고 있음이 틀림없다

오후 내내 저녁이었다.
눈이 내리고 있었고
앞으로도 눈이 올 것이다.
블랙버드는 전나무 가지에
앉아 있었다.

I know noble accents
And lucid, inescapable rhythms;
But I know, too,
That the blackbird is involved
In what I know.

When the blackbird flew out of sight,
It marked the edge
Of one of many circles.

At the sight of blackbirds
Flying in a green light,
Even the bawds of euphony
Would cry out sharply.

He rode over Connecticut
In a glass coach.
Once, a fear pierced him.
In that he mistook
The shadow of his equipage
For blackbirds.

The river is moving.
The blackbird must be flying.

It was evening all afternoon.
It was snowing
And it was going to snow.
The blackbird sat
In the cedar-limbs.

— 같은 시 8-13연

시의 화자는 자신도 고상하고 아름다운 어조나 리듬을 알고 있다고 말한다. 즉 그도 아름답고 유려한 시를 잘 알고 있다는 말이다. 그러나 그것은 그의 구미에 맞지가 않다. 왜냐하면 그에게는 더 중요하게 말할 것이 있기 때문이다. 그것은 바로 보잘 것 없는 검은 새가 상징하는 평범한 진리이다. 그러다가 블랙버드가 날아가버리면 그것이 무수히 존재했던 것들 중의 하나로 그냥 평범하게 사라져버릴 것이다. 그러나 푸른색 빛 속을 날아가는 새를 보고 아쉬워 탄성을 터뜨리는 것은 지자도 현자도 아닌 목청 좋은 매춘부이다. 새의 존재는 점점 더 커져간다. 평범하고 보잘 것 없는 새는 바로 우리 주변에 항존하는 진리이다. 그는 유리 마차를 타고 코네티컷을 넘어가다가 자신의 마차 그림자를 블랙버드로 착각하기도 했다. 마차 그림자나 새의 그림자나 별개가 아니다. 강이 흐르듯이 블랙버드도 눈에 보이지 않지만 틀림없이 날고 있을 것이다. 늘 그랬듯이 저녁 내내 눈이 내리고 앞으로도 내릴 것이다. 그런데 눈길을 돌려보니 블랙버드가 다시 전나무 가지에 앉아 있다.

블랙버드는 보통의 새가 가지고 있는 활기도 아름다움도 지저귐도 가지고 있지 않다. 테네시의 항아리처럼 아무런 꾸밈도 치장도 없는 원시적인 검은 새일 뿐이다. 이 새가 시적 화자의 마음과 일체가 되고 있는 것이다. 새의 모습은 계속 변하고 있다. 그리고 새의 상태가 변함에 따라 화자의 마음도 계속 바뀌고 있다. 이것을 두고 어느 비평가는 "13번에 걸친 모습의 변화는 당시 유행하던 이미지스트 시풍의 영향을 받은 것이며 계속 바뀌는 위치와 세팅으로 독자들을 당혹스럽게 만든다"고 토로하고 있다. 사실 이 시에 대한 그들의 평을 읽어보면 확실하게 해답을 내리지 못하고 있음을 볼 수 있다. 헬렌 벤들러(Helen Vendler), 비벌리 매더(Beverly Maeder), 레게트 (B. J Leggett), 케네스 링컨(Kenneth Lincoln) 등의 비평가들은 모두 이 시에 대한 짧은 논문을 발표하고 있으나 누구도 시의 전체적인 맥락에 대해서 시원하게 해답을 내리지 못하고 있다. 이 시에서 새 한 마리의 모습이 이토록 여러 각도에서 비춰지는 것은 결국 어떠한 모습도 보는 자의 마음에 달려있다는 사유에서 쓰인 것이다.

사실 스티븐스의 이런 시편들을 읽으면서 우리와 같은 동양인들은 대뜸 불가의 선시를 떠올리게 된다. 불가에서는 도저히 사람의 말로 표현할 수 없는 오묘한 깨달음의 세계를 표현하기 위해 불립문자라는 것을 사용한다. 그것은 보통 사람들이 이해할 수 없는 한 차원 건너편의 대화법이다. 그것을 통상적인 방식으로 이해하려 해서는 곤란하다. 스티븐스의 시에서 우리는 그것을 강하게 느끼게 된다. 그러나 스티븐스가 생전에 불교에 접했다는 증거는 없다. 당시의 시인들이 동양사상에 많은 영향을 받았고 거기에 몰입해 있었으나 그는 그렇게 하기에는 너무 바쁜 성공적인 보험회사 사원이었던 것이다. 그러나 그가 그 바쁜 와중에 틈틈이 몰두했던 독서가 무신론 철학자 니체였다는 사실은 그의 시에 중대한 실마리가 된다. "신은 죽었다"라고 주장했던 니체의 사상에 몰두했다면 그에게도 당시 현존하는 모든 질서와 지식을 거부했을 것이다. 엘리엇이 병든 현대 문명에 절망하면서도 그것의 치유책을 힌두적 명상과 기독교적 사랑에서 찾았다면 스티븐스는 이 모든 것을 파괴하고 다시 자기 식의 판을 짜고 싶었던 것이다. 기독교적 질서관은 오랫동안 서양의 세계관을 지배해 왔다. 그것은 절대적인 신으로부터 진흙 속을 기는 벌레까지 철저하게 질서 속에 재편되어 있다. 스티븐스는 그것이 마음에 들지 않았던 것이다. 테네시 벌판에 턱 놓여 황야의 모든 것을 흡입하는 항아리는 그렇게 해서 만들어진 것이다. 아이스크림 황제도 눈사람도 스티븐스식의 부정적 세계관을 펼치기에 좋은 도구이다. 블랙버드의 경우는 무엇일까? 보잘것없는 검은 새 한 마리를 화두로 놓고 시인은 온갖 시각을 다 동원하고 있는 것이다. 검은 색은 여기서 중요한 의미를 갖는다. 즉 그것은 모든 변화를 다 수용하는 색상인 것이다. 변화하는 것만이 진실이다. 변치 않는 것은 없다. 이는 절대를 외치는 기독교적인 세계관, 인생관에 대한 중대한 도전인 것이다. 그것은 「어느 목소리 높은 크리스천 노부인」("A High-Toned Old Christian Woman")이라는 시에서 좀 더 선명히 드러나고 있다.

시라는 것은 최고의 상상(fiction)입니다, 마담.
도덕률을 하나 택해서 그걸 축으로 삼고
그 축에서 천국을 만들어 봐요 그리하면,
양심이 종려나무로 바뀌는 거지요,
찬가를 동경하는 바람 기타처럼
우리는 원칙에서는 동의해요. 그건 확실해요. 그러나
반대 법칙을 택해서 열주랑을 만들어 봐요,
그 열주랑에서 혹성들 너머로 가면(mask)을
투사해 봐요. 그리하면 비문(碑文)에 의해서도 정화되지 않고,
마침내 빠져든 우리의 추잡함이
색소폰처럼 끼긱거리며,
똑같이 종려나무로 바뀌지요. 종려에서 또 종려로 바뀌지요,
마담, 우리는 출발지에 다시 서 있는 것이지요.

Poetry is the supreme fiction, madame.
Take the moral law and make a nave of it
and from the nave build haunted heaven. thus,
The conscience is converted into palms,
Like windy citherns hankering for hymns.
We agree in principle. That's clear. But take

The opposing law and make a peristyle,
And from the peristyle project a masque
Beyond the planets. Thus our bawdiness,
Unpurged by epitaph, indulged at last,
Is equally converted into a palms,
Squiggling like saxophones. And palm for palm,
Madame, we are where we began.

- 「어느 목소리 높은 크리스천 노부인」 부분

이 시에서 시인은 이제까지의 다른 시보다는 더 직접적으로 자신의 생각을 피력하고 있다. 시라는 것은 상상이다. 도덕과 양심이라는 것으로 바탕을 삼아 교회(종려나무)와 같은 거대한 조직을 짓듯이 시도 상상위에서 만들어지는 것이다. 반대로 생각해보자. 양심이 아니라 추잡하고 속악한 본성을 바탕삼아 똑같이 교회를 만든다면, 그리하여 교회에서 교회로의 헛된 만듦의 순환이 반복된다면 우리는 결국 처음의 자리로 돌아오는 것이 아닌가? 스티븐스 시의 출발은 이러한 반역에 있는 것이다. 신은 이미 사라져버렸다. 신이 사라져버린 세상에는 시인의 상상력이 바로 지상(supreme)의 가치인 것이다. 시인이야말로 최고의 가치를 지닌 사람이며 그 시인이 만들어낸 시는 성서대신 읽혀지고 사람들은 거기서 위로 받아야 하는 것이다. 스티븐스는 심지어 시인을 천사(angel)라고 지칭했다고 한다.

이 시들이 발표된 시기는 『황무지』가 발표되어 세계를 떠들썩하게 만들었던 1922년보다 한해 뒤인 1923년이다. 당연히 이 시들은 당시에 어떤 인정도 받지 못했다. 엘리엇의 화려한 등장에 비하면 너무나 초라한 출발이었다. 그러나 시간이 지날수록 스티븐스의 가치는 높아지고 있다. 어쩌면 비슷한 시기에 발표된 시들이 이처럼 다를까? 똑같이 전통 현대 문명을 거부하면서도 스티븐스는 엘리엇보다 훨씬 과격하다. 그 당시의 미학적 기준으로는 도저히 그의 시가 용납되지 않았을 것이다. 그러나 21세기에 들어선 지금 우리의 눈에는 스티븐스의 시가 훨씬 포스트모던해 보인다. 모든 것을 전혀 새로운 시각으로 바라보고 다시 조립하려는 그의 반항적 거부의식이야말로 요즘의 문학, 음악, 미술, 영화 전반에서 일어나고 있는 현상이 아니던가? 그는 너무나 빨리 그것을 터뜨렸던 것이다.

2) 「일요일 아침」("Sunday Morning")

윌리스 스티븐스는 그가 시에 전력했던 사람이 아니라 시를 쓰면서 다른 한편으로 바쁜 증권업자였다. 그것은 그의 생활이 현실에 굳게 발을 딛고 있다는 것과 그의 시도 그러하다는 것을 말한다. 어느 연구자는 스티븐스에 대해서 "기존의 신을 중심으로 한 가치체계가 급속히 와해되어가는 현실에 직면한 시인"이었다고 말하며 시인이 살았던 20세기 초에 대해서 "서구 문명이 당면한 무질서와 혼돈의 황무지에서 기독교 신앙과 합리주의 철학은 더 이상 믿음의 대상이 되지 못했"으며 현대인의 정신적 상태는 "궁핍" 그 자체라고 말했다. 스티븐스의 시에서는 지상의 세계를 찬미하고 있다. 불완전한 존재로서의 인간이 덧없는 지상의 세계에서 얻어내는 작은 즐거움들이 과연 있을지 확신할 수 없는 천상의 복락보다 더욱 가치 있고 소중하다는 것이다. 그의 생각은 우리가 발을 딛고 있는 이곳이야말로 우리의 견고한 현실이며 삶의 터전이라는 것이다. 그것은 불교적인 생각과 통하는 바가 있다. 불교의 경전에서는 끊임없이 "과거는 이미 지나가 버린 회상이고 미래는 불확실한 것이니 오로지 지금 현재에 충실하라"고 가르치고 있다. 그리고 롤런드 와그너(Roland C. Wagner)와 같은 비평가는 스티븐스의 철학이 "혼돈에 빠져들지는 않으면서 그 혼돈을 수용하면서 시작하고 끝나고 있다"고 말하기도 한다.

「일요일 아침」("Sunday Morning")은 바로 스티븐스가 생각하는 현실적 낙원을 보여주고 있다. 그는 바로 낭만주의적 낙원과 정반대되는 생각을 이 시에서 시화하고 있다. 예를 들어 스티븐스는 낙원의 나무가 열매를 주렁주렁 달고 있으나 그것은 결코 떨어지지 않으니 그 무슨 행복인가 라고 의문을 표하고 있다. 100년 사이에 바뀐 생각의 차이다. 이보 윈터스(Yvor Winters)는 이 시를 금세기 들어 선보인 가장 무신론적인 시 중의 하나이며 20세기의 가장 위대한 미국시라고 말한 바가 있다. 시의 주제는 현재의 지상낙원에 대한 축복이다. 또한 이 시는 낡은 개념 규칙, 그리고 예술적 전통과 종교적 신념이 줄 수 있는 억압으로부터 우리를 해방시키고자 한다. 즉 기존의 억압적 관념들로부터 해방되고자 하는 것이다. 처음부터 시의 주인공은 매우 한가한 모습으로 묘사된다.

> 실내복 차림의 느긋함과, 햇살 드는 창가의
> 의자에 앉아 마시는 늦은 커피와 오렌지의 맛,
> 양탄자 위 앵무새의 초록빛 자유가
> 한 데 섞이더니
> 먼 옛날 있었던 희생의 성스러운 침묵을 흩뜨린다.
>
> ⋯⋯⋯⋯⋯⋯⋯⋯⋯⋯⋯⋯⋯⋯⋯⋯⋯⋯⋯⋯⋯⋯
>
> 자극적인 오렌지 맛과 밝은 초록색 날개가,
> 소리 없이 넓은 물을 구부러지며 가로지르는
> 죽은 자들의 행진 가운데의 무엇처럼 보인다.

그날 하루는, 그녀의 꿈꾸는 발이
피와 무덤이 지배하는 땅, 고요한 팔레스타인으로,
바다 위를 밟고 건너 갈 수 있도록,
소리 없이 잔잔해진 넓은 물과 같다.

Complacencies of the peignoir, and late
Coffee and oranges in a sunny chair,
And the green freedom of a cockatoo
Upon a rug mingle to dissipate
The holy hush of ancient sacrifice.
....

The pungent oranges and bright, green wings
Seem things in some procession of the dead,
Winding across wide water, without sound.
The day is like wide water, without sound.
Stilled for the passing of her dreaming feet
Over the seas, to silent Palestine,
Dominion of the blood and sepulchre.

— 「일요일 아침」 1연

이 시의 배경은 올림포스 산이나 숲속이 아니라 평범한 가정의 거실이
다. 주인공 여성은 일요일 교회에 나가는 대신 햇살이 따뜻하게 내리쬐이는
의자에 앉아 커피와 오렌지 맛을 음미하며 양탄자 위를 뛰어다니는 녹색 앵
무새의 재롱을 즐기고 있다. 말하자면 그녀는 지상의 안락한 호사에 둘러싸
여 있다. 그녀의 안락을 말해주는 것은 편안한 실내복과 커피와 오렌지와
앵무새의 녹색 자유다. 이것은 더 이상 편할 수 없는 휴식의 상황이다. 그러
나 그녀의 내면에는 억압적 무의식이 있다. 그것은 통상적인 관습, 즉 일요

일에 교회에 나가지 못하고 있다는 것에 대한 일종의 죄의식인데 그녀는 그 것을 힘들여 떨치고 고요한 팔레스타인 땅에 대한 명상에 빠져든다. 그리스 도가 십자가에 못 박혀 죽은 사건은 과거의 재앙이다. 그녀는 그것이 과거 의 일에 불과한 것이라고 무시하려 하지만 어느새 그것은 그녀의 마음속을 침침하게 잠식해 들어온다. 그리고 지금 현재 그녀를 만족게 하는 오렌지맛 과 커피와 앵무새의 재롱이 어느새 "죽은 자들의 행진"(종교) 속에 들어가 합류하고 있음을 알게 된다.

　일요일 오전 그녀를 그토록 안락하게 만들던 것들이 종교로 생각이 미 치자 그만 불편해지는 것이다. 팔레스타인은 "피와 무덤이 지배하는 땅"이 다. 그녀에게는 종교가 죽은 이들의 거추장스러운 행사일 뿐이다. 그녀는 종 교적 관습 때문에 현실의 즐거움을 있는 그대로 받아들일 수가 없다는 사실 에 계속 마음이 편치 않다. 일요일 하루라는 시간은 사람들이 팔레스타인 땅으로 건너가도록 잔잔해진 넓은 바다와 같다는 표현은 예수가 갈릴리 호 수 위를 걸었던 사실을 연상케 한다. 일요일에는 흥분된 즐거움이 있어서는 아니 되며 경건함만이 있어야 한다는 것이 관습이었다. 그런데 왜 죽은 자 들 때문에 산 사람들이 통제를 받아야 하는가 하는 것이 그녀의 근본적인 의문이다.

> 그녀가 햇빛 아래서의 안락이나 향기 짙은 과일,
> 밝은 초록색 새의 날개, 혹은 어느 땅의 향기와 아름다움에서
> 천국에 대한 생각만큼이나
> 소중히 여길 만한 것을 발견해서는 안 되는가?

> Shall she not find in comforts of the sun,
> In pungent fruit and bright green wings, or else

In any balm or beauty of the earth,
Things to be cherished like the thought of heaven?

- 같은 시 2연 부분

　　여인의 세속적인 기쁨과 종교적인 생각 사이의 갈등에 대한 일련의 질문을 던지고 있다. 과연 천국이란 성서와 관념 속에서만 존재하는 것인가. 지금 그녀가 즐기고 있는 과일과 차와 새의 아름다움이 천국에 가는 것만큼 소중하지 않단 말인가? 그것이 바로 신성이 아닌가? 그녀가 일상적으로 느끼고 있는 "비와 눈이 주는 무드, 고독의 슬픔, 꽃 피는 숲이 주는 환희, 여름의 풍성한 나뭇가지와 겨울의 메마른 나뭇가지가 각자 주는 느낌, 가을날 젖은 도로에서 일어나는 감성" 이런 것들이 그 나름대로의 신성인 것이다. 우리가 누리고 있는 일상적인 것들은 참으로 고마운 것들이다. 봄에 파릇파릇 돋아나는 새싹, 하늘을 떠가는 구름, 시원한 바람, 이런 것들은 젖혀두고라도 휴일 오전을 편안하게 만들어주는 커피 한 잔, 음악 한 소절 등 이런 것들이 모두 범상치 않은 것들이다. 윌리엄 워즈워스를 위시한 여러 시인들은 작고 하찮은 자연물에서 신비를 보았었다. 스티븐스는 여기서 더 나아가 작은 일상들을 말하는 것이다. 이런 것들을 진정으로 음미하려면 그 안에서 신성을 발견할 수 있어야 하고 그러기 위해서는 마음속에 신성이 살아 있어야 하는 것이다.

　　이 시의 3연에서는 이런 일상적인 인간의 상황에 대비되는 주피터의 탄생을 말하고 있다. 주피터는 그야말로 누구에게서도 관대하고 따뜻한 보살핌을 받지 못하고 특히 아버지인 우라노스에게서 생명을 위협받으며 탄생했다. 그래서 그는 부하들 사이를 끊임없이 투덜대며 돌아다니는 왕과 같은 못된 버릇을 갖게 된 것이다. 이것은 인간적인 것과 정반대되는 신적인

220 | 20세기 영미시인 순례

것을 말하며 주피터는 비인간적이고 제멋대로인 천상을 대변한다. 인간들은 인간적인 한계의 해법을 너무나 비인간적인 것에서 찾았다. 신의 속성은 '제멋대로'에 있다. 누구의 눈치도 보지 않으며 누구도 배려하지 않고 오로지 신 자신을 위해 모두가 존재하기를 원한다. 그러나 사실 천상이란 것은 지상의 인간이 만들어낸 관념일 뿐이다.

천상은 지상과 분리된 것이 아니라 선과 악이 혼재된 우리의 일상생활의 일부이다. 지상에서 천국을 찾아야 하는 것이다. 천국에 대한 환상을 깨뜨릴 때 현실의 지금 여기서 조화로운 삶을 기대할 수 있는 것이다. 즉 주피터로 대표되는 비인간적 천상과 섞여 우리의 인간적 약점이 용납되고 이해될 때 지상이 낙원의 피로 승화하는 것이다. 하늘은 더 친근해지며 노역과 고통을 아는 참다운 신성, 즉 사랑에 다음가는 귀중한 가치로 되는 것이다. "편 가르는 냉랭한 푸름"(this dividing and indifferent blue)이란 천상과 지상의 이성적 차별을 말하는 것이다. 그보다 우리가 추구해야 할 것은 "지속적인 사랑"(enduring love)인 것이며 "욕망"을 있는 그대로 인정하는 것이다.

> 그녀는 묻는다, "잠깬 새들이 날아나가기 전
> 그들의 귀여운 질문(지저귐)으로 안개 낀 들판의
> 실재를 테스트할 때 나는 기분이 좋아요;
> 그러나 새들이 날아가 버리고 그들의 따뜻한 들판도 더 이상
> 돌아오지 않을 때, 그 때는 낙원이 어디 있는 거죠?"

> She says, "I am content when wakened birds,
> Before they fly, test the reality
> Of misty fields, by their sweet questionings;

But when the birds are gone, and their warm fields
Return no more, where, then, is paradise?"

- 같은 시 4연 부분

이 지상의 즐거움은 모두 순간이다. 대표적 예로 말하고 있는 것이 아침의 새인데 '지저귀는 새들은 예쁘고 귀엽지만 그것들이 날아가고 나면 그뿐 무엇인가'라고 그녀는 말하는 것이다. 이것은 그녀의 방식으로 생각하면 일종의 천국이다. 그러나 그 낙원이 지나가고 나면 허망함만이 남는다. 여기에 대해서 그는 이 지상의 것들을 무시하고 다가올 천국의 복락에 모든 희망을 거는 전통 기독교적 해답을 제시하지는 않는다. 시인은 모든 초자연적인 것들, 즉 예언, 무덤을 지키는 괴수, 황금빛 지하실, 아름다운 선율의 섬, 천국의 구름 같은 종려나무 등 신성하다고 생각되는 것들이 4월의 초록 혹은 6월과 저녁을 바라보는 그녀의 욕망, 즉 지상의 아름다움보다 더 지속적이지는 않다고 답한다. 즉 전통적으로 지복의 천국이라고 묘사된 것들이 현존하는 아름다움들과 그것들을 느끼는 그녀의 감정보다 못하다는 것이다. 공상으로 만들어낸 세계가 아무리 그럴 듯해 보여도 우리의 감각으로 느낄 수 있는 지금 이곳의 (역시 매우 순간적인) 현실보다도 지속적이지 못하다는 것이다.

스티븐스가 지금 이 순간을 그토록 소중하게 생각하는 것은 죽음에 대한 인식에서 비롯된다. 존재하는 것은 언젠가 소멸하며 엄밀히 말해서 생존 자체가 죽음을 향한 한 걸음씩의 전진이다. 존재하는 모든 것이 매순간 변화하고 있기 때문에 순간순간의 모습이 무엇에도 비할 수 없는 절대적인 아름다움과 가치를 갖는다. 즉 현재의 순간이 가장 소중하다는 것이다. 그녀는 그래도 죽음의 두려움에서 벗어나게 해줄 몇 가지 불멸의 축복을 바라고 있음을 인정한다. 여기에 대하여 시인은 죽음을 맞이해야만 하는 인간의 운명을 긍정적으로 바라본다. 죽음이 있으므로 탄생이 있는 것이며 또 세상이 변화할 수 있기 때문이다. 죽음은 결코 두려워해야 할 대상이 아니며 오히려 축복으로 맞아야 할 것이다.

> 죽음은, 발치에 깔려드는 풀밭위에 앉아
> 그 풀을 바라보곤 하던 젊은 처녀들을 위해
> 버드나무를 햇살 속에 떨게 한다.
> 죽음은 소년들로 하여금 싱싱한 자두와 배를
> 형편없는 쟁반 위에 쌓도록 한다. 처녀들은 맛을 보고
> 정열에 싸여 흩어지는 낙엽 속에서 헤맨다.

> She makes the willow shiver in the sun
> For maidens who were wont to sit and gaze
> Upon the grass, relinquished to their feet.
> She causes boys to pile new plums and pears
> On disregarded plate. The maidens taste
> And stray impassioned in the littering leaves.

— 같은 시 5연 부분

풀밭 위에 앉아 풀을 바라보는 젊은 처녀들은 지금 자연 즉 생명의 아름다움을 한껏 느끼고 있다. 그런데 그 아름다움의 극치를 느끼게 하는 것이 죽음이다. 버드나무잎사귀가 햇살 속에 떨리는 것은 한편으로 아름다우면서 그 여린 생명에 항시 죽음에 임할 수 있음을 암시한다. 소년들이 싱싱한 과일을 하필이면 형편없는 쟁반에 쌓는다거나 소녀들이 그것을 맛보고 진저리치는 행위는 상징적이다. 지극한 아름다움과 행복은 바로 그 상극과

병존한다. 아름다움이란 죽음이 있기 때문에 더 절실한 것이 된다. 인간이 불멸하고 모든 개체가 영원히 존재하기만 한다면 아름다움을 경험하는 순간은 훨씬 밋밋하고 덜 생생하게 느껴질 것이다. 죽음이 있기 때문에 삶의 모든 아름다움이 생겨나는 것이다. "버드나무를 햇살 속에 떨게 한다"라는 표현은 정말 뛰어나다. 소멸이 있으므로 그런 순간적인 아름다움은 절실하게 와 닿는 것이다.

> 낙원에는 죽음이라는 변화가 없는 것일까?
> 익은 과일도 떨어지지 않을까? 혹은 나뭇가지들이
> 우리의 소멸해가는 지구와 똑같은
> 그 완벽한 하늘 가운데 항상 무겁게 달려 있을까?

> Is there no change of death in paradise?
> Does ripe fruit never fall? Or do the boughs
> Hang always heavy in that perfect sky,
> Unchanging, yet so like our perishing earth......

― 같은 시 6연 부분

지상에서의 필멸과 천국에서의 불멸을 비교하며 어느 것이 진정한 행복인가를 말하고 있다. 목숨이 있는 것은 본능적으로 죽음을 두려워한다. 인간은 죽음이 없을 것 같은 낙원을 동경한다. 그러나 죽음도 결국은 생명 순환의 하나이며 그러한 변화가 없다는 것은 생명력이 없음을 의미한다. 그리하여 그것은 결국 영원한 권태의 장소가 될 수 있는 것이다. 낙원에는 생사의 순환이 가져다주는 변화가 없다. 낙원의 과일은 무르익어 터질 지경이 되어도 썩거나 떨어질 줄 모르고 영원히 매달려 있다. 항상 무겁게 달려 있기만 하는 낙원의 과일이 과연 맛있을까?

이는 「희랍 항아리에 대한 노래」("Ode to a Grecian Urn")에서 볼 수 있는 키츠의 19세기적 생각과 매우 대조적이다. 키츠는 이 시에서 영원한 예술작품으로 승화한 사랑이나 음악을 찬양하고 있지만 그 영원함이 여기서는 부정적으로 인식되고 있다. 낙원의 과일이 매달려있기만 하는 데 반해 지상의 배나무나 자두는 곧 떨어져 썩을 것이지만 끝까지 강둑이나 바닷가에 서서 향기를 내뿜는다. 그 때문에 그것들은 "우리의 색깔"이 되며 오후 시간을 비단처럼 곱게 짜주고 심지어 류트음악까지 탄주함으로써 우리의 따분하고 맥 빠진 오후에 생기를 주는 것이다. 결국 죽음은 생명과 아름다움의 어머니다. 죽음이 있으므로 그 바탕 위에 새로운 생명이 움트고 자라서 향을 뿜는 것이다. 이 땅의 어머니, 죽음은 늘 초조하게 우리를 기다리고 있는 것이다("죽음은 신비스러운, 아름다움의 어머니/ 그 불타는 가슴 속에 우리는 이 땅의 어머니들이/ 잠들지 못하며 기다리도록 장치를 하는 것이다"(Death is the mother of beauty, mystical,/ Within whose burning bosom we devise/ Our earthly mothers waiting, sleeplessly)). 죽음의 이미지가 참으로 친근하게 느껴진다.

유순하면서도 사나운 한 무리의 인간들이
여름날 아침 술판에서, 신으로서가 아니라
어쩌면 신일 수도 있는 존재이자,
야성의 근원처럼, 그들 사이에서 꾸미지 않은
태양에 대한 요란스러운 헌신을 노래하리라.
그들의 노래는, 그들의 피에서 빠져나와
하늘로 되돌아가는, 낙원의 노래가 되리라;
그리고 그들의 노래에는, 그들의 주신이 기뻐하는

바람 부는 호수, 천사 같이 호위하는 나무들,
노래 끝난 뒤에도 오랫동안 서로를 보며 합창하는
메아리의 야산들이, 한 목소리 한 목소리씩, 들어가게 되리라.

Supple and turbulent, a ring of men
Shall chant in orgy on a summer morn
Their boisterous devotion to the sun,
Not as a god, but as a god might be,
Naked among them, like a savage source.
Their chant shall be a chant of paradise,
Out of their blood, returning to the sky;
And in their chant shall enter, voice by voice,
The windy lake wherein their lord delights,
The trees, like serafin, and echoing hills,
That choir among themselves long afterward.

- 같은 시 7연

천상이 아니라 지상의 낙원에 대한 설명이 이어지고 있다. 지상의 낙원
은 태양신에 바치는 사람들의 향연으로 나타난다. 하필 태양신을 말하는 것
은 지상의 모든 생명의 근원이 태양에 있고 태양열이란 생명력을 상징하는
것이기 때문이다. 여기에 등장하는 사람들은, 일요일이면 정장차림으로 교
회에 나가거나 화려하게 차려 입고 가든파티에서 소곤소곤 귓속말을 주고
받는 사람들이 아니다. 첫 행의 "유순하고도 사나운" 사람들은 사고방식이
자유로우며 문명이나 종교 이념에 길들여지지 않은 야성적인 사람들을 의
미한다. 이들은 마치 바쿠스 신의 추종자인 향락주의자들과 비슷한 모습을
하고 있다. 그들은 지상의 생명을 마음껏 누리는 것처럼 보인다.

그들에게는 걸림이 없다. 그들의 노래가 바로 낙원의 노래인데 그 찬가의 내용으로 들어가는 것이 바람 부는 호수와 그 주변을 에워싼 나무, 메아리치는 야산 등이다. 이것을 "유한 생명의 인간과 여름날 아침의 훌륭한 관계"라고 표현하고 있는데 인간의 생도 짧고 여름날 아침이라는 쾌적한 시간도 몹시 짧다는 점을 생각해보자. 인간을 포함한 모든 생명체들이 그 존재를 구가하는 시간은 발등의 이슬방울처럼 짧다. 그러나 그것이 짧기 때문에 더 절실하고 아름다운 것이다. 죽음이 곧 다가올 것임을 알기에 이 자연인들은 그것을 최대한 누리려 하는 것이다.

우리는 태양의 오랜 혼돈 속에서,
혹은 낮과 밤의 오랜 상호의존 속에서,
혹은 불가피한 저 넓은 물 가운데
후원 없고 자유로운 섬과 같은 고독 속에서 산다.
사슴이 산위를 걸어 다니고, 메추라기는
우리에게 그들의 즉흥적인 울음을 울어댄다;
달콤한 열매들이 황야에서 익어간다;
그리고 고립된 하늘 속에서,
저녁이면, 태평한 비둘기의 무리가
펼친 날개를 타고 어둠으로 하강하면서
애매모호한 파동을 일으키는 것이다.

We live in an old chaos of the sun,
Or old dependency of day and night,
Or island solitude, unsponsored, free
Of that wide water, inescapable.
Deer walk upon our mountains, and the quail
Whistle about us their spontaneous cries;

Sweet berries ripen in the wilderness;

And, in the isolation of the sky,

At evening, casual flocks of pigeons make

Ambiguous undulations as they sink,

Downward to darkness, on extended wings.

― 같은 시 8연

인간의 고독한 상태를 '아무도(심지어 신조차도) 보살피거나 지원하지 않는 전적으로 자유로운 세상'이라고 표현하며 그와 같은 고독이라고 말한다. 자유라는 것은 필히 고독을 부른다. 곁에 누군가가 있다는 것은 결국 일정부분의 자유를 포기한다는 뜻이 된다. 그러므로 절대자유란 절대고독을 수반하는 것이다. 또 시인은 사람들이 "태양의 오랜 혼돈" 속에 살고 있다고 말한다. 한 번도 어긋남 없이 낮과 밤이 되풀이된다는 것은 생각하기에 따라서는 무서운 일이다. 즉 한 번도 어긋나지 않는다는 것이 어떤 의미에서는 혼돈이다. 팔레스타인은 영혼의 땅이 아니라 단지 예수의 시체가 있는 곳일 뿐이다. 종교에서는 끝없이 신의 보호나 은총을 가르치지만 사실 인간은 지긋지긋하게 오랜 혼돈 속에서 "후원 없고 자유로운 섬과 같은 고독 속에서" 살고 있는 것이다.

시인은 그런 천국의 약속보다는 뛰어노는 사슴과 메추라기의 노래 소리, 익은 과일의 달콤한 맛에서 지상의 낙원을 발견하고 있다. 그리고 비둘기 무리가 날개를 펼치고 여린 파동을 일으키며 어둠 속으로 날아 내릴 때가 또한 낙원의 한 순간이라고 말한다. 조셉 리델(Joseph N. Riddel)도 이 시에서 "잠에서 깬 새들과 제비의 날개가 낙원의 성질(quality)을 띤다"고 말한 바 있다. 고요히 날아가는 비둘기의 순간 모습은 변화무쌍한 실재의 다양한 모습 중의 하나를 말하기에 매우 적합한 이미지다. 비둘기들은 순간적으로 우리의 시야에 등장했다가 사라진다. 그러나 그 비둘기들이 사라진 후에도 시간이 흐르면 그 모습은 다시 인간들의 기억을 통해 강화되고 상상을 통해 새롭게 재생되는 것이다. 즉 낙원이란 변화하는 실재가 순간적으로 인간의 마음속에 포착될 때이며 그러한 시점은 일상적인 삶의 순간순간들이다. 그러므로 이 시는 순간적 현실에 대한 위대한 찬가가 되는 것이다.

* 이 글의 전반부에는 정성연 교수(세종대)의 도움과 조언이 있었음.

| 참고문헌 |

강두형. 「월러스 스티븐스 시와 이데올로기: <일요일 아침>, <키웨스트에서의 질서의 관념> 중심으로」. 『현대영미시연구』. 한국현대영미시학회, 1997.

설태수. 「지금 여기에 대한 월러스 스티븐스의 관점」. 『영어영문학연구』. 한국중앙영어영문학회, 2004.

양승호 「스티븐스의 "허구의 음악"」. 『현대영미시연구』. 한국현대영미시학회, 2004.

이한묵, 정성연. 『월러스 스티븐스의 시세계와 시학』. 한신문화사, 2002.

Axelrod, Steven Gould and Deese, Helen Ed. *Critical Essays on Wallace Stevens.* Boston, Massachusetts: G. K. Hall & Co, 1988.

Beckett, Lucy. *Wallace Stevens.* Cambridge, London, New York, Melbourne: Cambridge U P, 1974.

La Guardia, David M. *Advance on Chaos: The Sanctifying Imagination of Wallace Stevens.* Hanover: U P of New England, 1983.

Riddel, N. Joseph. *The Clairvoyant Eye: The Poetry and Poetics of Wallace Stevens.* Balton Rouge: Louisiana State U P, 1965.

7

W. H. 오든
(Wystan Hugh Auden, 1907-1973)

─ 1930년대의 방랑자

누구의 적도 아니시고, 부정적 도착을 제외하고는
모든 것을 용서하시는, 주여(sir), 용납하시라.
우리에게 힘과 빛을 보내시라, 지고하신 손길을 보내시라
도저히 참을 수 없는 신경의 간지러움과
젖 뗌의 고통과, 거짓말쟁이의 후두염을 치유하시고,
타고난 처녀성의 왜곡마저 치유하시는 손길을 보내시라.
준비된 대답은 분명히 금하시고
비겁한 자들의 자세를 점진적으로 교정하시라,
도망치는 자들을 광선으로 덮으시고
그리하여 역경을 뚫고 나가는 자들을 포착하여 위대하게 하시라.

Sir, no man's enemy, forgiving all
But will his negative inversion, be prodigal:
Send to us power and light, a sovereign touch
Curing the intolerable neural itch,
The exhaustion of weaning, the liar's quinsy,
And the distortions of ingrown virginity.
Prohibit sharply the rehearsed response
And gradually correct the coward's stance;
Cover in time with beams those in retreat
That, spotted, they turn through the reverse were great

— 「기도」("Petition") 부분

이 시는 초기 W. H. 오든의 성향을 가장 잘 대변해주고 있다. 여기서 기원하고 있는 것은 인간과 사회개조의 열정이다. 써(sir)가 지칭하는 것은 절대자 혹은 신적인 존재 등으로 생각해야 할 것 같다. 이 시는 그 절대적인 존재에게 타락한 인간과 사회의 개조를 기원하고 있는 것이다. 20세기에 들면서 세상의 변화는 빨라져서 거의 10년마다 문화적 흐름이 바뀌고 있었다. 영문학에 있어서도 20년대가 엘리엇의 시대라면 30년대 들어서는 그 중심 사조가 또 바뀌어 오든의 시대가 되고 있었다. 1922년 『황무지』와 『율리시즈』가 발표됨으로써 영문학사상 경이로운 한 해가 되었고 현대 문학을 결정짓는 거작들이 잇달아 발표되었다. 여기에 비하여 30년대는 다소 소강 상태였다고 해야 할 것이다. 그 시대를 휩쓸던 사상적 흐름은 바로 사회주의였다. 김승윤은 그의 박사학위 논문의 결론에서 이렇게 말하고 있다.

사회가 부패하고 혼돈된 양상을 보여주면 줄수록, 엘리엇은 그것을 구제하는 방법을 초월적인 것에서 찾았던 데 반하여 오든은 무질서한 현대사회와 그 사회 구성원들의 부패한 의식내용에 질서를 회복시킴으로써, 우리가 삶을 기꺼이 받아들일 수 있는 것이 되게 하는 데에 관심을 쏟았다.

우리가 앞의 엘리엇 편에서 보았듯이 엘리엇 역시 1920년대 서구 사회의 타락상을 비판하면서 온갖 과거의 신화 이야기, 동서양의 초자연적인 것을 다 동원했었다. 20년대가 제1차 세계대전 이후의 피폐한 사람들의 심리상태를 황무지에 비유한 시대였다면 30년대는 어쩌면 더 끔찍스러운 전쟁이 터질지도 모른다는 불안감이 사람들의 심리를 휘감고 있던 때였다. 이때 그 유명한 대공황이 있었으며 유럽의 전체주의 권력자들이 등장하기 시작했다. 독일의 히틀러와 이탈리아의 무솔리니는 사람들의 불안심리를 교묘하게 선동하고 이용하여 권력을 잡았으며 그것은 유례없는 인간성 말살의 시대로 넘어가게 된다. 역사상 가장 참혹한 전쟁, 제2차 세계대전을 향하여 역사는 움직이고 있었고 이 시기를 살던 젊은이들은 소위 말하는 "상실의 세대"(Lost Generation)에 속하고 있었다. 헤밍웨이의 소설에 흐르는 은은한 우울과 허무가 그 대표적인 예이고 시에서는 오든을 비롯한 일군의 시인들이 역시 그러한 시를 쓰고 있었다.

오든은 옥스퍼드 재학시부터 오든그룹이라는 일단의 문학지식인의 중심이 되었다. 데이 루이스(C. Day Lewis), 스티븐 스펜더(Stephen Spender), 루이스 맥니스(Lewis Macneice) 등이 그들인데 이들의 문학사조는 한결같이 이상주의적이었다. 그것은 당대의 시류적 유행이어서, 30년대를 살면서 이상적 사회주의에 한번쯤 경도되지 않은 지식인은 없었다. 오든의 생각이 잘 나타난 「스페인」("Spain")은 1936년에 발생한 스페인 내란기에 대한 시인데 이것은 당시 헤밍웨이가 이 전쟁에 참여했던 경험을 소재로 『누구를 위하여 종을 울리나』(For Whom the Bell Tolls)를 썼던 것과 유사하다. 이 전쟁의 결말은 독일과 이탈리아의 지원을 받는 군부의 승리였지만 이 시에서는 과거와 현재에 대한 대비와 앞으로 다가올 미래의 이상을 노래하고 있다.

어쩌면 20세기 초반 사람들의 변화에 대한 당혹스러움은 지금보다 더 심했을지도 모른다. 비행기가 발명되어 공중에서 폭격을 하고 상상도 못하던 대량 살상무기가 등장함으로써 사람들은 경악했다. 그리고 인간의 악함이 어디까지 갈 것인지에 대하여 두려워하게 되었다. 이 시에서 오든은 자기 나름대로의 역사의식을 보이고 있다. 우선 그는 과거에 대해서 "요정과 거인들이 말살되고/ 독수리의 눈과 같은 요새가 계곡을 내려다보던 때 /......./석주랑에 이교도들을 심판하던 때"(the abolition of fairies and giants;/ The fortress like a motionless eagle eying the valley/....../ The trial of heretics among the columns of stone)라고 말하고 있다. 또 "과거에는 건축물에 천사와 악마들을 새겨 넣고 그 주술적인 힘을 믿던 때였고 마술 샘의 치유력과 마녀들의 주술을 믿었으며 또 좀 더 시간이 지난 근대에 와서도 발전기와 터빈을 설치하여 수동이 아닌 자동의 세계를 열어 흡족해 하던 때였고 옛날의 희랍의 절대적 가치와 영웅의 죽음을 그대로 믿었으며 지는 해를 보며 기도할 줄도 알았었다"고 한탄한다. 과거는 사람들이 비교적 순진하고 잘 믿었다. 약간의 기술적 발전에도 흡족해하며 물론 비참도 있었지만 낭만이 있었다. 그러나 20세기 들어 인간들의 과학기술은 끝없이 발전해나가며 마침내 그것들이 무서운 무기로 변모하였다. 획일화된 대중 속에서 사람들은 하나의 부품으로 전락하여 개성은 상실되고 전쟁은 한 나라와 한 나라의 싸움이 아니라 여러 나라의 패거리전쟁으로 진화하고 있었다. 그 가운데 개인들은 더욱 작아지며 삶의 의미와 방향을 찾지 못하게 되는 것이다.

그리고 가난한 이들은 그들의 온기 없는 숙소에서 석간신문의
신문지를 떨어뜨리며, "우리의 하루는 상실이다. 오 우리에게
　　　　　　　　　이 모든 것의 경영자, 조직자인 역사와
늘 새롭게 하는 강, 시간을 데려오라."

그리고 국가는 모든 절규를 모아,
개인적 배를 만들고 개인적 밤의 공포를 조장하는
　　　　　　　　　　생명에게 호소한다.
"당신은 일찍이 스폰지의 도시국가를 설립하지 않았던가?"

"상어와 호랑이의 광대한 제국을 일으키고
로빈새의 대담한 거처를 건립하지 않았던가?"
　　　　　　끼어들어 조정하라. 오 비둘기처럼 하강하라
분노한 아버지 맘 좋은 엔지니어처럼이든, 어찌되었든 하강하라."

그리고 생명은, 대답할 양이면,
심장과 눈과 폐로부터, 가게와 도시의 광장에서부터,
　　　　　　"아니다, 나는 주관자가 아니다,
오늘은 아니다, 혹은 당신에 대해서도 아니다. 당신에게 나는

"예스맨이다, 술친구다, 쉽게 속는 얼뜨기,
나는 당신이 하는 대로다, 나는 틀림없이
　　　　　　착한 놈, 당신의 우스운 거짓말거리다,
나는 당신의 사무적인 음성, 나는 당신의 짝이다"라고 말한다.

And the poor in their fireless lodgings dropping the sheets
Of the evening paper: "Our day is our loss. O show us
　　　　　　History the operator, the
Organizer, Time the refreshing river."

And the nations combine each cry, invoking the life
That shapes the individual belly and orders
                    The private nocturnal terror:
"Did you not found once the city state of the sponge,

"Raise the vast military empires of the shark
And the tiger, establish the robin's plucky canton?
                    Intervene. O descend as a dove or
A furious papa or a mild engineer: but descend."

And the life, if it answers at all, replies from the heart
And the eyes and the lungs, from the shops and squares of the city:
                    "O no, I am not the mover,
Not to-day, not to you. To you I'm the

"Yes-man, the bar-companion, the easily-duped:
I am whatever you do; I am your vow to be
                    Good, your humorous story;
I am your business voice; I am your marriage.

                    ― 「스페인」("Spain") 부분

　　"온기 없는 숙소에서" 신문을 떨어드리며 희망을 잃고 절규하는 이들
은 당시의 빈자들이다. 그들의 외침은 절망적이다. 그들에게 나날은 상실이
며 지금 그들을 이토록 상실케 한 역사와 시간에게 책임을 묻고픈 것이다.
시간이 갈수록 개인은 국가사회라는 거대한 단체의 한 부품이 되어간다. 이
어지는 구절은 생명과 국가의 대화인데 국가는 생명에게 국가를 위해서 다
시 한 번 내려와 끼어들고 조정해줄 것을 요구하고 있다. 옛날 그리스의 도
시국가에서 개개인의 힘은 위대했다. 그때처럼 국가는 개개인이 힘을 써줄

것을 요구하고 있다. 여기서 말하고 있는 상어와 범은 당시 폭력적 광기로 치닫고 있는 구라파 열강을 말하는 것이다. 그것도 결국 국민 개개인이 힘을 합쳐서 만들어낸 것이다. 그러나 거기에 대한 생명의 대답은 긍정적이지 않다. 개인은 더 이상 주관자가 아니다. 예스맨이고 쉽게 속는 얼뜨기다. 국가가 하자는 대로 따라가는 우스운 존재라는 것이다. 당시의 대공황은 사람들의 극단적인 궁핍을 이끌고 그것은 파시즘과 전체주의 국가의 출현을 불렀다. 공산주의 소비에트연방은 발전하고 있었고 그것은 자본주의의 실패와 사회주의의 성공으로 비쳤다. 어떤 체제의 사회를 건설해야 국가와 개인의 장래를 위하는 것인가는 당시의 큰 화두였다. 이런 변혁기의 힘없는 소시민들은 왜소해지기 마련이다. 그리고 이런 모든 흐름에 대한 사람들의 체념도 보인다("너의 제안이 무엇이냐, 정의 사회를 만들겠다는 것이냐? 그리하자./ 나는 찬성이다. 아니 그것 자살 협정, 낭만적/ 죽음이냐? 좋다, 받아들이지, 나는 당신이 선택한 것, 당신이 결정한 것이니, 그래 내가 스페인이니."(What's your proposal? To build the Just City? I will./ I agree. Or is iut the suicidepact, the romantic/ Death? Very well, I accept, for/ I am your choice, your decision: yes, I am Spain.)).

수많은 사람들이 스페인의 혁명을 도우려고 모여들기 시작했다. 외딴 이베리아 반도로, 이 잠자고 있는 평야, 한적한 어부의 나라로 말이다. 이 땅으로 바다를 건너고 산을 넘고 밤길을 타고 생명을 걸고 모여들었던 것이다. 헤밍웨이도 오든도 이 전쟁에 참여했다. 그들은 이 땅에 이상적 사회주의 국가가 성립되는 것을 보고 싶었던 것이다. 시에서 그들이 떼를 지어 몰려드는 모습은 기러기 떼, 혹은 바람에 날리는 꽃씨에 비유되어 있다. 실제 영국 한 나라에서만도 수천 명의 젊은이들이 이 전쟁에 참가했다고 한다. 그들의 열망은 그만큼 강렬했다.

내일, 아마도 미래는: 나그네의 피로와
운동에 대한 연구, 온갖 옥타브의 방사 에너지에 대한
　　　　　점진적 탐색
내일은 식사조절과 호흡을 통해 의식을 확대시키는 것.

내일은 낭만적 사랑의 재발견,
까마귀를 사진 찍으며, 자유의 노련한 그림자 아래
　　　　　모든 즐거움 있으리.
내일은 야외극 연출가와 음악가를 위한 시간.

내일은 젊은 시인이 폭탄처럼 터지리
호수변의 산책, 완벽한 친교의 겨울날,
　　　　　내일은 여름날 저녁
교외를 달리는 자전거 타기, 그러나 오늘은 싸움일 뿐

Tomorrow, perhaps, the future: the research on fatigue
And the movements of packers; the gradual exploring of all the
　　　　　Octaves of radiation;
Tomorrow the enlarging of consciousness by diet and breathing.

Tomorrow the rediscovery of romantic love;
The photographing of ravens; all the fun under
　　　　　Liberty's masterful shadow;
To-morrow the hour of the pageant-master and the musician.

Tomorrow for the young the poets exploding like bombs,
The walks by the lake, the winter of perfect communion;
　　　　　To-morrow the bicycle races
Through the suburbs on summer evenings: but to-day the struggle.
　　　　　　　　　　　　　　　　　　－ 같은 시 부분

그들이 목숨을 걸고 이 내전에 참여한 것은 이 불안한 오늘과 역사를 개조하고 보다 평화롭고 이상적인 내일을 열기 위함이다. 그들은 미래가 힘 있고 부유한 자보다 지친 자들에 대한 배려가 되기를, 온갖 형태로 발산되는 사람들의 에너지를 살피며 식사조절과 호흡을 통해 진실에 대한 의식이 확대되기를 희망했다. 그리고 다시 낭만적인 사랑이 다시 살아나기를, 자유의 그림자 아래 모두들 즐겁게 살 수 있기를, 야외극의 연출가나 음악가와 같은 예술인들이 대접받게 되기를 희망하는 것이다. 미래에는 젊은이들을 위해 시인이 폭탄처럼 터지기를 희망했다. 시인들이 순수를 잃지 않고 진실을 터뜨려주기를 기대하는 것이다. 그리고 저녁시간에 평화롭게 시골길을 자전거 여행도 할 수 있게 되기를 희망한다. 여기서 오든이 그리고 있는 풍경은 매우 이상적이고 평화롭다.

그러나 지금 현재가 시끄러운 것은 사회를 개조하고 미래의 복락을 이루기 위해서다. 당시에 유행하던 말은 과격한 혁명에 대한 선동이었을 것이다. 그는 그때의 상황에 대하여 다음과 같이 말하고 있다.

오늘은 죽음의 가능성이 피치 못하게 증가하고 있다
살인이라는 사실 앞에 범죄를 의식적으로 용납함도,
　　　　　오늘은 단조롭고 일시적인
팸플릿과 지루한 만남 위에서 확산되는 힘이다

오늘은 임시변통의 위안, 나누어 피는 담배,
촛불 밝힌 창고에서의 카드놀이 그리고 시끄러운 콘서트,
　　　　　남성적인 조크, 오늘은
누구를 치기 전 더듬대며 하는 어색한 포옹

To-day the inevitable increase in the chance of death;
The conscious acceptance of guilt in the fact of murder;
To-day the expending powers
On the flat ephemeral pamphlet and the boring meeting.

To-day the makeshift consolations; the shared cigarette;
The cards in the candle-lit barn and the scraping concert,
The masculine jokes; to-day the
Fumbled and unsatisfactory embrace before hurting.

— 같은 시 부분

여기 묘사된 오늘은 바람직한 미래를 위해 투쟁해야만 하는 시간이다.
오늘의 상태는 "임시변통의 위안"이며 그것은 뛰어난 비유로 표현되고 있
다. 즉 그것이 나눠 피는 담배, 헛간에서 촛불 켜고 카드놀이 하는 것으로
비유되고 콘서트에서 시끄럽게 떠들어내는 것, 남성적인 투박한 조크 등과
같다는 것이다. 그리고 그것은 결국 칼로 찌르기 전에 포옹을 하는 행위와
유사하다는 것이다. 우리나라도 해방 후 좌우 내전이 있었지만 혁명은 폭력
과 희생을 동반한다. 여기서 나열하고 있는 것들은 모두 소란스러운 소요를
암시하는 것들이다. 스페인내전에 공화파를 돕기 위해 참가한 젊은이들은
거의 모두가 이상적 사회주의자였다. 그러나 그 혁명은 실패했고 히틀러가
돕는 독재자 프랑코가 집권했다. 30년대 오든의 정치적 관심은 이 시를 끝
으로 종언을 고한다. 내전 때 그가 바르셀로나에서 겪은 경험은 사회주의적
사회에 대한 환상을 깨뜨리기에 충분했다. 당시 허무에 빠졌을 오든의 모습
은 다음의 시에서 상상해볼 수 있다.

보라, 나그네여, 지금 이 섬에는
당신이 즐거울 만치 뛰는 햇살이 있네,
여기 단단히 서게나
그리고 조용히 하게나,
그리하여 귓구멍을 통해
바다의 흔들리는 소리
강물처럼 흘러 들어오도록 하게나.

여기 이 작은 땅의 끝자락에서 멈추게나
백악의 벽이 바다 거품에 떨어지고 그 높은 절벽의 선반이
파도의 끌어당김과
몰아침에 정면으로 맞설 때,
자갈이 내해로 빨아들이는 파도의 뒷자리에서
자그락거릴 때,
그리고 갈매기가 잠깐
이 가파른 절벽위에 날개를 쉴 때.

저 멀리 날아가는 홀씨처럼 배들이
긴급한 볼 일들로 흩어지네,
그리고 그 전체의 모습이
정말 눈에 들어오기를
그리고는 마치 지금 구름들이 거울 같은 항구 위를 지나
여름 내내 저 물 위를 떠돌 듯이
기억 속으로 들어가기를.

Look, stranger, on this island now
The leaping light for your delight discovers,
Stand stable here

And silent be,
That through the channels of the ear
May wander like a river
The swaying sound of the sea.

Here at the small field's ending pause
When the chalk wall falls to the foam and its tall ledges
Oppose the pluck
And knock of the tide,
And the shingle scrambles after the suck-
ing surf,
And the gull lodges
A moment on its sheer side.

Far off like floating seeds the ships
Diverges on urgent voluntary errands,
And the full view
Indeed may enter
And move in memory as now these clouds do,
That pass the harbour mirror
And all the summer through the water saunter.

　　　　　　　　　　　　　　　－「이 섬에는」("On This Island") 전문

　　이 시의 전문을 다 인용한 것은 시의 각 부분이 시인의 감성을 너무 잘
전달하고 있기 때문이다. 아마 이 시의 배경은 도버해협의 어느 섬인 것으
로 짐작된다. 도버해안은 백악의 절벽으로 유명하다. 시인은 지금 그 섬의
절벽에 서서 바다와 파도와 오가는 배를 보고 있다. 제1연에 등장하는 사물
은 뛰어노는 햇살과 바다에서 들려오는 소리다. 시의 1연에서 말하고 있지

만 시의 화자는 나그네다. "기쁨을 찾아 햇살을 바라보라 그리고 조용히 귓속으로 들어오는 바다의 설레는 소리를 들어보라" 하고 말하고 있다. 그런데 이 햇살이나 소리나 둘 다 뛰놀고 설레는 것으로, 방랑하는 자의 속성으로 나타나 있다. 한 곳에 안주하지 못하고 끝없이 떠도는 자의 속성 말이다. 그리고 2연에서는 여기가 육지의 끝임을 강조하고 있다. 이 사람은 지금 올 수 있는 데까지 온 것이다. 거기서 또 하나 시인이 보고 있는 것은 절벽에서 떨어지고 있는 백악조각이다. 그들이 절벽에서 떨어져서는 파도의 거품에 휩싸이는 것이다. 조수는 끝없이 몰려들어 절벽을 두들겼다가 빠져나갔다가를 되풀이 한다. 그리고 도버해안의 유명한 자갈들은 끝없이 시끄럽게 잘그락대고 있다. 이런 곳, 갈매기 한 마리가 날아가다가 잠깐 앉아서 쉬는 곳, 여기에서 땅의 끝은 멈추고 시적 화자도 멈추어 있다. 그리고 3연에서는 멀리 떠가는 배들을 말하고 있다. 그리고 그것들을 비유하기를 날리는 씨앗이라는 말로 표현하고 있다. 바람에 떠가는 씨앗이야말로 얼마나 정처 없는 흐름인가. 그리고 마지막 부분에서 거울 같은 바닷물에 비치는 구름을 말하고 있다.

그러나 여기서의 오든은 「도버해협」("Dover Beach")에서 문명의 와해를 예견했던 아놀드(Matthew Arnold)와는 대조적으로 낙천적이다. 시의 말미는 고요하고 확신에 차있으며 긍정적이다. 그러나 「무명시민」("Unknown Citizen")이라는 시에서는 이와 좀 다른 인물을 볼 수 있다. 이 시의 주인공은 공식적으로 아무런 비판을 듣지 않으며 그에 대한 모든 공식적 판단은 동일하여 거의 성자라고 할 만한데 왜냐하면 그가 하는 모든 일은 그의 공동체를 위한 것이기 때문이다. 그는 "……한 번도 해고당하지 않았고,/ 그의 고용주도 만족해했다. 그렇다고/ 그는 노조비가입자도 아니며 사상이 이상하지도 않았다(……and never got fired,/ But satisfied his employer, Fudge

Motors Inc./ Yet he wasn't a scab or odd in his views)"라고 묘사되어 있다. 그리고 이 시의 결말은 "그가 자유로웠는가? 그가 행복했는가? 그 질문 웃긴다:/ 뭐 잘못된 것이 있었다면 우리는 틀림없이 보고받았을 텐데.(Was he free? Was he happy? The question is absurd:/ Had anything being wrong, we should certainly have heard.)"라고 맺어지고 있다. 이 시는 가볍고 풍자적인 문체로, 또한 현재적 용어와 최근의 사건에 대한 암시를 통하여 모든 것이 보고되는 관료사회에서의 개인의 상실을 풍자하고 있다. 시의 핵심은 마지막 2행이라고 생각된다. 하지만 이 시는 사회 전체적 구조에 대한 그의 비판도 된다. 생각하면 20세기는 영웅상실의 시대였다. 보통의 소시민들은 그야말로 점점 더 왜소화될 수밖에 없었다. 위의 시는 바로 이것을 비판하고 있다. 그냥 착실하기만 한 소시민으로서 과연 행복한가 하는 의문을 던지고 있는 것이다. 그것은 그의 또 다른 작품 「학교 아이들」("School Children")에서도 참으로 리얼하게 그려져 있다. 학교의 교육이라는 것이 얼마나 규칙을 강요하는가? 과연 학교에서 아이들의 타고난 재능과 천분과 상상력을 마음껏 발휘할 수 있도록 교육을 하는가? 이 시에서 학동들은 던져주는 뼈다귀를 따라 뛰어다니거나 핥는 강아지(……the dumb play of dogs, the licking and rushing)에 비유되고 있다. 신랄한 비판이 아닐 수 없다. 오든이 결국은 결혼을 하지 않고 동성애에 빠진 채 그렇게 일생을 마친 것도 어쩌면 이러한 사회제도에 대한 비판적 시각에 그 원인이 있을지 모르겠다.

오든 시의 중대한 또 하나 특징은 그 장난기라고 할 수 있다. 그는 이러한 인간성부재의 상황을 그리면서도 그것을 엘리엇이나 예이츠처럼 심각하게 그리지 아니한다. 그의 시 중에서 가장 애송되고 있는 「미술박물관」("Musee d' Beau Art")에서는 제각기 자기의 일에만 몰두하여 타인의 고통에는 아랑곳하지 않는 이기적인 인간의 모습을 재미있게 그리고 있다.

어떻게 이런 일이 일어나는가
누군가 다른 사람은 밥을 먹거나 창을 열거나 아니면 생각 없이 걷고 있을 때,
나이 먹은 이들이 경건히,
어떤 기적적인 탄생을 열정적으로 기다리고 있을 때,
어떻게, 그런 일 따위가 일어나기를 특별히 바라지는 않으며,
나무 숲가의 연못에서 한가롭게 얼음 지치는 아이들이
항상 있어야 하는가,
그들은 결코 잊지 않는다
심지어 가장 참혹한 순교가 진행되는 동안에라도
어쨌든 한켠의, 어떤 정결치 못 한 장소에서는
개들이 여전히 그들의 개 같은 삶을 이어가고, 고문자를 태우고 온 말들은
그들의 무죄한 궁둥이를 나무 둥치에 썩썩 비벼댄다는 것을.

how it takes place
While someone else is eating or opening a window or just walking dully along;
How, when the aged are reverently, passionately waiting
For the miraculous birth, there always must be
Children who did not specially want it to happen, skating
On a pond at the edge of the wood:
They never forgot
That even the dreadful martyrdom must run its course
Anyhow in a corner, some untidy spot
Where the dogs go on with their doggy life and the torturer's horse
Scratches its innocent behind on a tree.

— 「미술박물관」 전반부

세상을 변화시킬 어떤 중대한 일이 벌어지려고 하는데 누군가는 일상
적인 생활, 먹거나, 창문을 열거나 생각 없이 산책을 하거나 이런 일들을 하

고 있는 것이다. 헤이그에서 이준 열사가 국가를 위해 순절하는 순간에도 열국의 공사, 대사들은 그들의 파티를 즐기고 있었다. 여기서 예로 들고 있는 것들은 재미있다. 어른들은 경건한 마음으로 어떤 기적적인 탄생을 기다리고 있는데 아이들은, 특별히 원하는 것이 없으므로 그냥 연못에서 썰매를 지치면서 즐거운 것이다. 그들에게는 특히 어떤 중대한 일이 일어나건 말건 큰 관심이 없다. 이 시에서 가장 빛나는 부분은 순교자와 고문자의 말이다. 한쪽에서는 그가 믿는 진리를 위해서 한 순교자가 몸이 찢기고 뼈가 부러지는 처절한 고통을 받고 있는데 다른 한 쪽에서는 고문자의 말이 나무둥치에 궁둥이를 썩썩 비벼대는 것이다. 순교자의 죽음이야 말에게 무슨 대수로운 일이겠는가. 그에게는 당장 궁둥이 가려운 것이 가장 우선적으로 해결해야 할 일인 것이다. 이것은 세상을 바라보는 오든의 해학적인 눈을 말해주는 것이다. 그는 이 심각한 주제를 말하면서도 전혀 심각하지 않게 능청을 떤다. 그리하여 이 시의 가장 중요한 테마인 이카루스의 죽음에 대해서도 다음과 같이 말하는 것이다.

예를 들자면, 브뤼겔의 이카루스에서, 어떻게 모든 것들이
그 재난에서 그토록 한가롭게 고개를 돌릴 수 있는지, 농부는 아마도
그 물 튀기는 소리와, 고독한 비명을 들었으리라,
그러나 그에게 그것은 그리 대단한 낭패가 아니었다, 태양은
늘 그랬던 대로 하얀 다리가 초록색 바닷물로 사라져가는 것을
비추었다; 그리고 무언가 놀라운 것, 한 소년이 하늘로부터 떨어지는
것을, 틀림없이 보았을 호화롭고 날렵한 유람선은
가야할 곳이 있어서 차단히 미끄러져 갔던 것이다.

In Breughel's *Icarus*, for instance: how everything turns away
Quite leisurely from the disaster; the ploughman may

Have heard the splash, the forsaken cry,
But for him it was not an important failure; the sun shone
As it had to on the white legs disappearing into the green
Water; and the expensive delicate ship that must have seen
Something amazing, a boy falling out of the sky,
had somewhere to get to and sailed calmly on.

— 같은 시 후반부

브뤼겔의 그림, <이카루스>에 그려진 바에 의하면 이카루스의 비극적인 죽음에 대하여 관심 갖는 사람은 아무도 없다. 밭을 가는 농부는(이 그림에서 가장 정확하게 그려진) 분명코 하늘에서 떨어지며 내지르는 한 소년의 공포에 질린 비명소리를 들었으리라. 그러나 그에게는 그것이 그리 대수로운 일이 못 된다. 그리고 저 멀지 않은 바다에는 화려한 배가 한 척 떠 있는데 이 배에 타고 있는 사람들도 분명코 그 낭패를 보았으련만 그들에게는 보다 더 중요한 일이 있어서 아무것도 보지 못한 듯 바다 위를 차단히 미끄러져 갔던 것이다.

이것은 결국 무엇을 말하고자 하는 것일까? 인간은 이기적인 동물이다. 그들이 사회를 이루고 있는 것은 그 무리 속에서 스스로 보호를 받고자 위함이며 남의 도움을 바라는 만큼 남을 도울 태세는 되어 있지 않다. 이것이 인간이 가진 거의 본능적인 이기심이며 거부하고 싶겠지만 어찌할 수 없는 사실이다. 그리고 시인 오든은 이러한 것을 간파하고 그것에 대해서 괴로워하거나 한탄하지만은 않는다. 오히려 그는 다소 조롱하듯이 그것을 내려다보고 있는 것이다. 그러나 그가 한때 존경하던 시인의 죽음 앞에서는 결코 그런 태도를 견지할 수 없었던 모양이다. 예이츠의 죽음에 바친 다음의 시는 뛰어난 조시이다.

그는 죽음과도 같은 겨울에 사라져갔다.
시냇물은 얼어붙고, 공항에는 거의 인적이 없었다,
눈이 덮여서 대중적 상들의 모습을 변형시켰다,
수은주는 죽어가는 하루의 입속에 처박혔다.
어떤 기구에서든 우리는 의견일치였으니
그가 죽은 날은 차갑고 어두운 날이었느니라.

He disappeared in the dead of winter:
The brooks were frozen, the airports almost deserted,
And snow disfigured the public statues;
The mercury sank in the mouth of the dying day.
What instruments we have agree
The day of his death was a dark cold day.

— 「W. B. 예이츠의 죽음을 기억하며」
("In Memory of W. B. Yeats") 부분

　시인은 여기서 대시인이 떠나간 밤이 춥고 얼어붙은 밤이었다고 강조하고 있다. 한 위대한 정신이 죽은 날이니 그날이 따뜻하고 포근할 일이 있겠는가? 물은 얼어붙고 눈보라 날리고 공항은 사람들이 뵈지 않고 수은주는 뚝 떨어졌다. 이것은 감당할 수 없이 슬픈 이 시인의 심경을 말해주는 매개물이다. 그런데 그 죽음에도 아랑곳없이 늑대들은 상록수 사이를 뛰어다니고 부지런한 강은 그치지 않고 흐르는 것으로 그 다음의 연은 묘사하고 있다. 이것은 죽은 이의 위대한 정신에 대하여 아무런 의식도 없는 속물들을 말하는 것이리라. 그리고 이제부터는 시인의 죽음과는 상관없이 시는 살아남는 것이다.

　이 시에서 압권에 해당하는 부분은 마지막 부분이다. 이제 대시인 예이츠는 땅으로 돌아간다.

대지여, 이 존엄한 손님을 맞이하라:
윌리엄 예이츠가 안식을 위해 눕혀지나니.
아일랜드의 배(船)가 그 시를 모두
토해내고 눕게 하라.

암흑의 악몽 속에서
유럽의 모든 개들이 짖는다,
그리고 살아 있는 국가들은 기다린다,
증오 속에 격리되어서,

지적인 천박함이
모든 사람의 얼굴로부터 쏟아져 나온다,
연민의 바다는 각자의 눈속에
갇히고 얼어서 누워 있나니.

따르라, 시인을, 따르라, 정의를
밤의 밑바닥까지,
당신의 자유로운 목소리로
여전히 우리를 설득하여 즐기게 하라,

시를 경작함으로써
저주를 포도원으로 만들라
압박의 황홀 속에서
인간의 실패를 노래하라,

마음의 사막 속에서
치유의 샘물을 솟아오르게 하라,
나날의 감옥 속에 있는
자유인에게 어떻게 찬양하는지를 가르치라.

Earth, receive an honoured guest:
William Yeats is laid to rest.
Let the Irish vessel lie
Emptied of its poetry.

In the nightmare of the dark
All the dogs of Europe bark,
And the living nations wait,
Each sequestered in its hate;

Intellectual disgrace
Stares from every human face,
And the seas of pity lie
Locked and frozen in each eye.

Follow, poet, follow right
To the bottom of the night,
With your unconstraining voice
Still persuade us to rejoice;

With the farming of a verse
Make a vineyard of the curse,
Sing of human unsuccess
In a rapture of distress;

In the deserts of the heart
Let the healing fountain start,
In the prison of his days
Teach the free man how to praise.

- 같은 시 부분

땅이여 이 위대한 영혼을 받아라. 재미있는 것은 예이츠의 육신을 "그 시를 다 쏟아낸 큰 배"에 비유하고 있다는 점이다. 시인 예이츠는 위대한 악기였다. 신은 그를 통하여 아일랜드의 전설과 아픔과 서구의 문명 전체에 대한 염려 노래했다. "세상의 개들은 짖고 있고 어둠 속에서 악몽을 꾸고 있다"는 것은 바로 임박해 오는 전쟁과 미친 듯 날뛰는 전체주의자들을 일컫는다. 사람들은 전반적으로 "천박한 지식"에 물들어 있고 모든 국가들은 "증오 속에 격리되어 있다. 이런 사회병리현상을 치유할 수 있는 이는 시인을 비롯한 정신이 성숙된 사람일 것이다. 이것은 시인에게 예언자적 권능을 부여함으로써 가능해진다. 하여 시인은 이 시에서 모든 병든 자들에게 "시인을 따르라"하고 일갈한다. 예이츠가 그의 후기 시에서 육신의 세계를 벗어나 정신의 세계 즉 비잔티움으로 날아가기를 소원했듯이 오든도 세계 병의 치유를 정신에서 찾고 있다. 그리하여 치유의 샘물이 펑펑 솟구치기를 기원하는 것이다.

이 시를 쓴 해가 1939년이었다. 그리고 1939년 오든은 미국에 이주했고 거기서 그의 연인 체스터 칼만(Chester Kallman)을 만나게 되며 시의 분위기도 많이 달라진다. 오든은 후에 자신이 살았던 1930년대를 "음울하고 부정직한 시기"라고 부르고, 그가 사회주의 사상에 경도한 것은 부르주아를 타파하기 위해서가 아니라 더 나은 부르주아가 되기 위해서였다고 말했다. 그러나 1930년대에 그가 시를 통해서 영국사회의 경제적 정신적 질병을 진단하고 그 치유책을 마르크스와 프로이트에서 찾고자 했음은 부정할 수 없다. 미국으로 귀화한 오든은 키르케고르, 폴 틸리히 등의 개신교 신학를 접하게 되며, 기독교적 실존주의에 입각한 작품을 쓰기 시작한다. 또한 칼만과의 동성애는 이후 그의 시와 생애 전체에 커다란 영향을 미치게 된다. 그의 "사랑"은 후기시에 와서 기독교적인 아가페의 개념이 추가되면서 더 깊어지고 풍성하게 되는데 필자는 그것이 결국 이 시인의 인간애라고 믿고 싶다. 칼

만과의 관계를 겪으며 구체적인 한 사람에 대한 사랑과 추상적인 신에 대한 사랑이 변증법적인 통합의 방향으로 흘러가게 된다.

* 이 글을 쓰는 데 박연성 교수(전남대)의 도움과 조언이 있었음.

| 참고문헌 |

김승윤. 『1930년대 Auden 시에 있어 질서의 탐색과정 연구』. 고려대학교 대학원 박사학위논문, 1991.

박연성, 범대순. 『W. H. 오든』. 전남대학교 출판부, 2005.

Boyle, John R. *Reading Auden: The Return of Caliban*. Ithaca: Cornell U P, 1991.

Callan, Edward. *Auden: A Carnival of Intellect*. Oxford: O U P, 1973.

Hynes, Samuel. *The Auden Generation: Literature and Politics in the 1930s*. London: Bodly Head, 1976.

Replogle, Justin. *Auden's Poetry*. Seattle: U of Washington P, 1969.

8

딜런 토마스
(Dylan Thomas, 1914-1953)

― 생명의 환희

영국의 현대시는 20세기 초에 예이츠와 엘리엇이라는 양대 산맥을 형성한 뒤 좀처럼 그에 버금가는 시인을 만들지 못하고 있었다. 그러나 1930년대에는 오든이 인간애에 바탕을 둔 시로 시단을 지배하고 있었고 40년대에는 딜런 토마스가 새로운 시풍을 주도하고 있었다. 엘리엇 풍의 지나친 이성주의와 오든 풍의 사회주의에도 싫증이 난 대중들은 새로운 시인들에게 주목하고 있었는데 이들이 바로 19세기 낭만시인들과는 좀 다른 뉴로만티스트들이었다. 그들은 창백한 지성으로 대표되는 현대의 이성주의자들에게 정면으로 반박하는 문학의 흐름을 주도하고 있었으며 무엇보다 인간을 포함한 자연의 생명력을 찬양하는 데 주된 관심을 보인다.

딜런 토마스는 영국 웨일스의 스완지에서 태어나 그곳에서 소시절을 보냈다. 전통적으로 영국의 대부분의 시인들은 옥스퍼드나 케임브리지에서 교육받은 최고의 지식인을 겸한다는 특징을 가지고 있지만 그는 대학은커 녕 중학교를 겨우 마친 학력이 전부였다. 또한 외형상의 인상에서도 그는 엘리엇처럼 이지적이지도 않고 예이츠처럼 감성적으로 보이지도 않는다. 약간 통통하고 뺨이 붉은 그는 생동감이 넘치는 악동처럼 보이는 것이다. 20세기 초 영국 문단에는 지나치게 감상적이고 퇴폐적인 세기말의 시에 대한 반성으로 모더니즘이 탄생했고 그것이 문학에 지적인 요소를 잔뜩 첨가했으며 시에서는 엘리엇, 소설에서는 제임스 조이스가 대표적인 작가였다. 알려져 있다시피 엘리엇은 그의 시에 방대한 독서를 통한 지식을 집어넣었고 조이스는 사람 심리의 심층구조를 파고들었다. 이것들이 시와 소설의 미학을 엄청 높여놓은 것은 사실이나 문제는 그것이 지나치게 어려운 사변적인 문학으로 되어버렸다는 것이다. 특히 엘리엇의 시는 다분히 지적인 우울이 그것의 지배적인 정서가 되어 시적활기를 결여할 수밖에 없는 것이었다. 토마스의 시는 암암리에 시적 활기를 기대하고 있던 독자들의 바람을 충족시키기에 충분했던 것으로 보인다. 토마스가 자연의 생명력에 관심을 보인 것은 웨일스의 시골구석에서 자라난 환경 탓도 있지만 그보다도 전반적으로 침체되어 있는 시적 분위기에 활기를 불어넣으려는 그의 의도와 무관하지 않다. 그가 P. H. 존슨(Johnson)에게 보낸 서한에서 토마스의 시적인 주장을 알 수 있다.

나는 육체를 바탕으로 일반적으로 죽은 육체를 바탕으로 시를 쓴다네. 적지 않은 현대 시인들이 살아 있는 육체를 하나의 대상으로 삼고 그들의 명석한 분석에 의하여 그것을 시체로 만들지만, 나는 죽은 육체를 선택해서 적극적인 믿음으로 그것을 살아 있는 육체를 만들어낸다네.

그의 시에서 문명적인 인식에 의하여 죽은 것으로 구분되는 것들이 생동하는 것으로 묘사되어 시에 활기를 불어넣어 주는 것은 이러한 그의 시적 태도와 관련이 있다. 당시 소설에서는 D. H. 로렌스(Lawrence)가 무엇보다 건강한 성을 통해 현대에 들어 점점 왜소해져가는 인간의 생명력을 되찾고자 하였는데 이것이 딜런 토마스와 비슷한 맥락이었다. 로렌스는 소설가로 많이 알려져 있으나 사실은 좋은 시인이기도 하다. 이세규는 토마스가 "시적인 언어나 리듬에 있어서는 홉킨스의 영향을 받고 문명적인 지식에 대한 거부반응을 보이고 있는 점에서는 로렌스와의 친근성을 드러내준다"라고 그의 박사학위 논문에서 지적하고 있다. 그의 시를 분류하자면 생명파라는 이름을 붙이는 것이 맞을 것이다. 그를 뉴로만티스트라고 부르기는 하지만 그의 시는 분명히 "조용함 속에서 회상되는 정서"에 의존하는 사색적인 워즈워스의 시와는 다르다. 또한 나른한 쾌락에 젖어들었던 세기말의 시인들과도 다른 건강한 생명성을 추구하는 시인이었으나 그 자신이 끝내 지나친 음주로 요절한 것을 보면 아이러니컬하기도 하다.

토마스는 아마 생명의 순환에 대해서 끊임없이 생각하고 또 생명 그 자체를 매우 즐겼던 듯하다. 다음은 그의 시 전반에 대해서 시사적이다. 빵 한 조각을 자르면서 시인은 많은 생각을 하고 있다. 빵은 한때 귀리였고 술은 한때 포도 열매였다. 그는 포도를 생각하면서 단순히 포도의 달콤함만을 생각하는 것이 아니라 그 단 맛을 형성하기 위해 녹아든 햇살의 힘과 바람의 향기를 생각하고 있다.

내가 쪼개는 이 빵은 한때 귀리였다.
이 와인은 이국의 나무에서
그 열매 속으로 뛰어든 것이다;
낮에는 사람이 밤에는 바람이
작물을 쓰러뜨렸다, 포도의 기쁨을 깨뜨렸었다.

한때 바람 속에서 여름의 피가
포도나무을 장식하는 살(열매)를 때려 박았다,
일단 이 빵 속에 들었지만
귀리는 바람 속에서 즐거웠었다;
사람이 태양을 깨뜨렸고, 바람을 끌어내린 것이다.

네가 쪼개는 이 살, 네가
혈관 속을 어지럽히는 이 피는,
관능적인 뿌리와 수액에서 태어난
귀리와 포도였다;
내 와인을 네가 마시고 내 빵을 너는 뜯어먹는 것이다.

This bread I break was once the oat,
This wine upon a foreign tree
Plunged in its fruit;
Man in the day or wind at night
Laid the crops low, broke the grape's joy.

Once in the wind the summer blood
Knocked in the flesh that decked the vine,
Once in this bread
The oat was merry in the wind;
Man broke the sun, pulled the wind down.

This flesh you break, this blood you let

Makes desolation in the vein,

Were oat and grape

Born of the sensual root and sap;

My wine you drink, my bread you snap.

―「내가 쪼개는 이 빵은」("This bread I break") 전문

한눈에 보아서 이 시는 종교적이다. 또한 이것이 생명의 순환을 말하고 있음은 쉽게 알 수 있다. 빵 한 조각을 자르면서 시인은 많은 생각을 하고 있다. 빵은 한때 귀리였고 술은 한때 포도 열매였다. 그 포도를 생각하면서 단순히 포도의 달콤함만을 생각하는 것이 아니라 그 단맛을 형성하기 위해 녹아든 햇살의 힘과 바람의 향기를 생각하는 것이다. 귀리도 그러하다. 낱알 하나가 만들어지기까지는 토양의 유기질과 물과 공기가 합성되어야 하는 것이다. 그런데 귀리는 그 대기 속에서 즐거웠다고 말하고 있다. 또한 여름의 피가 포도나무의 살을 형성케 하였다고 하는 것이다. 마지막으로 "관능적인 뿌리와 수액에서 태어난 귀리와 포도"는 나아가 생식행위를 암시하는 바가 있다. 살과 피란 바로 생명의 근본이 아닌가. 식사를 하면서 생명의 근본을 캐는 그 사유가 놀랍다.

생명에 대한 추구는 로렌스의 경우처럼 성에 대한 적나라한 묘사로 이어진다. 다음의 시는 섹스를 리얼하게 묘사하고 있다. 그리고 이것은 이 시인의 시에서 중요한 테마를 이룬다.

빛이 터진다 태양이 비치지 않는 곳에서;

바닷물이 흐르지 않는 곳에, 심장의 물이

조수 속으로 밀려 들어간다;

머리에 반딧불을 붙인 부서진 유령들,

즉 빛나는 것들이
뼈 없는 살 속을 줄지어 나아간다,

두 허벅지 사이의 촛불이
젊음과 씨를 덥히고 늙은 씨는 태워버린다;
거기서는 어느 씨도 움직이지 않으며,
사람의 열매는 별들 속에서 주름을 편다,
무화과처럼 밝게;
거기에는 밀랍도 없으며, 양초는 그 털을 보이게 한다.

눈의 뒤쪽에서 새벽이 밝는다;
두개골과 발끝의 양극에서 헛된 피가
바다처럼 미끄러진다;
울타리도 없이, 말뚝도 없이, 하늘의 유정(油井)처럼
미소 속에서 눈물의 기름을 알아채며
막대기에 내뿜는다.

Light breaks where no sun shines;
Where no sea runs, the waters of the heart
Push in their tides;
And broken ghosts with glowworms in their heads,
The things of light
File through the flesh where no flesh decks the bones,

A candle in the thighs
Warms youth and seed and burns the seeds of age;
Where no seed stirs,
The fruit of man unwrinkles in the stars,

Bright as a fig;
Where no wax is, the candle shows its hairs.

Dawn breaks behind the eyes;
From poles of skull and toe the windy blood
Slides like a sea;
Nor fenced, nor staked, the gushers of the sky
Spout to the rod
Divining in a smile the oil of tears.

　　　　　　　　　　　　　 ―「해 안 비치는 곳에 빛은 터오고」
　　　　　　　　　　　　 ("Light breaks where no sun shines") 부분

섹스의 과정을 이처럼 적나라하고 아름답게 표현한 시는 없었다. 예를 들자면 다우슨(Earnest Dowson)의 「시나라」("Cynara")와 같은 시도 섹스를 말하고 있으나 이처럼 구체적이지는 않다. 그런데 이 시에서의 섹스의 과정은 매우 상징적으로 처리되고 있어서 시적 기교가 눈에 띈다. 로렌스 소설의 절정은 가장 성을 아름답게 묘사한 『채털리 부인』(Lady Chaterley's Lover)이었다. 마찬가지로 토마스도 생명의 절정을 섹스에서 본 듯하다. 그는 성행위를 "암흑 속에서 빛이 터진다"고 묘사하고 있다. 뼈 없는 살이란 여자의 질, 빛나는 것들이라고 정충을 묘사함으로써 이 시는 시적인 생명을 얻는다. 생각하면 성행위란 얼마나 숭고한 것인가. 비록 인간들의 왜곡에 의해 추한 것으로 비칠 수는 있지만 참으로 훌륭한 생명창조 행위인 것이다. 이 시에서는 성을 계속 빛의 이미지에 연결시키고 있다. 2연에서도 매우 상징적으로 처리되어 뭐라고 집어 말하기는 힘들지만 사람의 열매나 무화과 같은 것들이 계속 언급되는 씨와 연결되어 생명의 근본을 말하고 있다. 3연에서의 "머리와 발끝 양 극에서 헛된 피가 바다처럼 미끄러진다"는 것도 역시 성행

위의 한 과정을 연상케 한다. 그 행위의 절정은 내뿜는 것으로 귀결되지 않
는가. 다음의 시도 좋은 예이다.

　　내가 문 두드려 살을 들여보내기 전,
　　액체의 손으로 자궁을 두드리기 전,
　　내 고향 근처의 요단강, 그 강물을 형성하던
　　물처럼 형체도 없던 나는
　　므넷사의 딸에게 형제였었고
　　아버지 정충의 누이였었다

　　봄이나 여름에도 귀 먹었던 나,
　　태양이나 달도 이름조차 몰랐던 나는,
　　아직도 흐물흐물한 형태로 있으면서,
　　내 살의 갑옷아래서 쿵쿵 떠받침을 느꼈다,
　　내 아버지가 그의 돔으로부터 꺼내 휘두르는
　　납빛의 별 떼, 비 뿌리는 망치를.

　　Before I knocked and flesh let enter,
　　With liquid hands tapped on the womb,
　　I who was shapeless as the water
　　That shaped the Jordan near my home
　　Was brother to Mnetha's daughter
　　And sister to the fathering worm.

　　I who was deaf to spring and summer,
　　Who knew not sun nor moon by name,
　　Felt thud beneath my flesh's armour,
　　As yet was in a molten form

The leaden stars, the rainy hammer

Swung by my father from his dome.

— 「내가 노크하기 전에」("Before I knocked") 부분

이 시에서는 생명으로 포태되기 전의 원초적인 모습을 묘사하고 있다. 아직 난자와 정자가 만나기 전 아메바의 모양으로 어머니의 자궁 속에 있던 존재, 그 존재에 생명을 불어 넣어 자신을 잉태시키기 위한 양친의 생명창조행위를 느끼고 있는 것이다. 그 형체가 생기기 전의 형태, 물처럼(그물도 서양인들에게 마음의 고향인 요단강의 물이다) 형체가 없고 꿈틀대는 벌레의 형제와 같던 그 상태에서, 봄도 여름도 느끼지 못하고 태양도 달도 모르던 그 원초적 상태에서 아버지의 성기가 어머니 속으로 들어와 두들기는 상황을 적나라하게 그리고 있는 것이다. 물론 이 상황이 그리 경건한 것으로 느껴지지는 않으나 또 추하다거나 난잡하다는 느낌을 주지도 않는다. 시인의 상상력이 여기에까지 미칠 수 있구나 하는 생각을 하게 만드는데, 어머니의 자궁 속에 있는 생명의 근원적인 존재에게 있어서 양친이 벌이는 성행위는 얼마나 우스꽝스러울까. 성을 시화하는 데 있어서 행위의 당사자가 아닌 생명의 수혜자의 입장에서 그린 경우는 이 시 밖에 없으리라.

토마스의 시는 전반적으로 성에 대해 지나치게 적나라한 경우가 많으나 그 자체가 목적이 아니라 삶과 죽음을 되풀이 하는 자연현상을 표현하기 위한 하나의 수단이었다. 그는 자연과 인간을 통합적으로 인식하고 있었다. 그러므로 생명의 탄생은 죽음과 함께 그의 지대한 관심사였다. 생명에 대한 추구는 필연적으로 유아기와 연결되게 되어 있다. 워즈워스가 "어린이는 어른의 아버지"라고 말한 바가 있지만 낭만시 류의 시일 수록 어린 시절에 대

한 추억과 아름다움에 집착하기 마련이다. 토마스의 대표작으로 꼽히는 시는 바로 뛰어난 어린 시절 회상시이다. 영국의 전원은 아름답기로 정평이 있지만 토마스가 자랐던 웨일스는 특히 아름답다. 그의 「시월의 시」("Poem in October")에서 다음 구절은 주목할 만하다.

물새들과 내 이름을 농장 위로 날리는
날개 돋친 나무들의 새들과 백마들과 함께
내 생일은 시작되었다
그리고 나는
비 내리는 가을에 일어나
내 모든 날들의 소나기를 맞으며 바깥을 걸어 다녔다.
밀물이 높이 일어나고 백로가 물에 뛰어들었다, 내가 동네의
변두리를 넘어 길을 나서고
잠이 깨면서
타운의 대문들이 닫힐 무렵에.

굴러가는 구름 속의 봄기운을 받은 종달새
지저귀는 검은 새들로 가득한 길가의 덤불
그리고 언덕의 어깨에 내리 쬐는
여름 같은
시월의 태양,
여기에 정다운 날씨가 있었고 목청 좋은 가수들이 별안간
아침에 찾아오는데, 거기서 나는 온통 헤매 다니며
내 발아래 멀리 있는 숲에서
비를 쥐어짜는 바람이
차갑게 부는 소리를 들었던 것이다

My birthday began with the water —
Birds and the birds of the winged trees flying my name
Above the farms and the white horses
And I rose
In rainy autumn
And walked abroad in a shower of all my days.
High tide and the heron dived when I took the road
Over the border
And the gates
Of the town closed as the town awoke.

A springful of larks in a rolling
Cloud and the roadside bushes brimming with whistling
Black birds and the sun of October
Summery
On the hill's shoulder,
Here were fond climates and sweet singers suddenly
Come in the morning where I wandered and listened
To the rain wringing
Wind blow cold
In the wood faraday under me.

— 「시월의 시」 부분

스완지는 웨일스 북부의 바닷가 지방이다. 여기서 아이의 생일을 여는 것은 물새와 나뭇가지에 가득히 앉았다가 하늘로 날아오르는 새떼, 하얀 말이었다. "날개 돋친 나무의 새"란 날아오르는 새떼와 무수히 팔락이는 나뭇잎의 조화로운 움직임을 묘사한 것이리라. 어린 눈에 이것들이 얼마나 아름답게 비쳤을까. 그리고 그에게 특히 기억되는 것은 가을 소나기를 맞으며 무엇 때문인지 온 종일 들판을 헤매던 날들이다. 어린아이에겐 작은 것들도 소중하기 마련이다. 바다는 풍성한 밀물로 기억되고, 물새는 그 풍성한 바다에 뛰어드는 백로로 기억되고 있다. 1연을 지배하는 하얀 색들은 무언가 신비롭고 아련한 느낌을 자아내고 있다. 그리고 다음 연에서 묘사된 봄의 종달새나 길가 관목에서 울어대는 검은 새들도 모두 그의 유년기를 즐거움과 경이로 가득 채웠을 것이다. 언덕의 어깨에 걸린 따뜻한 시월의 태양은 가을 해 답지 않게 정겹다. 비를 쥐어짜는 먼 숲의 바람 소리도 어린 토마스로 하여금 온갖 상상을 하게 하였을 것이다. 거기서 그는 어린 날을 보냈다. 그의 회상은 다음과 같이 평화로운 정경으로 이어진다.

이것들이 바로 한 소년이
죽은 이들의 여름철에 귀 기울이며
그 기쁨의 진실을
나무와 돌과 바다의 물고기에게 속삭였던 그 숲과 강과 바다였다.
그리고 그 신비는
생생하게 노래하고 있었다
물과 노래하는 새들 가운데서 잔잔히.

These were the woods the river and sea
Where a boy
In the listening
Summertime of the dead whispered the truth of his joy
To the trees and stones and the fish in the tide.
And the mystery
Sang alive
Still in the water and singing birds.

- 같은 시 부분

어릴 적의 회상이란 즐겁고 낙원적인 것이다. 토마스는 특히 숲과 강과 바다에 대한 회상이 강했으며 그것들과 내밀한 대화를 나누었던 것처럼 보인다. 그리고 그 모든 것이 신비로운 기억으로 남아 살아나는 것이다. 특히 눈에 띄는 것은 "죽은 이들의 말에 귀를 기울이며" 나무, 돌, 물고기와 속삭였다는 구절이다. 이것은 아이라기보다는 지혜로운 은둔자나 수도자의 모습이라고 해야 할 것이다. 아이의 눈은 맑다. 특히 천진한 아이는 세상의 순환 이치를 태생적으로 알고 있는지도 모른다. 이 시에서의 아이는 천상의 모습을 하고 있다. 그리고 그 신비로운 추억이 잔잔한 것이었다고 말하고 있다.

그리고 그의 대표작으로 애송되는 시 「편 힐」('Fern Hill')도 역시 어린 시절에 대한 회상이 주조를 이루고 있으며 뛰어난 자연예찬의 시다.

홍얼대는 집 둘레 능금나무 가지 아래
내 어리고 맘 편하며 풀이 푸르듯 즐거웁고
골짜기 위 밤하늘에 별이 돋았을 때
시간은 그 한창 때를
날 소리치며 신나게 기어오르게 했고
짐수레 사이에서 명예스러운 나는 능금도시의 왕자,
어린 옛날을 의젓이 나무와 잎사귀를
들국화며 보리랑 함께 끌며
요행의 햇빛 강물을 따라 내려갔었다.

내 푸르며 근심 없고, 즐거운 뜨락 헛간 사이에서
이름 드높아 들녘이 집인 듯 노래 불렀을 때,
단 한 번 어린 햇빛 속에
시간은 날 놀게 하여
그 풍성함 속에서 신나게 했고,

푸르고 금빛으로 빛나던 나는 사냥꾼이며 목동이었고,
송아지는 내 풀피리 따라 노래하고 산의 여우는 맑고 차게 울며
안식일의 좋은 천천히
거룩한 시냇물 조약돌 속에 울렸었다.

해 있는 종일 그건 흐르고 아름답고
집채만큼 높은 건초 밭, 굴뚝에서 새어나는 가락,
그건 대기요, 놀이며, 아름답고, 물 같고,
풀처럼 푸른 불이었으며,
밤마다 순결한 별빛 아래
내 말 탄 기분으로 잠들면 부엉이는 들을 실어가고,
달 있는 밤새, 난 외양간 사이에서 복되게 들었었다,
쏙독새가 건초더미랑 함께 날아가고
말들이 어둠 속에서 번쩍이며 들어가는 것을.

Now as I was young and easy under the apple boughs
About the lilting house and happy as the grass was green,
The night above the dingle starry,
Golden in the heydays of his eyes,
And honoured among wagons I was prince of apple towns
And once below a time I lordly had the trees and leaves
Trail with daisies and barley
Down the rivers of the windfall light.

And as I was green and carefree, famous among barns
About the happy yard and singing as the farm was home,
In the sun that is young once only,
Time let me play and be
Golden in the mercy of his means,

And green and golden I was huntsman and herdsman, the calves
Sang to my horn, the foxes on the hills barked clear and cold,
and the sabbath rang slowly
In the pebbles of the holy streams.

All the sun long it was running, it was lovely, the hay
Fields high as the house, the tunes from the chimneys, was air
And playing, lovely and watery
And fire green as grass.
And nightly under the simple stars
As I rode to sleep the owls were bearing the farm away,
All the moon long I heard, blessed among stables, the night-jars
Flying with the ricks, and the horses
Flashing into the dark.

—「편 힐」부분

이 시는 맘껏 뛰어노는 시골 소년의 하루를 그리고 있다. 이 시의 배경
은 웨일스 서남부에 있는 숙모의 농장이다. 시의 1연에서 말하고 있는 것은
어린 장난꾸러기의 행복한 활동성이다. 그 농장은 늘 노래를 흥얼거리는 집
이고 어린 그는 푸른 풀처럼 즐거웠다. 밤이 되면 골짜기는 별자리로 찬란
하고 능금나무가 많았던 그 농장에서 아이는 짐수레 주변을 뛰어다니며 왕
자처럼 뻐겼던 것 같다. 아이가 햇빛이 쏟아지는 강물을 따라 뛰어가면 나
무와 잎사귀 들국화와 보리 등이 아이의 뒤를 따라 함께 일렁이는 것으로
묘사되고 있다. 세상의 주인공이었던 이 아이에게 있어서 부족한 것은 아무
것도 없어 보인다. 2연에서의 그 행복한 시간 속에서 "그는 사냥꾼이며 목
동이었고 송아지는 뿔피리에 맞추어 춤춘다"는 구절은 무엇보다 이 시인의
환상적 기질을 말해주는 것이며 다소 동화적이라고도 할 수 있다. 2연에서

가장 돋보이는 부분은 "여우가 맑고 차게 짖는다"라는 구절과 "시냇물의 조약돌에 일요일 교회 종소리가 울린다"는 구절이다. 이 둘은 매우 감각적인 표현으로서 여우의 야멸찬 울음과 동글동글한 조약돌에 종소리가 땡그랑땡그랑 반향되는 모습을 감각으로서 상상하게 만드는 것이다. 사실 물속의 조약돌에 종소리가 반향을 일으킨다는 것은 시인의 상상에 의해서만 가능하다. 땡땡 울리는 동그란 음향과 조약돌의 동그란 형상도 조화를 이루며 청각과 시각적 감각을 한껏 자극하고 있다. 다음 연에서 아이의 눈에 비친 집채 같은 건초더미, 마치 노래가 울려나오는 듯한 굴뚝도 역시 그러하다. 하루 종일 신나게 뛰어놀다가 스르르 잠드는 그 기분을 "말 타고 흔들리는 기분으로"라고 표현하고 있다. 아이가 잠들어 있는 동안에도 부엉이는 날아다니고 쏙독새가 날아들어 오고 말들이 어둠 속에서 하얗게 걸어 들어오는데, 이 시는 전반적으로 매우 환상적이다. 이것이 현실에 바탕을 두고 있지 못하다는 약점이 될 수도 있으나 손에 잡힐 듯한 감각들을 동원하고 있어서 매우 리얼하게 읽힌다. 또한 영어로 읽으면 그 소리가 매우 훌륭하다는 것을 귀로 느낄 수 있다.

「펀힐」의 마지막 부분은 그 아름다운 환상적 유년기를 말하면서도 시간의 흐름에 의해서 그 모든 낙원적인 요소가 시들어가는 것에 대한 한탄이다. 근본적으로 어린 시절의 천진무구함을 그리워한다는 것은 어른으로서의 생활에 만족스럽지 못하다는 얘기이기도 하다. 토마스는 그 기질상 어른 아이였을 가능성이 많다. 아마 죽을 때까지 유년기의 평화와 생명력을 그리워하였을 것이다. 그의 시 중에서 아주 초기에 속하는 다음의 시에서 그것을 읽을 수 있다. 그는 젊어서부터 근본적으로 시간이 흐름에 따라 자신에게서 아이적인 요소와 우주적인 생명력이 소멸되어가는 것에 대하여 의식하고 두려워하고 있었던 듯하다.

푸른 도화선을 통해서 꽃을 몰아가던 힘이
나의 푸른 나이를 몰아간다; 나무뿌리를 시들게 하는 힘이
나의 파괴자다.
그런데 나는 벙어리 되어 구부러진 장미에게 말할 수 없다
내 청춘도 똑같은 겨울 열병으로 굽어졌음을.

바위 사이로 물을 흘러가게 하는 힘이
나의 붉은 피를 몰아간다; 하구의 강물을 마르게 하는 힘이
내 피를 밀랍으로 굳게 한다.
그런데 나는 벙어리처럼 내 혈관에게 말할 수 없다
어떻게 산의 수원지를 똑같은 입으로 빨아들이는지를...

The force that through the green fuse drives the flower
Drives my green age; that blasts the roots of trees
Is my destroyer.
And I am dumb to tell the crooked rose
My youth is bent by the same wintry fever.

The force that drives the water through the rocks
Drives my red blood; that dries the mouthing streams
Turns mine to wax.
And I am dumb to mouth unto my veins
How at the mountain spring the same mouth sucks.

　　　　　　　　　　　　　　　　－「꽃을 몰아가는 힘」
　　　　("The force that through the green fuse drives the flower") 부분

줄기에 에너지를 불어넣어 꽃을 피워 올리는 힘이 내 초록색 청춘을 움
직이던 힘이다. 또한 뿌리를 시들게 하는 힘은 파괴자다. 식물이 그러하듯

젊은 시인도 그런 과정을 그대로 겪게 될 것이다. 꽃의 생장 소멸은 1년 안에 한 과정을 마치므로 분명해 보이지만 사실 인간도 그 과정을 그대로 겪게 마련이다. 토마스는 청년기부터 이토록 죽음을 생각하고 있었던 모양이다. 1연의 마지막 행은 세기말 시를 연상케 하는 면이 있다. "구부러진 장미"나 "겨울 열병"이 바로 그것이다. 2연은 좀 더 과학적이다. 돌밭에 물을 흘러가게 해주던 힘이 바로 내 피를 돌게 하는 에너지이고 강을 마르게 하는 힘이 내 피를 굳게 한다. 마치 이 시인이 현대적 질병인 고혈압이나 혈전 같은 것을 예감이라도 하고 있는 듯한 모습이다. 노화한다는 것은 결국 혈관이 굳어가는 진행현상이다. 이 시인은 그런 사실을 잘 알고 있었던 듯하다.

인용구절의 다음 연에서는 "시간의 입술이 샘의 머리통을 빨아들인다"(The lips of time leech to the fountain head)라고 말하고 있다. 시간이 생명의 원천을 빨아들인다는 것은 의미심장하다. 시간이 끝없이 생명을 빨아들인다는 생각은 아주 인상적이다. 시간의 흐름에 의해 상실되어가는 생명력이야 누구나 의식하는 것이지만, 마치 거머리가 피를 빨 듯이 시간이 생명력을 빨아 고갈시킨다는 폭력적인 표현은 홉킨스의 시를 연상하게 한다. 꽃을 보면서 생명의 근원과 소멸을 함께 생각하는데, 그 소멸됨이 그냥 조용히 삭아드는 것이 아니라 힘껏 빨아들여지는 것으로 생각한다. 반복되는 말이지만 그는 젊어서부터 시간의 흐름에 의해 상실되어가는 생명력에 대한 의식이 많았던 것 같다. 이 시에서 반복되고 있는 것은 "나는 지금 말할 수 없다"는 구절이다. 이 시의 제목인 "꽃을 몰아가는 힘"이란 줄기에 에너지를 불어넣어 꽃을 피워 올리는 힘이다. 그것이 끊어지면 뿌리를 시들게 하는 것은 당연하다. 시의 테마는 "모든 인간, 동물, 식물이 똑같은 창조와 파괴의 힘에 지배당하고 있다"는 것이다. 이 시에서 말하고 있는 것은 창조와 파괴의 과정이며, 생명력을 찬양하는 것도 비난하는 것도 아니라고 레이먼 스티븐스(Raymond Stephens)는 말한다. 이 시는 단순히 생명을 찬탄하는 시가 아니라 한편으로 생명을 피어나게 하는 힘을 보면서 종국에는 그것이 죽음 및 파괴로 이어짐을 보고 있다는 것이다. 토마스는 청년기부터 생명과 죽음을 깊이 생각하고 있었으며, 그의 가장 큰 관심사는 탄생과 죽음 그리고 섹스였다고 한다.

이 시에 나타난 시인의 생각은 예사롭지 않다. 꽃을 보면서 그냥 피상적 감상에 그치지 않고 그 생명의 근원과 소멸을 깊이 생각하고 있는 것이다. 그리고 시인이 계속 말하고 있는 것은 생명력에 대한 갈구이다. 지금 그는 젊지만 죽어가고 있다. 실제 죽어가고 있는 것이 아니라 어려서의 그 왕성하고 충만하던 생명력을 잃어가고 있는 것이다. 이 시는 딜런 토마스의 대표시 가운데 제일 먼저 언급되는 초기시이다. 그 젊은 날에 이런 시를 썼다는 것은 그만큼 생명에 대한 갈구가 강했다는 말도 되고 생과 사의 문제에 대하여 집착하고 있었다는 말도 된다. 그는 서른아홉이라는 많지 않은 나이로 지나친 음주와 과로 때문에 죽었다. 우리가 이 시인의 시에서 읽은 것은 생명에 대한 끊임없는 추구와 그 생명이 가장 왕성했던 어린 날에 대한 아름다운 추억이다.

결국 그는 과거지향적인 시인이었다. 또한 그의 시의 성격을 결정짓는 요인 중 하나가 토박이 웨일스 인의 기질이라는 사실은 주목할 필요가 있다. 웨일스 인들은 아이리시들과 마찬가지로 켈트족이며 기질상 몽상적 환상적이다. 안개 젖은 호수에 희미하게 비치는 침엽수, 혹은 아련하게 들리는 요정의 노랫소리 등을 끊임없이 상상하게 만드는 켈트의 핏줄이 그에게 흐르고 있었다는 것이다. 끊임없이 생명의 충만함과 아름다움을 추구하면서 시에 환상적인 면모를 계속 흘려 넣고 있는 것은 그의 태생적 기질에서 연유하는 것이다. 그는 서른아홉이라는 많지 않은 나이로 지나친 음주와 과로 때문에 죽었다. 그는 사실 현실의 삶과 맞부딪힐 수없는 사람이었으며 로렌스처럼 자신을 어린 시절로 되돌리던 사람이었다고 한다. 모두들 그를 아이라고 불렀으며 그 스스로 아이가 되어버렸다고 한다. 토마스의 죽음에 대해서는 모두 장난처럼 생각했다고 한다. 그의 일화로 잠에 취한 그를 깨우기 위해서 술병을 입에 틀어박았다는 등 온갖 장난스러운 왜곡이 나돌았다고 한다.

널 코코런(Neil Cocoran)은 1940년대 당시의 신낭만파운동에 대하여 "시가 외과의사의 가운과 조끼를 벗어던지고 다시 음유시인의 긴 옷을 걸치게 된" 운동이라고 말했다. 또한 토마스는 자기 자신을 "사람을 좋아하며 그 중에도 특히 여자를 좋아하는 웨일스 인이며 주정뱅이"라고 토로한 적이 있다고 한다. 즉 술과 여자를 좋아했던 토마스에게는, 30년대를 지배하던 분석적이고 철학적인 골똘한 사유가 체질에 맞지 않았고, 살아 있음 그 자체가 즐거웠던 것이다. 딜런 토마스에 대해서 데이비드 데이셔스(David Daiches)는 "우리 시대의 가장 시적인 시인"이었다고 평가하며 그의 기질을 "분별없고(reckless), 혼란스럽고(flamboyant), 순진하며, 음란하고, 술 좋아하는" 것이라고, 또 그의 시는 전반적으로 "낭만적 야성"(romantic wildness)으로 가득하다"고 평했다. 이러한 배경 속에서 그의 생명력 넘치는 시가 탄생한 것이다. 또한 토마스의 시는 말의 음악성에 매우 몰두하고 있다. 토마스는 그의 생애 말기 아메리카 대륙을 떠돌며 그의 시를 낭송했었다. BBC 방송에서 그가 시낭송을 하도록 주선했던 이는 토마스의 목소리를 따뜻하고(warm) 풍부하며(rich) 침침하고(dark) 위안해주는(soothing) 것이라고 표현했다. 또한 칼 샤피로(Karl Shapiro)는 그의 낭송에 대하여 "청중 속으로 뛰어 들어 갔는데, 청중들은 나무의 꽃송이들을 일거에 떨어뜨리는 광풍과도 같은 독특한 비브라토, 즉 들뜨고, 고뇌하는 낭송의 목소리가 그들의 머리 위에서 쏟아지는 것을 들었다'고 말했다. 또 애커만은 "토마스의 시가 큰소리로 읽은 다음 더 쉽게 이해되는 것은 그것의 구조에서 음향적 패턴이 얼마나 중요한지 입증하는 것이다'라고 말했다. 이런 것들은 자신의 시를 눈으로 읽기보다는 소리 내어 읽어주기를 원했던 선배 홉킨스를 그대로 떠올리게 한다.

| 참고문헌 |

이상섭 역. 『시월의 시-토머스』. 서울: 민음사 세계시인선, 1975.
이세규. 『시적 에너지의 미학』. 충남대학교 대학원 박사학위논문, 1992.
Ackerman, John. *Dylan Thomas: His Life and Work*. London, Hampshire: Macmillan Academic and Professional, 1991.
C. B. Cox Ed. *Dylan Thomas: A Collection of Critical Essays*. New Jersey: Prentice Hall Inc., 1957.
Davies, James. A. *A Reference Companion to Dylan Thomas*. Westport Connecticut: Greenwood P, 1998.
Paul Ferris Ed. *The Collected Letters of Dylan Thomas*. London: J. M. Dent, 1985.

9

필립 라킨(Philip Larkin, 1922-1985)

─ 잔잔한 사실묘사의 시

필립 라킨은 독특한 시인이다. 1950년대 영국의 대표시인이었던 그는 평생 결혼을 하지 않고 독신으로 지낸 도서관 사서였으며 그런 사람답게 괴팍한 면이 있다. 그러나 그의 시는 서구의 시에서 중요한 맥의 하나인 시니시즘(냉소주의)을 품고 있어서 독자들로 하여금 읽을수록 빠져들게 만드는 매력을 가지고 있다. 영시의 흐름을 크게 둘로 나누자면 고전주의와 낭만주의적인 특성으로 나눌 수 있다. 낭만주의는 19세기 들어서 워즈워스와 콜리지에 의해서 크게 일어난 시운동으로 유명하지만 의외로 고전주의에 대해서는 확실한 개념을 잡지 못하는 이들이 있다. 이 둘을 가장 단적으로 비교하자면 낭만주의는 상상력의 발산이고 고전주의는 상상보다는 현실에의 안착이다. 낭만주의문학은 그 분방한 상상력으로 문학의 지평을 마음껏 넓혔다. 고전주의는 그들이 넓혀놓은 지평을 다지고 닦아서 반짝이게 하였다. 영국의 시는 이 고전주의와 낭만주의가 번갈아 번성함으로써 이상적인 문학형태로 발전하였다. 셰익스피어의 문학은 낭만주의에 해당한다. 셰익스피어가 영어라는 언어에 끼친 영향이 얼마나 지대한지는 언급할 필요가 없어 보인다. 그리고 그 분방하고 다양한 상상력에 대해서도 마찬가지다. 그러나 18세기 닥터 존슨이나 알렉산더 포프의 역할도 결코 이 못지않게 중요하다. 한껏 풍부해진 영어의 어휘와 표현력을 다지고 갈고 닦아서 반짝이게 하였던 이들이 바로 고전주의자였던 것이다.

40년대 영국의 시단을 지배하던 이가 딜런 토마스임은 앞에서 언급한 바가 있다. 이 자유분방한 주정뱅이는 성적 자유와 생명예찬을 부르짖으며 아메리카 순회 시낭송 여행을 하다가 쓰러졌다. 바이런도 그러했고 19세기 말 오스카 와일드, 어니스트 다우슨 등의 시인들도 그런 류의 삶을 살았다. 그들에 반하여 라킨은 고전주의자에 해당한다. 근본적으로 여성에 대한 사랑이라는 것을 부정하고, 낭만적 방탕에 대하여 무책임한 짓이라고 차갑게 비웃고 있었을 이 시인의 시는 그야말로 단단한 현실감의 연속이다. 평생 헐 대학 도서관의 사서로 성실하게 일하며 거기서 받는 급료 이상의 것을 탐하지 않았고 여인과의 사랑에 드는 시간과 금전의 낭비를 원치 않았던 이 시인은 분명코 낭만시인들과는 정반대의 기질을 가진 사람이다. 그에게서 풍기는 인상은 "큰 키에 대머리, 도수 높은 안경, 바짓가랑이에 크립을 매고 자전거를 타고 다니는 모습"이었다고 한다.

어떻게 생각하면 라킨은 좀 재미없는 시인일 수도 있다. 그의 시에서는 무슨 기발한 발상이나 상상이나 엘리엇 식의 심오함도 보이지 않는다. 좀 덤덤해 보이는 것이 그의 시라 할 것이다. 우선 그가 젊은 날 쓴 「혼인날 바람」("Wedding Wind")이라는 시를 보자. 결혼 후 첫날밤을 맞은 신부가 시적 화자이다. 혼인날 밤에 몰아치는 바람이 이 시의 주인공처럼 묘사되고 있다.

> 바람은 내 결혼 날 종일을 불었다,
> 그리고 내 결혼 초야는 센 바람이 부는 밤이었다;
> 마구간의 문이 탕탕거렸다, 자꾸 자꾸,
> 그래서 그는 그것을 닫으러 가야 했다, 등잔불 아래
> 멍하니, 빗소리를 들으며,
> 촛대 위의 내 얼굴을 바라보지만,
> 사실은 아무것도 보지 않는 나를 두고
> 그는 말들이 안절부절 못하고 있다고 말했다, 그래서 나는 슬펐다
> 그날 밤 어느 사람도 짐승들도 내가 누린 행복을
> 갖지 못하고 있음에.

> The wind blew all my wedding-day,
> And my wedding night was the night of the high wind;
> And a stable door was banging, again and again,
> That he must go and shut it, leaving me
> Stupid in the candlelight, hearing rain,
> Seeing my face in the twisted candlestick,
> Yet seeing nothing. When he came back
> He said the horses were restless, and I was sad
> That any man or beast that night should lack
> The happiness I had.

> — 「혼인날 바람」 부분

낮부터 불던 바람이 밤이 되면서 더욱 거세어지는 것으로 되어 있다. 바람이 몰아치니 외양간의 문이 탕탕 소리를 치고 신랑은 나가서 문단속을

하게 된다. 바깥의 소란에 대처하기 위해 나간 신랑에 비하여 빈방에 혼자 남은 그녀는 불빛 아래 비바람 소리를 들으며 뭔가를 보려하지만 아무것도 보지 못한다. 이윽고 신랑은 돌아와서 말들이 안절부절 못하더라는 소식을 전해주는 것이다. 여기에는 별다른 사건이 없다. 그러나 요란스럽게 비바람 몰아치는 바깥과 안온한 침실의 분위기는 좋은 대조가 된다. 세상이 왜 나와 같은 행복을 공유할 수 없을까 생각하는 새댁은 순진해 보이는데 인상적인 구절은 "비꼬인 촛대에 내 얼굴을 비춰보나/ 아무것도 보지 않는다"는 부분이다. 이것은 그녀가 촛대에 비치는 자신의 얼굴을 물끄러미 바라보고 있음을 의미하는데 다른 생각을 하고 싶지 않은 상태를 말하는 것이다.

시의 2연에서는 다음날 아침 풍경을 말하고 있다. 아직도 바람은 강하게 부는데 신랑은 도랑물을 보러 나가고 새댁은 깨어진 물통을 들고 닭장으로 가는 것이다. 하늘에서는 구름이 바람에 날려가고 멀리서 숲이 우우 운다. 이 소란스러운 풍경이 무슨 거창한 의미를 띠는 것은 아니다. 오히려 이 것이 이 농촌가정의 평화로운 일상을 부각시킬 뿐이다. 시의 끝에는 다음과 같은 인상적인 구절이 보인다.

죽음이라 하여 이 새로운 기쁨의 호수를
마르게 할 수 있을까, 소처럼 이 너그러운 물가에
무릎 꿇고 앉아 있는 우리를 끝장낼 수 있을까?

Can even death dry up
these new delighted lakes, conclude
Our kneeling as cattle by all-generous waters?

— 같은 시 부분

새로이 생겨 바람에 찰랑대는 물웅덩이들을 즐거운 호수라고 말한다. 그리고 거기에 무릎 꿇고 물을 마시는 가축처럼 자신이 이 자연의 변화를 즐겨 맞이하고 있음을 말하고 있다. 비 갠 뒤의 하늘은 얼마나 상쾌한가. 간밤의 그 모진 비바람 가운데 따뜻한 신혼의 밤을 보낸 것도 행복한데 비개고 바람 상쾌하고 마당에는 맑은 웅덩이들이 찰랑대고 지금 새색시의 기분은 지복의 상태일 것이다. 이것은 무언가를 상징하는 것처럼 보이기도 하지만 라킨의 성향으로 보아 이것은 있는 그대로를 사실적으로 그린 것에 지나지 않는다.

그의 대표작으로 꼽히는 「교회방문」("Church Going")이라는 시에서도 그것은 두드러진다. 라킨이 기독교인이었을 리는 없다. 지나가다가 그는 비어 있는 교회를 들어간다. 그것은 그가 신앙심이 우러나서라거나 문화적 유산에 관심이 생겨서는 아니다. 그냥 열려있기에 들어간 그 교회에서의 시인의 행동은 참으로 단조롭다.

일단 나는 아무도 지나가는 이가 없다는 것을 확인하고
발걸음을 들여 놓는다, 문이 탕 닫히도록 버려둔 채.
하나의 교회다: 매트와 시트와 돌
그리고 작은 책들; 주일예배를 위해 잘리었으나
지금은 갈색으로 시든 흩어진 꽃들; 몇몇 놋제품과 비품들이
거룩한 끝에 놓여 있다; 작고 깔끔한 오르간;
그리고 긴장되고, 곰팡내 나며 무시할 수 없는 침묵,
얼마나 숙성되었는지 하느님만 알고 있는 침묵. 모자를 쓰지 않았던, 나는
자전거 크립을 어색한 경건 속에서 벗고,

앞으로 나간다, 성수반 주변을 손으로 쓰다듬는다.
내가 서 있는 곳으로부터, 지붕은 거의 새 것처럼 보이는데—

청소되고 보수되었을까? 누군가는 알리라: 나는 모른다.
연단 위로 올라가, 나는 허세를 부리며
몇 줄 웅대한 스케일의 시편을 읽는다, 그리고
"여기까지 입니다"라고, 내가 의도했던 것보다 더 크게 선언한다.
메아리가 잠깐 낄낄댄다. 다시 현관문으로 돌아와
나는 책에 서명한다, 6펜스 아이리시 동전을 기부하며,
이곳은 들를 만한 곳이 못되었다고 생각해 본다.

Once I am sure there's nothing going on
I step inside, letting the door thud shut.
Another church: matting, seats, and stone,
And little books; sprawlings of flowers, cut
For Sunday, brownish now; some brass and stuff
Up at the holy end; the small neat organ;
And a tense, musty, unignorable silence,
Brewed God knows how long. Hatless, I take off
My cycle-clips in awkward reverence,

Move forward, run my hand around the font.
From where I stand, the roof looks almost new—
Cleaned or restored? Someone would know: I don't.
Mounting the lectern, I peruse a few
Hectoring large-scale verses, and pronounce
"Here endeth" much more loudly than I'd meant.
The echoes snigger briefly. Back at the door
I sign the book, donate an Irish sixpence,
Reflect the place was not worth stopping for.

― 「교회방문」 부분

시의 화자는 주변을 일단 둘러보고 흔한 (또 하나의)교회에 들어간다. 그리고 문이 탕 닫히도록 내버려두고서 교회의 매트와 시트, 작은 성경책들, 이젠 갈색으로 시든 꽃잎들, 작고 깔끔한 오르간, 엄숙하게 서 있는 금관파이프 등을 찬찬히 훑어본다. 전혀 성스러운 장소를 찾는 엄숙함이 보이지 않지만 그러다가 "무시할 수 없는 고요"를 느끼며 경건하게 안경을 벗어든다. 그리고 앞으로 나아가 성수반을 만져본다거나 시편을 암송하다가 마지막을 일부러 크게 발음한 다음 그 울림이 너무 큰 데 대해서 스스로 놀라며 어색해지기도 한다. 그 행위는 그가 돌아서서 나오며 (거의 무가치한)6펜스 아일랜드 동전을 기부함에 넣는 데서 절정에 이른다. 이 행위는 무엇을 의미할까? 마치 장난꾸러기 아이가 빈 교회에 들어가서 하는 짓과 같은 행동은 독자들로 하여금 웃음을 짓게 하는 바도 있다. 이 인용구는 시의 첫 두 연이다. 대부분의 경우 영시는 시의 초반부에서 배경묘사를 하기 좋아하지만 이 시의 경우는 워낙 잔잔하게 그 묘사가 이루어지고 있다. 시에서 테마로 삼고 있는 하고자 하는 말보다 이 다소 장난스러운 부분이 더 재미있다. 그리고 시의 전반을 지배하는 것은 사실성이다. 시의 후반부에서는 엉뚱한 생각도 해보는 것이다.

………………나는 궁금한 것이다
누가 마지막 사람, 정말 마지막 사람이 될 것인지,
이 건물을 원래의 목적으로 찾는 이로서; 강단후면의 상태가
어떤지 두드려보고 만져보고 알아볼 탐사자 중의 하나로?

……………I wonder who
Will be the last, the very last, to seek
This place for what it was; one of the crew

That tap and jot and know what rood-lofts were?

- 같은 시 부분

이 교회건물은 어쨌든 조금씩 파손되어가고 있다. 그리고 원래의 목적도 점점 불분명해질 것이다. 여기서 시인은 재미있는 상상을 하고 있다. "이 건물의 원래 목적을 위해 찾아오는 마지막 사람은 과연 누구일까?" 점점 종교는 힘을 잃어가고 있고 교회당 건물은 관광객들의 방문지로 전락해 가고 있는데 이 조그만 교회는 과연 얼마나 버틸 수 있을까? 그리고 그 마지막 방문객은 나와 같은 사람일까? 이 건물의 효용성이 뭔지는 확실치 않으나 (그가 결코 기독교인은 아닐 테니) 여기 조용히 서 있는 자체가 그를 기쁘게 한다. 이 집은 그야말로 진지한 집이다. 그런데 이 집에서의 혼동된 공기 속에서 시인은 한편으로 즐겁고 한편으로 당혹한 상태로 서 있는 것이다("여기 고요히 서 있는 것은 나를 기쁘게 한다; / 진지한 땅 위의 진지한 집이다, 이곳은"(It pleases me to stand in silence here; / A serious house on serious earth it is,)). 교회 마당에 묻혀있는 무수한 망자들과 함께......

이 시의 전반적 분위기는 참으로 잔잔한 상황전개이다. 아무런 특별한 사건도 사람도 없다. 그냥 자전거를 타고 시골길을 달리다가 역시 시골의 작은 교회에 들러 거기서 온갖 생각을 다 해보는 것이다. 거기에는 종교적 신앙심도 아니고 경건한 명상도 없다. 과연 이 교회는 얼마나 지탱될까? 나중엔 부스러져 무엇이 남을까? 엉뚱하기 짝이 없는 생각들만 늘어놓는 것이다. 「성신강림일의 결혼식」("The Whitsun Weddings")의 전개도 비슷하다. 시적 화자는 기차를 타고 여행을 하고 있는 것이다. 시의 처음에 펼쳐지는 주변 풍경묘사는 치밀하다.

그 성신강림절, 나는 느지막하게 출발했다.
햇살 내리 쬐는 토요일
1시 20분이 되어서야 비로소,
좌석의 3/4이 빈 내 기차는 출발했고,
창문은 모두 내려지고, 쿠션은 모두 뜨뜻했고, 서둘러야 한다는
느낌은 모두 사라졌다. 우리는
눈부시게 반짝이는 방풍유리의 길 하나를 건너,
부두의 비린내를 맡으며, 주택들의 뒤를 달렸고, 거기서부터
강의 평평하게 흘러가는 폭은 시작되고,
하늘과 링컨셔와 물이 만나는 것이었다.

오후 내내, 섬(브리튼)의 여러 마일을 내내 잠재우는
높은 열기를 뚫고,
남쪽으로의 느릿하고 자주 정차하는 커브를 우리는 계속하고 있었다.
넓은 농장이 지나가고, 짧은 그림자의 소떼, 그리고
산업의 거품을 띄우고 있는 운하들이 지나갔다,
비닐하우스들이 기묘하게 반짝였다. 울타리들이 가라앉았다
솟구치곤 했다: 그리고 이따금씩 풀의 냄새가
단추 달린 기차의 천에서 나는 냄새들을 날려 보냈다,
새롭고 설명되지 않은 다음의 타운이
여러 에이커에 걸쳐 널린 폐차들과 함께 다가올 때까지.

처음에는, 결혼식이라는 게 우리가 정차하는
역마다에서
어떤 소음을 내는지 몰랐다. 햇볕은 그 그늘에서
어떤 일이 벌어지는 지에 대한 관심을 주지 못하게 한다,
그래서 나는 그 길고 서늘한 플랫폼을 따라 들려오는 외침소리와 새된 소리를
우편물을 쳐들고 종달새처럼 노래하는 포터들인 줄로 생각하고,
계속 독서에 빠져 들어갔다.

All afternoon, through the tall heat that slept
For miles island,
A slow and stopping curve southwards we kept.
Wide farms went by, short-shadowed cattle, and
Canals with floatings of industrial froth;
A hothouse flashed uniquely: hedges dipped
And rose: and now and then a smell of grass
Displace the reek of buttoned carriage-cloth
Until the next town, new and nondescript,
Approached with acres of dismantled cars.

At first, I didn't notice what a noise
The weddings made
Each station that we stopped at: sun destroys
The interest of what's happening in the shade,
And down the long cool platforms whoops and skirls
I took for porters larking with the mails,
And went on reading.

— 「성신강림일의 결혼식」 부분

묘사된 풍경들은 정말 섬세하다. 기차 안의 상태, 스쳐지나가는 주택의 뒷모습, 비린내 나는 부두, 넓은 강이 일단 치밀하게 묘사된다. 이어 묘사되는 비닐하우스는 독특하게 반짝이고 울타리들은 꺼졌다 솟구쳤다를 반복하고 소들이 짧은 그림자를 끌고 서 있고 넓은 농장이 지나가고 산업화의 거품을 띄운 강들이 지나가고……차창에 펼쳐지는 이런 것들을 바라보며 시인은 책을 읽거나 생각에 잠겨 있다. 영국의 시골은 아름답기로 정평이 나있다. 게다가 날씨는 더워서 "여러 마일의 영국 섬을 잠재울 정도의 열기"를

뚫고 달리는 것이다. 그런데 기차가 어느 소읍에 당도할 무렵 시인은 그 곳
이 좀 번잡하다는 것을 느끼는데 그 번잡함의 묘사도 역시 훌륭하다. 이 작
은 마을에 결혼식이 진행되고 있는 것이다. 처음에 무심하게 창밖을 내다보
던 시인은 머리에 포마드를 바른 촌스러운 계집아이들이 웃으며 계속 기차
를 빤히 바라보고 있는 것을 느낀다. 그리하여 시인은 그 광경을 좀 더 세밀
하게 살피게 되는 것이다.

> 아비들은 그들의 정장 아래 넓은 벨트를 하고
> 천박한 이마를 하고; 어미들은 요란하고 뚱뚱하고
> 삼촌들은 음담패설을 지껄이고; 그리고 파마머리,
> 나일론 장갑과 보석 장신구들,
> 레몬, 연보라, 그리고 올리브-황토색 같은 것들이
> 소녀들을 나머지 사람들로부터 눈에 확 띠게 했다.
> ⋯⋯⋯⋯⋯⋯⋯⋯⋯⋯⋯⋯⋯열의 저 아래
> 새 커플이 기차에 오른다. 나머지 사람들은 둘러서 있었다,
> 마지막 색종이 폭탄과 충고가 쏟아지고,
> 그리고 기차가 움직이자, 각 얼굴들은 눈앞의 것이
> 떠나는 것을 확인하려는 듯했다: 아이들은 따분한 것에
> 얼굴을 찡그리는데; 아비들은 그런 거 몰랐다

> The fathers with broad belts under their suits
> And seamy foreheads; mothers loud and fat;
> An uncle shouting smut; and then the perms,
> The nylon gloves and jewelry-substitutes,
> The lemons, mauves, and olive-ochers that
> Marked off the girls unreally from the rest.
> ⋯⋯⋯⋯⋯⋯⋯⋯⋯⋯⋯⋯⋯All down the line

Fresh couples climbed abroad: the rest stood round;
The last confetti and advice were thrown,
And, as we moved, each face seemed to define
Just what it saw departing: children frowned
At something dull; fathers had never known

— 같은 시 부분

아버지들은 정장 아래 허리에 넓은 벨트를 하고 이마에 땀을 흘리고 있으며, 어머니들은 살찐 몸매에 큰 소리로 떠들고 삼촌들은 음탕한 이야기를 떠들어대고 있다. 다소 저질스런 어른들에 비하여 소녀들은 그 상큼한 복장과 싱그러운 표정에서 단연 돋보인다. 저 위에 있는 웨딩홀, 마차 등을 비롯하여 모든 결혼의식은 끝나가고 있는 것이다. 이윽고 새로운 커플이 기차에 오르고 나머지 사람들은 그 주변을 둘러싼다. 마지막 축복의 색종이 세례와 충고가 쏟아지고 있다. 기차는 출발하기 시작하는데 그때 시인은 사람들의 얼굴에서 이젠 떠나는구나 라는 표정을 읽는다. 그리고 그 다음 무언가를 보고 찡그리는 아이들의 표정이 재미있다. 사람들의 반응도 그렇다. 사람들은 제각기 큰 짐을 덜어놓은 듯한 홀가분한 표정으로 바뀌는 것이다("여자들은 비밀을/ 행복한 장례식인양 나누었다;/ 반면에 소녀들은, 그녀들의 핸드백을 더 꽉 쥐고 바라보았다/ 종교적인 상처를."(The women shared/ The secret like a happy funeral;/ While girls, gripping their handbags tighter, stared/ At a religious wounding.)). "행복한 장례식"이라는 말과 "종교적 상처"란 말이 재미있다. 왜 결혼을 그렇게 비유할까? 이미 결혼한 여자들은 장례식으로, 앞으로 결혼할 소녀들은 상처로 결혼을 보고 있다. 확실하게 단정하기는 어려우나 여자의 복잡한 심리와 그것을 해석하는 시인의 시선이 짐작되는 듯하다. 한 사람의 일생에서 가장 중요한 것이 탄생과 결혼과 죽음일 것이다. 그러나 그는 그것에 그리 큰 의미를 두지 않는 것 같다. 시인 자신이 평생 결혼을 하지 않고 여성에게 얽매이는 것을 싫어하였으니 남의 결혼식이 좋은 의미로 잡히지는 않았을 것이다. 어쩌면 그는 그들의 그릇된 선택을 비웃고 있는지도 모른다. 중년에 접어든 그에게 젊은이들의 결혼은 그냥 재미있는 구경거리 정도로 비치고 있다("12개의 결혼이 진행되었다./ 그들은 바깥풍경을 내다보았다, 나란히 앉아서......"(A dozen marriages got under way./ They watched the landscape, sitting side by side......)). 신혼열차 처럼 새로운 부부로 탄생한 젊은이들의 좌석에 쌍쌍이 앉은 모습이 선하다.

도서관 사서로서의 생활은 단조로운 것이었다. 여성에 대해서 성적인 만족 외에는 다른 효용성을 발견하지 못했던 그는 "5파운드면 해결할 수 있는 문제를 위해 평생을 다 바치는 어리석은 짓"이라고 결혼을 매도했었다. 그의 시에서 여자는 어떻게 나와 있을까? 한때 그가 좋아했던 여성의 앨범을 보면서 그가 풀어내는 감정은 독자들에게 숙연함을 준다.

마침내 당신은 앨범을 내놓는다, 일단 펼치자
그것이, 나를 혼란스럽게 한다. 모든 나이의 당신이
두꺼운 검은 페이지들 위에서 바랜 색으로나 반들거리며 살아난다!
너무나 달콤하고 너무나 풍요해서.
나는 그 영양가 풍부한 이미지 앞에서 숨이 막힌다.

돌아가는 나의 눈동자가 이 포즈 저 포즈를 더듬는다-
머리를 땋고, 버둥대는 고양이를 안고 있는,
혹은 잔뜩 모피 목도리를 두른, 예쁜 소녀-졸업생이여,
격자시렁 아래서 포즈를 취하거나, 아니면 펠트모자를 쓰고
커다란 장미 송이를 쳐들고 있는

At last you yielded up the album, which
Once open, sent me distracted. All your ages
Matt and glossy on the thick black pages!
Too much confectionary, too rich:
I choke on such nutricious images.

My swivel eye hungers from pose to pose —
In pigtails, clutching a reluctant cat;
Or furred your self, a sweet girl-graduate;
Or lifting a heavy-headed rose
Beneath a trellis, or in a trillby hat

— 「앨범」('Lines on a Young Lady's Photograph Album') 부분

　　시인은 지금 그가 옛날에 좋아했던 한 여자로부터 앨범을 건네받고 그
녀의 소녀 적 사진을 보고 있는 것이다. 시의 첫 행에 나오는 "마침내"란 말
에는 그 오랜 기다림에 대한 절실함이 느껴진다. 또한 시인은 그녀의 모습
들을 보고 숨이 막힘을 느끼고 있다. 갈래머리를 땋고 있는 학생시절의 그
녀는 고양이를 안고 있거나 큼직한 장미송이를 들고 있거나 모피 목도리를
단단히 두르고 있다. 이를 두고 어느 연구자는 이 소녀에 대해서 느끼는 성
적 충동이라고 평하고 있지만 필자의 눈에는 이 소녀에 대한 잔잔한 애상으
로 보인다. 좋아하던 여성의 온갖 나이대의 사진, 오래되어 색이 바래거나
그리 오래되지 않아 아직 반들반들한 사진을 보면 어떤 느낌일까? 특히 오
래전에 지나간 소녀 적 사진, 역시 설렘으로 가득했을 시절의 사진은 어떤
감상을 줄까? 반여성주의자로 알려져 있는 라킨의 주장이 사실 이 여자 때
문에 시작된 것은 아닐까?
　　그러나 이와는 정반대로 여성에 대한 보다 적나라한 묘사는 다음의 시

에서 볼 수 있다.

태양의 휴양지 프레스타틴으로 오시라
팽팽한 하얀색 새틴 비키니를 입고
모래위에 무릎을 꿇은
포스터 위의 계집은 웃고 있었다.
그녀의 뒤에는, 한 덩어리의 해변, 호텔에
심겨진 종려나무의 잎사귀가
그녀의 허벅지에서부터 시작하여 가슴을
받치는 팔을 쭉 뻗어 올리는 것처럼 보였다.

Come to Sunny Prestatyn
Laughed the girl on the poster,
Kneeling up on the sand
In tautened white satin.
Behind her, a hunk of coast, a
Hotel with palms
Seemed to expand from her thighs and
Spread breast-lifting arms.
　　　　　　　　　－「태양의 프레스타틴」("Sunny Prestatyn") 부분

　이 시는 휴양지 프레스타틴을 선전하는 한 포스터의 변모를 그린 것이
다. 햇살 강렬한 프레스타틴을 선전하는 포스터에는 한 여자가 웃고 있다.
그녀는 팽팽한 백색 새틴 천으로 된 비키니를 입고 모래밭에 무릎을 꿇고
있다. 그녀의 뒤로는 해변이 보이고 호텔이 있는데 그 호텔의 정원에 심어
놓은 종려나무의 잎사귀가 마치 벌린 손바닥처럼 그녀의 양 허벅지 사이에
서 가슴까지 뻗어 오르고 있는 것이다. 이 시인의 다소 짓궂은 상상이 몹시

인상적이다. 여자의 색정적인 모습에 더해진 것은 홀아비 특유의 심술인 것처럼 보인다.

라킨 자신은 이 포스터를 보면서 뭐라고 생각했을지 몹시 궁금하다. 하여간 그 포스터는 한두 주 지난 3월 어느 날 그녀의 이빨이 뻐드러져 있었고 안경이 씌어져 있었다("그녀의 얼굴엔/ 뻐드렁니가 삐져나와 있었고 둥근 안경이 씌어져 있었다"(her face/ Was snaggle-toothed and boss-eyed)). 젖가슴과 가랑이는 뚫려 있었고 그녀의 양 다리 사이의 공간에는 남자의 성기가 커다랗게 그려져 있다. 그래서 그녀가 그 위에 쭈그리고 앉은 모습이 되게 그려진 것이다. 그 반면에 또 어떤 친구는 그녀의 미소 짓고 있는 입술에 구레나룻을 그려 넣었다("뭔가가 쑤셔 박혀 있었다/ 그녀의 미소 짓는 구레나룻의 입술에"(something to stab right through/ The moustached lips of her smile.)). 곧 그마저 찢겨나가고 그녀의 팔과 파란 바다의 색만 남게 된다. 그리고 그 위에 <암과 싸우자>라는 새로운 포스터가 붙어 버리는 것이다.

이는 물론 당시부터 부쩍 자유로워지고 상품화된 성에 대한 일반의 생각도 되겠지만 사실은 라킨 자신의 본능이 개입되어 있는 것으로 생각된다. 물론 시의 내용을 그 시인의 자서전이나 대변으로 볼 수는 없다. 그러나 하필이면 색정적인 포스터의 이런 모습의 변화에 주의를 집중한 것은 이 시인의 성격의 한 단면을 말하는 것이라 아니 할 수 없다. 오랫동안 독신 생활을 하다보면 이성을 보는 눈이 왜곡되기 마련이다. 그의 눈에 거의 나체로 앉아 있는 여인의 몸이 곱게 비쳤을 것인가. 직장인 도서관과 집만 왔다 갔다 했던 단조롭고 아무런 자극도 없는 그런 생활에서 오가다 본 이런 색정적인 포스터가 어떻게 비쳤을 것인가.

「아침 기상곡」("Aubade")이라는 시는 그런 의미에서 독특하다.

나는 종일 일한다, 그리고 밤이면 반쯤 취해 있다.
새벽 4시에 적막한 어둠 속에서 깨어, 나는 노려본다.
좀 있으면 커튼의 가장자리가 훤히 밝아 올 것이다.
그때까지 나는 진짜로 무엇이 항상 거기 있는지 본다:
그러나 어떻게, 어디서, 언제, 내가 죽게 될지를 제외하고는
모든 생각을 불가능하게 하며,
쉬지도 않는 죽음이, 하루만큼 더 가까워졌다.
쓸데없는 질문: 그러나 죽는 과정의 두려움과
이미 죽은 것에 대한 두려움이
새로이 번쩍이며 나를 잡고 겁먹게 한다.

I work all day, and get half-drunk at night.
Waking at four to soundless dark, I stare.
In time the curtain-edges will grow light.
Till then I see what's really always there:
Unresting death, a whole day nearer now,
Making all thought impossible but how
And where and when I shall myself die.
Arid interrogation: yet the dread
Of dying, and being dead,
Flashes afresh to hold and horrify.

— 「아침 기상곡」 부분

이 시에는 라킨의 생활이 직접적으로 나타나 있다. 사서의 일이라는 것
이 따분한 일이다. 하루 종일 일하고 저녁에 술 적당히 마시고(절대 과하게
마시지는 않았다) 좀 취한 상태에서 잠이 들고 새벽에 잠이 깨는 그런 과정
의 연속이었을 것이다. 새벽 4시 적막 속에서 깨어 시인은 혼자 생각에 잠
기는 것이다. 이제 곧 창은 밝아 올 테고 그때까지 항상 거기 버티고 있는

죽음이란 놈을 나는 보게 될 것이다. 그 쉬지도 않는 죽음은 하루 종일 점점 나에게 다가오는 것이 아닌가? 언제 어디서 어떻게 죽을 것인가 하는 생각이 떠나지 않는 것이다. 아마 그가 독신으로 살았기에 이러한 의식이 더 강했을 것이다. 가족의 푸근한 교류가 없었던 그에게는 이른 아침의 깨어 있는 시간이 못 견디게 외로운 시간이었을 것이다. 새벽의 여명 속에서 그의 생각은 한참 이어진다. 그 죽음을 극복하기 위해 종교는 만들어졌고 그러나 그게 무슨 소용이 있겠는가……등등. 그러다가 이윽고 날이 훤해지고 어슴푸레하던 것들이 점차 뚜렷한 모습을 띠어간다.

서서히 빛은 강해진다, 그리고 방은 형체를 띠기 시작한다.
그것은 마치 하나의 옷장처럼 선명하게 서 있다, 우리가
알고 있으며, 늘 알아왔던 것, 우리가 피할 수도 없고,
받아들일 수 없는 것. 한 쪽만 택해야 하리라.
그동안 전화기는 잔뜩 웅크린 채, 자물쇠 잠긴 사무실에서
울릴 준비를 하고, 그리고 모든 무심하고
복잡한 세 든 세상은 일어나기 시작한다.
해가 뜨지 않아, 하늘은 점토처럼 허옇다.
일은 해치워져야 한다.
우편배달부가 마치 왕진의사처럼 이 집에서 저 집으로 다닌다.

Slowly light strengthens, and the room takes shape.
It stands plain as a wardrobe, what we know,
Have always known, know that we can't escape,
Yet can't accept. One side will have to go.
Meanwhile telephones crouch, getting ready to ring
In locked-up offices, and all the uncaring
Intricate rented world begins to rouse.

The sky is white as clay, with no sun.

Work has to be done.

Postmen like doctors go from house to house.

- 같은 시 부분

자 이제 생활이다. 꾸물댈 시간이 없다. 점점 더 햇살은 강해지고 방안의 물건들도 모습을 드러내기 시작한다. 여기서 "피할 수는 없으나 받아들일 수도 없는 것"이란 말은 의미심장하다. 또한 세상은 "세 든" 세상이다. 이는 매우 시니컬한 생각이다. 눈에 보이는, 우리가 살아가는 세상은 사실 잠깐 빌려 사는 곳일 뿐이다. 생각하면 우리의 육신도 마찬가지 아닌가. 아침의 열림을 이집 저집을 방문하는 우편배달부의 부지런한 발걸음에서 보고 있다.

이것이 라킨의 눈에 비친 일상이었을 것이다. 그의 시에서 특별한 사건은 없다. 너무나 잔잔한 하루하루가 똑같은 템포와 속도로 흘러가는 것이다. 라킨은 생의 굴곡을 그렇게 바라보았다. 아무런 특별할 것 없는 생, 그러면서 놓을 수는 없는 생, 이렇게 덤덤한 눈으로 세상을 바라보면서 끊임없이 비웃고 있었던 것이다. 그의 이러한 태도는 「높은 창」("High Windows")이라는 작품에서 한 획을 긋는 듯하다. 여기서 시인은 공원에서 한 쌍의 어린 것들이 희롱하고 있는 것을 약간 냉담하게 지켜보고 있다. 저것들이 하는 짓을 보니 분명히 성교를 하고 있다. 그리고 어린 것들이 피임을 하고 있는 것 같다. 그런데 시인은 이 한심한 짓을 보고 그것이 낙원이라고 말하고 있다("녀석이/ 계집애를 범하고 그녀는 피임약을 먹거나/ 피임기구를 하고 있으리라고 추측하더라도,/ 나는 이것이 낙원이라는 것을 안다"(...And guess he's fucking her and she's/ Taking pills or wearing a diaphragm,/ I

필립 라킨 | 293

know this is paradise)). 이것은 세상에 대한 비웃음의 절정이 아닐까. 행복이란 무엇인가? 평생 결혼도 않고 혼자 지냈던 라킨에게 이것은 끊임없이 되새기는 화두였을 것이다. 더 이상 신은 없고 지옥도 없다. 생을 있는 그대로 즐기는 것이 바로 낙원이다. 자신보다 훨씬 어린 것들의 농탕질을 보고서도 시인은 이를 나무라거나 한탄하지 않는다. 오로지 있는 그대로 받아들일 뿐이다. 사실주의자가 세상을 관조하는 자세인 것이다.

한국에서 라킨의 시로서는 가장 먼저 박사학위 논문을 쓴 김기영은 라킨의 시를 두고 사실주의라고 말했다. 필자와 비슷한 의견이다. 또 하나의 중요한 연구자인 권영탁은 이를 두고 "비감상적 자비"라고 말했다. 권영탁은 이를 라킨의 겸허한 삶의 자세에 연결시키고 있다. 거대한 담론을 향해 독자들을 억지로 끌고 가거나 가르침을 주려는 것이 아니라 오로지 있는 그대로를 냉정한 자세로 관찰하면서 거기서 생의 의미를 찾아내는 것, 그것이 라킨의 시라는 것이다. 김기영에 비하여 권영탁의 연구는 한결 더 진전된 것으로 보인다. 또한 김광선의 연구도 재미있다. 홀아비 라킨의 성적인 도착증을 파헤친 그의 논문도 독특하고 의미 있는 것으로 생각된다. 그렇다면 라킨의 이러한 시가 한국시단에서는 어떻게 소화될 수 있을까? 또한 엘리엇의 시에 지나치게 몰두하고 있는 한국 영시연구자들의 눈에는 혹여 그의 시가 재미없고 덤덤한 시로 비쳐지지 않을까?

* 이 글을 쓰는 데 권영탁 교수(세명대)의 도움과 조언이 있었음.

| 참고문헌 |

권영탁. 「라킨 시의 포스트모던적 읽기에 대한 비판」. 『현대영미시연구』 3집. 한국
현대영미시학회, 1998.

_____. 「라킨 시론의 기초: 비감상적 자비의 태도」. 『현대영미시연구』 10권 1호.
한국현대영미시학회, 2004.

김광선. 「라킨 시에 나타난 성의 심상」. 『현대영미시연구』 3집. 한국현대영미시학회,
1998.

김기영. 『라킨의 시에 있어서의 사실주의』. 고려대학교 대학원 박사학위논문, 1992.

Booth, James. *Philip Larkin: Writer*. Hemel Hempstead: Harvester Wheatsheaf, 1992.

Brennan, Maeve. *The Philip Larkin I Knew*. Manchester: Manchester U P, 2002.

Motion, Andrew. *Philip Larkin: A Writer's Life*. London: Faber and Faber, 1993.

Rossen, Janice. *Philip Larkin: His Life's Work*. Hemel Hempstead: Harvester Wheatsheaf,
1986.

Swabrick, Andrew. *Out of Reach: The Poetry of Philip Larkin*. London: Macmillan, 1995.

10

로버트 로월(Robert Lowell, 1917-1977)

1) 가족에 대한 고백

지금 한국 영문학계에서 로월은 그의 제자 실비아 플라스(Sylvia Plath 1932-1963)에 비해 저평가되고 있다는 느낌이다. 즉 플라스의 논문이 쏟아지고 있는 데 비하여 로월의 논문은 그리 많지 않다. 현재 꾸준히 로월에 대한 논문을 쓰고 있는 이는 전남대 이홍필 교수 정도이다. 처음 읽으면 로월의 시는 좀 싱거울 수도 있다. 그러나 실비아 플라스를 비롯한 이후의 고백시인들이 모두 로월에게서 결정적 영향을 받았고 또 로월의 시 세계가 첫 읽기와는 달리 매우 광범위하고 다양하다는 것이 연구자들의 중론이다.

고백시란 무엇인가. 20세기 들어 새로운 시를 모색한 모더니스트, 엘리엇(T. S. Eliot)을 비롯한 일군의 시인들은 시에서 철저한 개성배제를 모토로 삼았다. 그들은 시인의 모습이 시에 투영되는 것을 극히 싫어하였으며 시인과 시는 완전히 별개의 것이라 주장하였다. 왜냐하면 모더니즘이라는 것이 낭만적인 자기고백과 감정의 지나친 발산에 식상하여 일어난 시운동이기 때문이다. 그러나 1920, 30년대의 그 왕성하던 모더니즘의 폭발 이후 시간이 흐르면서 우선 테마상으로 엘리엇이나 파운드 류의 세계문명비판의 시는 더 이상 쓸 수가 없게 되었고 또 그토록 거창한 문제에 대해서 독자들도 피곤해하고 있었다. 세계의 타락을 개조할 것처럼 심각하게 생각하던 버릇도 제2차 세계대전이 지나고 미·소의 냉전체제로 세계의 질서가 재편되면서 좀 더 편안하고 사소한 것으로 관심이 이동되었던 것이다. 이제 히틀러나 무솔리니, 그리고 스탈린 같은 악마적인 존재는 사라졌다. 소련을 비롯한 공산세력이 남아 있기는 했지만 2차 대전 직전과는 비교할 수 없는 평화의 시대가 온 것이다. 전쟁을 하더라도 미·소가 직접 대결하는 것이 아니라 한국전에서와 같은 대리전을 벌여 그들은 멀찍이서 조종만 하고 있었다. 말하자면 20세기 초반 거대한 비극이 있을 것 같은 암운의 시대는 지나가고 미국은 말할 것도 없고 서방의 나라들은 평화롭게 번성하고 있었다. 이러한 물질적인 넉넉함과 평화 속에서 심각한 문명비판은 사람들의 뇌리에서 잊혀져가고 있었다. 문학도 사람들의 필요에 의해서 만들어지는 것이다. 거창한 문제보다는 가족을 비롯한 주변의 사람들에 대한 고백적 서술의 시가 등장하게 되었던 것이다.

　플라스의 시에서 아버지와 남편이 시화되었듯이 로월의 시도 그러했다. 그의 대표적인 시집은 『인생연구』(Life Studies)라는 것인데 거기서 그는 자신의 가족력을 마치 일기처럼 시화하고 있다. 말하자면 19세기의 영웅숭배, 20세기 초반의 문명비판과 같은 거대 담론을 지나 시인의 가장 가까운 가족,

친구들의 모습을 시화하게 되었으며 그 선두에 로버트 로월이 있었던 것이다. 우선 이 시인이 외조부모를 시화하고 있는 모습을 보자.

나의 내던져진 누추한 청춘시기에
할아버지는 여전히 경찰관처럼
지팡이를 휘두르고 다녔고:
할머니는, 무슬림 여자처럼, 자주색의 두꺼운
애도용, 여행용 베일을 쓰고 있었다;
마구간에서는 피어스 애로우(말 이름)가 기침을 하고 있었다.
그리고는 메마른 거리의 먼지들이 날아올라
지친 느릅나무 잎사귀들을 보얗게 덮었다—
19세기는, 아이들에게 지쳐, 가버렸다.
그들은 모두 빛의 세계로 가버렸다; 농장은 내 것이었다.

Back in my throw away and shaggy span
of adolescence, Grandpa still waves his stick
like a policeman;
Grandmother, like a Mohamedan, still wears her thick
lavender mourning and touring veil;
the Pierce Arrow clears its throat in a horse stall.
Then the dry road dust rises to whiten
the fatigued elm leaves—
the nineteenth century, tired of children, is gone.
They're all gone into a world of light; the farm's my own.
　　　　　　　　　　　　　　　—「조부모님들」("Grandparents") 부분

이것들은 평범하고 평화로운 이야기다. 아무런 영웅적인 사건이나 혹은 절박한 고독이나 가슴 아픈 연애사건이나 혹은 아름다운 자연에 대한 경탄도 아니다. 외할아버지는 보통의 남자 노인들이 그러하듯 지팡이를 휘두르며 으스대고 할머니는 서양의 신앙심 깊은 할머니들이 그러하듯 베일로 얼굴을 가리고 다녔다. 마구간에서는 말들이 기침을 하고 큰 길에는 보얗게 먼지를 쓴 느릅나무가 잎사귀를 늘어뜨리고 있다. 그러는 동안에 19세기 즉 옛날은 가버리고 모두 빛의 세계가, 즉 추억이 되어버렸다는 이야기인데 이 시의 주 무대는 바로 할아버지의 소유인 그 농장이다. 이 농장에서의 기억이 조용한 음성으로 나열되는 것이다. 우선 시적화자는 집안에서 한 계절을 또 허비했다고 말한다("나는 집안에만 있다, 그리고 또 한 계절을 허비한다"(I keep indoors, and spoil another season)). 그리고 그 칩거된 생활 중 가장 강렬하게 뇌리에 남는 것은 바로 할아버지와의 당구치기였던 것으로 되어 있다. 그 중 특히 커피에 설탕을 타다가 얼룩을 지운 할아버지를 기억하면서 아직도 그 당구공에는 얼룩이 남아 있음을 추억한다.

이런 것들은 시의 소재가 되기에는 몹시 사소한 것들로 보인다. 예이츠의 상징세계, 엘리엇의 문명비판적 거대 담론, 혹은 오든의 인간애, 딜런 토마스의 생명예찬 등에 비하면 평범하고 작아 보인다는 것이다. 또한 라킨의 냉소에 비해서도 심심하다는 것이다. 시의 마지막은 이렇게 맺어진다.

> 할아버지! 나를 데려가요, 안아줘요, 예뻐해줘요!
> 눈물이 손가락을 적신다. 거기서 나는
> 여전히 충성스러운 시민은 아니지만,
> 내 후반부 반 남은 수명이,
> 삽화 있는 런던 뉴스를 들고 있다─;
> 나는 서거한 러시아황제의 얼굴에
> 팔자수염과 구레나룻을 그려 넣는다.

Grandpa! Have me, hold me, cherish me!
Tears smut my fingers. There
half my life-lease later, —
I hold an Illustrated London News;
disloyal still,
I doodle handlebar
mustaches on the last Russian Czar.

– 같은 시 부분

시인은 할아버지의 따뜻한 사랑을 다시 한 번 절규하듯 부르고 있다. 다시 한 번 옛날처럼 안아주기를, 눈물이 손등을 적시는 것이다. 이제 성장한 시인은 삽화가 그려진 런던 뉴스 신문을 들고 있다. 그리고 거기에 인쇄된 러시아 마지막 황제의 얼굴에 구레나룻이나 긴 팔자수염을 낙서로 그려 넣고 있다. 이 부분이 재미있다. 할아버지에 대한 추억을 한참 이야기 하다가 갑자기 튀어나온 러시아 황제는 묘한 반전의 분위기를 준다. 지팡이를 휘두르던 할아버지와 권위의 상징인 러시아의 황제는 대비적 상상을 일으키는 것이다.

이 시는 이전 세대의 거창하던 시들하고는 판이하게 다르다. 영국과 프랑스의 시는 젖혀두고 미국시만 놓고 보더라도 로버트 프로스트의 농촌 서정도 아니요, 윌리스 스티븐스의 난해한 상징도 아니다. 그들과 비교하자면 평범할 수 있는 것들을 이렇게 따뜻한 시로 만들고 있는 것이다. 그리고 아버지에 대한 기억은 또 새롭다. 할아버지가 당구로 회상되는 기억이었다면 아버지는 골프다. 잘 하는 골프가 아니라 매우 어설픈 골퍼인 아버지는 그린에서 퍼팅을 네 번씩이나 한 다음 겨우 홀인 하는 것으로 묘사되고 있다. 아마도 아버지는 조금 허술한 호인이었던 듯하다. 아버지는 해군 중령으로 전역을 했다고 되어있다. 그래서 아버지의 친구들은 아버지의 골프를 아예 해군골프라고 치부해버렸다. 짐작건대 치밀하게 점수를 내는 것이 아니라 퍽퍽 내지르는 그런 골프였을 것이다. 아버지의 스포츠는 "배타는 것"이었는데 부유한 요트 타는 사람들 사이에 있었으나 그들 사이에 섞이지도 못했다. 그리하여 시인은 아버지를 "가엾은 아버지"라고 부르는 것이다. 그리고 아버지의 기질 중 하나를 "연습하는 것을 감독하는 것처럼 했다"(his training was engineering)고 말한다. 어떤 성격일지 대충 짐작이 가는 말이다. 아버지의 한 모습은 다음과 같이 묘사되고 있다.

> 해군에서 주는 보수의 두 배를 주겠다고
> 레버 형제가 아버지에게 제안했을 때,
> "닻을 올려라," 아버지는 욕조 안에서 고함을 질렀다,
> "닻을 올려라."
> 나는 아버지의 금술 달린 칼을 달라고 졸라댔다,
> 그러다가 어머니 때문에 주눅이 들곤 했는데, 그녀는
> 이빨에 새 캡을 씌우고 40의 나이에
> 새로 태어났다. 바닷사람다운 민첩함으로
> 아버지는 해군을 떠났고
> 재산을 모두 어머니에게 주었다.

> "Anchors aweigh," Daddy boomed in his bathtub,
> "Anchors aweigh,"
> when Lever Brothers offered to pay
> him double what the Navy paid.
> I nagged for his dress sword with gold braid,
> and cringed because Mother, new
> caps on all her teeth, was born anew

at forty. With seamanlike celerity,

Father left the Navy,

and deeded Mother his property.

— 「로월 중령」("Commander Lowell") 부분

여기 묘사된 아버지는 자신의 일을 매우 사랑하는 해군 장교(중령)이다. 누가 와서 두 배의 봉급을 줄 테니 같이 일하지 않겠느냐고 얘기하면 목욕통 속에서 "닻을 올려라"라는 노래를 쾅쾅 울리도록 불러댔던 것이다. 그때 시적 화자는 금술이 달린 그의 칼을 감탄스럽게 바라보면서도 어머니를 두려워하고 있었는데 어머니는 그때 40대를 맞아 새롭게 피어나고 있었다. 그녀가 이에 캡을 씌웠다는 것은 아마 금나나 다른 무슨 상태를 말하는 듯하다. 이 구절에서도 알 수 있지만 로월의 어머니는 매우 자존심이 강해서 남편이나 아들의 어설픔을 두고 보지 못했던 것 같다. 아버지는 마침내 해군에서 전역하고 모든 재산을 어머니에게 주어버린다. 그는 매우 소박하면서 군인답게 시원시원하다. 그러나 전역은 결코 그가 원해서 하는 일은 아니었다.

군인을 그만두고 새로이 잡은 일자리에서 아버지는 계속 해고당한다. 그리고 해고당할 때마다 욕조에서 "닻을 올려라"를 흥얼댔다. 일자리를 하나 그만둘 때마다 새로운 차를 샀다고 한다. 남편의 행태에 불만스러운 어머니는 그동안 점점 혼자의 시간, 심리 소설에 빠져들고 혼자 잠자리에 들며 남편에 대한 의심을 키워가고 있었으며 반면에 아버지는 점점 더 방어적으로 되어 가고 있었다. 그리하여 3년 동안 그는 무려 6만 달러를 낭비하게 된다. 그러나 아버지는 이런 사태를 그리 심각하게 바라보지 않는다. 그는 어떤 사태에도 미소를 잃지 않으며 한때는 일이 잘 되어 보스턴의 상류층에 휩쓸리기도 한다("어떤 일에도 미소를 지으며/ 아버지는 한때 보스턴 지배계급의

무리에/ 빠질 정도로 성공했었다"(smiling on all/ Father was once successful enough to be lost/ in the mob of ruling-class Bostonians)). 또 집 한 채를 사서 베르사유처럼 꾸미기도 한다. 마지막으로 그는 아버지를 "양자강에 뜬 군함의 함장"(the oldman of a gunboat on the Yangtze)이라고 부른다.

이 시에 묘사된 아버지는 외할아버지의 뒤를 잇는 맘 좋고 유쾌한 남자이다. 할아버지가 지팡이를 휘저으며 으스대었듯이 아버지도 해군장교로서 "닻을 올려라"를 흥얼거린다. 할아버지와 아버지가 이런 모습으로 그려진데 대해서는 다른 의견도 있다. 즉 그때까지만 해도 미국 사회를 지배하고 있던 가부장적인 문화에 대한 저항의 형상화라는 것이다. 실비아 플라스의 시에서도 보이지만 당시의 미국사회는 꽤나 권위적인 분위기였다. 더구나 로월은 여기에 정치권력에 대한 저항의식까지 담고 있다. 여기에 비하여 여성인 할머니는 머리에 베일을 쓴 얌전한 인물로, 어머니는 "도발적이고 히스테리컬한"(electric with a hysterical unmarried panic) 인물로 묘사되고 있다. 역시 당시의 남성중심사회에 대응하는 여성의 모습이다. 이 시를 읽으면 시인 로월의 가계가 훤히 그려진다. 할아버지에서 아버지로 다시 자신에게로 이어지는 혈통의 흐름을 어찌 부정할 것인가.

이런 시들을 읽으면 시의 흐름이 다시 낭만시로 돌아가는 것처럼 생각된다. 물론 근본에 있어서는 서로 다르지만 워즈워스의 시편들도 이와 유사한 고백이었다. 「틴턴 사원」("Tintern Abbey")과 같은 시는 좋은 예가 될 것이다. 자기의 내면에 있는 자연에 대한 사랑 그리고 누이 도로디에 대한 무한한 애정 등이 그 시에 강물처럼 흐르고 있다. 물론 19세기 낭만시는 이상에 경도되어 그 속에 매몰된 경우이고 로월은 현실에 지친 피폐한 아메리칸이다. 그러나 우선 느끼기에 유사한 분위기는 인정하지 않을 수 없는데 로월에 이르러 이러한 시가 다시 쓰이게 된 것은 왜일까? 앞에서 언급했듯이 아마 사람들은 엘리엇과 스티븐스 그리고 파운드의 난해시에 질렸을 것이다. 거창한 이론과 문화담론, 그리고 알 듯 모를 듯한 상징에 질려서 좀 편한 시를 찾게 되었을 것이다. 할아버지와 아버지 두 사람의 이야기를 직접 시로 만든 것은 당대이전의 누구도 하지 않았던 시도이다. 아마 그런 가족적인 소재로 시가 가능할까 하고 생각했을지 모른다. 그러나 로월의 두 편 시에서 두 사람의 캐릭터는 매우 다정하고 선명하게 다가온다. 말하자면 이 두 사람은 공식처럼 정형화된 할아버지 아버지가 아니라 생생한 개성을 지닌 살아있는 인물들인 것이다. 우리나라의 많지 않은 로월 전공자 중의 하나인 김혜영은 그의 시에 대해서 이렇게 말한다.

> 그는 고백시에서 광기의 고통에 시달리며 자아의 심연에 잠긴 은밀한 욕망을 발가벗겨 드러내 보이고, 자신의 가족과 미국의 역사에 대해 거침없이 반항하는 이단자의 모습을 보여준다. 정치와 역사에 관한 문제를 다루면서 새로운 서사시를 지향하면서 모더니즘 시의 한계를 자신만의 스타일로 극복한 포스트모더니즘 시의 지평을 열어 보이기도 한다.

고백시인에 해당하는 사람들은 거의 예외 없이 정신병적 징후를 보인다. 실비아 플라스도 좋은 예이고 앤 섹스턴(Anne Sexton)도 그러하다. 로월 역시 세 번에 걸친 이혼을 겪었을 만큼 평범하지 않은 사람이다. 그의 가족들 중에서 어머니가 바로 그런 히스테리컬한 모습을 보여주고 있는데 로월의 그러한 면은 어쩌면 어머니를 닮았을 것이다. 이 글에서 우리가 읽고 있는 가족들에 대한 시들도 어떤 의미에서 가족들의 치부를 들쳐 보이는 측면을 갖고 있는 것이다.

그의 가족 이야기를 계속 읽어보자. 「드브레 아저씨와의 마지막 오후」("My Last Afternoon with Uncle Devereux Winslow")의 첫 부분도 좋은 예이다.

"나는 따라가지 않을 테야. 나는 할아버지와 함께 있고 싶어!"
그렇게 나는 아버지와 어머니의
일요일 디너에서의 물담배
마티니 파이프의 꿈에 찬물을 퍼부었던 것이다.

"I won't go with you. I want to stay with Grandpa!"
That's how I threw cold water
on my Mother and Father's
watery matini pipe dreams at Sunday dinner.
　　　　　　　　　　　　　 － 「드브레 아저씨와의 마지막 오후」 부분

　할아버지와 어린 로월은 무척 다정한 관계였던 것 같다. 할아버지와 함께 지내는데 훼방꾼 부모가 찾아왔으니 어린 아이는 이런 반응을 보이는 것이다. 할아버지와 농장은 참 아름답게 묘사되어 있다("다이아몬드처럼 각이 지고, 메마르고 노르만식인,/ 그것의 포플라 행렬은/ 할머니의 장미정원으로부터 시작해서/ 처녀 소나무 덤불의 흠칫흠칫 놀라는 스탠드와 소로로 이어지고 있었다..."(Diamond pointed, athirst and Norman,/ its alley of poplars/ paraded from Grandmother's rose garden/ to a scary stand of virgin pine/ scrub, and paths...)). 그리고 그 농장에 꿈속에 젖어 『삼손과 데릴라』를 탐독하고 피아노를 쾅쾅 두드려대던 사라 아줌마가 있었고 시적화자인 로월은 다섯 살 남짓했다. 이 시의 중심인물 드브레 삼촌은 평소에도 늘 캐나다 장교의 군복(his severe/ war uniform of a volunteer Canadian officer)을 입고 있던 사람이다. 술을 좋아하던 이 삼촌은 29살의 나이로 죽어가고 있었다. 할아버지는 그 삼촌에 대해서 "아이 같은 짓"을 한다고 늘 개탄했다.
　시에 묘사된 삼촌의 모습은 참으로 단정하고 멋쟁이다. 그는 크지 않은 키에 코트와 바지에 칼 주름을 잡아 걸쳐 입는 사람이다. 그러나 그는 29살의 나이에 불치의 호지킨병으로 사망한다. 죽음은 이렇게 묘사되고 있다.

> 내 손은 처음에 따뜻하다가, 서늘해졌다, 흙과
> 석회의 더미 위에서,
> 검은 더미와 흰 더미 위에서...
> 겨울이 오고,
> 드브레 삼촌도 하나의 색깔로 섞일 것이었다.

> My hands were warm, then cool, on the piles
> of earth and lime,
> a black pile and a white pile...
> Come winter,
> Uncle Devereux would blend to the one color.

— 같은 시 부분

그 멋쟁이 삼촌도 죽어서는 흙으로 돌아갔다. 한 계절만 지나면 완전히 흙과 하나가 되어있을 것이다. 그리고 그렇게 삼촌이 죽어가는 동안에 시인의 아버지는 집안이 어떻게 돌아가는 줄도 모르고 태평양에서 해군업무를 수행하고 있었다. 그동안 아버지의 공백을 채워주는 것은 외할아버지였다. 동네의 모든 사람들 심지어 할머니까지 할아버지를 아예 "너의 아버지"라고 불렀다. 그리고 「던바튼」("Dunbarton")이라는 시에서 중요한 말이 나온다. 할아버지는 손자의 "안개에 싸인 고독이 사람들과 휩쓸리는 것보다 더 낫다"(a fogbound solitudes/ sweeter than human society)고 생각했다는 것이다. 그리고 그 외로운 손자를 위해서 아버지의 역할까지 다 해주었다. 알다시피 그들은 우리와 노인관이 다르다. 힘자라는 대로 젊은이와 함께 일하고 그것으로 노인들도 자신의 존재가치를 확인하는 것이다. 할아버지의 활동적인 모습의 한 예는 다음과 같다.

> 그는 직접 핸들을 잡았다—
> 마치 키를 잡은 제독처럼.
> 카알에게서 풀려나 그의 가솔린 절약방법에 대해 킬킬대며
> 차가 언덕을 만날 때마다
> 시동을 끄고 롤러코스터를 타게 했다.

> he took the wheel himself—
> like an admiral at the helm.
> Freed from Karl and chuckling over the gas he was saving,
> he let his motor roller-coaster
> out of control down each hill.

> — 「던바튼」 부분

그는 직접 핸들을 잡고 차를 운전하는데 좀 장난스럽다. 마치 키를 잡은 제독처럼 할아버지는 폼을 잡는 것이다. 그러다가 언덕만 만나면 롤러코스터를 타듯 차의 시동을 끈다. 이것은 휘발유를 절약하는 방법이면서 그 스릴을 즐기기 위한 장난기의 발로이다. 여기서 우리가 강하게 받는 인상은 몹시 다정한 조손간이다. 마을 사람들이 부자지간이라고 혼동할 정도라고 한다. 그들의 친근한 친구 같은 모습("할아버지와 나는/ 죽은 선조들(의 무덤)로부터 낙엽을 긁어모아/ 용의 모양으로 타오르는 모닥불로/ 축축한 날씨를 경배했던 것이다."(Grandfather and I/ raked leaves from our dead forebears,/ defied the dank weather/ with "dragon" bonfires.))은 인상적이다. 낙엽을 긁어 불을 피우는데 불길이 용처럼 꿈틀거리면 습한 날씨가 될 것이

라고 예고한다. 오래 살아온 노인의 지혜이다. 그것을 손자를 데리고 놀기 겸 일을 하면서 삶의 지혜를 전수하는 것이다. 던바튼은 로월 가계의 가족 묘지가 있는 곳이다. 시의 끝은 이렇게 맺어진다.

나는 내가 어린 원시인임을 보았다,
신경쇠약증에, 진홍빛에
야생적인 커피 빛 물속에서 야생적으로 팀벙대는.
아침이 되어 깨보면 나는 할아버지의 침대에
애인처럼 웅크리고 누워 있고
그동안 그는 탁탁거리는 생나무 스토브 주변을 돌아다니는 것이었다.

I saw myself as a young newt,
neurasthenic, scarlet
and wild in the wild coffee-colored water.
In the mornings I cuddled like a paramour
in my Grandfather's bed,
while he scouted about the chattering greenwood stove.

— 같은 시 부분

시인은 어린 유인원이었다. 커피 빛 물이라는 것은 흙탕물이다. 아마 평원을 흐르는 이런 물속에서 어린 로월은 마음껏 장난치면서 성장했을 것이다. 물론 그 곁에는 맘씨 좋은 할아버지가 서 있었다. 하루 종일 놀다가 피곤해진 몸으로 잠자리에 들어 곯아떨어지고 아침에 깨보면 어느새 그는 할아버지의 침대에서 잔뜩 웅크리고 있고 할아버지는 난로의 불을 살피느라 정신이 없는 것이다. 이것은 마치 한국의 조손간을 연상하게 만드는 면이 있다.

로월의 부모는 그다지 사이가 좋지 않았던 것으로 알려져 있다. 아버지는 해군중령으로 전역하고 그 환상 속에서 평생을 살다가 죽었고 남편에 대하여 그다지 곱지 않은 시선을 보냈을 어머니는 상당한 엘리트주의자였을 것으로 생각된다. 히스테리컬 했을 그녀는 남편이 죽은 후 이탈리아까지 갔다가 거기서 죽음을 맞았다. 여기에 대해서 시인은 1954년 쓴 「라팔로에서 집으로의 항해」("Sailing Home from Rapallo")라는 시에서 "나는 당신의 최후의 한 주를 상상할 수 있었죠/ 눈물이 내 **뺨**을 타고 흘렀지요"(I could imagine your final week,/ and tears ran down my cheek......)라고 말하고 있다. 어머니에 대한 추억이 좋지만은 않았을 시인은 마지막으로 어머니의 시체를 운구하면서 만감이 교차하고 있다.

내가 어머니의 시체를 가지고 이태리를 출발했을 때,
제노바의 모든 해안선이
불같은 꽃을 피워 올리고 있었다.
미친 듯한 노란색과 하늘색 수상스키는
내 포드차와 같은 포도주 색조를 가로질러
드릴같이 쇄도하고 있었다.
어머니는 예약된 1등석으로 여행했다;
그녀의 리소르지멘토의 검은 색과 금색이 섞인 관은
엥발리드에 안치된 나폴레옹의 관과 같았다……

When I embarked from Italy with my Mother's body,
the whole shoreline of the *Golfo di Genova*
was breaking into fiery flower.
The crazy yellow and azure sea-sleds
blasting like jack-hammers across
the *spumante*-bubbling colors of my Ford.
Mother travelled first-class in the hold;

her Risorgimento black and gold casket

was like Napoleon's at the *Invalides*......

— 「라팔로에서 집으로의 항해」 부분

아마 때는 봄이었던 모양이다. 어머니의 시신을 운구하는데 제노바의 바닷가에는 꽃이 불꽃처럼 피어있다. 이것은 봄을 맞아 바다에 펼쳐진 요트들의 돛이나 수상스키를 비롯한 화려한 탈것들, 해변을 서성이는 사람들의 복장 등을 꽃에 비유한 것이다. 도도하던 어머니는 가고 세상은 여전히 꽃이 활짝 피고 있다. 이것을 보는 시인에게는 만감이 교차한다. 여기서 묘사되고 있는 색조의 대비는 매우 좋다. 거기에 노란색, 하늘색의 수상스키들이 시인의 포드자동차 색인 포도주 빛 바다의 파도를 가르면서 돌진하고 있다. 어머니의 죽음과는 상관없이 세상은 이렇게 평화롭다. 정열적이면서 무척 자존심이 강했던 그 어머니도 이제 시체가 되어 지중해를 크루즈하고 있는 것이다. 그리고 시인은 자기 집안의 가족묘지에 대해서 말한다. 그의 가족묘지는 뉴잉글랜드의 화이트 산 아래에 있다.

지금 이 배의 사람들은 지중해의 태양아래 일광욕을 하고 있으나 그 묘지는 지금 차가운 눈보라 아래 얼어붙어 있으리라고 시인은 상상한다. 그리고 이어지는 시인의 상상은 그 묘지의 흙이 얼어서 돌처럼 굳어가는 것까지 이어지다가 그 가족묘에서 유일하게 어울리지 않는 인물이 아버지임을 상기한다. 로월 집안의 모토는 "기회를 잡아라"는 것, 즉 매우 적극적인 가훈이다. 그러나 로월의 아버지는 앞에서 보았다시피 그런 집안의 분위기에 그다지 맞지 않는 인물이었을 가능성이 많다. 어느 정도 그는 로월 집안에서 하나의 아웃사이더였을 것이다. 그리고 그 상상을 지나 마침내 어머니의 시신은 묘지에 내려지게 되는데 그 과정이 참으로 처참하다.

어머니의 관에는 대문자로 쓰인 글씨가
Lowell 대신 LOVEL로 잘못 쓰여 있었다.
시체는
이태리제 은박지에 파네톤처럼 싸여 있었다.

In the grandiloquent lettering on Mother's coffin,
Lowell had been misspelled *LOVEL.*
The corpse
was wrapped like *panetone* in Italian tinfoil.

- 같은 시 부분

이럴 수가 있나. 막상 어머니의 관을 꺼내 놓고 보니 로월 가문의 로월 대신 로벨이라고 쓰여 있었던 것이다. 그리고 어머니의 시신은 이탈리아 금박지로 포장이 되어 있었다. 그렇게 도도하던 어머니의 최후는 이다지도 보잘 것 없는 대접을 받고 있다. 물론 그녀가 살아생전 무척 자존심이 강한 여자였기에 시적으로 묘사될 가치가 있는 것이다. 그녀가 평소 겸손하고 수더분한 여성이었다면 실제 이런 사건이 있었다 하더라도 시에 묘사될 만큼 의미를 갖지는 않을 것이기 때문이다. 로월은 어머니에 대해서 애증의 감정을 동시에 가지고 있었을 것 같다. 고백시인들의 가족력은 대부분 정상이 아니었다. 우선 그들의 가족이 정상적이고 평범했다면 그것이 시로 승화될 수 없고 어쩌면 그들은 그들의 집안, 가족 이야기를 쓰면서 그들의 쌓인 응어리를 풀어내었을 것이기 때문이다.

「열병 중」("During Fever")이라는 시는 그 시들 중에서 좀 특이하다. 열병에 걸려 헛소리를 하는 딸에게서 어머니의 모습을 보는 것이다("미안해, 그녀는 바보 같은 아버지에게 중얼거린다, 미안해"("Sorry," she mumbles like her dim-bulb father, "sorry")). 딸의 헛소리를 듣는 순간 시인에게는 어머니의 추억이 밀려들어온다.

어머니, 어머니!
보석 같은 대학생으로서,
반은 죄책감을 느끼며 그러나 당당하게,
나는 늦게 살금살금 귀가하곤 했지요.
항상 베니스터 곁에는
나의 젖니시절부터 이용하던 우유 머그잔이
트리스켓의 쟁반 위에서
기다리고 있었지요.
종종 변함없는 즐거움으로,
어머니, 우리는 난로 가에 허리 굽히고 앉아
아버지의 성격을 흉보곤 했지요 -
아버지는 우리가 잠들었다고 생각하면,
발끝으로 계단을 내려가
대문의 체인을 걸곤 했지요.

Mother. Mother!
as a gemlike undergraduate,
part criminal and yet a Phi Bete,
I used to barge home late.
Always by the bannister
my milk-tooth mug of milk
was waiting for me on a plate
of Triskets.
Often with unadulterated joy,
Mother, we bent by the fire
rehassing Father's character —
when he thought we were asleep,

he'd tiptoe down the stairs
and chain the door.

— 「열병 중」 부분

　　대학생 아들은 늦게 귀가하고 그 아들을 기다리는 것은 어머니가 준비해놓은 우유 잔이다. 로월은 그것을 회상하는 것이다. 그리고 어머니와 난로 앞에 앉아서 아버지의 흉을 보던 재미도 놓치지 않고 있다. 어머니의 사랑은 늦게 귀가하는 아들을 위해서 먹을 것을 준비하는 것에서 강하게 드러난다. 세상의 모든 어머니는 늘 아들을 기다리고 있는 것이다. 남편의 허황된 성격에 진력을 내면서 그 모든 실망을 아들에 대한 사랑으로 대치했을 어머니를 짐작하기 어렵지 않다. 재미있는 것은 아버지의 반응이다. 모자가 잠들었다고 생각하면 살금살금 문단속을 하는 것이다. 왜 살금살금 일까? 아버지의 심리는 어떤 것일까? 이 시의 마지막은("보이지 않는 친밀함이나 싸움마저 없었던/ 그 옛날의 우아한 생활은 끔찍했다, 그때는/ 해방되지 못한 여자가 여전히 그녀의/ 프로이트적 아버지와 하녀들을 소유하고 있었던 것이다."(Terrible that old life of decency/ without unseemly intimacy/ or quarrels, when the unemancipated woman/ still had her Freudian papa and maids!)) 묘한 뉘앙스를 준다.

　　겉으로 보기에 우아하고 문제없지만 가족 상호간의 친밀감도 싸움도 없는 그 옛날의 삶은 재미없고 끔찍스러운 것이었다. 그리고 마지막에 어머니를 여전히 '해방되지 못한' 여자라고 말하고 있다. 그리고 프로이트적 아버지와 하녀들을 가지고 있다는 것은 무슨 말일까. 아버지는 어머니를 전혀 지배하지 못하고 오히려 그 기에 눌리고 있었던 것이다. 로렌스의 소설에 등장하는 남녀관계를 보는 듯하다.

고백시란 시인의 가슴속에 응어리져 있던 것을 토설하는 역할을 한다. 마치 극작가 유진 오닐(Eugene O'Neill)이 그의 유작 『밤으로의 긴 여로』(*Long Day's Journey to the Night*)에서 자신의 자전적인 이야기를 토로해내었듯이 말이다. 오닐은 그 모든 것을 토로해냄으로써 자신의 과거로부터 해방되는 듯한 느낌을 받았을 것이다. 시도 결국은 시인의 자기 표출이다. 손자에 대한 사랑이 가득한 할아버지, 좀 허황된 아버지, 약간의 오만한 허영이 있는 어머니는 로월의 시를 통해서 하나하나 살아나고 있다. 이런 가족 이야기는 영미시의 전성기 20, 30년대에 발표되었다면 살아남지 못했을 가능성이 많다. 너무나 편안하고 솔직하고 기발한 발상도 보이지 않고 그리하여 시적 긴장감이 결여되어 있는 듯한 이 시들은 아마 전혀 인정받지 못했을 것이다. 그러나 시대는 바뀌었다. 사람들은 난해시에 질리고 있었다. 아마 사람들은 로월을 저 멀리 달나라 속에 살고 있는 시인이 아니라 자기들 곁에 살고 있는 편안한 동반자로 반기고 있었을 것이다. 로월의 시는 그러면서도 다양하고 폭이 넓다. 그의 시는 역사, 정치, 종교 등 광범위한 것에 걸쳐 있다. 그는 새로운 시대를 열만큼 광범위한 분야에 관심을 갖고 오랜 기간 동안 시작을 해왔으며 하나의 세계를 이루고 있다. 현재 미국에서는 로월의 시가 중고등학교 교과서와 대학 교재의 교양서에 많이 실리고 있다고 한다.

2) 자신에 대한 고백

로월의 시가 가족을 비롯한 주변 사람들의 생활과 모습을 시화함으로써 당시의 독자들에게 많은 공감을 얻었다면 자기 자신에 대해서는 어땠을까? 20세기 초 모더니즘 시운동이 태동하면서부터 시인이 자신의 시에 자신의 목소리를 투영한다는 것은 거의 금기시되었다. 그것은 낭만시인들이 자신의 모습을 너무 시에 드러냄으로써 감성의 지나친 폭발 등 부정적인 결과를 가져왔다는 사실과 무관하지 않다. 그러나 시인이 자신의 모습을 시에서 극도로 배제한다는 것도 어떻게 생각하면 부자연스러운 것이다. 또한 그 개성배제를 주장했던 엘리엇의 시에서 사실은 엘리엇의 모습을 볼 수 있다는 것도 사실은 아이러니이다. 그의 초기시 「프루프록의 연가」의 주인공인 우유부단하고 소심한 중년신사는 바로 엘리엇 자신의 모습임은 앞에서 말한 바 있다. 또한 예이츠도 그의 후기시에서 늙어가는 자신의 육신에 대하여 끊임없는 탄식과 일종의 비웃음까지 보이는데 이것도 일종의 자신의 드러냄인 것이다.

로월은 1960, 70년대 당시 미국사회를 들끓게 하던 베트남 전쟁에 대한 맹렬 반대론자였고 그 결과 실제 감옥에서 형을 살기도 했다. 그를 말하자면 일종의 행동하는 양심가였던 것이다. 그리고 그러한 자신의 경험을 진솔하게 시화했다. 그의 시 「수의를 입고 깨다」("Waking in the Blue")는 감옥에서의 경험을 진솔하게 말하고 있다. 시의 처음에는 격렬한 무엇이 전혀 보이지 않는다.

하늘빛 하루는
나의 고뇌스러운 푸른 창문을 더 음산하게 만든다.
까마귀들이 깨끗한 신작로를 방황한다.
결핍! 내 심장이 점점 긴장한다
마치 작살이 죽일 것을 향해 나아가듯.
(여기는 정신병자들을 위한 집이다.)

내 유머감각이 무슨 소용이 있지?

한때 하버드의 전 미국 풀백이었지만 이젠
육십 대로 들어선 스탠리를 향해 나는 씩 웃는다.

Azure day
makes my agonized blue window bleaker.
Crows maunder on the purified fairway.
Absence! My heart grows tense
as though a harpoon were sparring for the kill.
(This is the house for the mentally ill.)

What use is my sense of humour?
I grin at Stanley, now sunk in his sixties,
once a Harvard all-American full back,

― 「수의를 입고 깨다」 부분

시인은 지금 감방에서 잠을 깨고 있다. 그렇다고 그는 무슨 중죄를 지었거나 파렴치범도 아니다. 빠삐용처럼 억울한 죄를 뒤집어쓰고 탈옥을 노리는 그런 투사도 아니다. 그는 반전운동을 하다가 투옥된(독립운동과 같은 목숨을 건 투사는 아닌) 일종의 지사인데 이런 경우 지적투사로서 일종의 나약함을 느낄 수도 있다. 예를 들어 빠삐용 같은 인물이라면 이런 경우 몸으로 부딪혀 탈옥을 하거나 아니면 살아남기 위해 좁은 공간에서 몸을 단련하는 쪽으로 생각을 할 것이다. 그러나 이 시인과 같은 지식인은 그런 것보다는 홀로 앉아서 온갖 상념에 빠져드는 것이다. 자기가 옳다고 생각해왔던 여러 가지 지적활동, 반전 운동 등에 대해서도 회오와 반추가 밀려들 것이다. 이 시에 묘사된 그의 기분은 썩 좋은 것 같지 않다. 그것은 감방의 창문이 황량해 보인다는 구절에서 드러난다. 또한 자유를 빼앗긴 상태에서 날아가는 까마귀를 물끄러미 바라보고 있는 화자의 모습에서도 그렇다. 나의 유머감각이 무슨 소용이 있는가 하는 말에서는 자조의 감정이 묻어난다. 서양인들의 유머감각은 일종의 지적 능력이다. 아무리 그런 감각이 있고 말을 논리적으로 한들 지금 몸이 이 감방에 갇혀있는 상태에서 무슨 쓸모가 있는가 하는 것이다. 그것은 또한 동료 수인 스탠리를 향해 씩 웃는 것에서도 드러나는데 그 스탠리도 한때는 미국전역을 흥분하게 했던 미식축구의 풀백이었고 하버드생이었다. 그런데 지금 늙어서 이 속에 들어와 있으니 그게 다 무슨 소용이 있는가. 인간의 온갖 자유를 억압하고 가능성을 통제하는 이 좁은 공간에서 그들의 평소 역량이 도대체 무슨 소용인가.

이런 식으로 감방의 하루는 밝아온다. 그리고 그 속에서의 하루는 별 상황 없이 또 이어진다. 감방에는 앞에서 언급한 스탠리(아직도 자신이 이십대의 몸이라고 착각하는), 그리고 루이 16세의 위풍을 닮은 바비가 있고 감방의 이발사에게 가서 머리칼을 정리하고 가톨릭 사제가 또 회개를 유도하고, 이런 식으로 하루는 흘러간다.

> 푸짐한 뉴잉글랜드식 아침식사를 마친 후
> 나는 오늘 아침 200파운드의 몸무게를
> 확인한다. 걷는 수탉,
> 나는 거북이 모가지 같은 불란서 수병의 저지셔츠를 입고
> 쇠로 만든 면도거울 앞에서 걷는다
> 그리고 위축된 토착의 얼굴들에서
> 불안한 미래가 점점 익숙해짐을 본다

> After a hearty New England breakfast,
> I weigh two hundred pounds

this morning. Cock of the walk,
I strut in my turtle-necked French sailor's jersey
before the metal shaving mirrors,
and see the shaky future grow familiar
in the pinched, indigenous faces......

– 같은 시 부분

식사를 마치고나도 별로 할일은 없다. 몸무게가 늘었나 줄었나 확인을 하고 철제 면도거울(유리거울은 자해의 위험이 있으니까) 앞에서 수탉처럼 씩씩하게 걷는 것이다. 그리고 이런 상황, 이런 얼굴들이 점점 익숙해지는 것을 본다는 것이다. 여기서 씩씩하게 걷는다는 것은 작위적인 행위이다. 스스로 무력해지는 것을 의식적으로 떨치기 위해서 그러하다는 것이다. 이 구절에서 로월은 아무런 가감 없이 감방 속에서의 상황을 독자들에게 말하고 있다. 그런데 이런 시법은 어떤 의미에서 이것은 지금 현재 우리나라의 시와 유사하다. 마치 일기와 같은 시, 자신의 내면을 전혀 숨기지 않고 그대로 토로하는 시, 오히려 독자들을 편하게 해주는 시가 현재도 우리 주변에 있다. 자신의 주변 작은 것들에서 시의 소재를 찾고 모든 것을 시로 만들어내는 힘이 그들의 특색이다. 이것은 다음의 시에서도 드러난다.

석 달이야 석 달!
리처드는 다시 자신을 회복했을까?
흥분해 보조개를 지으며
내 딸은 욕조 속에서 아침접견을 하곤 했다.
우리의 코를 부비며,
서로 실 같은 머리칼을 톡톡 두드리곤 했다—
그들은 아무것도 없어지지 않았다고 말한다.

로버트 로월 | 319

Three months, three months!
Is Richard now himself again?
Dimples with exaltation,
my daughter holds her levee in the tub.
Our noses rub,
each of us pats stringy lock of hair—
they tell me nothing's gone.

　　　　　　─「석 달 후에 집」("Home After Three Months Away") 부분

　3개월을 시인은 집을 비웠다. 아마 앞의 시에서 묘사된 감방생활 때문에 가장이 3개월을 집을 비웠을 것이다. 가장 눈에 밟히는 것은 어린 자식들이다. 이 시에서는 그 자식들이 아주 귀엽게 묘사되고 있다. 아빠와 코를 부비는 딸은 특히 그러하다. 아들 리처드가 다시 자신의 모습으로 회복되었을까 하는 의문은 무엇인지 명시되어 있지 않으나 아들의 평상을 말하는 것일 것이다. 짐작하자면 아버지가 곁에 없으니 아들은 의기소침해졌을 것이고 아버지로서 그것은 대단히 가슴 아프게 기억되어 있을 것이다. 13주 즉 석 달이 지나 아비는 돌아왔다. 이 정도라면 목숨을 걸어놓고 하는 무슨 거창한 투쟁은 아니다. 어쩌면 잠깐 외출을 하는 정도일 수도 있다. 그러나 이 시인에게는 그 동안도 자식들이 눈에 밟히는데 이것은 시인과 투사의 차이를 말해주는 것이다. 특히 이 시에서 딸은 귀엽게 묘사되고 있다. 시인이 면도를 하려 하면 같이 하자고 볼을 내미는 모습, 아빠의 면도거품 솔을 가지고 장난치는 모습, 잠옷을 집어 던지는 모습 등으로 묘사되고 있다. 시인은 여기에 대하여 너무나 귀여우나 같이 한가하게 놀아줄 수 없다는 푸념을 하고 있다("귀여운 것아, 난 여기 거품 속에서 북극곰처럼/ 한가하게 노닥거릴 수가 없단다"(Dearest, I cannot loiter here/ in lather like a polar bear)).

자신을 스스로 북극곰에 비유한 것도 재미있다. 또한 이 시에서는 아주 사소한 것까지 말하고 있다. 자신의 집 앞에 만들어둔 작은 화단에까지 시적 묘사가 미치는 데야 고백시인 특유의 모습을 실감하지 않을 수 없다.

> 3층 정도의 거리 저 아래 쪽에
> 한 노무자가 관 하나의 길이 쯤 되는 땅을 갈아서,
> 7송이의 넓적한 튤립이 피어났다.
> 딱 12개월 전
> 이 꽃들은 수입 네덜란드 산이라는
> 혈통이 확인됐다, 이젠 아무도 그것들을
> 잡초들과 구분하려하지 않는다.
> 늦봄의 눈 때문에 잡초가 돋아나서
> 사람들은 또 한 해의
> 점점 커지는 나약함을 만날 수 없다.

> Three stories down below,
> a choreman tends our coffin's length of soil,
> and seven horizontal tulips blow.
> Just twelve months ago
> these flowers were pedigreed
> imported Dutchmen, now no one need
> distinguish them from weed.
> Bushed by the late spring snow,
> they cannot meet
> another year's snowballing enervation.

> — 같은 시 부분

누군가가 이 시인이 사는 동네에 작은 땅을 갈아 튤립을 심었다. 이 시인이 그것을 눈여겨 본 모양이다. 그는 그 꽃이 자기가 집은 비운 사이 잡초에 섞여 구분되지 않음을 말하고 있다. 그 튤립은 네덜란드 산의 혈통 좋은 것이지만 아무도 그것을 눈여겨보지 않는다. 그것을 좋아하던 시인이 감방에 들어갔다 나온 사이 잡초에 덮여버렸고 더 이상 예쁜 모습을 볼 수가 없다. 여기서 "늦봄의 눈"이란 마치 이 시인이 겪고 나온 고초를 상징하는 듯하고 "눈덩이 처럼 점점 커지는 나약함"이란 아름다우나 허약한 튤립의 꽃송이와 함께 자신의 귀여운 아이들을 복합적으로 말하는 듯하다. 이런 작은 것들에 대한 주목에서 고백시인 로월의 모습을 발견하게 되는 것이다. 그는 이 시의 마지막에서 "나는 아무런 계급도 지위도 없다./ 치료되었지만, 나는 튀겨지고, 김빠지고 작다"(I keep no rank nor station./ Cured, I am frizzled, stale and small) 라고 말한다. 한없이 작아지는 자신의 모습을 솔직하게 고백하는 것이다.

이런 시에서 볼 수 있는 것은 이 시인의 가족에 대한 사랑이다. 이 시인이 집을 비운 이유는 정치적인 문제였을 것이다. 로월은 극렬한 반전주의자였다. 베트남 전생의 비도덕성이야 이미 많이 알려져 있으나 그 당시 이 시인은 반전운동의 선봉에 섰고 그 덕택에 몇 번 감옥에도 다녀와야 했다. 역시 그에 대한 매우 진솔한 시 「웨스트 스트리트에 대한 추억」("Memories of West Street and Lepke")에서 이 시인은 늦게 얻은 자신의 딸에 대한 사랑을 표현하고 있다. 그녀는 아홉 달 되었고 시인은 마흔이 넘은 나이였다. 그는 이 늦게 얻은 딸에 대한 애정을 매우 진솔하게 얘기하고 있다("태양처럼 그녀는 플라밍고 무늬 유아복을 입고 발딱 일어나곤 했다"(Like the sun she rises in her flame-flamingo infant's wear)). 시인은 귀여운 딸에게 흠뻑 매몰되어 있는 것 같다. 그렇게 부양할 자식이 생겼는데 그가 하는 일은 감방에나 드나드는 일이다. 물론 자신의 소신에 의해서 하는 일이니 후회는 없을 테지만 가족에게 미안한 마음은 있는 듯하다.

나는 불을 숨 쉬는 가톨릭 명령자다,
그리고 미친 듯한 언변을 토했다,
국가와 대통령을 씹어뱉고, 그런 다음
불펜에서 머리카락에 소용돌이 모양의
마리화나를 꽂고 있는 흑인소년 곁에
선고를 기다리며 앉았다.

I was a fire-breathing Catholic C.O.,
and made my manic statement,
telling off the state and president, and then
sat waiting sentence in the bull pen
beside a negro boy with curlicues
of marijuana in his hair.

　　　　　　　　　－「웨스트 스트리트에 대한 추억」 부분

아무리 바른 일을 하다가 그리 되었다 하나 마약을 했던 흑인소년과 함께 법정에 서는 기억은 역시 그리 유쾌하지는 않았을 것이다. 그는 자신의 언변을 미친 듯한 언술이라고 말한다. 자신을 자조하는 듯한 표현이다. 대통령과 합중국을 비판하는 일장의 연설을 한 후 마약 범법자 흑인 소년과 나란히 앉는다는 것이다. 아마 시인은 자신의 행위를 한편으로는 자조하고 있는 듯하다. 그리고 1년을 선고받았다. 시인은 이 웨스트 스트리트 형무소의 (꼭 축구장만한)옥상에서 걷기운동을 하고는 했다. 카키색의 죄수복을 입고 허드슨 강을 내려다보곤 했다고 쓰고 있다. 그리고 거기서 또 친구를 사귀었다. 그 친구는 채식주의자였다. 그러나 평화주의자였던 그는 대수롭잖은

일로 같은 수감자들에게 폭행을 당한다.

　슬슬 걸으며 나는 아브라모비츠와 형이상학을 떠들었다,
　황달처럼 노란(정말 햇빛에 잘 그을린)
　그리고 깃털처럼 가벼운 평화주의자와 어울려,
　그는 채식주의자여서,
　짚신을 신고 떨어진 과일을 선호했다.
　그는 헐리웃 뚜쟁이들인 비요프와 브라운을
　자신의 식이요법으로 개종시키려했다.
　털 많고 근육질에 투박하며
　초콜릿색의 쌍겹 정장을 입고 있는 그들은
　와락 옷을 벗더니 멍이 들도록 그를 두들겼다.

　Strolling, I yammered metaphysics with Abramowitz,
　a jaundice-yellow('it's really tan')
　and fly-weight pacifist,
　so vegetarian,
　he wore rope shoes and preferred fallen fruit.
　He tried to convert Bioff and Brown,
　the Hollywood pimps, to his diet.
　Hairy, muscular, suburban,
　wearing chocolate double-breasted suits,
　they blew their tops and beat him black and blue.

- 같은 시 부분

　감옥이란 이런 곳이다. 폭력이 난무하고 그러한 가운데 살아남아야 하
는 또 하나의 정글이지만 이 속에서도 질서가 있고 특이한 자들은 있게 마

련이다. 로월이 이 감옥에서 장기수는 아니었으니 스쳐가며 보는 정도였을 것이다. 아브라모비츠는 흉악범들이 득실대는 감옥에서 특이한 평화주의자였다. 짚신을 신고 과일도 익어 떨어진 것만 먹을 정도라면 거의 인도의 수행자에 가깝다. 그러한 그가 왜 감옥에 들어왔는지는 알 수 없으나 헐리웃의 폭력배들에게 뭘 가르치려 했다가 흠씬 얻어맞는다는 것이다. 이것을 목격하고 로월은 상당히 충격을 받은 듯하다("그리하여 나는 관심을 끊었다, 야훼의 증거 따위는 다시는 듣지 않을 것이다"(I was so out of things, I'd never heard/ of the Jehovah's Witness.)). 전쟁을 반대하고 그런 운동을 하다가 감옥에 들어왔는데 감옥 속에서는 또 다른 전쟁이 있었던 것이다. 이것은 어떤 의미에서 더 치열한 생존의 전쟁이었다.

이러한 시들을 읽다보면 이 시인의 내면이 찬찬히 들여다보이는데 이것이 이 시인의 특색이다. 『인생연구』(Life Studies)라는 시집에 실린 이 시들은 자기 자신의 삶과 주변 사람들의 삶을 큰 무리 없이 들여다보며 써나가는 것들이다. 로월의 시에서 가장 많이 알려진 시 「스컹크의 시간」("Skunk Hour")을 읽어 보자. 첫 연에 묘사되는 노틸러스 섬에 살고 있는 이 과부는 너무 부유하다. 세상의 아무런 어려움을 모르는 그녀의 유일한 고민거리는 그녀의 저택 앞의 조망을 가리는 방해물들이다("그녀는 그녀의 해안을 가로막는/ 눈의 가시들을 모두 사들였다"(she buys up all/ the eyesores facing her shore)). 그래서 그녀는 그것들을 모두 사들여 헐어버린다. 그녀의 저택은 스파르타식 즉 고전적인 건축물이며 그녀의 양떼가 바다에서 풀을 뜯는다는 것은 그녀가 소유한 어선일 것이다("그녀의 양떼가 여전히 바다 위에서 풀을 뜯고 있으니"(her sheep still graze above the sea.)). 그녀는 아무런 걱정거리가 없다. 주변에는 그녀를 위하여 일해 주는 사람들뿐이다. 그녀의 아들은 또 정신적인 세계를 다스리는 주교다. 그녀의 사치는 빅토리아여왕이라는 말에서 드러난다. 그런 여왕처럼 생활하고 싶은 그녀인 것이다. 그런데 지금 이 세월은 그리 좋지가 않다. 우선 이 섬의 부자 하나가 떠나가 버렸다. 그는 그의 배도 처분해 버리고 블루 힐에는 "붉은 여우의 배설물 냄새로 덮여 있다"(A red fox stain covers Blue Hill.). 또한 장식미술가인 아무개 씨의 가게는 밝게 치장해 놓았으나 전혀 돈벌이가 되지 않는다. 옛날엔 풍성히 잡히던 고기들이 어디론가 다 떠나가 버리고 그물을 던지지만 걸리는 것은 코르크마개 같은 산업 쓰레기들뿐이어서 돈이 벌리지 않는다. 당시는 미국이 몹시 번영하던 때였다. 그러나 역시 거기에도 명암이 있는 것이다. 너무나 부유해서 주체하지 못할 정도의 부자와 생활이 되지 않는 빈자, "할 일이 없으니 결혼이나 할까"라는 말은 매우 시니컬하다. 시의 전체적인 분위기는 나른함이다. 활력이라고는 찾아볼 수 없고 부유하고 여유 있지만 권태롭다. 당시 사회의 한 단면은 다음의 구절에서 드러난다.

어느 어두운 밤,
내 튜더 포드 자동차는 해골언덕을 오른다;
나는 연애하는 차를 보았다. 전등은 끈 채,
그것들은 나란히 주차되어 있었다, 몸체와 몸체를 마주 댄 채,
묘지가 마을에서 완만한 경사를 이루고 있는 곳이다......
내 심사가 편치 않았다.

차의 라디오가 소리를 터뜨린다,
"사랑, 오 개념 없는 사랑..." 나는 나의
언짢음이 피톨 속에서 흐느끼는 것을 듣는다,
마치 내 손이 그 목을 누르고 있는 것처럼...
내 스스로가 지옥이다;
여기엔 아무도 없다—

One dark night,
my Tudor Ford climbed the hill's skull;
I watched for love-cars. Lights turned down,
they lay together, hull to hull,
where the graveyard shelves on the town......
My mind's not right.

A car radio bleats,
"Love, O careless Love..." I hear
my ill-spirit sob in each blood cell,
as if my hand were at its throat...
I myself am hell;
nobody's here—

—「스컹크의 시간」 부분

엘리엇의 『황무지』에서 타이피스트의 정사는 쇼킹한 것이었다. 아무런 애정 없는 기계적인 섹스는 현대문명의 무생명성과 삭막함을 말해주는 좋은 매개물이었다. 시간은 또 몇 십 년이 흘렀다. 이제는 카섹스다. 차 안에서의 성행위는 부도덕함과 아울러 일회성의 편리함을 말하는 것이다. 세상의 점점 더 기계화되고 편리해져서 섹스마저도 모든 과정을 다 생략해버리고 목적만을 취하게 되는 것이다. 여기서 언덕의 해골을 오른다는 것은 예수가 십자가를 지고 올랐던 골고다의 언덕을 연상하게 하는 바가 있다. 거기서 예수의 거룩한 수난대신 일회적인 사랑에 취해 있는 자동차들을 발견하는 것이다. 그러나 그 모든 욕망은 결국 영구적인 생명보다 죽음으로 귀결되는 것이다. 이 언덕이 해골의 언덕(골고다)으로 묘사된 것은 우연이 아니다. 그리하여 그는 "피톨 속에서 슬픔이 흐느끼"고 "내 손이 그 목을 누르고 있"는 것 같다고 말한다.

감옥에서의 체험과 가족에 대한 사랑을 솔직히 그리던 이 시인의 시풍이 이 시에서는 완전히 바뀌었다. 일종의 사회비판인 것이다. 시인이란 반사회적인 자아인 경우가 많다. 그럴 수밖에 없는 것이 그런 가운데 시가 탄생하는 것이기 때문이다. 사회적인 성장과 변화의 흐름, 이것을 그들은 견디지 못하고 반감의 소리를 토하는 것이다. 예나 지금이나 사회란 모순과 부조리로 가득 차 있다. 20년대 엘리엇이 살았던 시대나 50년대 로월의 시대나 사회는 부조리하고 타락할 수밖에 없다. 그러나 그 모습이 자꾸 달라진다. 그리고 이 시에서는 그 무생명이 쓰레기통을 뒤지는 스컹크로서 나타난다.

단지 달빛 속에서
한 조각의 먹이를 찾는 스컹크들만 있다.
그들은 맨발로 중앙로를 따라 걷는다:
하얀 줄무늬, 달빛이 비친 눈동자가
트리니테리언 교회의
뾰족탑과 초크드라이 아래 붉은 불길이다.

나는 우리의 뒷 계단
위에 서서 진한 대기를 들이 마신다—
어미 스컹크가 한 줄의 새끼들을 거느리고 쓰레기통을 휘젓는다.
어미는 쐐기 주둥이를 시어터진 크림이 든
컵 속에 처박으며 꼬리를 내린다,
그리고 두려워하지 않을 거다.

only skunks, that search
in the moonlight for a bite to eat.
They march on their soles up Main Street:

white stripes, moonstruck eyes' red fire
under the chalk-dry and spar spire
of the Trinitarian Church.

I stand on top
of our back steps and breathe the rich air —
a mother skunk with her column of kittens swills the garbage pail.
She jabs her wedge-head in a cup
of sour cream, drops her ostrich tail,
and will not scare.

- 같은 시 부분

어미 스컹크가 새끼들을 거느리고 사람들이 사는 도시에 나타난 것이다. 그것들은 달빛 아래서 먹을 것을 찾아 나타난 것이다. 흰줄을 선명하게 반짝이며 눈알은 붉은 등을 켠 것 같이 환하다. 마침 그 배경에 서 있는 삼위일체파 교회의 뾰족탑은 독특한 연상을 하게 한다. 그 스컹크의 무리는 쓰레기통을 뒤진다. 자연 속을 살아가는 동물들이 원래 할 일은 자연 속에서 먹이를 찾는 일이다. 그런데 이들은 인간들의 생활 쓰레기에서 먹이를 찾고 있는 것이다. 인간들이 먹다 버린 쉬어터진 크림에 스컹크들은 주둥이를 들이밀고 있다. 그리고 꼬리를 떨어트린 채 경계하지도 않는다.

이 시가 로월의 시에서 중요한 위치를 차지하는 것은 50, 60년대의 사회비판의 요소를 담고 있다는 점 때문이다. 20년대 엘리엇이 쓴 『황무지』가 인상적인 문명 고발이었다면 30년여의 세월이 흐른 후 새로운 고발이 잉태된 것이다. 세상은 훨씬 더 평화로워졌고 미국은 번영하고 있었다. 20세기 초반과 같은 세계적인 위기는 보이지 않았다. 베트남 전쟁이란 배부른 미국이 가난한 베트남을 마음대로 요리하겠다고 덤벼들었다가 혼이 난 전쟁이다. 양차 세계대전을 통해 재미를 본 미국이 훨씬 약하고 가난한 나라 베트남을 건드렸으나 그 약한 나라는 알고 보니 고슴도치였다. 당시의 양식 있는 지식인들은 당연히 이 명분 없는 전쟁에 반대했다. 앞의 시에 나타난 사람들의 모습이 바로 당시의 배부른 미국을 말하는 것이다. 너무나 부유해서 세상이 재미없는 사람들, 그들이 먹다 남긴 음식 찌꺼기를 먹고 있는 스컹크는 예사롭게 읽히지 않는다. 이 짐승들은 약소국들을 말하는 것은 아닐까? 로월은 극렬한 반전주의자였다. 물론 베트남 전쟁 이전에 있었던 한국전쟁에 대해서도 지식인들은 반대했다. 게리 스나이더와 같은 시인들이 그러했다. 그들의 눈에 비친 미국은 할 일 없이 남의 나라 일에 관여하는 배부른 건달로 비쳤을 것이기 때문이다.

그러나 앞에서 계속 언급했듯이 전반적으로 로월의 시는 일기와 같은 진솔한 드러냄이다. 「지난밤」('Last Night')이라는 시도 대표적인 경우다.

(지난밤은) 이미 죽었기보다 좀처럼 죽지 않는 것?
나는 교제도 없이 첫 수업에 들어가서
내 딸에게 보냈던 시계가 움직이지 않음을 보았다;
나는 오래된 벽장문을 열었다, 그리고 내가
생석회를 뒤집어썼음을, 내 얼굴이 녹아내리고 있음을 알았다……
건성으로 보아도 여전히 알아볼 수 있는 얼굴.
하느님 고맙습니다, 나는 스스로를 발견한 최초의 사람.
아 나보다 나이 많은 세대들의 빠른
사라짐이여 – 뢰트케, 베리만, 재럴, 로월의
죽음, 자살, 광증이여
그들 중 가장 의기소침한 마지막 사람이
『위어리경의 성』을 소모하기 위해 살아남았다……

Is dying harder than being already dead?
I came to my first class without a textbook,
saw the watch I mailed my daughter didn't run;
I opened an old closet door, and found myself
covered with quicklime, my face deliquescent...
by oversight still recognizable.
Thank God, I was the first to find myself.
Ah the swift vanishing of my older
generation — the deaths, suicide, madness
of Roethke, Berryman, Jarrell and Lowell
the last the most discouraging of all
surviving to dissipate *Lord Weary's Castle*......

— 「지난 밤」 부분

어느 날 잠을 깨고 일상생활을 하다가 느낀 것을 담담하게 읊고 있다. 지난밤은 지나가 없어진 것이 아니고 악착같은 여운을 남긴다. 아마 이 시인은 악몽을 꾼 모양이다. 그것이 새날이 밝아 사라지는 것이 아니라 여진을 남기고 있다. 꿈에서 그는 그냥 일상대로 첫 수업을 들어갔는데 딸에게 보낸 손목시계가 (꿈속이니까) 움직이지 않음을 발견한다. 그리고 개인적으로 비밀스러운 벽장을 열어보니 어느덧 내가 생석회를 뒤집어쓰고 있음을, 내 얼굴이 없어져 가고 있음을 발견한다. 이것은 상징적이다. 생회를 뒤집어쓰면서 얼굴이 사라져가다니, 그러면서 나를 발견하게 해주어서 하느님에게 감사하다니, 이것은 꿈이면서 뭔가 상징하는 바가 있다. 그러면서 하나씩 사라져가는 선대 시인들, 뢰트케(Theodore Roethke), 베리만(John Berryman), 재럴(Randall Jarrell) 등을 말하고 있다. 나의 모습이 사라지고 선배들의 모습이 환영처럼 떠오르는 것은 무엇을 말하는 것일까? 이 선배시인들은 로월보다 조금 전에 활동했던 선배 시인들이다. 로월은 누구보다도 이들에게 친밀감을 느끼고 있었을 것이다. 이들이 하나씩 사라지듯 자신도 사라져버릴 것을 예감하고 있는 것일까? 전날 밤의 여운은 이렇게 남아서 시인의 의식의 발목을 잡는 것이다.

이런 시들은 일기와 같다. 무슨 특별한 메시지가 있는 것도 아니요, 특별한 사건이 있는 것도 아니다. 일상의 매일에서 언제든지 있을 수 있는 작은 일을 담담하게 말하고 있는 것이다. 아마 이것이 이 시인의 독자들을 매료시켰을 것이다. 어떻게 생각하면 한없는 편안함을 이 시인의 시에서 느꼈는지 모른다. 시대를 비판함에 있어서도 이 시인은 그리 현란하게 비판하지 않는다. 즉 그리 난해한 상징이나 독특한 이미지를 발하지 않는다. 그러면서 편안하게 조목조목 비판하고 있는 것이다. 그의 가족 이야기, 할아버지 할머니 어머니 아버지가 주된 시적 소재이며 자기 자신의 체험을 소중하게 활용했다. 극렬한 반전주의자이면서도 시에서 전쟁에 대한 묘사가 보이지 않음도 특기할 만하다.

* 이 글을 쓰는 데 김혜영 교수(신라대)의 도움과 조언이 있었음.

| 참고문헌 |

김혜영. 『Robert Lowell 시의 미국적 숭엄미』. 부산대학교 대학원 박사학위논문,
    1999.
이홍필. 「로버트 로월과 가족」. 『현대영미시연구』 12권 1호. 한국현대영미시학회,
    2006.

Perloff, Majorie G. *The Poetic Art of Robert Lowell.* Ithaca: Cornell U P, 1973.

Rudman, Mark. *Robert Lowell: An Introduction to the Poetry.* New York: Columbia U P, 1983.

Staples, Hugh B. *Robert Lowell: The First Twenty Years.* New York: Farrar, Straus and Cudahy, 1962.

Williamson, Alan. *Pity the Monsters: The Political Vision of Robert Lowell.* Westport, Connecticut: Greenwood P, 1986.

Yenser, Stephen. *Circle to Circle: The Poetry of Robert Lowell.* Berkeley: U of California P, 1975.

11

테드 휴즈(Ted Hughes, 1930-1998)

1) 폭발하는 에너지

테드 휴즈는 우리에게 흔히 실비아 플라스(Sylvia Plath, 1932-1963)와 연관되어 알려져 있다. 즉 천재 여류시인 플라스의 남편으로서 또 그녀를 죽음으로 몰고 간 장본인으로 그다지 좋지 않은 평을 받고 있다. 『노턴 앤솔로지』(Norton Anthology)의 시인소개에서 편집자는 휴즈 시의 성격을 폭력(violence)이라고 정의 내리고 있는데 이것이 적절한 지적인 것 같다. 앞에서 읽어 보았던 라킨이 그 외양에서 풍기는 이미지부터 빈틈없고 꼼꼼한 도서관 사서라면 휴즈는 우선 겉보기부터 매우 거칠고 단단하다. 그의 남성미는 외모로 그치는 것이 아니고 시에서도 드러나는데 이것은 그의 내적인 성향이 그러하다는 것을 의미한다. 즉 그는 에너지로 가득한 시인이며 그것이 폭발하듯 터져 나오는 것이 그의 시라고 보아도 좋다. 그런 의미에서 그의 시는 19세기의 홉킨스(G. M. Hopkins)와 비교해볼 만하다. 홉킨스의 시가 전반적으로 역동적인 에너지의 시라면 휴즈의 시가 그의 뒤를 잇고 있는 듯한 인상을 주는 것이다. 단지 홉킨스가 외양으로 보아서 여성적이라고 할 만큼 가냘프다면 휴즈는 억센 턱을 가진 강인한 사나이라는 점이 다르다.

그의 역동성은 동물시에서 두드러진다. 그는 말, 여우, 수달 등 동물들의 움직임 하나하나를 그냥 보아 넘기지 않았다. 일단 말부터 보자. 아마 동물들 중에서 말은 가장 그 역동적 움직임이 훌륭할 것이다. 뛸 때의 근육의 움직임도 그러하지만 그냥 멈추어 있을 때도 그 미끈한 모습은 보는 사람을 매료시키는 바가 있다. 그의 시 「말」("The Horses")에서 말들은 아주 매력적으로 묘사되고 있다("짙은 회색 거대한 몸집의─열 마리가 한꺼번에─/ 고요한 거석. 그것들이 숨을 쉰다, 움직이지는 않으며,/ ……/ 늘어뜨린 갈기와 기울인 뒷발굽을 하고,/ 소리 내지 않으며"(Huge in the dense grey─ten together─/ Megalith still. They breathed, making no move,/ ……/ With draped manes and tilted hind hooves,/ Making no sound)). 이 시의 시간적 배경은 해뜨기 한 시간쯤 전이다. 어슴푸레한 빛 속에서 말들이 한 데 모여 서 있는데 이 모습을 시인은 고요한 거석이라고 말한다. 또 이 침묵을 시인은 "잿빛 침묵"(grey silence)이라고 말하고 있다. 이것은 영국의 스톤헨지를 생각하고 쓴 구절일 것이다. 어둠속에서 본 말들의 모습은 그토록 장엄하다. 시의 화자는 텅 빈 계곡을 바라보며 잠시 생각에 잠겨보는데 그 때 동이 트면서 사물이 모습을 드러내기 시작하는 것이다. 이 광경은 다음과 같이 묘사되고 있다.

도요새의 눈물이 조용한 가운데 가장자리로 비친다.
천천히 세세한 모습들이 어둠에서 빠져나왔다. 그리고 태양이
오렌지 빛에서 붉고 붉게 터져나왔다
고요히, 그리고 그 핵심에서 빛을 터뜨리며 구름을 걷어내고,
만을 흔들어 열면서, 푸른색을 보인다,
그러고 나서 거대한 혹성들이 턱 걸려있는 것이다ㅡ.

The curlew's tear turned its edge on the silence.
Slowly detail leafed from the darkness. Then the sun
Orange, red, red erupted
Silently, and splitting to its core tore and flung cloud,
Shook the gulf open, showed blue,
And the big planets hangingㅡ.

ㅡ「말」부분

빛이 터져 나오는 모습이 어쩌면 이다지도 역동적으로 묘사될 수 있을까. 모든 것은 고요 가운데 움직이고 있지만 하나하나가 힘으로 가득하다. 태양은 오렌지 빛에서 붉어지다가 순식간에 그 핵을 찢고 구름을 떨쳐버리는 것으로 되어 있다. 만의 물이 일출아래 흔들리는 것 같다가 푸른색으로 드러나고 그 모든 변화가 지난 다음 새벽의 혹성들이 하늘에 큼직한 모습으로 턱 걸린 것처럼 되는 것이다. 첫새벽의 고요하면서 역동적인 변화는 이처럼 집요하게 묘사되고 있다. 말들의 움직임은 어떤가.

거기, 여전히 그들은 서 있었다,
그러나 이 순간 빛이 쏟아지는 가운데 김을 뿜으며 번들거리며,
그들의 돌 같이 드리운 갈기, 그들의 기울인 뒷발굽들.
그들 주변에 서리가 그 불길을 내비치는 동안

온기 아래서 몸을 움직이며. 그러나 여전히 그들은 소리를 내지 않는다.
어느 한 마리도 코를 불거나 발굽을 따각이지 않는다,
그들의 늘어뜨린 고개는 지평선처럼 참을성 있게,
계곡들의 위에 높이, 붉고 평평한 햇살 가운데 있다.

> There, still they stood,
> But now steaming and glistening under the flow of light,
> Their draped stone manes, their tilted hind-hooves.
> Stirring under a thaw while all around them
> The frost showed its fire. But still they made no sound.
> Not one snorted or stamped,
> Their hung heads patient as the horizons,
> High over valleys, in the red levelling rays —

— 같은 시 부분

말들은 끝내 움직이지 않는다. 그것들은 이제 새로 비치는 새벽의 햇살아래 번들거리며 서 있는 것이다. 이는 방금 경주를 마치고 땀에 젖어 번들거리는 것이 아니다. 그냥 말 자체가 가지고 있는 기름기 때문에 반들거리는 것이다. 말의 모습은 늘어뜨린 갈기와 뒷발굽으로 나타난다. 아마 가을인 듯 양 사방에는 서리가 내려 뽀얀데 햇살에 의한 약간의 열기 때문에 몸을 약간 꿈틀거려보는 것이다. 그들은 끝내 코를 불지도 발을 구르지도 않는다. 오로지 지평선처럼 참을성 있게 목을 늘어뜨리고 저 계곡 위에 서 있는 것이다. 말의 모습은 신비롭다. 그것은 그냥 들판에서 뛰거나 움직이는 모습이 아니라 새벽의 여명을 받으며 서있는 모습이어서 더욱 그러하다. 말들이 끝까지 움직이지 않고 침묵을 지키고 있는 것은 이제 그 대지 위를 뛰쳐나가려는 폭발성을 감추고 있는 것이어서 더욱 역동적으로 보인다. 낮게 깔리는 붉은 빛 태양광선은 목을 늘어뜨린 말들의 모습을 신비롭게 해준다.

시인은 왜 말을 묘사하면서 뛰어오르거나 질주하는 모습이 아니라 멈추어 발만 구르는 모습을 이토록 치밀하게 묘사했을까. 비평가들은 이것을 시작의 과정을 상징하는 것이라고들 말한다. 시적 영감이 떠오르기 시작할 때와 말이 하루의 질주를 기다리며 온몸의 근육을 이완시키고 있을 때의 모습이 유사하다는 것이다. 일단 영감이 떠오르면 그 다음에 시인의 펜은 말이 대지를 달리는 것처럼 원고지 위를 달리게 되는 것이다. 다음으로 살펴볼 짐승은 여우다. 말의 움직임이 곧 뛰어오르려는 역동성을 내재한 멈춤의 그것이었다면 여우의 동작은 민활하면서 조심스러운 그것이다.

검은 눈처럼 차갑고 섬세하게,
여우의 코가 나뭇가지를, 잎을 건드린다;
두개의 눈알이 끊임없이 움직인다, 또록
또 다시 또록, 또록, 그리고 또록

나무 사이의 눈밭에 깨끗한
도장을 찍는다, 그리고 치밀하게 절름거리는
그림자가 그루터기 때문에 지체되고
공터를 가로질러 용감하게 다가오는

몸뚱이는 헛되다, 눈 하나가
넓어지고 깊어지는 초록색,
반짝이며, 몰두해서,
자신의 일 주변을 빙빙 돌고 있다

그때, 여우의 갑작스럽고 고약한 악취와 함께
그것이 머리의 검은 홀로 들어온다.
창밖에는 여전히 별이 뜨지 않고, 벽시계 똑딱거리는데,
어느덧 백지가 프린트 되어 있다.

Cold, delicately as the dark snow,
A fox's nose touches twig, leaf;
Two eyes serve a movement, that now
And again now, and now, and now

Sets neat prints into the snow
Between trees, and warily a lame
Shadow lags by stump and in hollow
Of a body that is bold to come

Across clearings, an eye,
A widening deepening greenness,
Brilliantly, concentratedly,
Coming about its own business

Till, with a sudden sharp hot stink of fox
It enters the dark hole of the head.
The window is starless still; the clock ticks,
The page is printed.

　　　　　　　　　　 － 「생각의 여우」("The Thought-Fox") 전문

　　말들의 모습이 멈춤이었다면 여기 묘사된 여우의 움직임도 동적이지는
않다. 그것은 예민한 코로 눈길을 밟으며 나뭇가지를 건드려보는 것으로 일

단 나타난다. 두 눈알은 끊임없이 움직이며 눈 위에 발자국을 찍는 것이다. 그리고 나무그루터기와 빈터들을 조심스레 넘어오는 과정에서 몸은 없어지고 눈만 남아 초록색으로 점점 커지는 것으로 되어 있다. 그 눈을 묘사함에 있어서 "총명하게 집중해서"라고 말하고 있는데 그것은 여우가 무언가에 몰두하면서 모든 신경이 눈에 집중되고 있음을 묘사하는 부사이다. 그런데 시의 마지막 연에서 반전이 이루어진다. 한순간 독한 여우의 냄새를 풍기며 그것이 머릿속에 들어오고 갑자기 백지가 프린트 된 것으로 묘사되고 있다. 마지막 연에서 독자들은 무릎을 칠 것이다. 즉 이 시는 여우의 치밀한 탐색의 동작과 시를 쓰는 창작의 순간을 일치시킨 시이다. 영감이 떠오르는 순간을 "날카롭고 고약하고 갑작스러운" 여우의 체취가 확 풍기는 순간으로 일치시키고 있다. 밤새도록 시 한 편을 들고 끙끙거렸을 이 시인의 창에는 아직 별이 뜨지 않았고 벽시계는 별일 없다는 듯 째깍거리는데 어느새 백지에는 시 한편이 타이핑되어 있는 것이다.

　말과 여우는 별 움직임이 없다. 말에서 창작의 순간을 보았듯이 여우에게도 그랬던 것이다. 말이 어슴푸레한 새벽 여명 속에서 천천히 역동적인 모습을 드러내는 것이나 여우의 조심스러운 탐색의 모습이 그토록 치밀하게 묘사되고 있음은 창작의 한 과정, 깨우침의 한 과정을 비유적으로 말하고 있는 것이다. 이러한 동물의 특징을 묘사하면서 그것으로 무언가 다른 것을 상징한다는 것은 뛰어나다. 처음 이 시인의 시를 보면 누구나 그러한 매력에 사로잡히게 된다. 그것은 이 시인의 개성이라고 할 수도 있을 것이다. 그는 정적인 것보다 동적인 것, 고요한 사유보다는 움직이는 활력에 더 집중하고 좋아했을지 모른다. 사유조차 어떤 움직임에 연결시켜 묘사해내는 재주야말로 아무나 흉내 낼 수 없는 것이 아니다. 말이나 여우보다 더 활동적인 짐승을 보자.

물속의 눈, 미꾸라지의
기름진 몸뚱이, 물고기도 짐승도 아닌 것이 수달이다:
네 개의 발을 가졌으나 물에는 지능을 타고 났다, 물고기 아닌
물고기로; 물갈퀴 달린 발과 길게 키를 잡는 꼬리
그리고 둥근 머리통은 늙은 수고양이 같다.

사냥개나 해충에도 불구하고
자기 스스로의 전설을 전쟁이나 매장 이전으로부터 가지고 오며,
오소리처럼 뿌리내리지 않는다. 헤매고 소리 지르며,
그가 더 이상 속하지 않는 땅을 따라 달리며,
녹듯이 물에 다시 들어간다.

물도 아니요 땅도 아니다. 그가 처음 잠수했을 때
잃어버렸고 그때 이후 돌아오지 못했던 어떤 세계를 찾으며,
그의 바뀐 몸뚱이를 호수의 구멍으로 밀어 넣는다;
마치 눈먼 것처럼 흐르는 물의 돌진을 뚫고
바닥의 조약돌을 핥을 때까지 내려간다; 이 바다에서

숨은 왕처럼 저 바다를 사흘 밤 만에
건너간다. 별이 반짝이는 땅의 오랜 형상에게
박쥐 날아다니는 푹 꺼진 농장 너머 울부짖는데,
아무런 답은 없다. 마침내 빛과 새소리가
우유배달 마차와 함께 길 위를 비틀대며 온다.

Underwater eyes, an eel's
Oil of water body, neither fish nor beast is the otter:
Four legged yet water gifted, to outfish fish;
With webbed feet and long ruddering tail
And a round head like an old tomcat.

Brings the legend of himself
From before wars or burials, in spite of hounds and vermin-poles;
Does not take root like the badger. Wanders, cries;
Gallops along land he no longer belongs to;
Re-enters the water by melting.

Of neither water nor land. Seeking
Some world lost when first he dived, that he cannot come at since,
Takes his changed body into the holes of lakes;
As if blind, cleaves the stream's push till he licks
The pebbles of the source; from sea

To sea crosses in three nights
Like a king in hiding. Crying to the old shape of the starlit land,
Over sunken farms where the bats go round,
Without answer. Till light and birdsong come
Walloping up roads with the milk wagon.

　　　　　　　　　　　　　－ 「수달」("An Otter") 부분

　　물고기도 아니며 지상짐승도 아닌 수달은 지느러미도 있으며 네 개의
다리도 가지고 있어서 참으로 신기한 동물이다. 즉 물속과 지상을 마음껏
휘젓고 다닐 수 있는 동물이다. 그것은 쉴 새 없이 움직이고 있어서 활력의
원조인 것처럼 보인다. 그것의 동작은 돌아다니고, 울부짖고, 땅을 뛰어다니
고, 물에 다시 녹아들 듯 잠수하는 행위로 나타나고 있다. 땅 위에서 마음껏
돌아다니다가 다시 물속에 들어가는 모습은 너무나 자연스러워 "물에 녹아
들 듯이"이며 "호수 구멍"을 찾아 들어가며 물의 흐름을 "뚫고" 다니는 것
으로 되어 있다. 물속을 헤집고 돌아다니는 이 짐승의 힘찬 모습은 심지어

호수 바닥의 조약돌을 핥는 행위로까지 나타나고 있다. 그리고 마치 바다의 제왕처럼 사흘 낮밤을 헤엄쳐 바다를 건너기도 하는 것이다. 밤하늘을 보며 울부짖는 수달의 행위는 참으로 자신만만하다. 이 시의 전반에 나타난 수달의 동작은 휴즈의 살아있는 생물에 대한 관찰과 거기에 대한 감탄을 말해주는 것이다. 그는 아마 이 지상의 모든 동식물들의 끈질기고 강한 생명력과 그것은 꿈틀대고 쉴 새 없이 움직이는 모습으로 나타남에 감탄하고 있었던 것 같다. 그러나 이 시의 끝부분에서 독자들은 실소를 금할 수 없게 되는데 그 수달에 대한 시의 출발이 바로 응접실의 소파 등받이에 걸쳐진 수달의 가죽이라는 것이다("사방의 사냥개들을 위협했으나, 형편없는 것으로 돌아갔으니,/ 이 의자의 등받이나 덮은 긴 가죽으로 말이야"(Yanked about hounds, reverts to nothing at all,/ To this long pelt over the back of a chair)). 결국 그 수선스러운 수달에 대한 긴 묘사는 등받이의 수달 가죽을 보고 시인이 상상해낸 것이다.

동물만이 아니다. 식물에 있어서도 시인의 눈은 다르지 않다. 그의 눈에 잡히는 식물의 모습도 폭발적인 에너지를 감추고 있다. 영국, 특히 스코틀랜드의 벌판에 억세게 자생하는 엉겅퀴를 다음과 같이 표현하고 있다.

> 암소의 생고무 같은 혓바닥과 사람의 호미질 하는 손에 저항하여
> 엉겅퀴는 여름 대기를 꼭꼭 찌르거나
> 아니면 검푸른 압력 하에 팍 터뜨려진다.

> Against the rubber tongues of cows and the hoeing hands of men
> Thistles spike the summer air
> Or crackle open under a blue-black pressure.
>
> — 「엉겅퀴」("Thistles") 부분

소의 혀를 고무같이 질기고 튼튼한 것으로 말하고 있으며 그 소의 혀와 호미질 하는 사람들의 손길에 반항하여 엉겅퀴가 여름 하늘을 찌르는 것으로, 혹은 껍질을 탁탁 터뜨리는 것으로 묘사되고 있다. 엉겅퀴는 가시가 많다. 옛날 노르만족이 스코틀랜드를 걸핏하면 침략하곤 했을 때 엉겅퀴는 가시로 병사들의 발목을 찔러 비명을 지르게 함으로써 스코틀랜드인들이 대비를 할 수 있게 해 주었다. 그런 이유로 엉겅퀴는 스코틀랜드의 국화가 되었을 정도이다. 그리고 소의 혀는 정말 질기고 튼튼하다. 그런데 그것을 고무에 비유한 것이 재미있다. 식물들의 가시를 갖는 이유는 탐욕스러운 초식동물들의 식욕 앞에서 자신을 보호하기 위함이다. 그러나 소의 혀는 워낙 튼튼해서 식물의 가시 따위는 거침없이 훑어먹는 것이다. 그때 식물의 마지막 보호수단은 씨앗을 탁탁 터뜨림으로써 후손을 퍼뜨리는 것이다. 이런 과정을 시인은 에너지의 대결 국면으로 보고 있는 것이다. 먹는 동물과 먹히는 식물은 각자의 생존을 위해 이처럼 필사적이다. 그러나 그 필사는 그것대로 아름다운 것이다. 엉겅퀴의 마지막은 사람의 그것에 비유되고 있다.

그리고 그것들은 꼭 사람처럼 백발이 되고
베어지는데, 그것은 싸움이다. 그들의 아들들이 나타나
무기로 빳빳하게 무장을 하고, 똑같은 땅 위에서 투쟁하는 것이다.

Then they grow grey, like men
Mown down, it is a feud. Their sons appear,
Stiff with weapons, fighting back over the same ground.

— 같은 시 부분

식물도 늙으면 사람처럼 허연 백발이 된다. 그리고 낫이나 사람들의 손길에 의해 잘려나간다. 그리고 시인은 그 생존을 싸움이라고 풀이하고 있다. 어느새 그들의 자손이 돋아나서 무기로 빳빳이 무장한 채 똑같은 땅 위에서 그들의 생존을 위협하는 적들과 싸우는 것이다. 생멸의 순환은 이토록 강인하면서 처절하다.

아마 그의 동물시 가운데서 가장 뛰어난 것은 재규어에 대한 시가 될 것이다. 동물 중에서 가장 민활하게 움직이며 몸매도 날렵한 동물이 표범류의 맹수이다. 고양잇과의 동물은 모두 날렵하게 생겼지만 재규어는 특히 그러하다. 시의 첫 부분에 표범의 엉덩이 부분은 매우 정밀하게 묘사되고 있다. 그리고 그 중심에는 척추가 있다. 맹수 특유의 유연한 척추 말이다. 그 척추를 중심으로 움직이는 각 부분의 묘사는 치밀하다("궁둥이는 관절에서 빠져나왔다 들어갔다 하는데, 등뼈를 떨어뜨리며/ 서둘러 긴급하게/ 마치 떨어지는 돌 사이를 이리저리 빠져나가는 고양이처럼"(The hip going in and out of joint, dropping the spine/ With the urgency of his hurry/ Like a cat going along under thrown stones)). 고양잇과 동물의 몸은 유연하다. 걸어갈 때 다리뼈가 가죽 아래서 움직이는 모습을 이처럼 관찰하고 있는 것이다. 그리고 그 움직임은 다음과 같이 이어진다.

아즈텍의 다부진 미이라 만드는 이처럼
무시무시한, 짤막한 다리로 어기적거리며,
짧은 꼬리를 휘두르며, 그의 뒷다리 사이의
네모진 소켓을 아예 갈아 없애려는지,
불씨가 넘쳐흐르는 화로 같은 머리를 들고 다닌다
주둥이의 검은 테를, 그의 어금니 사이로
깨물고 다닌다, 가죽을 닳게 해야 한다,

방향을 틀면서 물통의 물을 핥아 마시고
닳아서 반들반들한 지점 위에 발꿈치의 동그란 바닥을 돌리는 순간
나비처럼 그의 복부를 보인다,
크게 한 걸음 뗄 때마다 그는 스스로 코너를 돌아야 하며
자세를 바로잡아야 한다.

A terrible, stump-legged waddle
Like a thick Aztec disembowller,
Club-swinging, trying to grind some square
socket between his hind legs round,
Carrying his head like a brazier of spilling embers,
And the black bit of his mouth, he takes it
Between his back teeth, he has to wear his skin out,
He swipes a lap at the water-trough as he turns,
Swivelling the ball of his heel on the polished spot,
showing his belly like a butterfly,
At every stride he has to turn a corner
In himself and correct it.
— 「재규어 두 번째 보기」("Second Glance at a Jaguar") 부분

　방향타 역할을 하는 꼬리는 뭉툭하고 단단하다. 그리고 재규어의 다부진 몸매를 아즈텍의 미이라 만드는 사제에 비유한 것도 그렇지만 두 뒷다리 사이의 항문이나 생식기를 소켓이라 표현한 것도 재미있다. 그것이 닳아 없어질 정도로 재규어는 부지런히 움직이고 있다. 그의 머리는 마치 화로처럼 이글거린다. 그 이글거리는 불씨로 가득 담긴 화로를 이고 다니는 것이다. 그의 섬세한 눈은 이 맹수의 입술 아래쪽의 늘어진 검은 부분까지 놓치지 않고 묘사하여 어금니로 지그시 물고 있는 것처럼 말하고 있다. 물을 마시

는 동작도 매우 역동적이다. 심지어 발바닥의 동그란 살마저 섬세하게 묘사하고 있다. 그것을 이용하여 맹수들은 소리 없이 내려앉고 달리고 하지 않는가. 그의 복부는 나비의 그것과 같이 날렵하며 한 번씩 방향을 틀 때마다 스스로 자세를 바로잡는 것이다.

그런데 자세히 보면 이 재규어는 자연 속의 재규어가 아니다. 그는 동물원 우리 안에 갇혀 자신의 넘치는 에너지를 어쩌지 못해 쉼 없이 서성거리는 모습을 하고 있다. 오히려 백수의 왕이라는 사자의 우리에서는 게으른 사자들이 한없이 늘어져 자는 것을 볼 수 있지만 재규어는 잠시도 가만있지 못한다. 이것이 휴즈의 동물시이다. 그는 늘어져 있는 다른 동물들보다는 쉼 없이 움직이며 자신을 버려두지 않는 이 맹수가 더 마음에 들어 했는지 모른다. 그가 묘사한 동물들, 말, 여우, 수달, 재규어 등은 모두 힘으로 가득하다. 휴즈의 이러한 시도는 서두에서 말했듯이 홉킨스를 연상하게 하는 바가 있다. 영시의 전통에서 움직임에 대한 이러한 선호는 낭만시인 존 키츠 이래 감각시인들에 의해서 시도되어왔고 그것은 매우 중요한 흐름 중의 하나이다. 움직임과 감각에 대한 치밀한 묘사는 우리의 눈으로 볼 때도 매력적이다. 앞에서 보았던 필립 라킨의 시가 고전주의적 전통에서 읽을 수 있는 시인이라면 테드 휴즈는 낭만주의적 전통 속의 시인이다. 격정과 에너지의 사나이, 즉 악마적 영웅의 한 면모가 그에게 있었는지 모른다.

2) 악마적 테마

그토록 동물의 에너지에 심취했던 테드 휴즈의 심리적인 내면에는 무엇이 숨어 있을까? 앞에서 말했듯이 그의 외모는 매우 준수하면서 남성적이다.

외양으로 온전히 그 사람을 판단할 수는 없을 테지만 그렇다고 그 작가의 외적인 모습이 시를 읽는 데 상관이 없는 것은 결코 아니다. 예를 들어 테니슨(Alfred Tennyson)은 그 얼굴에서 무언가 거룩한 예언자 같은 모습을 보게 되는데 과연 그는 그런 도덕적인 시를 즐겨 썼다. 에드거 앨런 포(Edgar Allen Poe)의 외양은 우선 보기에도 폐적자적인데 그의 문학이 어떤 것인지는 말할 필요가 없어 보인다. 워즈워스, 키츠, 엘리엇, 휘트먼(Walt Whitman) 등 시인들은 역시 그들의 시에 걸맞은 인상을 갖고 있다. 그렇다면 휴즈에게는 그 남성적인 면모만 있는 것일까? 그의 전체적인 시를 읽어보면 그것이 거기에만 그치지 않음을 알게 된다. 즉 에너지에 대한 끝없는 감탄과 숭배의 이면에는 어떤 악마적인 요소가 있어 보인다는 것이다.

여기서 서구문학의 중요한 전통, 그 악마적인 것에 대해서 좀 설명을 해야 할 것 같다. 악마적 영웅이란 밀턴(John Milton)의 『실낙원』(*Paradise Lost*)에서 만들어진 것인데 그 서사시에서 신의 처벌을 받고 지옥에 떨어진 악마 사탄이 대단히 영웅적인 모습을 갖는다는 것이 이 개념의 출발이다. 그리고 이것의 가장 좋은 후계자는 바로 낭만시인 바이런(Lord Byron)이었다. 우수에 차 있고 보통사람보다 열배는 힘이 세며 영웅적인 이상으로 가득한 인물이 바로 이들이다. 그들의 중요한 특징은 통상적인 선악에 그리 얽매이지 않는다는 것이다. 즉 아담과 카인 중 아담적인 미덕에 그리 큰 비중을 두지 않는다. 이것은 서구 문학에서 중요한 맥을 이루고 있는데 그들의 문학에 끊임없이 등장하는 반항적인 젊은이는 바로 이 악마적 영웅의 후신이며 그들의 내면에 깃들어 있는 것은 바로 악마성이다. 『폭풍의 언덕』(*Wuthering Heights*)의 두 남녀 주인공은 좋은 예라 할 것이다. 폭풍이 휘몰아치는 저택에서의 강렬한 두 남녀의 사랑은 바로 그 악마성을 기저에 깔고 있다. 테드 휴즈의 시에서 엿보이는 그러한 악마적인 면모는 결코 갑작스럽게 만들어진 것이 아니다. 그것은 순종과 인내를 요구하는 기독교적인 가르침과는 정반대의 입장에 선다. 다음의 시를 읽어보자.

내 석관 아래 들어가면
교회당 탑을 바라보도록 꽃대를 밀어 올릴 때마다
교회당 마루에서 오는 한기에 이빨을 딱딱 마주치며
하느님이 가버리길 진심으로 축원할 거네.

Whenever I am got under my gravestone
Sending my flowers up to stare at the church-tower,
Gritting my teeth in the chill from the church-floor,
I shall praise God heartily, to see gone,

— 「독백」("Soliloquy") 부분

이 시는 통상적인 가치관을 크게 벗어나고 있다는 점에서 재미있게 읽힌다. 죽은 화자는 무덤 속에서 꽃을 밀어 올리는데 그것이 교회의 탑을 쳐다보기 위해서라는 것이다. 서양에서는 일반적으로 교회당 앞마당이나 심하면 교회 건물 바닥에 시체를 안치한다. 죽은 시신이 그 영양분으로 충분히 꽃을 피워 올릴 수 있는 것이다. 그런데 꽃을 그렇게 피워 올리는 행위 뒤에는 추워서 이빨을 부딪치는 영혼도 있다. 그는 신이 가버리길 축원하고 있다. 무덤 속의 시적화자, 꽃을 피워 올리는 시체, 마룻바닥 아래서 이빨을 가는 영혼, 이런 것들이 기괴하면서 무언가 반항적인 에너지를 느끼게 만든다.

그의 전반적인 동물 시에서는 넘치는 에너지를 읽을 수 있었다. 그러나 그 중에서 죽어 나자빠진 돼지를 보면서 쓴 시 「돼지에 대한 일고」("View of a Pig")는 기괴한 느낌을 준다("그건 너무 죽었어. 정말 꼭 그렇게/ 한 파운드의 비계와 고깃덩이일 뿐이야./ 그것의 존엄성은 완전히 가버렸어."(It was too dead. Just so much/ A poundage of lard and pork./ Its last dignity had entirely gone.)). 돼지가 한 마리 죽어 있다. 돼지의 죽은 시체에는 무슨 생명의 존엄성이니 하는 따위는 보이지 않는다. 생명이 빠져나가버린 비계와 살덩어리를 보면서 시인은 죽어도 "너무 죽었다"라고 탄식하는 것이다. 이 시에서도 생명에 대한 경건함이라든가 아쉬움 같은 것은 보이지 않는다. 오히려 생명이 빠져버린 추악한 살덩이에 대한 장난스러운 멸시만 엿보인다. 다음의 시는 기독교적 생각에 대한 정면도전이다.

아니야, 뱀이 이브를 유혹해
사과를 따먹게 하진 않았어.
그것은 정말
모든 사실을 썩힌 거야.

아담이 사과를 먹었어.
이브가 아담을 먹었어.
뱀이 이브를 먹었어.
이것이 (진실의)어두운 내장이야.

뱀은 낙원에서 얼마 동안
그의 식사를 소화시키며 잠을 자고 있었지—
하느님의 노한 부르심을 듣고
미소를 지으며.

No, the serpent did not
Seduce Eve to the apple.
All that's simply
Corruption of the facts.

Adam ate the apple.
Eve ate Adam.
The serpent ate Eve.
This is the dark intestine.

The serpent, meanwhile,
Sleeps his meal off in the Paradise −
Smiling to hear
God's querulous calling.

− 「신학」("Theology") 전문

　우리가 알고 있는 성서의 가르침과는 정반대이다. 뱀이 이브를 유혹한 것이 아니라 아담이 스스로 사과를 먹고 이브가 아담을 먹고 뱀이 이브를 먹고 등등 매우 관능적인 결론을 도출하고 있다. 그리고 현재 통용되고 있는 이야기는 "사실을 썩힌 것"이라고 말한다. 또한 이 시에서 말하고 있는 것을 진실의 "어두운 내장"이라고 말한다. 시적화자가 말하고 있는 것은 진실을 밝혀내자는 것이다. 3연이 재미있다. 그런 짓을 저질러 놓고 숲에 숨어서 진노한 신의 음성을 미소를 지으며 듣고 있는 뱀은 마치 그것을 즐기는 것처럼 보인다. 이것은 기독교 교리에 대한 정면 도전이다. 반항은 사실 낭만성하고 연계된다. 낭만주의자들은 기존의 질서, 특히 보수적인 인습에 대한 도전과 저항을 기질상 중요한 특징으로 삼는다. 테드 휴즈의 근본적인 성향은 결국 낭만성이며 여기에는 다소의 장난기도 보인다. 그러나 보다 더 근본적으로 파고들면 휴즈의 내면에는 어떤 악마적인 성향이 있다고 보아야 할 것 같다. 그는 두 명의 여자를 자살로 몰고 간 남자였다. 그의 눈에 기독교적인 가르침은 참으로 같잖게 비쳤을 것이다. 그러나 그것은 그의 시에 기묘한 매력을 가져다준다.

개의 신은 식탁에서 떨어진 음식조각.
쥐의 구세주는 잘 익은 밀 낱알.
메시아의 부르짖음을 듣고
내 입은 경외감으로 벌어지네.

저 이끼는 두텁기도 하지!
고요 속에서 스스로 쿠션이 되네.
대기는 아무것도 원치 않아.
먼지도 역시 포만하다네.

내 잘못이 무어지? 내 두개골은 그따위 생각을 아예 밀어냈어.
내 큰 뼈들은 내 속에 박혀 있어.
그것들은 땅 위에 쿵쿵 부딪히고 내 노래는 그것들을 힘나게 한다네.
나는 바위와 나무를 보지 않아, 그것들이 보는 것에 겁이 난다네.

나는 그 노래가 내 목을 꺽꺽거리게 하는 소리를 듣는데
거기는 두개골에 뿌리박은 이빨이 점령하고 있지.
나는 땅 위에서 거대하네. 내 발 뼈는 땅바닥에 박자를 맞추지
어머니처럼 흐느끼는 소리에 맞춰……

그 후 나는 조용히 웅덩이의 물을 마신다네.
지평선이 바위와 나무들을 석양너머로 밀어내지.
나는 눕네. 나는 어둠이 되네.

온 밤이 노래하고 (별의)궤도가 도장을 찍는 어둠 말일세.

The dog's god is a scrap dropped from the table.
The mouse's savior is a ripe wheat grain.

Hearing the Messiah cry
My mouth widens in adoration.

How fat are the lichens!
They cushion themselves on the silence.
The air wants for nothing.
The dust, too, is replete.

What was my error? My skull has sealed it out.
My great bones are massed in me.
They pound on the earth, my song excites them.
I do not look at the rocks and trees, I am frightened of what they see.

I listen to the song jarring my mouth
Where the skull-rooted teeth are in possession.
I am massive on earth. My feetbones beat on the earth
Over the sounds of motherly weeping......

Afterwards I drink at a pool quietly.
The horizon bears the rocks and trees away into twilight.
I lie down. I become darkness.

Darkness that all night sings and circle stamping.
ー「고그」("Gog") 부분

고그는 사탄의 유혹에 빠져 하느님께 대항했던 두 나라 중의 하나이다. 당연히 이 시는 매우 사악하고 냉소적이다. 개의 신은 식탁에 남은 음식찌 꺼기요, 생쥐의 신은 추수하다 떨어진 곡식 알갱이들이다. 그들에게 무슨 기독교의 신이 필요한가. 이끼를 보라 얼마나 두툼하고 풍요로운가. 공기도 먼지도 모두 자족하고 있다. 그 자체로 족하다. 그런데 왜 기독교의 신은 모두를 자신의 덕택으로 돌린단 말이냐? 내가 잘못한 것이 무엇이냐. 내 두개골은 그 따위 생각일랑 아예 몰아내버렸다. 큰 뼈들은 내 속을 채우고 땅에 쿵쿵 울리는데 나의 노래가 그것들을 힘나게 한다. 그리고 시적 화자는 거대한 모습으로 화한다. 발의 뼈는 지구를 울리게 하고 그는 조용히 물을 마시고 지평선에 어둠이 내려앉은 다음 땅위에 거대한 모습으로 눕는 것이다.

이 시의 처음은 기독교적인 발상을 부정하는 것으로 시작했다. 개와 쥐와 이끼와 같은 미물들의 눈으로 보기에 기독교적인 세계관은 터무니없다. 왜냐하면 그것은 신과 인간만을 위한 가르침이기 때문이다. 그리고 인간이란 쓸 데 없이 복잡한 동물이다. 휴즈는 그것을 직시하고 있다. 그리고 시의 뒷부분에서는 스스로 거대한 존재로 화하고 있다. 두개골은 아예 그런 생각을 내몰아 버리고 내 몸을 가득 채운 뼈다귀들은 지구를 울린다. 참으로 타이탄적인 상상력이다. 또한 이것은 『실낙원』의 1장 첫 부분에 묘사된 사탄의 거대한 모습을 연상케 하는 대목이기도 하다. 그런데 이러한 시의 내용은 통상적인 범주를 벗어나 있으며 어떤 의미에서 18세기 후반 유행하던 고딕소설에 가까운 바가 있다. 흡혈귀와 살인이 등장하고 음침한 성과 지하실이 그 무대이던 공포소설이 바로 그것이다. 그것은 밝은 세계를 거부하고 어두움과 피의 세계를 동경하고 있었다. 휴즈의 시에서 그러한 면모를 보게 됨은 이채롭다.

그래 너는 그녀를 깊이 찔렀지
이름 모를 색깔의 꽃이 섬뜩하게
너의 넘치는 악의에 의해 검어져서
그녀의 드레스 위에 축축하게 피어나지

Now you have stabbed her good
A flower of unknown colour appallingly
Blackened by your surplus of bile
Blooms wetly on her dress.

　　　　　　－「크로이처 소나타」("Kreutzer Sonata") 부분

　기묘한 분위기를 여는 시의 첫 부분이다. 그녀를 왜 찌르는지 그 이유
는 중요한 것이 아니다. 찔러서 흐르는 피와 그것이 드레스를 적시는 모습
이 중점적으로 그려지고 있다. 시의 소재로는 적합지 않을 것 같은 소재를
가지고 이처럼 시를 만들어내는 것은 나름대로 기괴한 미학을 추구하기 위
해서다. 즉 독자들에게 일단 강하게 충격을 주기 위한 것이다. 엘리엇의『황
무지』에서 보이는 충격적인 죽음의 모습도 그러한 의도 때문이라 할 수 있
다. 테드 휴즈는 특히 이쪽으로 많이 경도되어 있다. 다음의 시는 그 정도가
더 심하다.

　태초에 비명이 있었느니라
　그것이 피를 잉태하고
　그것이 눈을 잉태하고
　그것이 두려움을 잉태하고
　그것이 날개를 잉태하고
　그것이 뼈다귀를 잉태하고
　그것이 화강암을 잉태하고
　그것이 바이올렛을 잉태하고
　그것이 기타를 잉태하고
　그것이 땀을 잉태하고
　그것이 아담을 잉태하고
　그것이 마리아를 잉태하고

그것이 신을 잉태하고
그것이 무를 잉태했느니
그것이 절대
절대 절대 절대 잉태하지 않았느니

그것이 까마귀를 잉태했느니

피를 찾아 울어젖히고
무엇이든
파헤치고 딱지 앉게 하는

둥지의 더러운 것들 위에 털 빠진 팔꿈치를 떠는

In the beginning was scream
Who begat Blood
Who begat Eye
Who begat Fear
Who begat Wing
Who begat Bone
Who begat Granite
Who begat Violet
Who begat Guitar
Who begat Sweat
Who begat Adam
Who begat Mary
Who begat God
Who begat Nothing
who begat Never
Never never Never

Who begat Crow

Screaming for Blood
Grubs, crusts
Anything

Trembling featherless elbows in the nest's filth

— 「계보」("Lineage") 전문

이 시도 상당히 기괴하다. 태초에 비명소리가 있었다는 선언이 우선 인상적이다. 그 비명 다음에 피, 눈, 두려움, 날개, **뼈**, 돌, 땀, 아담, 마리아, 신이 생기고 마침내 까마귀가 생겼다. 그 까마귀는 피를 찾아다니며 무엇이든 비비고 굶고 더러운 둥지에서 털 **빠진** 날개를 떠는 것이다. 여기서는 마치 까마귀가 상징하는 부정한 것이 모든 창조의 처음이자 끝인 것처럼 묘사되고 있다. "태초에 빛이 있었느니라"를 비틀어놓은 "태초에 비명소리가 있었느니라"는 선언은 이 시인의 사고가 얼마나 세상에 대한 부정으로 가득 차 있는지 말해주는 것 같다. 그것은 끝내 절대(Never) 아닌 것으로 끝나고 있다. 현재 이 세상에 절대 진리처럼 통용되고 있는 기독교적 가르침은 휴즈가 보기에 절대 아닌 것이다. 세상만유의 계보를 이처럼 울음소리에서 찾은 것(인간의 탄생도 울음으로 시작한다)도 그렇지만 그 전개방식이 매우 특이하다. 결국은 극단적인 부정으로 가기 위하여 시인은 온갖 예를 들고 있다. 피와 **뼈**와 땀이 환기시켜주는 것은 결국 무엇인가? 무엇보다 까마귀에 대해서 이처럼 천착하는 것도 이 시인의 한 성향을 말해준다. 에드거 앨런 포도 까마귀를 소재로 시를 쓰기는 했지만 연작시로 쓴 시인은 휴즈가 거의 유일하다. 그의 까마귀 시편은 다음의 시에서 그 절정을 맞는 것 같다.

하느님이 까마귀에게 말하는 법을 가르치려고 했다.
"사랑" 하느님이 말했다. "사랑 해봐."
까마귀가 입을 쩍 벌렸다, 그리고 흰 상어 한 마리가 바다로 뛰어 들더니
몸을 비틀면서 아래로 내려가, 그것의 깊이를 찾았다.

"아니야, 아니야," 하느님이 말했다, "사랑이라고 말해. 자 말해 봐 사랑."
까마귀가 입을 크게 벌렸다, 그리고 청동파리 한 마리, 체체파리, 모기 한 마리가
윙 날아 나와서 내려앉았다
그들의 햇살아래 (썩고 있는)살덩어리에게로.

"마지막으로 해봐," 하느님이 말했다. "자, 사랑."
까마귀가 몸을 꼬더니, 헐떡이다가 토해냈다 그리고
몸통 없는 남자의 거대한 머리통이
불쑥 뛰어나와 땅 위에 떨어졌다, 눈깔을 희번덕거리며,
반항을 지껄이면서―

그리고 까마귀는 하느님이 말릴 사이도 없이 다시 토했다.
여자의 생식기가 남자의 목 위로 떨어지더니 조이기 시작했다.
그 둘은 풀밭 위에서 드잡이를 시작했다.
하느님은 둘을 떼놓으려고 애쓰다가, 욕하다가 울음을 터뜨렸다―

죄의식을 느낀 듯 까마귀는 날아가 버렸다.

God tried to teach Crow how to talk.
"Love," said God. "Say, Love."
Crow gaped, and the white shark crashed into the sea
And went rolling downwards, discovering its own depth.

"No, no," said God, "Say Love. Now try it. Love."
Crow gaped, and a bluefly, a tsetse, a mosquito
Zoomed out and down
To their sundry flesh-pots.

"A final try," said God. "Now, Love."
Crow convulsed, gasped, retched and
Man's bodiless and prodigious head
Bulbed out onto the earth, with swivelling eyes,
Jabbering protest —

And Crow retched again, before God could stop him.
And woman's vulva dropped over man's neck and tightened.
The two struggled together on the grass.
God struggled to part them, cursed, wept —

Crow flew guiltily off.
　　　　　　　　　　— 「까마귀의 첫 수업」("Crow's First Lesson") 전문

이 시에 묘사된 상황은 무척 재미있다. 어떻게든 기독교식 사랑을 가르치려는 하느님, 여기에 대한 까마귀의 반응이 재미있다. 처음 사랑이라는 말을 가르치려는 시도는 백상어를 토해내는 것으로 끝난다. 두 번째 시도에서는 체체파리가 튀어나와서 썩은 고깃덩이를 향해 날아간다. 세 번째 시도에서는 까마귀가 온 몸을 뒤틀며 뭔가를 토해내는데 그것이 남자의 몸통 없는 거대한 머리통이다. 그것은 굴러 나와 눈을 희번덕거리며 뭐라 뭐라고 반항의 말을 지껄여댄다. 그리고 마지막은 더 기괴하다. 하느님이 말릴 사이도 없이 까마귀가 토해내는 것은 여자의 생식기다. 그것이 남자의 머리 위로

떨어져 목을 조르더니 점점 더 조아대면서 두개의 개체는 풀밭 위에서 드잡이질을 한다. 하느님은 이 둘을 떼려고 애를 쓰다가 마침내 울음을 터뜨린다.

이것이 도무지 무슨 이야기일까. 매우 상징적으로 읽힌다. 제목인 「까마귀의 첫 번째 수업」이 우선 재미있다. 까마귀는 머리가 나빠 보인다. 그런데 하느님은 까마귀를 어떻게든 가르쳐보려고 애를 쓴다. 기독교적인 사랑을 말이다. 그런데 까마귀의 반응은 전혀 엉뚱하다. 사랑을 말해보라고 하는데 사랑과는 전혀 상관없는 백상어, 파리, 모기 등 지저분하고 피비린내 나는 것들만 꾸역꾸역 토해내는 것이다. 마지막이 그 정점이다. 남자의 머리통과 여자의 생식기가 합쳐져서 아무리 떼려고 해도 떨어지지 않는다. 이것이 상징적이다. 원래 암수 양성이란 한 몸이었다. 그런데 그것을 떼어서 부자연스럽게 만들어 놓은 것이 종교 아닌가. 상어도 그렇고 파리도 그렇고 여타의 것들도 원시적인 생명으로 충만하다. 그것을 순화시키고 가르치려는 것은 하느님이 상징하는 인간의 제도와 종교다. 그러나 아무리 그렇게 하려해도 되지 않는 것이 있다. 그것은 바로 생명 본래의 갈구이다. 서로가 서로를 부르는데 어찌할 것인가. 아무리 떼려고 해도 그건 불가능하고 부자연스러운 것이다. 휴즈가 추구하던 것은 바로 이런 원초적 생명, 즉 종교라는 인위적인 가르침과 통제가 생겨나기 전 자연 그대로의 생명의 갈구였을 것이다. 다음의 시도 음미할 만하다.

나는 아무래도
땅과도 상관없고 뿌리도 내리지 않고
무로부터 우연히 떨어져 내렸고 나를 어느 곳에라도
묶어주는 끈은 갖고 있지 않으며 어디라도 갈 수 있으니

이 장소에 대해선 자유를 부여받은 것 같다
그렇다면 나는 누구지?

I seem
separate from the ground and not rooted but dropped
out of nothing casually I've no threads
fastening me to anything I can go anywhere
I seem to have been given the freedom
of this place what am I then?

— 「워드워」("Wodwo") 부분

이 시의 제목인 워드워는 숲의 악마 혹은 숲 사람을 말하는 단어다. 이 시는 바로 그 숲 사람의 독백인데 그가 계속 말하고 있는 것은 자유로움에 대한 예찬이다. 숲 사람이지만 식물처럼 흙에 매여 있는 것도 아니요 그를 묶고 있는 끈은 어디에도 없다. 그런데 문제는 내가 누구냐 하는 것이다. 아무에게도 속박 받지 않고 자유자재한 상태인 숲 인간이 나는 누구냐, 나는 어디서 생겨났느냐에 대해서 심각한 질문을 던지는 것이다. 그리고 이어지는 의도적인 아무런 구두점이 없는 문장은 그 숲 인간의 복잡한 내면을 말해주는 듯하다. 나는 도대체 누구냐 아무리 자유로워도 즐겁지가 않다. 나는 누구냐, 나는 누구냐 라고 끊임없이 질문하고 있는 것이다. 이것은 물론 숲 속의 괴물을 묘사한 것이다. 그러나 여기도 시인 테드 휴즈의 한 면모가 숨어 있다고 말할 수 있지 않을까?

시인이 무언가를 묘사할 때는 대충 자신과의 어떤 동질감을 발견치 못하면 흥미를 갖지 못한다. 테드 휴즈는 근본적으로 힘과 생명을 추구했던 것으로 보인다. 그리고 그것은 악마적 영웅하고 통하는 바가 있다. 그들은 고독하다. 근본적으로 그들은 도저히 남들에게서 이해받지 못하는 외로움과 우울에 빠져 있는 것이다. 이 숲속의 인간에게서 그러한 면모가 묘사됨은 재미있다. 그리고 그것이 테드 휴즈의 깊은 내면이 아닐까. 그의 시를 성격적으로 구분하자면 낭만시에 해당한다. 50년대 라킨의 시가 고전주의적인 절제의 시였다면 60년대를 대표하는 휴즈의 시는 성격이 분방한 낭만시에 속한다. 이런 개성의 시들이 번갈아 등장하면서 한 나라 문학의 저력은 쌓여가는 것이다.

| 참고문헌 |

조동현. 「테드 휴즈 동물시의 일면」. 『현대영미시연구』 8권 2호. 한국현대영미시학회, 2002.

허현숙. 「테드 휴즈의 시학과 여성: 거리 설정과 통제」. 『현대영미시연구』 11권 2호. 한국현대영미시학회, 2005.

Bishop, Nick. *Re-Making Poetry: Ted Hughes and A New Critical Psychology*. New York: St. Martin', 1991.

Faas, Ekbert. *Ted Hughes: The Unaccommodated Universe*. Santa Barbara: Black Sparrow, 1980.

Hirshberg, Stuart. *Myth in the Poetry of Ted Hughes: A Guide to the Poems*. Totowa, NJ: Barnes and Noble Books, 1981.

Uroff, Margaret Dickie. *Sylvia Plath and Ted Hughes*. Urbana Champaign: U of Illinois P, 1980.

Walder, Dennis. *Ted Hughes*. Milton Keynes: Open U P, 1987.

12

실비아 플라스(Sylvia Plath, 1932-1963)

1) 고통스러운 자기 고백

테드 휴즈의 아내 실비아 플라스는 그 비극적 죽음으로 말미암아 우리에게 많이 알려졌다. 그녀는 왜 그토록 처참한 죽음을 택했을까? 30이라는 아직 창창한 젊은 나이에 죽을 수밖에 없었던 그녀의 생과 시는 그 자체로 우리의 흥미를 끌기에 충분하다. 시인들의 요절은 낭만주의 시 때부터 시인들의 트레이드마크가 되어버렸다. 바이런, 셸리(P. B. Shelley), 키츠 3명의 후발 낭만주의 시인들은 모두 30세를 전후해서 죽었다. 그리하여 천재시인은 요절이라는 등식이 성립했다. 플라스는 역시 천재적인 재능을 타고난 여성시인이다. 시의 언어와 이미지, 상징을 다루는 데 있어 그녀는 뛰어난 솜씨를 보인다. 그러나 전대의 에밀리 디킨슨이 그랬듯이 그녀는 너무 예민했다. 홀

륭한 시인들에게 공통되는 그런 예민함은 뛰어난 시를 낳게 하지만 본인에
게는 끝없는 괴로움을 안고 살게 한다. 우선 그녀의 예민함을 실감하게 해
주는 시를 한 편 읽어 보자.

나는 은빛이고 정확하지. 나는 아무런 편견이 없어.
있는 그대로, 사랑이나 증오로 흐리게 하지 않고
내가 보는 건 뭐든 삼켜버리지.
나는 잔인하지 않아, 단지 진실스러울 뿐이야,
네 각을 지닌 작은 신의 눈일 뿐이야.
대부분의 시간을 나는 반대편 벽에 붙어서 명상을 하지.

I am silver and exact. I have no preconceptions.
Whatever I see I swallow immediately
Just as it is, unmisted by love or dislike.
I am not cruel, only truthful,
The eye of a little god, four-cornered.
Most of the time I meditate on the opposite wall.

— 「거울」("Mirror") 부분

이 시의 화자는 끝없이 무어라고 중얼거리는 거울이다. 거울의 성격은
비추는 데 있다. 그것도 아무런 가감 없이 정확히 비추어 내는 것이 그 역할
이다. 그것은 스스로 아무런 편견도 없고 그렇다고 해서 잔인한 것은 아니
라고 말한다. 거울의 입장에서는 하루 종일 벽만 비추고 있다가 사람이 나
타나서 한 번 씩 얼굴을 비추면 그것으로 역할은 끝난다. 그것을 진실이라
고 말한다. 첫 부분에서 말하고 있는 거울의 성격은 별반 새로울 것은 없으
나 어딘지 외로움을 느끼게 만든다. 하루 종일 맞은편 벽만 비추고 있는 거

울은 그것을 하도 오래 비추다보니 벽이 자신의 일부라고 생각한다. 그리고 얼굴 비추는 일과 텅 빈 어둠이 계속 반복되는 것이 그 거울의 생이다. 말은 거울이지만 어딘지 갇혀 지내는 한 외로운 자아를 연상케 한다. 시인은 세상을 비추어 묘사하는 거울이 될 수 있다. 그러나 외로운 시인은 결국 자기 스스로의 모습을 끊임없이 반추하는 모순에 빠지게 된다.

이 시는 거울이라는 물상을 보고 생각해낸 시적 발상도 좋지만 그 이상의 무엇을 생각하게 해 준다. 즉 이 시의 저자가 어떤 사람이기에 이런 시를 썼을까 라는 강한 궁금증을 유발시킨다는 것이다. 거울은 무엇보다 이 시인 자신을 연상하게 한다. 하루 종일 벽만 비추고 있는 거울은 벽지의 세세한 무늬까지 기억하게 된다. 거울은 자신의 성격을 "은색", "정확한"이라고 말한다. 모든 것을 있는 그대로 비추는 고지식함과 정확성을 테마로 한, 1960년에 발표된 이 시는 실비아 플라스의 성격과 운명을 연상시키는 힘을 가지고 있다. 이런 사람이 과연 세상에 대한 너그러움이 있을까. 과연 남과 스스로를 용서할 수 있을까. 이 시는 자꾸 그녀의 예민하고 정확한, 그러나 융통성 없는 일면을 떠올리게 만든다.

실비아 플라스의 시에 대한 그동안의 연구는 그녀의 가족관계, 죽음, 여성의식에 맞추어진 경우가 많았다. 그녀의 시에서 여성의식적인 측면은 그녀의 불행한 죽음과 관련지어지며 핍박받은 여성의 상징으로, 결국엔 승리한 희생자로 신성시되어 왔다. 그리고 그녀의 시는 그녀의 불행한 죽음으로 인하여 약간 과대평가된 면도 없지 않으리라고 생각된다. 그녀의 삶과 죽음이 레전드가 되어버린 성격을 띠고 있기 때문이다. 그동안 국내에서 나온 논문들만 보아도 플라스의 결혼생활의 위기나 여성의식 등이 주된 테마를 이루는 경우가 많다. 플라스의 시 중에서 가장 인상적인 것은 아버지에 대한 시이며 거기에 나타난 남성혐오는 쇼킹하다. 이에 대하여 국내의 한 연구자는 그녀가 작고한 부친을 추구하다가 남편과의 별거로 마침내 여성으로서의 자신을 온전하게 표현할 수 있게 되었다고 보고 있다. 이미 많이 알려진 두 편의 시, 1959년에 발표된 「거상」("The Colossus")과 유고시집 『에어리얼』 (*Ariel*)에 발표된 「아버지」("Daddy")는 한번에 비교하며 읽는 것이 좋을 듯하다. 「거상」에서 아버지는 팔 다리가 해체된 거대한 조상(아폴로 상)이다. 그리고 그 비틀린 입술에서 온갖 잡소리가 다 나오는 지저분한 존재이다. 이 시에서는 아버지에 대한 애증이 함께 표현되어 있다.

> 노새의 히힝, 돼지의 꿀꿀, 음탕하게 꼬꼬대는 소리가
> 당신의 거대한 입술에서 나와요.
> 그것은 헛간보다 더 지저분해요.
>
> 당신은 아마 스스로를 신탁, 죽은 자의 마우스피스,
> 아니면 어떤 신이나 다른 것이라고 생각하지요.
> 30년씩이나 나는 노력해왔어요
> 당신의 목구멍에서 진흙을 긁어내느라.
> 나는 결코 더 현명하지 않아요.
>
> Mule-bray, pig-grunt and bawdy cackles
> Proceed from your great lips.
> It's worse than a barnyard.
>
> Perhaps you consider yourself an oracle,
> Mouthpiece of the dead, or of some god or other.
> Thirty years now I have labored
> To dredge the silt from your throat.
> I am none the wiser.
>
> — 「거상」 부분

시의 첫 부분에 묘사된 아버지는 해체된 거대한 조상이다. 그 아버지의 거대한 입술에서 꿀꿀대는 소리, 히힝대는 소리, 깩깩거리는 소리, 온갖 잡소리가 다 나온다는 것이다. 아버지의 입술에서 왜 그런 소리가 나올까. 시인은 그것을 헛간보다 더 더러운 곳이라고 말한다. 우선 아버지는 팔 다리가 해체된 거대한 조상(아폴로 상)이다. 파괴된 거상이 의미하는 것은 무엇일까. 실비아의 아버지 오토(Otto Plath)는 그녀가 어릴 때 죽었다. 그리고 그는 죽기 전에 심한 당뇨병을 앓아서 팔 다리가 썩어 문드러져 나가는 경험을 했던 것으로 알려져 있다. 말하자면 거대하고 단정하던 아버지가 병에 의하여 해체되고 파괴되어가는 처참한 모습을 어린 딸이 직접 보았고 여기에 대한 연민이 숨어있는 것이다. 여기에 비하여 「아버지」에서는 그에 대한 두려움과 혐오만 나타나 있다.

그러지 말아요, 그러지 말아요
더 이상, 검은 구두이진 마세요
그 속에서 30년간이나 나는
가엾고 창백한 발로 살았어요,
감히 숨을 쉬거나 재채기도 못 하면서.

아버지, 나는 당신을 죽였어야 했어요.
당신은 내가 준비하기도 전에 돌아가셨어요—
대리석처럼 묵직한 분, 神으로 가득한 주머니,
샌프란시스코 앞바다 물개 같은
거대한 엄지발가락을 가진 유령 같은 조상.

You do not do, you do not do
Any more, black shoe

In which I have lived like a foot
For thirty years, poor and white,
Barely daring to breathe or Achoo.

Daddy, I have had to kill you.
You died before I had time—
Marble-heavy, a bag full of God,
Ghastly statue with one gray toe
Big as a Frisco seal

—「아버지」 부분

아버지를 검은 색의 구두에 비유하고 자신은 그 속의 발가락으로 비유
했다. 그것도 30년 동안 가엾고 하얗게 질려 아버지라는 구두 속에서 숨죽
이고 살았다는 것이다. 검은색이 상징하는 것은 권위, 위압 등이다. 물론 남
자들의 구두는 검은 색이 많지만 유달리 그 색을 강조한 것은 의도가 있다.
그것이 시인 스스로를 묘사한 "가엾고 창백한"이라는 형용사와 정면 대치
되는 것이다. 이 두 시의 첫머리는 매우 대조적이다. 「거상」의 아버지가 파
괴된 타이탄의 모습인데 반하여 「아버지」에서의 아버지는 악마적이고 폭압
적이다. 심지어 시인은 「아버지」에서 "내가 당신을 죽였어야 했다"라고 까
지 말하고 있다. 그런데 아버지는 딸이 죽이기 전에 죽어버렸다.

　실비아의 아버지 오토(Otto Plath)는 그녀가 8세 때 죽었다. 그리고 그
는 죽기 전에 심한 당뇨병을 앓아서 팔 다리가 썩어 나가는 상황이었던 것
으로 알려져 있다. 위 구절에 묘사된 물개같이 거대한 발가락은 바로 당뇨
때문에 퉁퉁 부은 엄지발가락을 말하는 것이다. 「거상」에서 그녀는 지저분
한 아버지의 본모습을 가련해 한다. 그녀는 아버지의 파괴된 모습을 잇고
고치기 위해서 개미와 같은 미약한 힘을 쏟는 것으로 되어 있다. 이 시에서

그녀는 아버지를 신탁이라고 말한다. 또한 죽은 이의 마우스피스, 신과 같은 표현들이 보인다. 플라스의 기억 속에 남아 있는, 허물어지기 전의 아버지는 어떤 신적인 존재, 거대한 존재였던 것이다. 그런데 재미있는 것은 시인이 30년 동안이나 아버지의 목구멍에서 더러운 진흙을 쳐내느라고 고생했다는 말이다. 아버지는 허물어진 거대한 조상이고 그 목구멍에서 오물이 흘러나온다는 것은 아버지의 이중적인 면을 드러낸 것이다. 한편으로는 위엄 있고 훌륭해 보이던 아버지의 내면에 숨어 있던 속물적인 면, 그것들을 정리하기 위해서 30년 그녀의 평생을 소모했다는 말이다.

「거상」의 3연에서는 그러한 아버지에 대한 애정이 보인다. 시인은 물통과 소독약통을 들고 사다리를 타고 올라 조상의 이마에 오르는 것으로 묘사하고 있다("풀 통과 크레졸 통을 들고 작은 사다리를 기어오르며/ 나는 당신의 잡초 우거진 넓은 이마를/ 슬퍼하는 개미처럼 기어올라요"(Scaling little ladders with glue pots and pails of Lysol/ I crawl like an ant in mourning/ Over the weedy acres of your brow)). 거대한 아버지의 조상에 비하여 그녀는 개미처럼 작고 미약하다. 그러나 그 황폐한 이마의 판을 깨끗이 청소하고 무덤 같이 불룩하게 부어오른 눈두덩을 씻어주겠다는 것이다. 아버지의 황폐해진 육신을 씻어내는 딸의 손길이 상상된다. 그리고 그것은 다음과 같이 이어진다.

밤이면 나는 바람을 피해 뿔 모양의
당신 왼쪽 귀 속에 쪼그리고 앉아,

붉은 별들과 자줏빛 별들을 헤아렸어요.
당신의 기둥 같은 혀 아래서 태양이 솟아오르곤 했죠.

Nights, I squat in the cornucopia
Of your left ear, out of the wind,

Counting the red stars and those of plum-color.
The sun rises under the pillar of your tongue.

- 「거상」 부분

플라스의 아버지는 보스턴대학에서 생물학 교수를 지냈을 정도로 인텔리였다고 한다. 그는 자신의 판단을 절대적으로 확신했으며 그것 때문에 결국은 앞에서 언급했듯이 당뇨병의 치료시기를 놓쳐 죽었다고 한다. 인용구절에는 거대한 아버지와 거기에 숨은 듯 보호를 청하는 딸이 묘사되고 있다. 딸은 한편으로 아버지의 쓰레기를 치우면서 다른 한편으로 그 거대한 아버지의 배경을 즐기고 있다.

「거상」의 아버지에 대한 감정이 애증이 섞인 애틋함에 가까운 것이라면 「아버지」에서는 잔인하고 폭력적인 아버지에 대한 두려움과 증오가 나타나 있다. 이 시에서 아버지의 모습은 독일 공군병사, 알지 못할 (독일어)지껄임, 스와스티카, 깨끗하게 면도한 턱, 파랗게 반짝이는 아리안 특유의 눈동자, 독일의 장갑차 부대원으로 나타난다.

나는 늘 당신을 두려워했어요,
당신의 독일 공군식, 이상한 발음과 함께.
그리고 당신의 말끔히 면도한 구레나룻
새파란 아리안의 벽안과 함께.
기갑부대원, 기갑부대원, 오 당신―

신이 아니라 스와스티카

너무나 새카매서 하늘이 뚫고 들 수가 없었지요.
모든 여자들은 파시스트를 두려워해요
그 구둣발에 얼굴을 밟히면서, 짐승
당신 같은 짐승, 짐승의 심장.

당신은 흑판 앞에 서 있어요, 아버지,
사진에서 난 당신을 보았답니다,
발등 대신 턱이 두 쪽으로 갈라진
그렇다고 악마보다 조금도 선량치 않은, 아니
나의 예쁘고 붉은 심장을 둘로 쪼개는

검은 남자보다 조금도 덜 악하지 않은.

I have always been scared of you,
With your Luftwaffe, your gobbledygoo.
And your neat mustache
And your Aryan eye, bright blue.
Panzer-man, panzer-man, O You—

Not God but a swastika
So black no sky could squeak through.
Every woman adores a Fascist,
The boot in the face, the brute
Brute heart of a brute like you.

You stand at the blackboard, daddy,
In the picture I have of you,
A cleft in your chin instead of your foot
But no less a devil for that, no not

Any less the black man who

Bit my pretty red heart in two.

—「아버지」부분

이것은 강하면서 차가운 이미지의 나열이다. 플라스의 아버지 오토 플라스는 폴란드 출생의 독일혈통이다. 이 시에서 플라스는 스스로를 핍박받는 유태인으로 묘사하고 있는데, 이것을 독일이민의 딸이었던 플라스가 제2차 세계대전 이후 속속 공개되는 유태인들의 핍박상을 접하고서 느끼지 않을 수 없었던 죄의식을 잠재하고 있는 것이라고 해석하는 비평가도 있다. 아버지는 악마의 모습으로도 묘사되고 있다. 먼저 아버지는 흑판 앞에서 서 있는 교조적인 모습으로 나타난다. 갈라진 턱(백인들의 강인한 인상)을 하고서 회초리를 든 아버지는 악마처럼 발등이 둘로 갈라지진 않았지만 결코 그 악마성에서 못하지 않다. 흑판 앞에 서 있는 모습은 보스턴대학의 강단에서 흑판을 배경으로 찍은 오토 플라스의 사진을 보고 만들어낸 이미지다. 그리고 이 부분에서 아버지는 그녀를 버리고 다른 여인에게로 가버린 남편 테드 휴즈와 나란히 놓인다. 이 아버지가 주는 인상은 강력, 악마적, 교조적이며 육친으로서의 인자함은 보이지 않는다. 악마는 발등이 갈라져 있지만 아버지는 턱이 두 쪽으로 갈라져 있다. 그리고 그 악마적 강인함에 대치되는 것이 시인 자신의 작고 예쁜 심장이다. 그 심장을 쪼개는 검은 사람이 바로 악마의 화신이다. 이 시의 마지막은 아버지에 대한 증오심의 절정이다. 시인은 아버지를 흡혈귀에 비유하고 있다("스스로를 당신이라고 밝히고/ 내 피를 1년씩이나 빨아먹었던 흡혈귀"(The vampire who said he was you/ And drank my blood for a year)). 아버지의 내면에 함께 있는 존재가 바로 흡혈귀라는 것인데 그것도 자그마치 7년이나 시인의 피를 빨았다는 것이다.

당신의 살찐 심장에는 말뚝이 박혀 있어요
마을 사람들은 아무도 당신을 좋아하지 않았죠.
그들이 춤을 추며 당신을 밟고 있네요.
그들은 그것이 당신임을 늘 알고 있었어요.
아버지, 아버지, 나쁜 놈, 이젠 다 끝났어요.

There's a stake in your fat black heart
And the villagers never liked you.
They are dancing and stamping on you.
They always knew it was you.
Daddy, daddy, you bastard, I'm through.

— 「같은 시」 부분

아버지에 대한 증오심의 극점은 그 시커먼 심장에 말뚝이 박힌 모습으로 나타난다. 그리고 마지막으로 아버지에 대한 마을 사람들의 반응이 그 무덤 위에서 춤을 추는 모습으로 나타난다. 아버지의 폭위에 눌려 살던 사람들이 기뻐서 춤을 추는 것이다. 그리하여 시인은 마지막으로 아버지에 대하여 심한 욕설과 함께 시를 끝맺고 있다. 맥클라치(J. D. McClatchy)는 이 시에 대해서 "사랑과 증오, 복수와 후회, 에로스와 자기파괴 본능 사이를 배회하는 시"라고 말하면서 그녀가 자신을 유태인에 아버지를 나치장교에 남편을 흡혈귀에 비유하고 있다고 말한다. 휴 케너(Hugh Kenner)는 이 시에 나타난 심리를 엘렉트라 콤플렉스라고 말한다. 이 시는 1962년 10월 12일에 쓰였는데 이 날은 22년 전 아버지 오토가 당뇨병 때문에 다리를 절단한 날이었다.

재미있는 것은 이 시인의 가족력이 아버지에 대한 증오나 미움만은 아니라는 것이다. 아버지가 그토록 가부장적이면 거기에 희생된 어머니에 대한 연민이 있을 법한데 그렇지가 않다는 것이다. 실비아 플라스의 어머니

오렐리아 플라스(Aurelia Plath)에 대한 감정은 독특하다. 그녀는 아버지가 죽은 그 해 어머니에게 재혼하지 않을 것을 서약하도록 요구했다고 한다. 또한 그녀는 저널에서 어머니가 거짓 사랑으로 바라지도 않는 희생을 한 것을 유감스럽게 생각하고 있다. 심지어 그녀는 딸의 자살기도마저 자신의 체면을 손상시키는 정도로밖에 문제되는 않는 것으로 생각했다고 한다. 「시끄러운 뮤즈」("The Disquieting Muses")에서 어머니는 좀 동화적으로, 자녀들에게 사랑을 퍼붓는 다정한 엄마로 묘사되고 있다.

> 엄마, 영웅적인 곰, 믹시 블랙 숏의
> 이야기를 하도록 했던 엄마,
> 엄마, 그 마녀들을 항상 항상
> 생강빵으로 구워냈던 엄마, 난 궁금했지요
> 당신이 그들을 직접 보았는지, 그 세 마녀들로부터
> 나를 빼내기 위해 마술을 걸었는지
> ....당신은 나와 오빠에게
> 과자와 오벌틴을 먹였어요
> 그리고 우리 둘이 합창단에서 노래 부르는 것을 도와주었죠.
> '토르(우뢰의 신)가 화났어: 붐 붐 붐
> 토르가 화났어: 신경 쓸 것 없어'
> 그러나 그 년들이 창문을 깨트렸어.

> Mother, who made to order stories
> Of Mixie Blackshort the heroic bear,
> Mother, whose witches always, always
> Got baked into gingerbread, I wonder
> Whether you saw them, whether you said
> Words to rid me of those three ladies

...............you fed

My brother and me cookies and Ovaltine

And helped the two of us to choir:

'Thor is angry: boom boom boom!

Thor is angry: we don't care!'

But those ladies broke the panes.

— 「시끄러운 뮤즈」("The Disquieting Muses") 부분

그녀는 아이들에게 이야기를 많이 들려주었는데 그것들이 마녀들의 이야기였던 것 같다. 아이들은 엄마의 이야기를 들으며 상상 속에서 자란다. 어린 실비아는 엄마 이야기 덕택에 마녀들이 항상 자기 곁을 둘러싸고 있다고 상상했던 것 같다. 엄마는 마녀들의 이야기 뿐 아니라 비 내릴 때 아이들에게 과자를 먹이며 게르만 신화의 우뢰 신 토르에 대한 이야기도 했던 것으로 기억되고 있다. 그리고 아이들을 합창단에 들게 했는데 그 곡의 내용이 토르 신에 관한 것이었다. 여기서 묘사된 걸로 보아서는 엄마는 무척 다정하면서 헌신적인 엄마였다. 하지만 문제는 이 엄마가 아이들의 정신세계를 지배하고 놓아주지 않는다는 데 있었다. 그녀는 아이들에게 너무 간섭하는 스타일의 어머니였던 것이다. 그것은 일찍 죽은 남편에 대한 보상심리일 수도 있다. 이현숙은 이 시에 대하여 "자신을 사랑하지 않는 어머니, 또는 적절하게 사랑을 쏟아주지 못했던 어머니와 자신의 관계를 다룬 시"라고 말하고 있다. 그것은 다음과 같은 이야기로 이어진다.

비록 각각 선생님들이 내 건반 두드림이

연습시간과 연습량에도 불구하고 이상하게 굳어 있다고 지적했지만,

내 귀는 음감을 못 받아들이고

실비아 플라스 | 377

도저히 가르칠 수 없는 아이였지만
엄마, 당신은 나를 피아노 교습소에 보냈어요.
나는 배웠어요, 배웠어요, 다른 곳에서 배웠어요,
당신에게 고용되지 않은 선생에게, 사랑하는 엄마.

Mother, you sent me to piano lessons
Although each teacher found my touch
Oddly wooden in spite of scales
And the hours of practicing, my ear
Tone-deaf and yes, unteachable.
I learned, I learned, I learned elsewhere,
From muses unhired by you, dear mother.

— 같은 시 부분

　엄마는 환상 속에 살고 있는 것이다. 아마 영민한 딸이 모든 면에서 뛰어나기를 바랐을 엄마는 딸을 피아노 학원에 보내놓고 딸의 재능을 확신하고 있다. 선생들이 보기엔 영 음치인 딸을 누가 뭐라고 하든 천재적 피아니스트로 믿고 있는 이 어머니에 대하여 "자녀들에게 매우 헌신적이어서 모든 가능한 기회를 부여하려고 하였으며 이를 위하여 그녀 스스로의 소모적인 노동과 희생을 마다하지 않았던"사람이라고 말한다. 시에 나타난 아버지가 위압적이라면 어머니는 끊임없는 간섭과 보살핌으로 딸에게 스트레스를 주었던 것이다. 그리하여 시인은 그녀를 풍선을 타고 떠다니는 엄마라고 표현한다. 그 풍선도 보통 풍선이 아니라 보기 드문 꽃과 새들로 수놓아진 풍선이다. 엄마는 환상 속에서 자식을 바라보고 있는 것이다. 「생일을 위한 시」('Poem for a Birthday')라는 시에서도 그것은 보인다.

이것은 멍청한 학교
나는 나무뿌리, 돌, 올빼미의 알,
어떤 꿈도 꾸지 못해요.

엄마, 당신은 입
나는 혀가 될래요. 나와는 다른 엄마
나를 먹어요.

This is a dull school
I am a root, a stone, an owl pellet,
Without dreams of any sort.

Mother, you are the one mouth
I would be a tongue to. Mother of otherness
Eat me.

— 「생일을 위한 시」 부분

    이 시에서 그녀는 어머니를 자기와는 완전히 다른 사람이라고 말하고 있다. 이 어머니의 구미에 맞추려면 입속의 혀처럼 되어야 한다. 그러나 개성 강한 플라스가 도저히 그렇게 될 수는 없었을 터이고 겉으로 드러내지는 않았겠지만 내면으로는 강한 반발심을 느끼고 있었을 것이다. "나를 먹어요"라는 말은 바로 반항의 소리인 것이다. 이 시에 묘사된 바로 판단하자면 그녀에게 학교는 지루하기만 한 곳이었다. 아무런 상상력도 자극하지 못하고 꿈을 꿀 수 없게 만드는 곳이 그녀에게 느껴지는 규범과 제약의 학교였다. 그녀는 결국 육친에게서도 학교에서도 아무런 위안과 정을 느끼지 못했던 것이다. 이것은 결국 무서운 자기상실로 이어지게 된다. 플라스에게서 우리는 외로운 한 인간의 전형을 보게 되는 것이다. 이 시들은 근원적인 고독감과 평범하지 않으며, 평범할 수 없는 여성 시인의 복잡한 내적 갈등의 토로이다. 실비아 플라스의 성공에 대한 욕심을 말하지 않을 수 없다. 그녀는 그녀의 학생시절에 A등급을 놓치지 않은 학생이었다. 특히 그녀가 스미스 여자대학에 다닐 때는 학술적, 사회적 성공을 위해서 엄청나게 노력을 하고 긴장하고 있었다고 한다. 결국 그녀는 대단한 부모로부터 평범하게 살 수 없는 기질을 타고났던 것이다.

2) 죽음과 자유

플라스의 죽음(1963)은 당시 영국과 미국 사회에서 큰 센세이션을 일으켰다. 그것은 그 죽음이 통상적인 죽음이 아니라 자살이었기 때문이고 자살도 그냥 목을 매거나 독을 마시는 죽음이 아니라 가스 오븐에 머리를 넣고 질식사하는 처참한 것이었기 때문이다. 왜 그녀는 이다지도 흉악한 죽음을 택했을까. 플라스의 죽음은 어쩌면 자신을 배신한 남자에 대한 일종의 시위였을지도 모른다. 그러나 그녀의 시를 읽어보면 그것보다는 오히려 자신의 죽음을 보다 확실하게 하기 위하여 라는 답이 나온다. 더글러스 힐(Douglas Hill)은 플라스의 가장 진실된 목소리는 가장 고통스러운 것이라고 말했다. 「수인」("The Jailer")이라는 시도 그런 맥락에서 읽힌다.

> 나의 밤이 흘린 땀이 그의 아침식사 접시에 기름을 바른다.
> 푸른 안개의 똑같은 플래카드가 회전하여
> 똑같은 나무와 주춧돌로 위치를 잡는다.

그가 들고 올 수 있는 것이라곤,
열쇠의 딸랑이뿐인가?

나는 약을 먹여진 뒤 강간당했었다.
일곱 시간이나 정신을 잃을 정도로 얻어맞고
검은 자루에 갇혔다
거기서 나는 편안했고, 태아요 고양이였다,
그의 축축한 꿈의 지렛대였다.

My night sweats grease his breakfast plate.
The same placard of blue fog is wheeled into position
With the same trees and headstones.
Is that all he can come up with,
The rattler of keys?

I have been drugged and raped.
Seven hours knocked out of my right mind
Into a black sack
Where I relax, foetus or cat,
Lever of his wet dreams.

ー「수인」 부분

이 시의 중요한 포인트는 그녀가 무엇 때문인지 매우 고통스럽다는 것이다.
그 고통의 원인은 밤에 악몽을 꾸면서 흘린 땀이 남편의 아침식사의 접시에
기름을 바른다는 말로 강하게 암시되고 있다. 그리고 이어지는 안개의 플래
카드나 주춧돌은 아무리 고통스러워도 변치 않는 현실을 말한다. 남편은 열
쇠고리나 딸랑이며 건성으로 아침인사를 하는 것이다. 둘째 연에서의 내용
은 거의 피학취미에 가깝다. 이렇게 살 바엔 차라리 실컷 얻어맞고 늘어져

버렸으면 하는 바람까지도 읽히고 있다.

알바레즈(Alvarez)는 그녀의 후기 시에서 플라스의 고통의 뿌리가 아버지의 죽음에 있으며 그것이 결국 그녀의 죽음으로 끌고 가고 있음을 확신하는 것 같다고 말했다. 그녀는 환상 속에서 아버지를 순수 게르만, 아리안, 반유태주의자로 생각하고 있다는 것이다. 그녀의 시 중에서 죽음에 대한 유혹이 가장 적나라하게 드러나 있고 그 처참한 죽음에 대한 해답을 암시해주는 것이 「나자로 부인」("Lady Lazarus")이다. 그리고 이 시는 앞에서 읽은 「아버지」나 「거상」의 완결편으로 읽힌다. 이 시의 처음을 여는 것은 다시 한 번 무언가를 시도했다는 것이다("나는 또다시 그 짓을 했다./ 십년 마다 한 해씩 / 나는 그걸 해치웠다ー"(I have done it again./ One year in every ten/ I manage itー)). 그것은 바로 10년마다 한 번씩 자살 시도를 했다는 말인데 이 시는 바로 세 번째 자살 시도를 하기 전에 쓴 시이다. "해치웠어"라는 단어는 이 시도가 쉽게, 이루진 것은 아님을 말하고 있다. 어린 나이부터 이토록 심각하게 죽음을 시도했다는 것은 분명 정상이 아니다. 알바레즈는 이 시가 그녀 특유의 이상스러운 공포, 히스테리의 고요한 중앙부에서 쓰인 것이라고 말한다.

이 시에서 그녀는 자신을 "걸어 다니는 기적"(A sort of walking miracle)이라고 말한다. 이것은 아무리 죽여도 살아나는 데 훌륭하고도 끔찍한(good and terrible) 재능을 가진 여자의 독백이라고 평하기도 한다. 이 시에서 플라스는 자살 시도를 두 번이나 했다가 실패했고 세 번째 성공적으로 죽음을 맞을 것이라는 결심을 말하고 있다. 여러 번의 자살과 회생의 과정을 통해서 그녀에게는 죽음이란 것이 그다지 실감이 가지 않게 된 듯하다. 그리고 시인은 자신의 창백한 피부를 나치 시대에 유태인들을 죽여서 그 피부로 만들었던 전등의 등피에 비유하고 있다("내 얼굴은 특징 없는/ 유태인의 섬세한(엷은) 천과 같다"(My face a featureless, fine/ Jew linen)). 그 창백하고 투명한 피부도 역시 죽음을 색조를 강하게 담고 있다. 자신의 얼굴 가죽은 "섬세한 유태인의 천"과 같이 그야말로 얇고 섬세하여 도저히 감정을 숨기거나 뻔뻔스러운 짓을 할 수 없으며 그리하여 아무런 특징이 없다는 것이다. 그리고 그것을 벗기라고 까지 한다. 스스로도 견딜 수 없을 만큼 지나친 자의식을 연상하게 한다.

그리고 시인은 자신의 죽은 다음의 육신을 말한다. 내 얼굴을 이루는 코와 눈, 그리고 이빨 뭉치 이것들이 어떤 흉측한 모습으로 썩을까? 이 시에서 말하고 있는 "미소 짓는 여인"(a smiling woman)이란 입술이 다 썩어 이빨만 앙상하게 드러난 백골을 연상하게 한다. 살아서 웃은 적이 없던 여자가 죽어서는 히죽히죽 웃는 백골이 된다는 얘기다. 그리고 자신의 나이 이제 겨우 서른임을 강조하면서 자신은 목숨이 아홉인 고양이 같은 여자라고 말하고 있다("나는 겨우 서른 살이다./ 마치 고양이처럼 나는 아홉 개의 생명을 가지고 있지"(I am only thirty./ And like the cat I have nine times to die)). 플라스는 이미 두 번의 자살 시도에서 실패했다. 되살아난 다음 그녀는 '왜 이리 죽기조차 힘들지'라고 생각했을 것이다. 어쩌면 자기는 죽기조차 할 수 없는 여자라고 생각했을지 모른다. 플라스가 왜 그리 처참한 방법으로 자살 길을 택했는지 의문은 풀리게 된다.

이건 세 번째다.
매 십년마다 죽는다는 건
정말 쓰레기 같은 짓.

무수한 필라멘트들.
땅콩을 씹는 군중들이
구경하려고 밀치며 들어오지

내 팔다리를 풀어놓는 그들과
날리는 크고 긴 천 조각들을 보겠다고
신사 숙녀 여러분

이것들은 내 양 손
내 양 무릎이에요.
나는 가죽과 뼈다귀 일 수도 있어요,

그럼에도 나는 똑같은 틀림없는 여자예요.
처음 그 일이 일어난 건 열 살 때였다.
그건 우발 사고였다.

두 번째는 제대로 죽고자 했다
다시 돌아오는 일 없도록.
나는 바다조개처럼

몸을 흔들어 꽉 닫았다.
가족들은 내 이름을 부르고 부르고
나에게서 끈끈한 진주를 캐내듯 벌레들을 떼냈다.

죽는 것은
하나의 예술이지, 다른 모든 것과 마찬가지로,
나는 그것을 멋지게 해낼 거다.

This is Number Three.
What a trash
To annihilate each decade.

What a million filaments.
The peanut-crunching crowd
Shoves in to see

Them unwrap me hand and foot
The big strip tease.
Gentlemen, ladies

These are my hands
My knees.
I may be skin and bone,

Nevertheless, I am the same, identical woman.
The first time it happened I was ten.
It was an accident.

The second time I meant
To last it out and not come back at all.
I rocked shut

As a seashell.
They had to call and call
And pick the worms off me like sticky pearls.

Dying
Is an art, like everything else,
I do it exceptionally well.

— 「나자로 부인」 8-15연

이것은 3번째 자살이다. 시적화자는 한 편으로 무척 죽고 싶어 하면서 또 다른 한편으로 이런 일에 싫증을 느끼고 있다. 그래서 여기서 한 번에 죽지 못하고 10년마다 죽는다고 법석대는 것을 "쓰레기"(trash)라고 표현하는 것이다. 그리고 땅콩을 씹으며 길 가던 사람들, 이들은 남의 죽음을 구경하려 우르르 몰려온다. 사람들의 반응이 재미있다. 시의 화자는 자기가 죽은 다음을 처음에는 자신의 시신이 썩어가는 모습으로 상상하다가 마침내 사람들의 반응까지 상상하는 것이다. 그는 구경하려 몰려든 사람들에게 외친다. "이것이 내 살이요 무릎, 피부와 뼈입니다"라고 죽어서 생명이 없어진 시신은 살덩이에 불과하다. 그럼에도 불구하고 "나는 똑같은 여자"라고 말하고 싶은 것이다.

처음 자살을 시도했을 때 그녀는 열 살이었다. 그것은 의도적이라기보다는 우발적인 사고였다. 그러나 두 번째는 작정을 하고 이승에 돌아오지 않으려 했다. 그래서 그녀는 두 번째 시도를 바닷조개에 비유하고 있다. 조개가 입을 다물고 외부를 거부하듯이 그녀 역시 그러했다는 것이다. 이 비유는 이어지는 "끈적이는 진주"와 함께 시에 상당한 선명성을 부여한다. "흔들어서 입을 닫았다"라는 행위도 재미있지만 아직까지 외부를 완전히 거부하는 몸짓으로 보이지는 않는다. 20대 초반 한창인 나이에 그녀는 왜 그러했을까. 하여간 그랬더니 가족들이 법석을 하며 거의 죽을 뻔한 자기를 살려냈다는 것이다.

이 구절들은 플라스의 죽음에 대하여 시사해주는 바가 많다. 왜 그녀는 이토록 죽은 다음 사람들의 시선에 관심이 많았을까. 혹시 그녀는 사람들의 관심을 갈구하는 애정결핍이 아니었을까 라는 의심이 들 정도이지만 그녀의 성장과정을 보면 그런 것 같지는 않다. 어찌되었든 그녀는 두 번이나 죽음에 실패한 후 또 한 번의 시도가 실패로 끝나서 사람들의 웃음거리가 될까 두려워했던 것 같다. 구경꾼들이 모여들어 "이 여자가 또 죽으려고 했었군"하고 웃게 될 것을 못 견디게 두려워했던 것이다. 그리하여 그녀는 죽음을 기술 혹은 예술이라고 말한다. 어떻게 하면 성공적으로 멋지게 죽을 수 있을까. 지금 그녀는 그것을 "아주 잘 하려고 한다"고 결심하고 있다. 지금 시적화자가 하려는 짓은 더 이상 환상 속의 장난이 아니다. 그러면서 그는 이 짓에 대해서는 소질이 있는 것 같다고 말한다. 이토록 심각하게 말하면서 자살에 소질이 있다는 인정은 웃음을 머금게 하는 바도 있다. 그러면서 또 이런 자살의 시도를 독방에서 홀로 시도하는 것은 어렵지 않다고 말한다. 플라스가 두려워하는 것은 자신의 죽음이나 자살의 실패가 모두에게 공개된다는 것이다. 그 짐승들은 내 죽음의 시도에 대해서 죄책감을 조금도 갖거나 슬퍼하지 않으며 재미있다는 듯이 바라만 볼 것이다. 또 이렇게 살아 돌아오다니 "기적이다"라고 그들은 외칠 것이다. 그러니 또 다시 시도했다가 살아난다면 그건 치명적이다. 다시 사람들, 원수들의 구경거리로 전락하는 것, 그런 일이 다시 있어서는 안 되지. 그녀는 마지막으로 "원수 각하, 의사 각하"라고 외치고 있다. 이것은 물론 비꼬는 말이다. 의사나 자신에게 원수가 되는 사람이나 모두 당당하게 폼을 잡고 있으나 그녀에게는 아무도 편이 없다. 이 원수가 누구일까. 이 시를 쓸 당시 플라스에게는 남편 휴즈가 가장 강한 적대감의 대상이었을 테지만 어쩌면 이때쯤 머리가 혼돈스러워져서 누구를 미워하는지 스스로도 몰랐을지 모른다.

나는 당신의 작품,
나는 당신의 귀중품,
녹으며 쇳소리를 내지르는

황금아기.
나는 돌며 타리라
내가 당신의 애정을 평가절하한다고 생각지 마시라.

재로, 재로—
당신은 찌르고 뒤적이지.
살과 뼈, 거기엔 아무 것도 남는 게 없어—

한 조각의 비누와
결혼기념 반지와
금니빨만 남지.

하느님 각하, 사탄 각하
조심해요
조심해.

재로부터 나는
붉은 머리털 휘날리면 날아올라
남자들을 공기처럼 먹어버리리라.

I am your opus,
I am your valuable,
The pure gold baby

That melts to a shriek.
I turn and burn.
Do not think I underestimate your great concern.

Ash, ash—
You poke and stir.
Flesh, bone, there is nothing there—

A cake of soap,
A wedding ring,
A gold filling.

Herr God, Herr Lucifer
Beware
Beware.

Out of the ash
I rise with my red hair
And I eat men like air.

—같은 시 24-끝

여기서 시는 대단원을 접는다. 나는 당신의 작품, 귀중한 것이라고 말하며 찢어지는 소리로 비명을 지르며 녹아내리는 금빛아기라고 말한다. 이 문장으로 보아서는 이 원수라는 자가 아버지인 것 같기도 하지만 그렇게 단정하기는 이르다. 좀 더 읽어 보면 마치 그녀가 죽음을 계획하는 듯한 암시를 볼 수 있다. 나는 "돌며 탄다"라는 것은 오븐에서 자신의 머리를 태우는 것이나 전기오븐에서 통닭이 구이가 되며 돌아가는 모습을 상상하게 한다. 그러나 그렇게 처참한 과정에서도 "당신의 관심"을 다시 한 번 생각하고 있다. 당신의 애정을 내가 알지만 여전히 당신은 잔인하다. 당신은 굽히며 돌아가는 나를 쇠꼬챙이로 찌르고 젓고 하지 않는가. 이 과정에서는 당신이 남편 휴즈인 것 같기도 하다. 그러나 그녀의 시에서 원수나 적, 혹은 당신은 누구라고 한 마디로 단정 짓기는 힘들다. 브로(Broe)는 플라스가 이 시에서 "신비로움을 시체의 창백함과, 정신적 약속을 공포의 증거와, 죽음을 스트립쇼와, 나자로 이야기를 불사조 신화와, 아홉 개의 목숨을 가졌다는 고양이의 이야기를 나치의 화덕에서의 학살과 뒤섞고 있다"고 평하기도 한다.

그리고 그 과정을 거치고 나면 그녀의 뼈와 살이 모두 해체되고 비누 한 장과 결혼반지와 타다 만 금니 한 조각만 남게 된다. 여기서 다시 한번 나치의 유태인 학살행위를 연상시키고 있다. 그녀가 이토록 유태인들의 죽음에 연연하게 된 이유는 앞에서 언급한 그녀의 어머니가 유태계의 핏줄을 가졌다는 것 외에 플라스 스스로가 자신의 자유를 속박당하는 측면에서 수용소에 갇힌 유태인들과 처지가 같다고 생각했기 때문일 것이다. 이 시의 마지막은 그녀의 원수들에 대한 절규이다. 신과 악마, 둘 다에게 각하라는 말을 붙인 것은 역시 비꼬는 것이다. 그녀에겐 신이나 악마나 모두 한통속이었을 것이다. 그녀의 마지막은 남자들에 대한 복수이다. 나는 내 육신이 타버리고 남은 잿더미에서 불사조처럼 붉은 머리를 휘날리며 재생하리라. 그리고 남자들을 모두 먹어치우리라. 시의 마지막은 세상의 남자들에 대한 무서운 복수심이다.

「나자로 부인」의 시작과 끝은 강렬하다. 헬렌 벤들러(Helen Vendler)는 나자로 부인의 거의 모든 연들이 극적 목소리의 새로운 가능성, 즉 영화와 같은 대사("그래 그래, 의사각하/ 그래 원수 각하")부터 예의 바르고 세련된 대사("내가 당신의 애정을 평가절하 한다고 생각지는 마시라"), 그리고 마녀의 경고("붉은 머리털 휘날리면 날아올라/남자들을 공기처럼 먹어버리리라")까지 다양한 모습을 보여준다고 말한다. 이 시를 쓸 무렵 그녀는 거의 자살의 결심을 굳힌 듯하다. 그리고 그 자살의 방법도 거의 생각해놓은 듯하다. 어쩌면 그녀는 온 몸으로 오븐 속에 들어가 통닭처럼 통째로 굽혀 더욱 처참하게 죽고 싶었을지도 모른다. 그리하여 그녀가 평소에 알고 있던 모든 사람들에게 자신의 심적 상태를 내보이고 싶었는지 모른다. 재미있는 것은 플라스의 시에서 원수로 표현된 인물이 애매하다는 것이다. 이것이 만일 아버지나 남편으로 확실하게 한정되어버린다면 재미가 없을 것이다. 어쩌면 그녀는 세상의 모든 남자들에게 적개심을 갖게 되었는지도 모른다. 그녀의 심리를 더듬다보면 그녀의 시를 읽는 재미는 한층 더해지는데, 이 시에서 최종적으로 볼 수 있는 그녀의 심리는 마지막 연의 불사조의 이미지에서 볼 수 있다. 여기서의 빨간 머리를 나부끼며 세상 남자들을 다 먹어치우겠다는 발원은 섬뜩하기까지 하다. 그러나 그녀의 또 다른 시 「에어리얼」("Arial")은 이 복수심에 대해서 다시 생각하게 만든다.

나를 허공으로 던진다—
허벅지를, 머리털을;
발뒤꿈치서 벗어지는 것들을.

백색의
고디바, 나는 벗어 던진다—
죽은 손들을, 죽은 핍박들을.

그리고 이제 나는
밀알같은 거품이 되어, 바다의 반짝이는 거품이 된다.
아이의 외침은

벽에서 녹아 없어진다.
그리고 나
나는 화살,

자살하듯 날아가는
이슬, 붉은 눈,
즉 아침의 큰 솥으로

날아가는 이슬과 하나가 되는.

Hauls me through air—
Thighs, hair;
Flakes from my heels.

White
Godiva, I unpeel—
Dead hands, dead stringencies.

And now I
Foam to wheat, a glitter of seas.
The child's cry

Melts in the wall.
And I
Am the arrow,

The dew that flies,
Suicidal, at one with the drive
Into the red

Eye, the cauldron of morning.

— 「에어리얼」 부분

이 시는 말을 타며 그 황홀한 속도감을 느끼는 여성의 독백이다. 플라스도 에밀리 디킨슨처럼 말타기를 좋아했는데 에어리얼은 그녀가 매주 타던 말의 이름이다. 인용구절에서 말을 타는 그녀는 점점 더 말과 일체가 되며 마침내는 전설의 고디바처럼 모든 겉치레를 벗어던지게 된다. 그 아찔한 속도감 속에서 여자의 머리칼과 허벅지와 발뒤꿈치까지 허공으로 내던지는 것으로 되어 있다. 그 벗어던짐의 절정에서 고디바를 차용하는 것이다. 알몸으로 말을 타는 고디바처럼 말과 일체가 되어 달리다가 그것이 거품으로 화하고 마침내 화살처럼 쏘아져 나가게 된다. 여기서 독자들이 느끼게 되는 것은 모든 것을 벗어던진 절대자유에 대한 시인의 갈망이다. 그리고 시의 마지막에서 이슬방울의 날림을 "자살하듯"이라고 묘사한 것도 이 시인의 자유가 죽음에 연결되고 있음을 암시한다. 그 이슬방울을 빨아들이는 것은 붉은 눈, 아침의 큰 솥, 태양이다. 태양을 큰 솥으로 보았다는 것은 특이하다. 솥에 물을 넣고 가열하면 나중에 그 물이 마지막 한 방울까지 증발하듯이 새벽에 내렸던 이슬방울들도 태양이 떠오르면서 서서히 그리고 바싹 증발하게 된다. 태양을 향해 날리다 산산이 증발되는 이슬과 같은 자신의 운명과 흡사하다. 이것도 상징으로 본다면 그 태양을 플라스 주변의 누구라고까지 확대해석할 수 있을 것이다.

　이 글에서 살펴본 시들은 모두 독백의 형식을 취하고 있다. 플라스의 시도 이 형식의 덕택에 묘한 긴장감이 흐른다. 특히 「나자로 부인」에서는 에밀리 디킨슨이 애용했던 하이픈이나 줄표의 사용으로 함축적인 여운을 부여하고 있다. 그녀의 아버지에 대한 감정, 어머니에 대한 감정은 모두 이중적이다. 그녀의 육친에 대한 사랑이 모두 애증이 함께한 것이다. 그리고 이러한 심리상태가 그녀의 고통스러운 독백을 통해 절절하게 전달되고 있다. 「나자로 부인」은 독자들에게 매우 충격적인 이야기로 와 닿는다. 자살을 세 번씩이나 습관적으로 해왔다는 사실은 이 여자가 얼마나 불행하고 편집적인 삶을 살았는지 알게 해준다. 그녀는 홀로 고립된 벽 속에서 아무와도 소통하지 않으면서 이 치열한 시를 썼던 것이다. 그녀의 전기시의 대표작이라고 할 수 있는 「거상」과 후기작의 대표인 「나자로 부인」, 「에어리얼」을 비교하면 후기시가 훨씬 격렬하다는 것을 알 수 있는데, 여기에 대하여 "전자가 외부의 자연세계에 바탕을 둔 정적인 이미저리와 전통적 형식을 활용하고 있는데 반하여 후자는 보다 자유로운 극적 형식을 통해 대담하게 활용되는 육체와 내면세계의 역동적 이미저리에 크게 의존하고 있다"고 평가하는 연구자도 있다.

알바레즈는 플라스의 시를 평가하며 그녀의 갑작스러운 죽음 이후 그녀의 작품에는 일종의 신화가 쌓여왔다고 말했다. 그리고 그녀가 죽기 전 마지막 한 달은 창작 에너지의 특별한 분출이었다고 평했다. 특히 그녀의 마지막 시편들은 극도로 개인적이며 죽음을 소재로 다루고 있었던 것이다. 즉 그 시들의 최종적인 귀결은 죽음을 통한 해방이라고 생각된다. 블레싱 (Blessing)은 다음과 같이 말하고 있다.

아마 시를 쓰는 행위는 재갈을 물리지 않고 묶여져있지 않음을 확인하고 있는 자신을 느끼는 행위로 볼 수 있을 것이다. 이런 식으로 본다면 실비아 플라스의 시는 탈출하는 예술가의 시가 될 것이며 그것은 그녀가 최후까지 맞서 투쟁해왔던 치명적인 속박으로부터 그녀의 영혼의 에너지를 해방시키기 위해 그녀가 가졌던 유일한 전략이다.

플라스에게 있어서 시를 쓰는 행위는 그 모든 스트레스와 억압에서 스스로를 탈출시키는 행위였다. 그녀가 궁극적으로 추구했던 것은 자유였던 것으로 보인다. 그리고 자신의 삶을 더 이상 감당할 수 없게 되었을 때 서슴

없이 죽음을 택하게 된 것이다. 그리고 그녀의 죽음에 가장 큰 책임이 있는 것으로 비난받아온 테드 휴즈의 입장도 생각해볼 필요가 있다. 플라스의 타계 후 40년을 침묵하다가 테드 휴즈가 출간한 『생일편지』 중의 「열병」("Fever")이라는 시에 다음과 같은 구절이 보인다.

> 당신은 열병에 걸렸지. 당신은 정말로 아팠어.
> 당신은 나쁜 걸 먹었지.
> 꼼짝 못하고 누워서 열에 들떠
> 약간은 미쳐 있었지. 당신은 아메리카와 그것의 약장을
> 외쳐 불렀지. 당신은 뒹굴었어
> 요동 없는 스페인 범선 같은 큰 침대위에서
> 덧문을 내린 스페인식 가옥 안으로
> 마치 무덤 속처럼,
> 바깥의 작열하는 햇살은 새어 들어오고 있었지
> '살려줘.' 당신은 속삭였지, '살려줘.'

> You had a fever. You had a real ailment.
> You had eaten a baddie.
> You lay helpless and a little bit crazy
> With the fever. You cried for America
> And its medicine cupboard. You tossed
> On the Immovable Spanish galleon of a bed
> In the Shuttered Spanish house
> That the sunstruck outside glare peeped into
> As into a tomb. 'Help me.' you whispered, 'help me.'

— 「열병」 부분

이 시집에서는 실비아 플라스의 고통스러운 목소리와는 다른, 아내를 회상하는 그 남편의 목소리가 잔잔하게 들려온다. 아내가 그토록 처참하게 죽은 후 세상의 비난은 테드 휴즈에게 집중되었다. 거기에 대하여 일말의 변명도 없던 그가 이 시집을 통하여 자신의 심경을 진솔하게 말하고 있다. 이 시에 묘사된 플라스는 심한 열병을 앓고 있다. 그녀는 상한 음식을 잘못 먹고 탈이 난 듯 큰 침대 위에서 몸부림을 치고 있다. 그녀는 영국의 시골에서는 구할 수 없는 아메리카의 잘 듣는 약들을 구해달라고 호소하고 있는 것 같다. 이 상황이 남편에게는 얼마나 힘들고 암울한지 셔터를 내린 창에서 새어 들어오고 있는 햇살이 마치 무덤 속으로 새어드는 햇살 같더라는 것이다. 이 시는 그녀의 격렬한 성격의 단면과 다른 한 편으로 남편 휴즈의 거기에 대한 반응도 보여준다. 즉 이 시에서의 그는 아내의 강한 성격에 좀 지쳐 있는 것처럼 보인다. 더글러스 힐(Douglas Hill)은 흔히 우리가 생각하듯이 플라스의 어머니 오렐리아나 남편 휴즈에게만 이 불행한 죽음의 책임을 물어서는 안 된다고 말한다. 근본적으로 실비아 플라스는 지나치게 예민한 성격의 소유자였다. 이것은 여권의 문제가 아니라 한 인간 개체로서 스스로의 격렬한 내면의 문제다. 한 천재가 일찍 가버린 것은 아쉬운 일이지만 이것을 지나치게 남녀 성대결로 몰고 가는 것은 문제가 있다. 그녀는 결국 그녀 스스로의 문제를 이기지 못해 간 것이다. 그리고 그녀는 스스로와의 괴로운 싸움을 통해서 뛰어난 시를 남긴 것이다.

* 이 글을 쓰는 데 우상균 교수(공주대)와 백금희 교수(강원대)의 도움이 있었음.

| 참고문헌 |

박종성. 『실비아 플라스의 영혼을 찾아서』. 서울: 동인출판사, 1999.

백금희. 「Sylvia Plath의 시 연구: 죽음을 통한 자아해방」. 강원대학교 대학원 박사학
위논문, 2005.

우상균. 『실비아 플라쓰 연구』. 서울: 동인출판사, 1998.

이현숙. 「실비아 플라스의 <거상>과 <아빠>에 나타난 자아인식의 주체」. 『현대영
미시연구』 10권 2호. 한국현대영미시학회, 2004.

_____. 「실비아 플라스의 시에 나타난 결혼생활의 위기와 갈등」. 『현대영미시연구』
7호. 한국현대영미시학회, 2001.

Charles Newman Ed. *The Art of Sylvia Plath*. Bloomington & London: Indiana U P,
1971.

Broe, Mary Lynn. *Protean Poetic: The Poetry of Sylvia Plath*. Columbia & London: U of
Missouri P, 1980.

Gary Lane Ed. *Sylvia Plath: New Views on the Poetry*. Baltimore and London: John
Hopkins U P, 1979.

Gill, Jo. *The Cambridge Introduction to Sylvia Plath*. Cambridge, New York: CUP, 2008.

_____ Ed. *The Cambridge Companion to Sylvia Plath*. Cambridge, New York, CUP, 2006.

저자 **신원철**
고려대 대학원 영문학과에서 현대영미시 공부 (김종길 교수 지도)
시인, 강원대 영어과 교수, 한국동서비교문학회 회장
저서: 『현대미국시인 7인의 시』, 『역동하는 시』
시집: 『나무의 손끝』, 『노천탁자의 기억』, 『닥터 존슨』

20세기 영미시인 순례−죽은 영웅의 시대를 노래함

초판 2쇄 발행일 2020년 2월 4일

지은이 신원철
발행인 이성모
발행처 도서출판 동인
주 소 서울시 종로구 혜화로3길 5, 118호
등 록 제1−1599호
TEL   (02) 765−7145 / FAX (02) 765−7165
E−mail dongin60@chol.com
I S B N 978−89−5506−704−0
정 가   20,000원